I0694255

BRENDA NOVAK

MENTIRA PERFECTA

Editado por Harlequin Ibérica.
Una división de HarperCollins Ibérica, S.A.
Núñez de Balboa, 56
28001 Madrid

I.S.B.N.: 978-84-687-0473-9
Depósito legal: M-20839-2012

Para Marcie, mi sobrina, una chica dulce y sociable. Continúa como hasta ahora y lábrate una vida maravillosa sabiendo que podrás llegar a ser todo lo que tú quieras.

Cuando el sol se pone, hasta las más pequeñas sombras del mediodía se muestran largas y amenazadoras.

Nathaniel Lee, 1653–1692

Prólogo

Base de la Fuerza Aérea de Travis
Fairfield, California
Sábado, 7 de junio

–¿Qué están haciendo aquí?

Tras haberse puesto precipitadamente unos vaqueros, el capitán Luke Trussell miraba con los ojos entrecerrados a la mujer y al hombre pertenecientes a la seguridad de la base que habían llamado a su puerta, sacándole de la cama.

–Venimos en respuesta a una queja de la sargento Kalyna Harter.

Tenía que haber un error. Él ni siquiera vivía allí. Había cedido su propio apartamento a dos primas de fuera del estado que habían ido a visitarlo. Por eso se había mudado temporalmente al apartamento de un compañero que había ido a ver a su familia aprovechando unos días de permiso.

–¿Una queja contra mí? –alzó la mano hacia su pecho desnudo.

La oficial, la sargento E. Golnick por lo que decía su tarjeta, fijó la mirada en su torso desnudo. Aunque el interés femenino tenía muy poco que ver con aquel gesto, quizá podría aportarle algún beneficio. Desgraciadamente, la expresión de la sargento reveló más desprecio que admiración. Luke estaba convencido de que estaba tomando nota de su tamaño y su musculatura, pensando seguramente lo fácil que le resultaría imponerse a una mujer, a cualquier mujer, incluso a una como Kalyna, que medía casi un metro ochenta y entrenaba con la misma regularidad que él.

–Sí, contra usted –contestó la sargento con los ojos fijos en su rostro–. La conoce, ¿verdad?

–Sí, la conozco. Forma parte de mi escuadrón de vuelo desde que la trasladaron hace tres meses.

Probablemente esa fuera la razón por la que sabían dónde encontrarle. Seguramente Kalyna les había dicho dónde estaba.

–Dice que la violó ayer por la noche, capitán. Y por el aspecto que tiene, tuvo que ser un ataque brutal.

¿Un ataque brutal? Kalyna estaba perfectamente cuando Luke había salido de su apartamento… ¿Cuándo exactamente? Se miró la muñeca y recordó que Kalyna le había quitado el reloj cuando había comenzado a preguntar por la hora. Ni siquiera quería que saliera de la cama. ¿Sería aquella su venganza por haberse marchado? ¿O la habría violado otra persona y le había hecho tanto daño que no era consciente siquiera de lo que estaba diciendo?

–¿Se pondrá bien?

–Tiene algunos moratones y unos golpes bastante feos –respondió el sargento Jeffers–. Su vida no corre peligro, pero ha pasado las últimas cinco horas en el centro médico de Northbay. Han estado comprobando las lesiones causadas por la violación.

Luke sacudió la cabeza.

–Esto no tiene ningún sentido. Si la han violado, tiene que haber sido otra persona.

–No es eso lo que dice ella.

Una oleada de furia disipó inmediatamente la confusión provocada por el sueño.

–Tiene que haber perdido la cabeza. Estará delirando.

–Su discurso parece completamente coherente –repuso Golnick.

–¡Entonces miente!

La sargento arqueó una ceja.

–Han encontrado restos de semen en su cuerpo. ¿Me está diciendo que no son suyos?

–No sé cómo pueden serlo.

Golnick se cruzó de brazos.

–¿Usted no se acostó ayer por la noche con ella?

Luke se frotó el cuello. No le gustaba tener que hablar de temas tan personales, sobre todo cuando lo único que le apetecía hacer era olvidarlos, pero tenía que ofrecer una explicación tan rápida como sincera. Si no lo hacía, podría encontrarse con muchos problemas.

–Sí, nos acostamos –aclaró–, pero fue algo consentido por ambas partes.

–«Consentido» significa que las dos personas están de acuerdo.

Luke le dirigió lo que esperaba que fuera una mirada fulminante.

–Ya sé lo que significa.

Pero la sargento no se inmutó.

–El hecho de que no utilizara preservativo podría sugerir otra cosa.

–Utilicé preservativo –insistió–. Yo jamás… ¡No soy tan imprudente!

–¿Entonces cómo explica la presencia de restos de semen en su cuerpo?

Luke no tenía manera de explicarlo. Pero no porque recordara de forma borrosa lo que había ocurrido aquella noche. Sencillamente, recordaba algunos detalles mejor que otros. Y el hecho de tener resaca no le ayudaba.

–A lo mejor, se rompió…

No había notado nada raro, pero había bebido mucho más de lo que había bebido en muchos años. Y en cuanto habían comenzado a remitir los efectos del alcohol, estaba desesperado por regresar a su casa.

–No le he hecho ningún daño, se lo prometo. Si otro hombre la ha violado, lo siento mucho. Pero yo jamás he forzado a una mujer.

–Insiste en mencionar a un tercero.

–Porque no he sido yo.

–Entonces, ¿qué sugiere que puede haber pasado? ¿Entró alguien en la casa después de que usted se fuera?

–Tiene que haber sido eso –replicó–. No soy ningún depredador que se dedique a perseguir mujeres. No era yo el único que quería salir con alguien esta noche. Kalyna se metió en mi taxi y le dio al taxista la dirección de su casa. Yo pensaba que ya nos habíamos despedido.

–Algunos hombres podrían pensar que eso significa que estaba pidiendo lo que al final consiguió.

Luke reconoció inmediatamente la trampa que encerraba aquella declaración.

–Algunos hombres, pero no yo. Deje de intentar tergiversar todo lo que digo. Lo único que estoy haciendo es explicar que nos fuimos juntos. Si yo fuera un violador, ¿no cree que habría sido yo el acosador?

Al menos, así era como imaginaba él a un violador, pero había sido Kalyna la que llevaba semanas persiguiéndole. Conseguía coincidir con él en todas partes, tanto fuera como dentro de la base. Luke había notado su interés desde que les habían presentado. Todavía recordaba cómo se había ensanchado su sonrisa al verle en el bar y sus esfuerzos por intentar entablar conversación con él.

–Dice que le pidió acompañarla a su casa y que ella se negó, pero terminó cediendo –añadió Jeffers en tono dubitativo.

Luke se dirigió entonces a él.

–¡Eso es mentira! Ni siquiera le pedí que bailara conmigo. Jamás me he sentido atraído por Kalyna.

De hecho, le parecía demasiado masculina, por lo menos a la luz del día. Y, desde el primer momento, le había dejado claro que la consideraba una mujer excesivamente controladora.

La había evitado todo lo que había podido, pero le había resultado imposible esquivarla por completo. Era la jefa de equipo, lo que significaba que tenía que ocuparse de las inspecciones previas, simultáneas y posteriores al vuelo y de resolver cualquier posible problema que pudiera sufrir su avión.

–Si no se sentía atraído, ¿por qué se acostó con ella? –preguntó Golnick.

Luke no tenía pensado ponerle un solo dedo encima a Kalyna. Había sido ella la que le había pedido que bailara con él y había estado susurrándole al oído que le ponía caliente y que estaba esperando que le enseñara lo que escondía bajo los pantalones. Pero aun así, Luke no se había sentido tentando hasta que había bebido una considerable cantidad de alcohol.

–Para serle sincero, no lo sé –admitió con un suspiro.

Lo único que había hecho había sido dejar que las tórridas promesas de su voz se impusieran a su buen juicio.

Golnick miró tras él hacia el interior de la casa de Craig, como si esperara encontrar algo que pudiera demostrar su culpabilidad.

–¿Por qué no se viste? –le preguntó–. Necesitamos que venga con nosotros a la comisaría para hacer una declaración formal. Ya se lo hemos notificado a su comandante. Se reunirá con nosotros en la comisaría.

Aquello de «declaración formal» sonó como una sentencia de muerte a oídos de Luke. Se lo iban a llevar con ellos. Aquello iba en serio. Después de la mala prensa que habían tenido ese tipo de sucesos en el pasado, no se toleraba ninguna clase de conducta sexual inadecuada en el ejército. Un guiño, un asentimiento con la cabeza, o incluso una sonrisa, podían ser considerados como acoso sexual y arruinar la reputación de cualquier tipo, quizá incluso su carrera. Y allí estaba él, siendo acusado de algo mucho peor. No importaba que fuera inocente. Parecía culpable. Las posibilidades de que hubiera entrado una segunda persona en casa de Kalyna después de que él se hubiera ido eran mínimas. Había estado allí hasta las tres de la mañana. Además, era más alto y más fuerte que ella, lo que significaba que todo el mundo se pondría a su favor. Se encontraba en una situación en la que cualquier hombre sería

considerado culpable, hasta que pudiera demostrar su inocencia.

Abrió la boca para protestar, pero advirtió que un veci-
no que había visto el coche patrulla estaba pendiente de
todo lo que pasaba y lo último que quería Luke era montar
un espectáculo. Esperando que se tratara de un terrible
error que podría aclararse rápidamente si colaboraba, volvió a meterse en el apartamento y se vistió.

Su intuición le había dicho que Kalyna podía causarle
problemas, pero había decidido ignorarla. No había sido
consciente del daño que podía llegar a hacerle si se lo proponía. Jamás había tenido motivo para temer a una mujer.
¿Qué daño podía hacerle Kalyna? Al parecer, estaba a punto de averiguarlo.

Capítulo 1

Sacramento, California
Tres semanas después

Ava Bixby permanecía tras el escritorio, observando a la mujer de cabello que retorcía el pañuelo de papel que acababa de ofrecerle. Los ojos hinchados y la piel enrojecida por el llanto desentonaban con el uniforme militar. Pero aquella mujer estaba relatando un incidente terrible, ocurrido tres semanas atrás, un episodio capaz de hacer llorar a cualquier mujer, incluso a una dura sargento.

—Tómese todo el tiempo que quiera —le dijo Ava en tono tranquilizador.

Sabía el tono que debía adoptar. Trataba con víctimas a diario. En eso consistía su trabajo. No todas habían sufrido una violación, por supuesto, pero la mayor parte de ellas había sido objeto de alguna forma de violencia. Sus compañeras, Skye Willis y Sheridan Granger, la habían vivido en sus propias carnes. Ava tenía experiencia en el tema, pero de otro tipo.

Kalyna Harter se había presentado a sí misma como sargento segundo de la Fuerza Aérea de los Estados Unidos. Parecía de Ucrania, y su nombre sugería esa procedencia, pero no tenía acento extranjero, lo que indujo a Ava a pensar que había emigrado a los Estados Unidos cuando era una niña. Tenía algunas pecas en la nariz y el pelo, una melena rubia de fino cabello, lo llevaba recogido.

Podría haber sido una mujer muy atractiva, pero tenía las facciones ligeramente grandes o desproporcionadas, quizá. Tenía algo que Ava no acertaba a concretar, pero que le daba a su rostro un aspecto extraño.

–Lo siento… –Kalyna se sorbió la nariz–. Es… difícil hablar de esto.

–Lo comprendo.

Aunque Ava nunca había sufrido un ataque de ese tipo, sí había padecido los efectos de la violencia. Sabía, por lo que había vivido con su madre, las terribles consecuencias que tenía en todos aquellos que se veían relacionados con ella de una u otra forma, aunque no fueran sus destinatarios directos.

–Parecía… parecía un buen hombre, ¿sabe? –estaba diciendo Kalyna–. Lo conocía desde hacía tres meses. Jamás había dicho o hecho nada que me hiciera pensar que podía ser peligroso. Además, ¿qué motivos podría tener un hombre con un cuerpo como el suyo para forzar a nadie?

La mente de Ava comenzaba a divagar, como le ocurría siempre que pensaba en su madre. Estaba cansada, le costaba controlarse. Era lunes por la mañana, pero había pasado la mayor parte del fin de semana trabajando, como era habitual. A veces no se permitía ni un descanso y llegaba a sentirse… insensibilizada.

Tomó un bolígrafo e intentó sacudirse aquella sensación de pérdida y traición que la asaltaba cuando menos lo esperaba. Echaba de menos a su madre, y se sentía culpable por echar de menos a alguien capaz de hacer lo que Zelinda había hecho.

–La violación no es solo una cuestión sexual, señora…

–Por favor, llámame Kalyna.

–Kalyna. Es una cuestión de poder. Y nos encontramos con violadores de todo tipo. Pero… –dejó caer el bolígrafo–, no estoy segura de cómo puedo ayudarte. Este es un asunto militar. Ya has mencionado que están investigando lo ocurrido.

–La violación tuvo lugar en mi apartamento y mi apartamento está fuera de la base. Eso quiere decir que la policía civil también puede ocuparse del caso.

Una llamada a la puerta las interrumpió.

–Perdona –Ava alzó la mano–. ¡Adelante! –gritó.

Skye Willis asomó la cabeza en el despacho. Con su piel dorada y aquel cuerpo perfecto, no necesitaba ni maquillaje ni ropa particularmente cara, pero siempre vestía de manera impecable. Aquel día iba con un vestido de verano y la melena rubia peinada hacia atrás. Sheridan estaba con ella. No era tan alta ni tan esbelta como Skye, de hecho tenía una figura mucho más voluptuosa, pero era tan guapa como ella. Sus ojos violetas, de un color muy poco habitual, y su pelo negro, llamaban la atención allí donde aparecía.

Ava se sentía muy poco atractiva al lado de sus compañeras. No podía compararse con sus amigas con aquel pelo de un rubio deslavado, los ojos que no eran ni verdes ni marrones, sino de una mezcla a la que no le encontraba ninguna gracia, y un cuerpo esquelético. A lo mejor esa era la razón por la que vestía siempre con trajes chaqueta. Se aceptaba tal y como era y no intentaba competir.

–Nos vamos a tomar un café –anunció Skye.

–¿Queréis que os traigamos algo?

Ava le dirigió a Kalyna una mirada interrogante.

–No, gracias, estoy bien.

–Yo también –les dijo Ava.

Skye debió fijarse en el rostro de Kalyna y comprendió que estaban en medio de una conversación seria, porque bajó la voz.

–Siento haber interrumpido –se disculpó, y se marchó tan rápidamente como había llegado.

–Ellas también trabajan aquí, ¿verdad? –preguntó Kalyna.

–Fueron ellas las que iniciaron la fundación.

Ava llevaba dos años trabajando para El Último Reducto, pero Skye, Sheridan y otra mujer llamaba Jasmine Formier habían concebido la idea y la habían puesto en funcionamiento. Jasmine, una excelente criminóloga, continuaba colaborando con ellas, pero se había casado y se había mudado a Louisiana. Esa era la razón por la que Ava había empezado a trabajar para ella.

—¿Así que estáis solo las tres?

—Sí, más un puñado de profesionales, desde psicólogos a guardaespaldas, que trabajan casi siempre gratuitamente para nosotros. Además, tenemos varios voluntarios.

—No lo sabía. Cuando llamé, me citaron directamente contigo.

—Soy soltera, así que trabajo algunas horas más cada semana. Me ocupo fundamentalmente de los casos. No hago prácticamente nada relacionado con la administración o la recogida de fondos para la fundación.

—Ya entiendo.

En un intento de retomar la conversación, Ava revisó sus notas.

—Creo que me estabas diciendo algo sobre la policía.

—Sí, estaba diciendo que la policía también podría ocuparse del caso —respondió Kalyna—. Pero no quieren involucrarse en esto. Consideran que no es necesario emplear fondos en perseguir dos veces a un capitán y han decidido dejar el caso en manos de los militares.

—¿Y tú no quieres que se ocupen los militares del caso?

—No confío en ellos. Sé que harán todo lo que esté en su mano para evitar un escándalo, aunque eso signifique dejar libre a Luke. Es uno de sus mejores pilotos, un oficial. Ha sido toda una inversión. Yo simplemente, me alisté al ejército. Soy un simple soldado… y una mujer.

A Ava no le costaba creer que los militares querrían silenciar lo ocurrido, pero no estaba segura de que eso significara que no estaban dispuestos a investigar a conciencia.

Mientras pensaba en ello, asomó a los ojos de Kalyna una nueva oleada de lágrimas.

—En eso consiste vuestro trabajo, ¿verdad? En ayudar a personas como yo, personas que tienen todo en su contra y que no pueden conseguir justicia.

–Sí, para eso estamos aquí.

Ava utilizó el mismo tono tranquilizador que había empleado antes, pero había un par de cosas que le inquietaban sobre el caso. A los militares no les haría ninguna gracia tener a una organización civil encima de ellos. Incluso los fiscales le pondrían trabas. Quizá la situación no fuera tan problemática si supiera cómo trabajaban los militares o tuviera algún contacto dentro, pero no era así. Además, tenía que ser muy cuidadosa a la hora de elegir sus casos. Tenía que asegurarse de que no estaban malgastando el dinero que tanto les costaba conseguir. No disponían de recursos suficientes para todos aquellos que necesitaban ayuda. Tras la bajada de los ingresos, habían decidido que se involucrarían únicamente en casos de necesidad extrema o que implicaran una potencial amenaza. De otro modo, terminarían poniendo en peligro la propia organización y no podrían hacer nada por nadie.

Pero aquel caso era el clásico David contra Goliat. Siempre abogada de pleitos pobres, Ava quería aceptarlo. Quizá fuera por la imagen de aquella mujer en uniforme militar, por el hecho de saber que tenía que enfrentarse sola a un mundo de hombres. O quizá fuera por el recuerdo de Bella Fitzgerald, su primera clienta, que llevaba todo el día persiguiéndola…

–Entonces, ¿me ayudarás? –quiso saber Kalyna.

La situación de Kalyna era desesperada e implicaba una posible amenaza. Pero aun así, Ava no estaba convencida de que la intervención de El Último Reducto pudiera serle útil. ¿Y si al final resultaba ser una pérdida de dinero y de tiempo y no conseguían un mejor resultado del que habrían conseguido en el caso de no intervenir? Tenía que actuar de forma sensata, no podía permitir que lo que le había ocurrido a Bella la empujara a aceptar todos los casos de violación sin una reflexión previa y sin consideraciones prácticas.

Kalyna sacó varias fotografías del bolso y las colocó delante de ella:

–Mira lo que me hizo.

Las fotografías mostraban a Kalyna bajo unas luces blancas, con un camisón de hospital. Algunos moratones oscurecían su rostro, tenía un ojo hinchado y el labio partido. En ese momento, Ava vio a Bella, no a Kalyna, en un entorno similar, pálida y sin vida bajo una sábana.

–¿Cómo has conseguido esas fotografías?

–Hay más en mi archivo. Le insistí al médico para que me diera unas copias –se inclinó hacia delante–. ¿Me ayudarás? ¡Por favor, tienes que ayudarme!

Ava maldijo en silencio. Podía negarse, pero no quería correr el riesgo de que otra mujer muriera como había muerto Bella.

–Haré todo lo que pueda –le prometió. Pero añadió, para aplacar el inmediato alivio de Kalyna–, pero tendrás que comprender que es la primera vez que me ocupo de un caso relacionado con el ejército. No sé lo que podemos encontrarnos, pero estoy segura de que los códigos no tienen nada que ver con los que me he encontrado en el pasado. Los militares son otro mundo.

–El mero hecho de saber que me estás apoyando les obligará a ser honestos –dijo Kalyna–. Tú sales mucho en la prensa y ellos tienen mucho miedo a los medios de comunicación.

–¿Así es como nos encontraste? ¿Leíste algo sobre nosotras en el periódico?

–Oí que os mencionaban en las noticias.

Eso lo explicaba todo. Las dos bases del ejército del aire que había en Sacramento habían cerrado años atrás y la base de Travis estaba a una hora de distancia hacia el oeste. Aunque Ava rara vez había visto a un militar, al menos de uniforme, tanto sus compañeras como ella habían trabajado en casos de gran impacto social. La publicidad hacía crecer las donaciones, y también su popularidad. Si el ejército pretendía defender a su capitán, ellas se convertirían en un enemigo formidable, sobre todo si la justicia civil se negaba a intervenir en el caso.

Todo dependería de las pruebas, decidió Ava. Si conseguían reunir pruebas, como un testigo que hubiera visto a Luke salir del apartamento justo antes de que Kalyna pidiera ayuda, alguna herida en Luke que demostrara que Kalyna había intentado defenderse, o algún delito sexual en su pasado… nadie podría salvar al capitán Trussell.

—Deletréame su apellido y dime todo lo que sepas de él. Absolutamente todo, hasta el color de su ropa interior.

Capítulo 2

No había sido un error. Después de tres semanas de largos interrogatorios de la policía y de reuniones con el abogado que había contratado, el mejor abogado civil que había encontrado, Luke había comenzado a darse cuenta de que el problema que Kalyna Harter le había causado no tendría solución sin una amarga y descarnada lucha. No importaba que fuera inocente. La Oficina de Asuntos Internos pensaba llevarlo a juicio y eso significaba que tendría que sentarse en el banquillo por haber violado a una mujer. Era tan absurdo que no se lo podía creer.

Y todavía no se lo había contado a su familia.

Decidido a levantarse del sofá en el que había estado castigándose por haber ido a casa de Kalyna, comenzó a vagar por su apartamento. Por mucho que prefiriera que su familia no supiera nada de lo ocurrido, tenía que contárselo antes de que se enteraran por los informativos o por un tercero. De momento, no se había hecho pública ninguna noticia relacionada con el caso, pero su padre era un militar retirado y los círculos militares eran muy estrechos. Solo era cuestión de tiempo. Y a juzgar por la cantidad de preguntas y los comentarios que estaba oyendo en la base, era evidente que la noticia estaba corriendo a toda velocidad.

Con un suspiro, Luke comprobó la hora en el reloj de la pared. Eran más de las once del lunes por la noche. Demasiado tarde. Sus padres estarían en la cama. Pero de pronto, comprendió que no podía seguir retrasando el momento de ponerse en contacto con ellos. Necesitaba su apoyo más de lo que odiaba admitir que había ido a casa de Kalyna Harter. Que había sido él el que había hecho posible todo lo que le estaba pasando.

Deseó poder hablar cara a cara con ellos. Sus padres vivían en San Diego, a siete horas en coche de allí. Podría estar en su casa al día siguiente por la mañana. Era una suerte que E. Golnick no le hubiera encerrado. Si no hubiera sido por su superior, lo habría intentado. Aun así, le habían prohibido volar hasta que se resolviera el caso. En aquel momento, le habían trasladado a un trabajo de oficina, algo que él odiaba.

Lo mejor que podía hacer era llamar a sus padres. Y tenía que hacerlo cuanto antes. Ya llevaba demasiado tiempo retrasándolo.

De modo que tomó aire, descolgó el teléfono y marcó el número de sus padres.

Su madre contestó casi inmediatamente.

—¿Diga?

—Hola, mamá.

—¿Luke?

—Sí, soy yo.

—Me has asustado. Al llamarme a esta hora, pensaba que tu hermana podía haber vuelto a abollar el parachoques.

—¿Jenny sale hasta tan tarde?

—Todavía no es la hora a la que tiene que llegar a casa. Estamos en verano y solo ha ido al cine. ¿Cómo estás?

La preocupación sincera de su madre le hizo emocionarse. Frustrado por aquel gesto de debilidad, se secó las lágrimas que empañaban sus ojos con un gesto de impaciencia.

—Podría estar mejor. ¿Está papá por ahí?

—Sí, está conmigo, viendo la televisión. ¿Para qué lo quieres? ¿Va todo bien?

Luke tragó saliva.

–¿Podría ponerse al otro teléfono? Necesito hablar con los dos.

Su madre se asustó.

–No has tenido ningún accidente, ¿verdad?

–No, es otra cosa.

Algo mucho peor, de hecho, porque ensuciaba su buen nombre. Y sabía que sus padres pensarían lo mismo que él.

–Oh, no… –farfulló su madre. Luke le oyó pedirle a su padre que se pusiera por la otra línea–. Es Luke, ha ocurrido algo malo.

–¿Luke?

La voz de su padre, siempre protectora, aunque no podía tener la menor idea de lo que le ocurría, inundó su oído.

–Hola, papá.

–¿Estás bien, hijo?

El nudo que tenía Luke en la garganta se hizo mayor, añadiendo la vergüenza a las numerosas emociones que lo asaltaban. Tuvo que hacer un enorme esfuerzo para controlar su voz.

–Estoy bien –consiguió decir.

–Cuéntame lo que te pasa.

–Hay una mujer en Travis, una sargento, que ahora mismo es la jefe de mi equipo –soltó una risa incrédula–. Dice…

–¡Que la has dejado embarazada!

–No, no es eso.

Y rezó para que no pudiera ocurrir. En lo que a él concernía, eso solo serviría para empeorar su situación. Se había puesto un preservativo, a pesar de que Kalyna había insistido en que tomaba la píldora y no tenía ninguna enfermedad. Pero después de lo ocurrido, un preservativo le parecía una precaria protección. Habían encontrado su semen en su cuerpo. ¿Qué haría si se quedara embarazada?

–Esa mujer le ha dicho a la policía que la violé.

Su madre soltó un grito ahogado, pero su padre recibió la noticia con asombrado silencio.

–¿Papá? –preguntó Luke.

–¿Tienes algo que decir al respecto? –preguntó Edward por fin.

–Que no la violé.

–¿Estás completamente seguro?

–¡Por supuesto!

–Te eduqué para que te convirtieras en un hombre y asumieras la responsabilidad de tus actos. Si eres culpable, espero que lo admitas y pagues el precio que tengas que pagar por ello, aunque eso implique ir a prisión.

El código ético de Edward le obligaba a estar seguro de lo que hacía antes de ofrecerle a alguien su apoyo. Y eso también le afectaba a su hijo. Luke lo comprendía, así que las palabras de su padre no le dolieron. Al contrario, le ofrecían la oportunidad de contarle a alguien la verdad, alguien que realmente le creería.

–Te lo juro por mi vida, papá.

–Eso es lo único que importa.

Luke rio sin alegría.

–A ti, a lo mejor. Pero a mí me importan más cosas. Ya me ha denunciado. Se está ocupando de la denuncia la Oficina de Investigaciones Internas.

–¿Van a procesarte?

–Sí.

Su madre emitió un gemido.

–¿Qué ocurrió?

Luke dejó caer la cabeza entre las manos.

–Fui un idiota.

Su padre respondió antes de que su madre pudiera decir nada.

–Tendrás que ser más explícito.

–No estaba pensando con claridad.

–¿Por qué no?

Recordó entonces la llamada que había recibido de Lilly Hughes, la mejor amiga de su padre. Como sus padres ya no vivían en la base que la Fuerza Aérea tenía en Utah, probablemente todavía no estaban al tanto de la noticia que iba a darles.

–Mataron a Phil en Irak.

–¡No! –gritó su madre.

Luke se sentó en el borde del sofá y fijó la mirada en el suelo.

–Me temo que sí.

–¡Pero es terrible!

Era peor que terrible. Tan terrible, de hecho, que Luke no podía aceptarlo. Clavó la mirada en los zapatos que supuestamente tenía que enviarles a sus primas. Se los habían dejado en el apartamento. Pero Luke se había visto envuelto en medio de aquel desastre y todavía no había podido ir a la oficina de correos.

–Lo siento, cariño –le estaba diciendo su madre–. Sé lo mucho que querías a Phil.

Phil había sido su primer amigo cuando se habían trasladado a Ogden, Utah, durante su segundo año en el instituto. Phil le había convencido de que se apuntara al equipo de fútbol. Con él había compartido la mayor parte de sus dobles citas, con él competía en busca de las mejores notas. Y con él se había buscado un serio problema por haber comenzado una pelea de comida el día de su graduación, después de la cual, le habían prohibido hablar durante el acto de clausura del curso. Phil y Luke se habían enamorado de la misma chica, pero Phil había sido el primero en declararse, así que Luke no había dicho ni palabra. Había sido su padrino de boda y le había visto casarse con Marissa. Después, Phil se había alistado a los marines y Luke había seguido los pasos de su padre y se había unido a la Fuerza Aérea.

–¿Cuándo es el funeral? –preguntó su madre.

–Ya fue. Murió hace cinco semanas. Lilly estaba tan destrozada que no fue capaz de llamarme. Me ha pedido disculpas…

–¿Y por qué no se puso en contacto contigo la mujer de Phil? Tenía que ser consciente de que querrías saberlo. Los tres erais inseparables en el instituto.

Luke era la última persona a la que Marissa llamaría.

Un año después de casarse con Phil, le había confesado a Luke que había cometido un error, que en realidad estaba enamorada de él. Aquello había estado a punto de destrozar a Luke, pero se había apartado de ella y había insistido en que no volviera a llamarle por ninguna razón. No estaba dispuesto a permitir que aquel triángulo amoroso terminara en tragedia, como tantos otros. Por mucho que la quisiera, y por mucho que lo atormentaran los celos cada vez que los veía juntos, quería que Phil fuera feliz. Había sido Phil el que había conquistado a Marissa. Y había sido él el que había dado un paso atrás y había continuado con su vida.

–Supongo que no se le ocurrió.

–Así que ni siquiera has tenido oportunidad de despedirte de él –se lamentó su madre.

–No.

Peor aún. La última vez que habían hablado, habían terminado discutiendo. Por Marissa. Por supuesto. Phil no debería haberse ofrecido como voluntario por segunda vez. Luke había intentado aconsejarle que volviera a casa y se hiciera cargo de su familia. Le había dicho que Marissa necesitaba un marido y su hijo un padre, pero él no quería ni oír hablar de ello. Estaba demasiado inflamado por el patriotismo y la guerra. Antes de colgar el teléfono, Luke le había dicho a su amigo que no se merecía a Marissa. Pero no era cierto. Y se arrepentía de haberle dicho algo así incluso más que de haber ido a casa de Kalyna.

–¿Qué relación tiene su muerte con la sargento…? ¿Cómo se llama? –quiso saber su padre.

–Kalyna Harter. Aquella noche, fui a un bar para intentar olvidarme de que no iba a volver a ver a Phil en mi vida y apareció ella.

–Continúa.

–No dejaba de provocarme y…

Sentía una inmensa culpa. No había violado a Kalyna, pero se había puesto en una situación de gran vulnerabilidad. Y sus acusaciones afectarían a toda su familia.

–Yo… cometí un error.

–Así que te acostaste con ella –dedujo su padre.

–Me acosté con ella, pero no la violé.

–¿Y por qué miente?

–Eso es lo que no consigo entender. Sé que estaba enfadada conmigo porque no me quedé a pasar la noche con ella. Cuando me fui, me dijo cosas horribles, pero…

–¿Por ejemplo?

Luke no quería repetirlas. No había ido a casa de Kalyna porque estuviera buscando una relación estable, que era la única razón que para su padre podía justificar una relación íntima con una mujer. Pero en aquel momento, pensaba que Kalyna comprendía que era algo estrictamente puntual. Si hubiera tenido algún interés en ella, le habría pedido salir en cualquiera de las muchas ocasiones en las que Kalyna había insinuado que quería que lo hiciera.

–Así que me ha acusado de utilizarla.

Edward suspiró.

–El sexo puede significar mucho para una mujer. No puedes acostarte con ella y esperar que se lo tome a la ligera. Pensaba que era algo que habías aprendido a mi lado.

Su madre corrió a defenderle.

–¡Ed, acababa de enterarse de la muerte de Phil! Estaba destrozado y buscaba un poco de distracción.

–Pero eso no le da derecho a hacer daño a nadie.

–¡Es la primera vez que le ocurre algo así! –replicó su madre–. Sabes que Luke no es un mujeriego.

Lo último que quería Luke era que su madre tuviera que defenderle.

–Papá, no pensaba que pudiera hacerle ningún daño a nadie, y menos a ella. Fue ella la que tomó la iniciativa. Cuando llegamos a su casa, se ofreció a… –consideró la posibilidad de explicarle a sus padres lo que le había ofrecido y desistió. Su padre era un hombre religioso y chapado a la antigua y nunca comprendería a una mujer como Kalyna–. No importa. El caso es que está totalmente desequilibrada. Eso es lo que estoy intentando deciros.

–Vas a necesitar un buen abogado –le dijo su padre.

–Ya lo tengo.

–¿Cómo podemos ayudarte? –terció su madre–. ¿Quieres que vayamos a verte?

–No, mamá. Este es el último verano que va a pasar Jenny en casa. Para ella sería terrible tener que alejarse de sus amigos, y sabéis que no podéis dejarla sola.

Jenny no tenía unos amigos muy recomendables. Según su padre, todos ellos eran unos vagos. Y Luke pensaba que su hermana era demasiado atractiva.

–Quizá no sea lo mejor, pero podemos organizarnos –insistió su madre–. Somos tu familia. Haremos lo que haga falta.

Luke echó la cabeza hacia atrás. Continuaba teniendo un serio problema, pero tenía a sus padres a su lado. De momento, con su apoyo moral tenía suficiente.

–De momento no tenéis que hacer nada más. Me ayuda mucho que creáis en mí.

–¡Claro que creemos en ti!

–No soporto que Jenny tenga que enterarse de todo esto –musitó.

–¡No se lo diremos! –fue su madre la que hizo esa promesa.

–Si no se lo dices tú, lo hará otro. Y será humillante para todos vosotros.

–Claro que no –le tranquilizó su padre.

–Estoy segura de que ninguno de nuestros amigos se lo creerá.

–Los únicos que tendrán dudas serán los que no te conozcan –añadió su padre.

Luke alzó la mirada hacia el cielo.

–Creo que la mayor parte de la gente intentará conceder a la mujer el beneficio de la duda. Yo siempre lo he hecho.

–Eso demuestra que eres un buen hombre –le aseguró su madre–. ¿Qué aspecto tiene esa Kalyna, por cierto?

A Luke se le revolvió el estómago al imaginarla desnuda en su casa, fulminándole con la mirada mientras él se vestía. No estaba muy contenta en ese momento. Pero hasta entonces, no había dudado en dejarle muy claro lo mucho que le había gustado todo. Y él no la había utilizado. Había intentado complacerla durante el tiempo que habían pasado juntos. Lo había considerado como una diversión mutua, como una forma de escapar a la rutina.

Cerró los ojos, como si de esa forma pudiera disipar la visión de Kalyna gritándole obscenidades.

–Supongo que algunos podrían considerarla atractiva.

–¿Y tú qué dirías?

–A mí no me lo parece. Y menos ahora.

Oyó los pitidos que le avisaban de que estaba recibiendo una llamada. Sorprendido, se irguió en el asiento y miró el identificador de llamadas. Era una llamada de origen desconocido.

–Será mejor que cuelgue. Me están llamando por teléfono.

–¿Cómo vas de dinero?

–Estoy bien.

–Las minutas de los abogados no son baratas, y menos por algo como esto.

Desde luego. Luke ya había tenido que firmar un cheque de diez mil dólares. Era lo que su abogado pedía como anticipo. Afortunadamente, ganaba un salario decente y no tenía muchos gastos. Tenía un buen coche, un BMW M3, en el que se sentía como si estuviera pilotando un avión. Pagaba mensualmente por el placer de conducir, pero ahorraba el resto de lo que ganaba.

–Si necesito algo, te lo diré.

Luke tenía intención de pelear hasta el final para lograr su libertad y salvar su reputación.

Después de despedirse de sus padres, atendió la llamada que tenía en espera.

–¿Diga?

–¿Luke?

Era un hombre.

–Sí.

–Soy Pledge McCreedy.

Era su abogado. ¿Pero por qué le llamaba a aquella hora de la noche?

Sintió renacer la esperanza. A lo mejor el caso estaba cerrado. No había violado a nadie, no le había hecho ningún daño a nadie. No podía creer que fuera tan vengativa como para seguir con todo aquello.

—Dime que tienes una buena noticia.

Se produjo una ligera vacilación al otro lado de la línea.

—Todo lo contrario. Estoy preocupado.

Luke se preparó para lo peor.

—¿Qué pasa ahora? —preguntó.

—Hay una mujer de El Último Reducto...

—¿El Último Reducto? —¿estaría Kalyna embarazada?

Pero no, McCreedy no había pronunciado la palabra «embarazada». Luke se levantó y comenzó a caminar por la habitación, intentando desahogar los nervios que lo consumían.

—El Último Reducto es un organización de apoyo a las víctimas de la violencia de Sacramento. ¿No has oído hablar de ella?

—No.

—La dirigen tres mujeres que se dedican a investigar casos, reunir pruebas, ofrecer asesoramiento, cursos de autodefensa y dinero para pagar las minutas de los abogados. En realidad, ofrecen cualquier cosa que las víctimas que solicitan sus servicios puedan necesitar.

No era eso lo que Luke temía. De hecho, hasta habría podido sentirse aliviado si no hubiera sido por la preocupación de su abogado.

—¿Eso puede tener alguna importancia para mí?

—Más de la que puedes imaginar. La sargento Harter les ha pedido ayuda. Acabo de recibir un mensaje en el contestador. Una tal Ava Bixby, de El Último Reducto, está intentando localizarme.

—¿Y?

—Déjame decirlo claro: podría acudir a los medios de comunicación. Cualquier exposición pública por tu parte iría directamente en tu contra. A esas mujeres se las considera las heroínas de los débiles y afligidos, de modo que su participación te hará parecer más culpable. Además, es posible que dediquen tiempo y recursos a la acusación. Por lo que he visto hasta ahora, en cuanto le ponen el ojo encima a alguien, no se detienen hasta acabar con él. Podrían incluso hacer intervenir a la policía local en el caso, lo que abriría la posibilidad de un segundo juicio.

Genial. Un embarazo de Kalyna no era la única manera de que empeorara la situación.

—¿Cómo podemos impedir que intervengan?

—No sé qué podemos hacer.

—Pero yo soy inocente...

Luke musitó aquellas palabras para sí, pero, al parecer, McCreedy las oyó.

—Todos mis clientes lo son.

Sí, exacto. McCreedy creía en su inocencia porque le pagaba para que le creyera. No iba más allá. ¿Y por qué iba a hacerlo? No todos sus clientes eran inocentes. Creer en su culpabilidad le supondría un conflicto de conciencia. En el caso de que tuviera conciencia.

—¿Qué quiere Kalyna Harter? ¿Está buscando mi cabeza?

—No lo sé, pero si se te ocurre cuál puede ser su motivación, soy todo oídos. Tenemos que encontrar una razón creíble para que haya mentido, en el caso de que podamos probarlo, o no podremos ganar el caso. Será tu palabra contra la suya y lo único que tendrá que hacer ella es romper a llorar para parecer sincera.

—No entiendo por qué me odia. No me quedé tanto tiempo con ella como pretendía y eso la fastidió. Es lo único que se me ocurre.

Tampoco había sido capaz de repetir lo que ella le había dicho antes de que se acostaran: «te amo». Había pensado que se trataba de una broma. Trabajaban juntos, pero no tenían ninguna clase de relación sentimental.

—¿Qué podemos hacer con Ava Bixby? —preguntó.

–Rezar para que se queden sin fondos y tengan que cerrar la organización.

Luke sacudió la cabeza. Tenía de pronto a una organización de apoyo a las víctimas tras él, esperando verle colgado por un crimen que no había cometido.

–¿Serviría de algo que hablara con Ava Bixby?

–¡Por supuesto que no! Por eso te llamo. Está intentando ponerse en contacto contigo, pero no hables con ella. No está de nuestro lado.

Luke se frotó la sien. Estaba dispuesto a defender su inocencia ante cualquiera que quisiera escucharle, lo cual hacía que le resultara muy difícil no hablar. Pero desde que la seguridad de la base había llamado a su puerta, se sentía en un campo minado. Era mejor atender los consejos de alguien que sabía cómo moverse por él.

O se arriesgaba a no poder atravesarlo.

Capítulo 3

–Señora Harter, ¿puede decirme su nombre completo?

Kalyna sonrió con calma a la abogada que la Oficina de Investigaciones Especiales había asignado al caso. Había hablado con Rani Ogitani por teléfono varias veces, pero aquel era su primer encuentro cara a cara. La abogada, mayor del ejército, era una mujer de aspecto enérgico y eficiente, emocionalmente distante, pero seguro que muy capaz.

–Kalyna Boyka Harter.

La mayor Ogitani tecleó la fecha, martes treinta de junio, y el nombre de su clienta en el ordenador que reposaba sobre una mesa rectangular que ocupaba la mayor parte de una de las salas de reuniones de la base.

–Gracias. ¿Fecha de nacimiento?

–Dieciocho de mayo de mil novecientos ochenta y tres –contestó.

Eran los mismos datos que había tenido que dar en la reunión con Ava Bixby. Kalyna deseó que Ava le hubiera mandado a su abogada militar una copia del informe, pero sabía que las cosas no funcionaban así. Tendría que explicarlo todo otra vez.

La abogada fijó la mirada en la pantalla del ordenador.

–Así que tiene veintiséis años.

–Exacto.

–¿Nació en los Estados Unidos?

–No, en Ucrania. Mi hermana gemela, Tati, y yo fuimos adoptadas a los seis años por una pareja que vivía en Phoenix. Se separaron unos meses después y, como ninguno de ellos quería quedarse con nosotras, terminamos en casa de sus vecinos.

–¿De sus vecinos?

–Sí, un agente funerario y su esposa.

Volvió a oírse el repiqueteo del teclado. A pesar de lo que Kalyna le había dicho a Ava en su primera reunión, la mayor Ogitani parecía dispuesta a hacer su trabajo. Pero incluso con una abogada de la acusación tan competente, no sería fácil conseguir que condenaran al capitán Trussell. Tenía un expediente impecable, o, por lo menos, eso le habían dicho desde que había elevado la denuncia.

–¿Fue una adopción legal?

–Sí, pero al principio solo éramos acogidas.

–¿Qué originó la adopción inicial?

Kalyna apretó la mandíbula, dispuesta a hablar del pasado sin dejarse abatir por el dolor.

–Mi verdadera madre ya no podía alimentarnos. Pensó que tendríamos más oportunidades aquí.

En realidad, Talia Kozak quería liberarse de sus hijas para casarse con el hombre del que se había enamorado, un hombre que se negaba a tener ninguna relación con las gemelas, a las que solo consideraba como un par de bocas que alimentar. Talia se había desecho de ellas por él, y lo había hecho de manera que su abandono le proporcionara algún dinero. Kalyna lo había sabido por su propia madre varias semanas después de que le hubiera escrito una carta suplicándole que la llevara de nuevo a casa. Su madre le había contestado que era imposible, que su marido jamás lo permitiría, y así había terminado todo. Había sido su segunda madre adoptiva la que había mencionado que la primera pareja había pagado por su atención.

La compasión que reflejaron los ojos de la mayor Ogitani enfadó y alivió a Kalyna al mismo tiempo. Comprendía el alivio. Necesitaba despertar compasión. Necesitaba que su abogada la creyera. Los motivos del enfado eran más complejos.

—Ya entiendo —dijo la abogada—. ¿Y durante cuánto tiempo vivieron con esa pareja de Phoenix?

—En realidad, nos mudamos de Phoenix a Mesa en el año en el que yo habría tenido que estar estudiando cuarto grado, en el caso de que hubiéramos ido al colegio.

—¿No ibais al colegio?

La mayor Ogitani era todo profesionalidad. Se mostraba distante. Fría. Pero se filtró la sorpresa en su voz al hacer la pregunta.

—Estudiábamos en casa.

—¿Por qué motivos?

Para que sus padres pudieran mantener el control. Y la privacidad. Su madre no quería a profesores ni a psicólogos rondando a su alrededor, diciéndoles lo que podían hacer y lo que no.

—Mi madre decía que no quería que otros niños pudieran ser una mala influencia.

—Ya entiendo… —musitó la abogada lentamente—. ¿Pero tenía amigos?

—Solo mi hermana gemela. Vivíamos encima de la funeraria, en una calle muy transitada. No había otras casas cerca en las que vivieran niños.

Ogitani no lo aprobaba. Kalyna así lo comprendió por el lenguaje de su cuerpo.

—¿Así que era su madre adoptiva la que les enseñaba?

—En realidad, estudiábamos por nuestra cuenta, sobre todo en los cursos superiores. Venía un profesor una vez a la semana para comprobar nuestros progresos y ponernos deberes.

—¿Le gustaba estudiar en casa?

—Lo odiaba.

Pero era la manera de evitar el tener que compartir información con otros, de relacionarse con sus compañeros e invitarlos a su casa, que era lo que su madre no quería. Y siempre y cuando cumplieran con las exigencias curriculares, el estado no interfería en ese tipo de situaciones.

–¿Por qué?

–Si conociera a mi madre lo comprendería.

La voz de la mayor Ogitani volvió a recuperar su energía. Fue casi como si Kalyna estuviera ya declarando ante el juez.

–De modo que el venir a los Estados Unidos no mejoró la situación.

Solo en el caso de que la vida en el infierno pudiera considerarse una mejora.

–Eso depende desde donde se mire.

–¿A qué se refiere?

–Teníamos comida suficiente y ropa.

–Pero…

–No era una vida fácil. Por eso me alisté en el ejército. Para escapar.

Continuaba siendo intencionadamente vaga. Su historia sería más creíble y causaría más impacto si tenían que sonsacarle la información. Lo sabía por propia experiencia.

–¿Sentía la necesidad de escapar? –Ogitani apoyó los codos en la mesa–. ¿Por qué?

Kalyna desvió intencionadamente la mirada.

–Mi casa no era… muy normal.

La mayor se inclinó hacia ella.

–¿En qué sentido?

–A mi hermana y a mí nos obligaron a trabajar en la funeraria desde que nos adoptaron. He tenido que manejar más cadáveres de los que la gente ha visto en su vida.

La abogada frunció el ceño.

–¿Quiere decir que comenzaron a trabajar en el negocio de la familia cuando fueron adultas?

–No, empezamos a trabajar en la funeraria desde el principio. Era terrible. Sobre todo cuando éramos pequeñas y teníamos que trabajar solas.

La mayor Ogitani no se molestó en grabar aquella información. Estaba demasiado impactada.

–¿Su hermana y usted tenían que ocuparse de los cadáveres siendo unas niñas y sin que hubiera ningún adulto presente?

No había ocurrido con tanta frecuencia como Kalyna se sentía inclinada a pensar, pero había ocurrido de vez en cuando y la imagen mental provocada por sus palabras tuvo el impacto deseado.

–De vez en cuando.

–¿Eso no es ilegal?

–Depende.

–¿De que?

–De lo que admitiéramos haber hecho.

–Explíquese mejor.

–Teníamos que limpiar la sangre y los líquidos de embalsamar de las mesas y también fregar el suelo. No hace falta tener ninguna autorización para limpiar.

Siempre recordaría aquel olor.

La abogada esbozó una mueca.

–¿Y dónde estaban sus padres adoptivos en esos momentos?

–Mi padre normalmente estaba en la morgue, llevándose otro cadáver o conduciendo el coche fúnebre al cementerio. O a lo mejor era tarde y se había ido a la cama. Mi madre se negaba a trabajar en el área de preparación de la que llamábamos «la parte trasera».

Por eso los Harter se habían mostrado dispuestos a adoptarlas cuando los Robinson habían dicho que ya no las querían. Habían visto en ellas el potencial del trabajo esclavo, no la alegría de educar a dos hijas. Y no querían que Kalyna y Tatiana fueran al colegio o se movieran libremente por el barrio porque tenían miedo de que contaran su situación y alguien decidiera intervenir. Norma jamás lo había admitido, pero Kalyna sabía cuál era la verdad.

–¿Se quedaban levantadas después de que su padre se hubiera acostado?

–Muchas veces. Y si era necesario, a veces hasta nos levantaba de la cama.

La abogada se echó hacia atrás.

–¡Pero eso es terrible! ¿Y hasta cuándo continuó esa situación?

–Hasta que me enrolé en la Fuerza Aérea. Pero ya de mayores, no solo nos ocupábamos de limpiar cadáveres, sino que también los peinábamos y los maquillábamos. Para eso tampoco hace falta tener ningún permiso.

Su hermana todavía estaba en Arizona, arreglando muertos. Ni siquiera les habían permitido enviar una solicitud para ir a la universidad. Cuando Kalyna había optado por la vida militar, había tenido que dejar a su hermana detrás. Tati nunca podría alistarse al ejército, tenía epilepsia. Y, en cualquier caso, era demasiado tímida y temerosa como para dejar todo lo que le resultaba familiar.

–¿Cuántos años tenía cuando se incorporó al ejército?

–Dieciocho.

–De modo que se alistó en cuanto pudo.

Kalyna asintió. Su confianza crecía minuto a minuto. Era capaz de convencer a cualquiera de cualquier cosa. No tenía por qué preocuparse.

–¿Dónde está ahora su hermana? –preguntó la abogada.

–Tati sigue viviendo con mis padres.

Ogitani sacudió la cabeza.

–Qué vida tan terrible.

Kalyna bajó la voz hasta convertirla en un suspiro.

–Yo conseguí salir de allí. Ahora es lo único que me importa.

La abogada se alisó la falda.

–Kalyna –la tuteó–. No me gusta tener que pedirte esto, pero… ¿te importaría que habláramos de tu pasado durante el juicio?

Ogitani nunca se había mostrado tan cercana. A lo mejor era realmente un ser humano y no un androide, pensó Kalyna con ironía. Ava también había tenido que enfrentarse a sus propias emociones, pero Kalyna sabía que era una mujer más blanda. Demasiado blanda, quizá, y esa era la razón por la que se obligaba a contrarrestar su natural empatía con cierto distanciamiento.

–¿De mi pasado? ¿Por qué? Eso no tiene nada que ver con el capitán Trussell.

–Podría explicar por qué te comportaste con él como lo hiciste. Y cuanto más sepa el jurado sobre ti, más les interesará tu vida y los desafíos a los que has tenido que enfrentarte. De esa forma, tendremos más oportunidades de que vean lo ocurrido a través de tus ojos.

–Pero a mí no me gusta hablar del pasado.

–Creo que podría sernos de gran ayuda...

Kalyna permaneció en silencio durante el tiempo suficiente como para convencer a su abogada de que le estaba costando tomar una decisión.

–De acuerdo –contestó por fin–. Si es necesario, adelante.

–Es posible que te traiga recuerdos dolorosos. Tendré que pedirte disculpas por adelantado.

–No importa

Sobre todo si eso ayudaba a condenar a Luke. Se merecía un buen castigo. No iba a permitir que nadie se la tomara tan a la ligera. Nadie.

–¿Tienes algún tipo de contacto con tus padres?

–No mucho.

Los odiaba a todos. A su madre biológica, a los padres que había tenido en los Estados Unidos y al hombre que había abandonado a su madre en Ucrania antes de que su hermana y ella hubieran nacido.

–Lo comprendo –la mayor Ogitani continuó tomando nota–. Cuéntame ahora lo que ocurrió el seis de junio –le pidió, alzando la mirada.

Kalyna entrelazó las manos en el regazo. Aquella era la parte más difícil. Tenía que recordar los datos que les había dado a la policía y a Ava Bixby. Tenía que evitar cualquier detalle que pudiera llevarla a contradecirse.

–Coincidí con el capitán Luke Trussell en el Moby Dick.

–¿A qué hora?

–Cerca de las diez.

–¿Con quién estaba? –preguntó la abogada, recuperando repentinamente el usted.

–Sola.

–¿Suele salir sola, señora Harter?

Cuando alzó la mirada, la mayor Ogitani le explicó:

–No es una pregunta con la que pretenda censurarla. Pero es algo que necesito saber. Quién estaba allí, por qué había ido allí y cómo entabló conversación con el capitán Trussell.

Kalyna asintió.

–No suelo salir sola a menudo –contestó.

Era la mentira más grande que había dicho hasta el momento. Desde que había dejado de vivir con su hermana, lo hacía prácticamente todo sola. Incluso disfrutaba del sexo en soledad. Hasta que había llegado Trussell. Nadie parecía comprenderla. A nadie le gustaba. Pero sabía que no se consideraría normal contestar que prefería su propia compañía a la de nadie y necesitaba dar una apariencia de normalidad.

–Me trasladaron a la base hace tres meses. Ya sabe cómo son los primeros momentos –sonrió, fingiendo timidez–. Necesitaba olvidarme un poco de la vida militar, pero no conocía a nadie suficientemente bien como para pedirle que saliera conmigo.

–Lo comprendo perfectamente –la mayor Ogitani volvió a teclear–. ¿Estuvo bebiendo?

–No mucho…

La abogada se aclaró la garganta con intención de interrumpirla.

–Antes de contestar, déjeme reformular la pregunta. Si yo fuera la camarera y pidiera la cuenta de lo que bebió, como seguramente hará la defensa, ¿con qué me encontraría?

–Tomé dos o tres copas.

–¿De vino? ¿De cerveza?

–De Jack Daniel's con cola.

–¿En cuántas horas?

–En una.

No era poco, pero la abogada no dijo nada.

–¿Y el capitán Trussell también había bebido?

–Sí.

–¿Cómo lo sabe?

Kalyna resistió las ganas de decir que estaba bebido. Le habría encantado insinuar que estaba más borracho que ella, pero en el bar figuraría lo que habían bebido cada uno de ellos.

–Cuando le vi, estaba tomando una cerveza.

–¿Dónde estaba él cuando llegó?

–En una mesa de billar, jugando con un hombre al que no reconocí.

La mayor Ogitani incorporó aquella información a sus notas.

–¿Qué ocurrió cuando le vio? ¿Se acercó a usted?

–No, me acerqué yo ha saludarle. Durante todo el tiempo que he estado aquí, he sido su jefa de equipo.

Había tenido mucho contacto con él, un contacto que no se había limitado al trabajo. Kalyna había copiado su dirección de los diferentes documentos que había tenido que rellenarle. Había estado en su casa cuando él no estaba allí e incluso se había hecho con una copia de sus llaves. Le vigilaba de cerca y hasta le había seguido en más de una ocasión.

–Me sentía un poco fuera de lugar y estaba muy sola, así que me alegré de encontrarme con un rostro conocido.

La abogada continuó anotando.

–Ambos forman parte del sexagésimo Mando de Movilidad Aérea, ¿verdad?

–Exacto.

–¿El capitán Trussell se mostró tan amable como esperaba?

–Estaba concentrado en la partida, pero fue amable conmigo.

La mayor la miró a los ojos.

–¿Llegó a enterarse de cómo se llamaba el hombre que estaba con él?

–Sí, el capitán Trussell me lo presentó como el sargento O'Dell, Frank O'Dell.

Tap, tap, tap…

–¿Y cómo la trató el sargento O'Dell?

–También fue muy amable conmigo.

Pero no era un hombre tan maravilloso como Luke Trussell. Se trataba de un hombre bajo, fornido y con las huellas de haber sufrido un violento acné en algún momento de su vida. Luke le hacía tal sombra que Kalyna prácticamente le había ignorado.

La abogada dejó de escribir.

–¿Qué ocurrió después de que se acercara a saludar al capitán Trussell y él le presentara a su amigo?

–Estuve hablando con ellos mientras terminaban la partida y después invité al capitán Trussell a bailar.

Desgraciadamente, O'Dell estaba presente en aquel momento. En caso contrario, Kalyna podría haber intentado decirle a todo el mundo que había sido Luke el que se lo había pedido. De hecho, debería haber sido así. Pero los hombres atractivos siempre eran muy egoístas. Les gustaba que les complacieran las mujeres, pero después no se molestaban en devolver el favor. Un poco de diversión y después, si te he visto, no me acuerdo. Eso era lo único que podía esperar una mujer de un hombre como Luke Trussell.

Pero aquella vez no iba a quedar impune.

–¿Cómo respondió el capitán Trussell a su invitación?

La abogada la estaba observando tan de cerca que Kalyna temió que su expresión la estuviera delatando y controló rápidamente sus facciones.

–Estuvo de acuerdo.

–¿Bailó con alguien más?

–No –ella no se lo hubiera permitido.

–¿Puede decirme cómo fue cambiando su conducta a lo largo de la noche?

–Mientras estuvimos en el Moby Dick, estuvo perfectamente. Estaba un poco achispado, pero no me importó. Estábamos relajándonos, divirtiéndonos un poco.

–¿Cómo acabó en su casa?

–Como ya le he dicho, me sentía sola. Él me parecía buena persona y quería conocerle fuera del trabajo. Quería hacer amigos.

Recordó cómo había reaccionado Ava cuando le había dado aquella respuesta, lo rápidamente que la había aceptado.

–Hasta ese momento, ¿no hizo nada que sugiriera que podía ser peligroso?

–Nada en absoluto. Jamás le habría creído capaz de... –se interrumpió.

En el rostro de la abogada se reflejó un indicio de compasión, pero rápidamente lo dominó. Kalyna no había conocido nunca a nadie tan rígido, tan formal. Ava había terminado con lágrimas en los ojos mucho antes.

–No tiene que contármelo hasta que no esté preparada.

Kalyna disimuló una sonrisa. Aquello estaba yendo mucho mejor de lo que esperaba. Todo iba tan bien como las otras dos veces que había relatado su supuesta violación.

–Después de bailar un rato, y de seguir bebiendo, nos fuimos en un taxi a mi apartamento.

–¿Qué hora era cuando se montaron en el taxi?

–Poco más de las doce.

–Me pondré en contacto con la compañía de taxis para confirmar ese dato –y añadió–: Queremos que todo el mundo sepa que se fueron tarde a casa, y eso significa que el capitán Trussell salió de su apartamento bien entrada la madrugada. Si podemos demostrar que no hubo tiempo material para que alguien entrara en casa después que él, tendremos una enorme ventaja –siguió tomando nota–. ¿Cómo iba vestida esa noche, sargento? ¿Llevaba el uniforme militar?

–No. Estaba fuera de la base y estaba cansada de que

me trataran como a un soldado. Quería sentirme femenina, así que me había puesto un vestido.

Un vestido que le quedaba condenadamente bien. Eran muchas las cabezas que se habían vuelto para mirarla aquella noche.

—¿Diría que era un vestido discreto?

La pregunta esperanzada de la abogada le tentaba a contestar «eso creo». Ava le había preguntado lo mismo y había reaccionado del mismo modo. Pero la policía se había llevado el vestido como prueba, de modo que terminaría viéndolo con sus propios ojos.

Por lo menos, sobre una mesa no parecía tan provocativo como cuando ella lo llevaba puesto. Afortunadamente, lo que más llamaba la atención era el desgarro en la parte delantera.

—A lo mejor no para todo el mundo —admitió.

—¿Puede describírmelo?

—Era un vestido que dejaba los hombros y la espalda al descubierto.

—¿Largura?

—A medio muslo.

En realidad, ella era tan alta que le quedaba un poco más corto. Cuando había decidido ponérselo aquella noche, no imaginaba que tendría que terminar defendiendo su indumentaria. Lo único que le importaba era llamar la atención del capitán Trussell. Hasta entonces, nada le había funcionado. Luke era educado con ella, pero también distante. Era mucho más cariñoso que el resto del escuadrón, pero porque se veían obligados a pasar más tiempo juntos.

—Así que se había puesto un vestido bonito, estaba pasándoselo bien y decidió invitar a su casa a un hombre atractivo para tomar una copa.

La mayor Ogitani acababa de dar el giro perfecto a su relato. Kalyna pensó que aquella era la clase de discurso que funcionaría ante un tribunal.

—Sí.

–Algo que ocurre en los bares continuamente.

–Exacto.

–¿Y cuándo comenzó a ponerse la cosa fea?

–Cuando estábamos sentados en el sofá de mi casa –comenzó a retorcerse las manos para parecer más traumatizada–. Estábamos viendo la quinta temporada de *Sexo en Nueva York* y empezó a besarme. Yo estaba de acuerdo. Era un hombre que me gustaba. Pero cuando comenzó a deslizar las manos debajo del vestido me sentí incómoda. Fue demasiado atrevido. Y su actitud… Era como si pensara que no tenía derecho a negarme.

–¿Intentó detenerle?

Después de haber tenido la suerte de despertar su interés, solo una estúpida le habría detenido. La emoción de Kalyna cuando por fin la había tocado había sido indescriptible.

–Sí.

–¿Cómo reaccionó él?

–Se echó a reír. Pero a los pocos minutos, estaba intentando tocarme otra vez.

–¿Qué hizo en la segunda ocasión?

–Le empujé y le pedí que se marchara.

–¿Y le hizo caso? –la compasión teñía la voz de la abogada.

–No. Me agarró del cuello y me obligó a besarle. Después me desgarró el vestido… –tomó aire. Pensaba a toda velocidad, intentando dar consistencia a su relato–. Intenté escapar, pero me alcanzó en el vestíbulo, me tiró al suelo y, antes de que pudiera darme cuenta de lo que estaba pasando, ya estaba encima de mí. Me resistí, y él comenzó a gritarme que era una puta que le había calentado y que iba a conseguir todo lo que quisiera de mí.

La mayor Ogitani no se enfrentaba demasiado bien a las emociones. Kalyna la había observado intentando poner distancia a lo largo de toda la entrevista. En aquel momento necesitó un distanciamiento también físico. Se levantó y se acercó a la ventana.

–Continúe.

–Conseguí salir de debajo de él cuando empezó a desa-brocharse los pantalones. Intenté correr hasta mi dormito-rio para encerrarme allí, pero me agarró del brazo, me tiró contra la pared y me pegó en la cara.

–¿Fue un puñetazo?

–Sí. En las fotografías puede verse el ojo morado.

Comenzó a sacar las fotografías que había insistido en que le entregara el médico de urgencias, pero la mayor Ogitani la interrumpió.

–Están en el archivo que me han mandado.

Su voz no traicionaba disgusto alguno, pero Kalyna sa-bía que lo estaba sintiendo. Tenía las manos a la espalda y se las agarraba con tanta fuerza que sus nudillos habían pa-lidecido.

–¿Se resistió?

–¿No cree que debería estar tomando nota?

Kalyna estaba haciendo tan buen trabajo que quería que Ogitani no perdiera detalle.

–Pienso transcribirlo todo en cuanto hayamos termina-do. Está presentando una imagen muy viva de lo ocurrido. Créame, no lo olvidaré –tomó aire–. ¿Se resistió? –repitió.

–No podía. Estaba tan aturdida que no sabía ni lo que estaba pasando.

Lo cual explicaba por qué Luke no tenía ninguna heri-da.

–¿Y entonces?

Al parecer, Ogitani quería los detalles más descarnados. A lo mejor disfrutaba en secreto con todo aquello.

–De pronto, estaba dentro de mí, empujaba con fuerza y me decía lo mucho que me deseaba. Decía que me deseaba como nunca había deseado a nadie.

Excitada con su propia invención, Kalyna entrecerró los ojos para que la sargento no pudiera adivinar sus verdade-ros sentimientos.

–Jamás olvidaré la sensación de su aliento en mi cuello.

Por lo menos, eso era cierto. Jamás olvidaría nada de lo

ocurrido. Estar con Luke había sido la mejor experiencia de su vida, incluso cuando no estaban haciendo el amor.

La mayor Ogitani se acercó a ella y se agachó a su lado.

–¿Lloró, gritó?

–Sí –había gemido de placer.

–¿Y no fue nadie a ayudarla? –se enderezó mientras hacía la pregunta.

–¡No! Nadie oyó nada. Todavía no me lo puedo creer.

La mayor Ogitani posó la mano en su hombro. El gesto no parecía muy natural, pero el esfuerzo de la abogada por consolarla hizo que a Kalyna le resultara más fácil hacer aparecer las lágrimas.

–¿Está bien?

Kalyna se sorbió la nariz y asintió.

–¿Cómo llegó aquella noche al hospital? –parecía indignada–. No me diga que tuvo que conducir en ese estado.

–No. Cuando él se fue, fui a casa de mi vecina. Me llevó al hospital… y las fotografías demuestran todo lo demás.

–Agradezco el detalle de las explicaciones. Sé que no tiene que ser fácil contar lo sucedido.

–No, no es fácil –Kalyna volvió a sorberse la nariz–. Pero… ¿Cree que merecerá la pena? ¿Cree que ganaremos?

Ogitani se mordió el labio preocupada.

–Estos casos son difíciles de demostrar. Haré todo lo que pueda.

Intentando alejarse de ella, porque la cercanía de otras mujeres siempre le había puesto nerviosa, Kalyna se levantó de la silla.

–Gracias.

Ogitani contestó con una sonrisa.

–De nada.

Se estrecharon las manos, Kalyna salió y se permitió sonreír para sí más que satisfecha. Le tenía atrapado. Luke Trussell iría a prisión, allí terminaría aislado y olvidado del resto del mundo.

Entonces necesitaría la compañía de alguien. La necesitaría a ella. Y ella le perdonaría. Luke se daría cuenta de que tenían que estar juntos. Habría cartas y declaraciones de amor. Visitas a la prisión. Y quizá incluso podrían tener un hijo.

De hecho, a lo mejor estaba embarazada. Pensó en ello con una emoción como nunca había experimentado. Dudaba de que los restos del preservativo pudieran dar como resultado un embarazo, pero siempre había una pequeña posibilidad.

Y, en cualquier caso, tenía la seguridad de que terminarían juntos.

Capítulo 4

El miércoles, a última hora de la mañana, Ava estuvo hablando con la vecina que había llevado a Kalyna Harter al hospital. Quedaron en un establecimiento de zumos, situado justo fuera de la base. María Sánchez había sido la primera persona que había visto a Kalyna después del ataque, así que estaba deseando hablar con ella. Pero María no parecía querer involucrarse en el caso. La primera vez que había hablado con ella había dicho que estaba demasiado ocupada. Después de unas cuantas llamadas, había aceptado reunirse con ella, pero solo unos minutos. Había llegado tarde, y no sonreía mientras se acercaba a ella.

—Hola —con expresión recelosa, se quitó las gafas de sol tras las que ocultaba sus ojos castaños—. ¿Es usted…?

Ava alzó el zumo que se había comprado mientras esperaba.

—¿La persona con la que has quedado? —la tuteó—. Sí, soy Ava Bixby, de El Último Reducto. Tú debes de ser María Sánchez.

María asintió.

—Gracias por venir.

Esperando ayudarla a relajarse, le tendió la mano. María se la estrechó con desgana. Ava señaló el asiento vacío que tenía a su lado.

—¿Quieres tomar algo? —le preguntó.

–No, gracias –contestó.

–¿No te apetece un zumo?

María ni siquiera miró el cartel con la oferta de zumos que colgaba de la pared.

–No. Un zumo de frutas tiene muchas más calorías de las que te puedes imaginar –también comenzó a tutearla.

Aquella militar tenía el aspecto de tomarse el ejercicio tan en serio como la dieta. Baja y fornida, tenía una musculatura que podía competir con la de muchos hombres.

–¿Procuras tener una alimentación saludable?

Era más que obvio que María no tenía ganas de entablar conversación. Prefería empezar cuanto antes la reunión y acabar con aquel asunto de una vez por todas. Aun así, musitó una explicación ahogada en parte por el zumbido de las batidoras.

–Todo lo que como es ecológico.

–Mi amiga Skye no para de intentar mejorar mis hábitos alimenticios. Yo pensaba que había hecho bien al pedir extracto de trigo en mi zumo –dijo riendo.

María jugueteó con las llaves que llevaba en la mano.

–El extracto de trigo es muy saludable. Es con el azúcar con lo que hay que tener cuidado.

–Mi problema es la cafeína. Estoy demasiado ocupada como para bajar el ritmo y comer como es debido.

María miró hacia la puerta, como si estuviera deseando escapar, pero no se movió.

–La cafeína puede matarte.

Haciendo otro intento por aligerar el ambiente, Ava señaló el expositor que había al lado de la caja registradora.

–¿Estás segura de que no quieres tomar nada? ¿Ni siquiera un zumo sin azúcar?

María transigió y fue a buscar una botella de agua que pagó Ava.

–Probablemente ya sabes por qué tengo interés en hablar contigo –comenzó a decir Ava cuando regresaron a la mesa.

–Kalyna me comentó que a lo mejor me llamaban. Pero

la mayor Ogitani ya ha estado conmigo. Y también Pledge McCreedy.

–El abogado de la defensa.

–Es un estúpido.

Ava no había tenido en ningún momento mucho interés en el zumo que había pedido. Y después de que le hubieran dicho que no era tan saludable como pensaba, lo había perdido por completo.

–Su trabajo consiste en defender al acusado.

–Se comportaba como si no me creyera.

–No me sorprende.

Pledge McCreedy era famoso en Sacramento porque rara vez perdía un caso, lo que hacía que Ava se sintiera particularmente protectora con su cliente. En cuanto se había enterado del que el capitán Trussell había contratado a McCreedy, conocido por su ambición, había decidido invertir el mayor esfuerzo posible para ayudar a Kalyna.

–Pero yo no tengo ningún motivo para mentir. Se lo dije a él y se lo dije a Ogitani. No conozco mucho a Kalyna –repuso María–. Su piso está al lado del mío, coincidimos a veces en la puerta y nos hemos intercambiado las llaves de casa por si alguna vez las perdemos o las olvidamos dentro y Kalyna da de comer a mis gatos cuando estoy fuera. Ella no tiene mascotas, así que no tengo que devolverle el favor, pero de vez en cuando la invito a una copa para agradecérselo. Esa es la única relación que tengo con ella.

Ava la miró con atención. ¿Por qué estaba María tan nerviosa?

–Solo quiero oír tu versión de lo que pasó la noche que llevaste a la sargento Harter al hospital –le dijo–. ¿Oíste mucho jaleo en la puerta de al lado?

María dejó las llaves del coche en la mesa. La cadena con las que la sujetaba sostenía también su carné de conducir. Bajo el plástico se veían algunos billetes. No llevaba cartera ni bolso.

–No, pero era tarde. Y mi trabajo me exige mucho ejercicio físico. Duermo muy profundamente.

–No es fácil despertarte.

–Podría seguir dormida en medio de un terremoto. Ya se lo dije a McCreedy.

–Vivimos cerca de San Francisco, así que a lo mejor tienes oportunidad de comprobarlo algún día –bromeó Ava, intentando tranquilizarla y ganarse su confianza–. ¿Y qué me dices de otros vecinos? ¿Has hablado con ellos?

–En frente de Kalyna vive una pareja. Pero se habían ido. Por lo visto se casaba alguien de su familia. No creo que nadie más se enterara de nada hasta el día siguiente.

Ava mantenía un tono de voz cercano, como si fueran amigas de toda la vida.

–Supongo que se llevarían una buena sorpresa. Ese tipo de cosas no ocurren todos los días, ¿verdad, María?

–La vecina del final del pasillo, Petra, no parecía muy sorprendida –contestó.

–¿Petra?

María alzó la mirada de las llaves.

–Petra Lewis. También forma parte de la Fuerza Aérea.

–¿Por qué no estaba sorprendida?

–Decía que Kalyna probablemente se lo merecía.

Ava hundió la cucharilla en el batido de frutas y se la metió después en la boca.

–¿Por qué?

María suspiró con fuerza.

–Supongo que por su forma de comportarse con los hombres.

Aunque María no parecía tener ganas de dar más explicaciones, Ava continuó preguntando.

–¿Cómo se comporta?

María permaneció en silencio.

–¿Se muestra demasiado cariñosa? –aventuró Ava.

–Podría decirse así. Pero esa no es la única razón por la que a Petra no le gusta Kalyna –se precipitó a añadir–. Dice que es muy perezosa. Que tiene una excusa para todo.

–¿Y tú estás de acuerdo?

–Son las mujeres como ella las que dan mala fama a las

mujeres en el ejército –comenzó a juguetear con las llaves–. Pero yo intento no meterme en la vida de nadie.

Ava estaba más preocupada por la conducta de Kalyna con los hombres que por su ética laboral.

–¿Ha salido con muchos hombres?

–La verdad es que no.

–¿Entonces por qué te parece que es demasiado... cariñosa?

María comenzó a moverse nerviosa en la silla, como si estuviera buscando la respuesta perfecta, una respuesta que reforzara lo que acababa de decir, pero que no motivara más preguntas.

–La he visto intentar ligar con los hombres de la base. Y suele salir hasta muy tarde. Muchos días, la veo llegar arrastrándose a casa cuando yo acabo de levantarme.

–¿Y a las otras mujeres eso les molesta?

–Sí, pero solo porque les impide trabajar como es debido –contestó–. A veces llega tarde al trabajo, o aparece apestando a alcohol. O comienza a contar sus hazañas, algo que puede llegar a resultar muy incómodo.

–¿La viste con alguien la noche en cuestión?

–No.

Ava saboreó otra cucharada de batido.

–¿Qué es lo primero que recuerdas de aquella noche?

–Oí algo que parecía un gemido, o a lo mejor un sollozo, en la casa de al lado.

–¿Y te levantaste a investigar?

–No. Estaba demasiado cansada. Me convencí a mí misma de que debía de ser la televisión y me olvidé.

–¿A qué hora fue?

María tomó el carné de conducir, lo abrió y volvió a cerrarlo.

–No.

–¿Qué ocurrió a continuación?

–Me desperté cuando Kalyna llamó a mi puerta.

Ava comenzó a remover el batido, renunciando ya a terminárselo.

–¿Qué pensaste cuando la viste?

–¿Qué iba a pensar? Vi que estaba herida. Tenía sangre en la cara y las manos arañadas. Decía que acababan de violarla. Desde luego, no es algo con lo que uno espera encontrarse, ¿sabes?

–¿Qué hora era?

–Las tres y media. Lo vi en el reloj del microondas cuando fui a buscar las llaves del coche.

–¿Kalyna te contó algo más?

María parecía estar comenzando a relajarse.

–No. Se sentó en el asiento del copiloto y comenzó a temblar y a moverse hacia delante y hacia atrás. Tuve que ponerle el cinturón de seguridad porque estaba... aturdida. Daba miedo.

–¿Te dijo quién la había violado?

–Dijo que había sido el capitán Trussell.

–¿Conoces al capitán?

–Le he visto en la base, pero no nos han presentado.

–¿Entonces cómo sabes quién es?

María curvó los labios en una sonrisa.

–Cuando uno es tan atractivo como él, es fácil llegar a ser conocido. Todas las mujeres solteras de la base hablan de él. Además, es amigo de otro oficial, Weston Anderson, que está casado con una amiga mía –abrió la botella de agua–. Y...

–¿Y?

–Kalyna me habló de él en una ocasión.

María parecía de nuevo reacia a seguir hablando.

–¿Te acuerdas de cuándo fue eso?

–Una semana o dos antes del incidente.

–¿Y qué te dijo?

Ava tenía que arrancarle a María cada palabra, pero por lo menos había conseguido que no se fuera.

–Kalyna estaba saliendo de casa cuando yo llegaba y nos encontramos en el descansillo. Le pregunté que si tenía planes para la noche y me comentó que había quedado con un piloto. Quise saber quién era y me dijo que era el capitán Trussell.

¿Una cita? Por lo que Kalyna le había dicho, Ava tenía la impresión de que hasta la noche del Moby Dick, nunca habían salido juntos.

–Entonces, ¿estaba interesada en él antes de esa noche?

–Desde luego. Y estaba encantada de hacerme saber que había conseguido lo que tantas otras mujeres deseaban –esbozó una mueca–. Pero supongo que estuviera tan emocionada por estar con él, tan orgullosa, hace que le duela más lo que le hizo.

–Entonces, ¿crees a Kalyna? ¿Estás convencida de que está diciendo la verdad?

María tamborileó con los dedos contra la botella de agua.

–Por supuesto que la creo. ¿Por qué iba a mentir con una cosa así?

–A veces ocurre.

Kalyna negó con la cabeza.

–No. La vi. Estaba traumatizada. Y alguien la había pegado.

–Entonces, ¿no crees que podría haberse lesionado ella misma?

María la miró boquiabierta.

–¿Qué? ¡Claro que no!

–Eso es lo que necesitaba oír. Gracias por haber accedido a hablar conmigo –Ava le tendió una tarjeta–. Aquí es donde puedes encontrarme si necesitas ponerte en contacto conmigo.

–¿Ya está? ¿Ya hemos terminado?

–Sí, ya hemos terminado. A no ser que quieras decirme algo…

–No, no tengo nada más que contar. Gracias por el agua –se guardó las llaves y comenzó a salir rápidamente, pero antes de llegar a la puerta, aminoró el paso y se volvió–. ¿Ava?

Ava todavía estaba observándola, preguntándose por sus verdaderos sentimientos hacia Kalyna.

–¿Sí? –le preguntó esperanzada.

–Hay algo que me preocupa.

–¿Y qué es?

–Yo… No le dije nada al abogado de la defensa porque… Bueno, no dejo de decirme que no puede tener ninguna importancia para el caso. Pero… –se mordió el labio, se acercó a Ava y bajó la voz–, pero me siento culpable por no habérselo contado a nadie.

Por fin iban a llegar a algo. Ava la invitó a sentarse otra vez.

–¿Qué es, María?

María se sentó y se inclinó hacia ella.

–¿Qué he dicho antes de la relación de Kalyna con los hombres?

–Has dicho que es demasiado cariñosa.

–A lo mejor es una forma demasiado suave de decirlo. Kalyna… se acuesta con muchos hombres.

Ava apartó el batido.

–¿Lo sabes a pesar de que no suele llevar hombres a su apartamento?

María suspiró.

–Sí, lo sé porque no le da ninguna vergüenza admitirlo. Es una ninfómana que presume de sus hazañas.

–¿Qué clase de hazañas?

Con Ava no se había jactado de nada. Había sido toda inocencia.

–Le gustan los juegos perversos.

–¿Estás segura de que lo hace de verdad? ¿No serán cosas que te cuenta para llamar tu atención? ¿Para impresionarte?

–No creo –secó la condensación de la botella de agua–. Una de las veces que la invité a tomar una copa, estuvimos hablando y me preguntó si había estado alguna vez con otra mujer –miró a su alrededor como si temiera que pudieran haberla oído, aunque eran las únicas clientas del establecimiento y hablaba prácticamente entre susurros–. Cuando le dije que no, me dijo si no tenía ganas de probarlo.

–¿Crees que es lesbiana?

Si fuera lesbiana, eso podría explicar el que le hubiera puesto freno a Trussell. A lo mejor demostraba interés con los hombres como una forma de defenderse. Y quizá el hecho de comportarse como una ninfómana también fuera una forma de ocultarlo.

–Lo dudo. Estoy segura de que le gustan los hombres. Eso solo era una manera de intentar demostrarme lo atrevida que es.

Aquella conversación no estaba sirviendo en absoluto para consolidar la confianza de Ava en Kalyna Harter, lo que resultaba decepcionante. No tenía ganas de enfrentarse a aquel dilema. Si Kalyna era realmente una víctima, necesitaría todo el apoyo de ella. Pero Ava no podía ignorar aquella información. Tenía que contemplar a su cliente de la manera más objetiva posible.

–¿Por qué crees que todo esto puede ser relevante?

María alzó la mano.

–Todavía no he terminado. Cuando me preguntó que si alguna vez… me gustaría probarlo, bromeé diciendo que solo si hubiera algún hombre de por medio.

–Un trío.

María se sonrojó.

–Sí.

–¿Y qué dijo entonces Kalyna?

–Me dijo que le gustaría invitarme en alguna ocasión –arrancó la etiqueta del agua–. Yo no creía que Trussell tuviera interés en ella, así que le dije que si conseguía convencerle de que se acostara con nosotras, no me importaría que lo intentáramos. Quería saber si era cierto lo que me había dicho de él.

–¿Y?

María tomó aire y lo soltó lentamente.

–Sonrió como si estuviera encantada de aceptar el desafío y me prometió que lo haría.

–¿Era eso lo que estaba intentando organizar el seis de junio?

—Si era eso, a mí no me llamó. A lo mejor sabía que no estaba hablando en serio. O a lo mejor ella tampoco hablaba en serio.

María se apartó la melena del cuello, como si estuviera sofocada. El día era caluroso, el aire acondicionado no refrescaba demasiado el ambiente y, definitivamente, aquella era una conversación que habría preferido no mantener.

—Pero cuando surgió todo el lío de la violación y salió a relucir el nombre de Trussell, tuve una sensación extraña. Sabía que a Kalyna le encantaría estar con él. Pero entonces, ¿por qué le invitó a su casa y después le dijo que no? Sinceramente, me cuesta imaginarme que la forzara, por lo menos tal y como ella lo expone.

—Podría haber muchas razones que la llevaran a cambiar de opinión.

Ava consiguió sonreír, pero el hecho de que Kalyna hubiera hablado con tanta ligereza del capitán Trussell semanas antes del incidente también la preocupaba. Si la defensa lo averiguaba, podría apuntarse un buen tanto.

—Yo no lo decía en serio, así que es probable que tampoco ella —repitió María.

Ava volvió a pensar en las fotografías que había visto y en el hecho de que era imposible que hubiera entrado alguien en el apartamento de Kalyna después de que Trussell se fuera. El testimonio de Kalyna había sido muy convincente. Habían tratado el incidente en dos reuniones distintas y en las dos había terminado llorando.

—El hecho de que fuera ella la que persiguiera a Trussell no significa nada. La cuestión es que en un momento determinado quiso dar marcha atrás y él recurrió a la violencia. Eso no tiene excusa.

—Sí, estoy de acuerdo. Entonces, ¿no tengo que hablar con nadie más de esto? Si alguien lo interpretara como no debe, esto podría poner fin a mi carrera. Ya sabe cómo es el ejército. Es mejor no preguntar y no saber nada.

—Si alguien te pregunta en un ámbito legal, tienes que ser sincera.

–Pero, ¿y si nadie me pregunta? Todavía nadie me ha preguntado nada al respecto.

Y solo lo había contado una vez. A ella.

Ava sintió un ligero remordimiento, pero no tenía intención de ayudar a la defensa. Ya había pasado antes por una cosa así y había permitido que su sentido de la justicia comprometiera un caso. Bella había pagado con su propia vida por no conseguir que la creyeran. Ava no permitiría que eso volviera a ocurrir. Las preferencias y la vida sexual de Kalyna no tenían ninguna importancia. El problema era que le había dicho que no a Trussell y él había ignorado su voluntad.

–No tienes por qué ofrecer voluntariamente esa información.

María sonrió aliviada, lanzó las llaves al aire y volvió a recogerlas, por fin relajada.

–Gracias a Dios. Me gustaría no haber tenido nunca esa conversación tan estúpida. Imagino lo que podrían llegar a decir mis compañeros si se enterasen –rio nerviosa.

Seguramente se preguntarían, como estaba haciendo Ava en aquel momento, si María no estaba ocultando algo. Pero la vida sexual de María no tenía nada que ver ni con aquel caso ni con ningún otro. No tenía ningún motivo para indagar en ella.

–No te preocupes –le dijo, y se despidió de María con la mano.

Permaneció después durante largo rato en la mesa, analizando la información que María había compartido con ella. Evidentemente, Kalyna no era una persona de reputación intachable. No tenía una buena imagen entre sus compañeros y tampoco estaba bien relacionada. Eso podría representar un desafío. Pero incluso aquellos que no eran perfectos tenían derecho a la justicia cuando la necesitaban.

Deseando poder hablar de lo ocurrido con alguien más, sacó el teléfono del bolso y llamó a Jonathan Stivers, un detective privado que colaboraba con muchos de los casos de El Último Reducto. Trabajaba muchas veces a cambio de nada, pero lo hacía tan a menudo que, siempre que podían, procuraban pagar sus servicios. Afortunadamente, y al igual que ellas, Jonathan tenía más interés en ayudar a los que lo necesitaban que en rodearse de lujos, así que cobraba únicamente lo que necesitaba para sobrevivir.

—¿Diga?

—Jonathan, soy Ava.

—¿Qué pasa, Ava? —preguntó con voz más cariñosa.

—Tengo un trabajo para ti.

—Siempre tienes un trabajo para mí. ¿Nunca tienes nada divertido?

—No.

—Me lo imaginaba.

—¿Porque tiendo a comportarme como una adulta y tú no?

—No hace falta trabajar veinticuatro horas al día para ser adulto —repuso Jonathan.

—Hay mucha gente que cuenta conmigo. Me siento responsable hacia ellos.

—¿Y nunca has pensado que podrías estar abandonándote a ti misma?

A lo mejor. Pero la verdad era que no sabía cómo ponerle remedio y ya tenía demasiadas cosas a las que enfrentarse cada día. Además, cuanto más trabajaba, menos tiempo tenía para pensar en sí misma. Había estado ocupada intentando cerrar un par de casos para poder concentrarse en Kalyna Harter. Si no, habría llamado antes al capitán Trussell.

—Estoy contenta tal y como estoy —insistió.

—¿Y para qué me necesitas? ¿Para demostrar que paso más horas en el trabajo que tu novio?

En aquel momento entró en el establecimiento una madre con una hija y Ava bajó la voz.

—Ya basta. Geoffrey es un promotor inmobiliario emergente. Para llevar a cabo su trabajo necesita tiempo y dedicación.

–No es el hombre adecuado para ti.

Tras dirigirle una débil sonrisa a la niña, que la estaba mirando, Ava volvió la cabeza.

–¿Y ese amigo con el que estás intentando emparejarme lo es?

–Justin es un buen tipo. Creo que te gustaría.

–Le conocí en la fiesta de Navidad.

–Necesitas salir con más hombres antes de que cometas una estupidez, como casarte con Geoffrey.

–No voy a casarme con Geoffrey.

No podía haber nada más alejado de sus intenciones que una relación permanente. Ava había sido testigo del fracaso matrimonial de su madre y temía ser tan incapaz como ella de mantener una relación permanente.

–Podrías terminar haciéndolo sin proponértelo.

–De ninguna manera.

–Entonces, ¿por qué estás perdiendo el tiempo?

Porque se sentía suficientemente sola como para preferir conservar esa relación, y porque no había conocido ningún candidato mejor, y en ello incluía al amigo que Jon había conocido en el gimnasio.

–Bueno, ya basta. Necesito que investigues el pasado de alguien.

Jonathan vaciló, como si no le apeteciera dejarle cambiar de tema, pero al final mordió el anzuelo.

–¿Cómo se llama?

–Capitán Luke Trussell. No sé dónde nació, pero ahora mismo es un piloto de la Base de la Fuerza Aérea de Travis.

Jonathan soltó un silbido.

–Impresionante. Oficial y Caballero. ¿De qué se le acusa?

Inclinando la cabeza para que nadie pudiera oírle, Ava contestó:

–De violación.

–Vale. Así que quizá no sea un Caballero.

–Ya veremos –respondió Ava.

Llevó el recipiente del zumo a la basura y se dirigió hacia la puerta.

–Me ocuparé de ello.

–En este caso, cuanto antes mejor.

–Dices lo mismo con cada caso –se quejó Jonathan, y colgó el teléfono.

–Porque todos los casos son importantes –farfulló Ava.

Y aquel prometía ser más difícil que ningún otro.

Capítulo 5

El miércoles por la tarde, Luke estaba a punto de salir de su apartamento cuando sonó el teléfono. Lo sacó, dispuesto a contestar, pero se detuvo al ver que le llamaban de El Último Reducto.

Aquel era el nombre de la organización benéfica sobre la que su abogado le había advertido.

Nervioso, jugueteó con las llaves y dejó que el teléfono continuara sonando hasta que saltó el contestador. Fue al tercer timbrazo. Segundos después, la voz de una mujer reverberaba en el salón.

–Capitán Trussell, soy Ava Bixby. Trabajo en El Último Reducto, una organización benéfica de apoyo a las víctimas. Estoy en contacto con la sargento Harter. Me ha contado una historia muy desagradable sobre lo que ocurrió la noche del seis de junio. Antes de involucrarme más en el caso, me gustaría oír su versión de lo ocurrido. Si puede dedicarme unos minutos, llámeme, por favor.

Le dejó el número de teléfono del móvil y el del despacho.

Luke deslizó el dedo por el auricular. La señora Bixby parecía una persona de mente abierta, no parecía estar todavía contra él. Pero no podía llamarla. El mejor abogado defensor de Sacramento le había advertido que no lo hiciera.

Después de asegurarse de que la abogada había colgado el teléfono, llamó a McCreedy.

–Soy Luke Trussell –le dijo a su abogado cuando se puso al teléfono.

–Hola, capitán Trussell, ¿cómo se encuentra? –respondió McCreedy.

Era fácil ser amable cuando no era uno el que tenía la soga al cuello.

–Nervioso.

–¿Cómo puedo aplacar sus temores?

–No estoy seguro de que pueda. Acabo de recibir una llamada de Ava Bixby.

–No le habrá dado muchos detalles, ¿verdad?

–Ninguno. Ni siquiera he contestado.

–Estupendo.

Luke continuaba jugueteando con las llaves.

–¿Por qué estupendo? Ha dicho que le gustaría oír mi versión de lo ocurrido y a mí me encantaría ofrecérsela.

–Es una trampa. Lo único que quiere es atraparle en un momento de debilidad y arrancarle algo que después pueda utilizar contra usted. Confíe en mí, Trussell.

Pero McCreedy estaba dándole aquel consejo basándose en una premisa falsa: que él podría estar mintiendo. La mayor parte de sus defendidos lo hacían, ¿no? No podían ser sinceros si querían librarse de la prisión.

–Este caso es diferente –protestó–. Yo no soy como la mayor parte de sus clientes. No tengo nada que esconder, así que no entiendo qué daño puede hacerme hablar con Ava Bixby.

–Todos mis clientes son inocentes hasta que se demuestra su culpabilidad. Y usted podría correr mucho peligro.

–Pero si no violé a Kalyna, ¿qué daño puede hacerme?

–Eso depende de su nivel de motivación. La señora Bixby puede interpretar erróneamente algún comentario, o incluso tergiversar lo que le diga.

–Pero si no respondo a su llamada, pensará lo peor. Cualquiera en su caso lo haría.

–No, pensará que tiene un buen abogado. Y es cierto.

En ese momento, Luke renunció a intentar convencer a

McCreedy. Le pagaba por algún motivo. Tenía que confiar en su consejo.

Quince minutos después, mientras conducía hacia el gimnasio, intentaba decirse que había hecho lo que debía. Pero no le sirvió de nada. No podía dejar de pensar en el mensaje que le había dejado Ava Bixby, así que dio media vuelta y volvió a casa. Quería saber algo más de El Último Reducto y estaba demasiado impaciente como para postergar la búsqueda de información un par de horas.

Lanzó las llaves a la mesa de la entrada en cuanto cruzó la puerta y se dirigió hacia el ordenador.

Encontró toda una lista de vínculos con la organización. Casi todos remitían a artículos de periódicos en los que contaban cómo la organización había ayudado a encontrar a personas desaparecidas, ayudaba a reclusos o protegía a mujeres maltratadas.

Las alabanzas que recibía la organización le pusieron todavía más nervioso. McCreedy tenía razón al decir que eran como sabuesos, que no paraban hasta conseguir lo que querían. ¿Pero perseguirían a un hombre inocente con la misma determinación que a un culpable? ¿No se molestarían en averiguar la diferencia?

Uno de los vínculos le condujo a la página oficial de la organización. Allí leyó cuál era su objetivo: *Ayudar a las víctimas de la violencia y la delincuencia a encontrar justicia, seguridad y paz.*

Parecía noble. Otros párrafos detallaban la necesidad de la organización de conseguir apoyo económico. Había incluso una forma de donar dinero directamente a través de la web.

En otro momento de su vida, Luke probablemente les habría enviado unos cientos de dólares si hubiera encontrado la página, pero aquella tarde, temía que pudieran terminar utilizando ese dinero en su contra.

Continuó navegando para conseguir información sobre sus trabajadores. Por lo que encontró, solo eran tres, y mujeres, por cierto, las que trabajaban a tiempo completo en la oficina de Sacramento. Desgraciadamente, la web no incluía fotografías de las «directoras», como ellas mismas se denominaban, pero encontró una pequeña biografía de cada una de ellas. Ava había nacido y crecido en California. Había estudiado la carrera en la Universidad de Standford y había comenzado a trabajar en El Último Reducto como voluntaria.

Luke se quedó con la mirada fija en el párrafo que acababa de leer. Parecía una mujer inteligente. ¿Pero podría confiar en ella? ¿Sería capaz de escuchar la verdad? ¿Le importaría siquiera? ¿O estaría tan convencida de lo que Kalyna le había contado que lo único que le importaba era apuntarse otra victoria?

Necesitaba que alguien le escuchara, necesitaba detener aquella farsa antes de que fuera demasiado lejos. Quería recuperar su vida de siempre, quería volver a volar.

Llamó al teléfono del despacho que Ava le había dejado en el contestador.

–El Último Reducto –contestó una voz agradable.

–¿Es usted Ava Bixby?

–No, ahora mismo está hablando por otra línea. ¿Quiere que le llame? ¿Quiere dejarle algún mensaje?

«No hables con ella. No está de nuestro lado», le había advertido McCreedy. ¿Por qué no le había hecho caso?

–No, no quiero dejarle ningún mensaje –contestó, y colgó el teléfono.

Capítulo 6

–¿Tienes un minuto?

Ava alzó la mirada y vio a Jonathan Stivers asomando la cabeza en su despacho. Era martes por la tarde.

–Por supuesto –le dijo–. Pasa. He estado intentando localizarte.

–Lo siento. Me he quedado sin batería y he perdido el cargador del móvil.

Con su metro noventa, su cuerpo atlético y el pelo y los ojos oscuros, Jonathan era, definitivamente, un hombre atractivo. Aunque Ava nunca se había sentido atraída por él en un sentido romántico, tanto las trabajadoras del centro como las voluntarias se lamentaban continuamente de que no estuviera disponible. Estaba comprometido con Zoe Duncan, una mujer a la que había conocido cuando estaba intentando rescatar a su hija, que había sido secuestrada.

–Me alegro de que te hayas pasado por aquí –apartó unos informes telefónicos que había estado estudiando–. Me muero de ganas de hablar contigo.

Jonathan se acercó lentamente y se sentó tras el escritorio.

–Afortunadamente, todavía estás aquí. No tenía ganas de tener que recorrer todo el delta intentando encontrar tu casa flotante.

Ava elevó los ojos al cielo.

–No empieces, ¿de acuerdo? No es tan difícil de encontrar.

–Está a más de cuarenta y cinco minutos de aquí.

–Pero atraco en el mismo lugar cada noche. Bueno, cada noche desde hace seis meses –se corrigió.

–¿Cuándo vas a comprarte una verdadera casa? No creo que sea muy cómodo tener que conducir hasta el delta cada noche.

–Skye tiene que ir más lejos todavía –se encogió de hombros–. De todas formas, vivir en una casa flotante tiene sus ventajas.

–¿Y son?

–No estoy segura de que quiera vivir siempre en Sacramento. Si viviera en una casa convencional, tendría que venderla para poder marcharme.

–Así que lo que quieres decir es que puedes marcharte cuando quieras.

Ava abrió un cajón para sacar un paquete de chicles y lo cerró con brusquedad.

Jonathan arqueó una ceja.

–Podrías irte ahora mismo.

–Sí, podría irme si quisiera –desenvolvió un chicle y lanzó el envoltorio a la papelera, pero no acertó.

–No puedes abandonar una casa flotante.

–Llamaría a mi padre para que se hiciera cargo de ella. Al fin y al cabo, es suya, ¿no? –se metió el chicle en la boca.

–No, no podrías hacer una cosa así. Porque entonces él tendría que venderla, se desvanecería la ilusión que le has ayudado a crear y no podría seguir pensando que no está demasiado dominado por su mujer como para no poder salir a pescar de vez en cuando –Jonathan señaló con la cabeza los chicles–. Pásame uno.

Ava le lanzó una barrita de chicle y Jonathan la agarró con la mano.

–Sus ilusiones no son mi problema.

–Eso es una impostura.

–¿Una impostura? ¿De dónde has sacado esa palabra?

Jonathan sacó el chicle, tiró el envoltorio a la papelera y acertó de lleno.

–Tengo un vocabulario muy rico, aunque intento no utilizarlo. No me gusta intimidar a los que me rodean.

Ava no pudo evitar una carcajada.

–Pues bien, ni es una impostura ni estoy prevaricando.

–¡Así que tú también tienes que contenerte! –exclamó Jonathan con un silbido–. Estoy impresionado.

–Me alegro. ¿Eso significa que podemos dejar de discutir?

No tenía sentido intentar convencerle de que tenía razón, porque sabía que no la tenía. No podía devolverle la casa flotante a su padre. Estando su madre en prisión, Chuck Bixby era lo único que le quedaba a Ava. A pesar de lo distante que había sido siempre su padre, por lo menos en un sentido emocional, Ava estaba intentando salvar el vacío que había entre ellos, luchaba para reconstruir lo poco que podía quedar de los restos de su familia.

–No estamos discutiendo. Estamos racionalizando.

–¿*Raciona* qué? –se levantó para tirar el envoltorio del chicle a la papelera.

–Racionalizando –Jonathan sonrió con suficiencia–. Significa hablar con método y lógica.

Ava alzó la mano mientras regresaba a su asiento.

–Muy bien, sabelotodo. Tengo otra palabra para ti: deja de hacer el idiota, ¿de acuerdo? Y ahora, ¿podemos ponernos a trabajar?

Jonathan se rascó la cabeza.

–Lo de idiota creo que lo entiendo.

–¡Déjalo ya! –abrió el archivo de Kalyna Harter–. ¿Qué has averiguado sobre el capitán Trussell?

Jonathan chasqueó la lengua.

–Siento tener que decirte esto, pero te has equivocado de tipo.

–¿Qué?

–El Luke Trussell que me has hecho investigar podría ser un boy scout. No sé qué más puedo decirte.

—¿Tiene un historial limpio?

—Dos multas por exceso de velocidad en tres años. Eso es todo.

—¿No ha habido detenciones previas? ¿No ha conducido nunca bajo los efectos del alcohol?

—No, ni agresiones sexuales, ni maltrato doméstico. Nada que pueda quebrar la paz social.

—¿Has hablado con amigos, enemigos, antiguas amantes?

—No he podido encontrar enemigos. He hablado con un par de mujeres que salieron con él. Una de ellas dice que tuvieron varias citas, pero que no llegaron a acostarse nunca. Cuando le he preguntado que por qué, me ha dicho que él no quería ninguna clase de compromiso. Por aquel entonces tenía solo veinticuatro años. No estaba preparado.

—¿Y la otra?

—Paris Larsen. El capitán Trussell estuvo saliendo con ella durante más de un año. Paris ha admitido abiertamente que es el mejor amante que una mujer puede imaginar. Atento y delicado. Esas fueron sus palabras. Él puso fin a la relación hace dieciocho meses, pero apuesto a que ella sigue enamorada de él y que no le importaría volver a su lado. Esa mujer es una diseñadora de ropa que ahora mismo está viviendo en San Francisco y se ha labrado un nombre como diseñadora. Es completamente de fiar. Y muy inteligente.

—¿Un amante atento y educado? —repitió Ava—. Mi cliente dice que le dio puñetazos y la violó. ¿Tú crees que eso es ser atento y delicado?

—Estás olvidando que puede haber alegaciones.

—¿Por qué va a mentir mi cliente?

—No lo sé, pero Trussell tiene una hoja de servicios sin mácula. Y mira, fue el estudiante con las mejores notas de su graduación cuando estaba en el instituto.

Ava no estaba segura de qué hacer con aquella información. Hasta ese momento, había oído describir a su cliente como una mujerzuela y al acusado como un ciudadano ejemplar.

–Entonces, ¿qué le ocurrió? ¿Bebió demasiado y la libido se le descontroló?

–Esto no ha sido una cuestión de libido. Quienquiera que atacara a Kalyna Harter estaba muy enfadado.

Sonó el teléfono, pero estaban fuera de horas de trabajo, así que Ava dejó que se activara el buzón de voz.

–A lo mejor le sacó de quicio. Le pegó ella antes o le humilló de alguna manera –Ava inclinó la cabeza con gesto pensativo–. A lo mejor se rio de su tamaño...

–Por lo que ha dicho su novia, no creo que tenga nada de lo que avergonzarse. Dudo que sea tan impresionante como el mío, pero bueno, tampoco está mal.

–Eres increíble –Ava sonrió a pesar de la naturaleza de la conversación–. Estaba borracho la noche que atacó a Kalyna. El alcohol altera la conducta.

–Tampoco lo de salir de copas es algo habitual en él. En ninguno de los sitios a los que he ido han reconocido su fotografía.

Ava podría haber argumentado que cualquiera podía emborracharse y hacer alguna locura, aunque no fuera ese su patrón habitual de conducta. Pero algo de lo que había dicho Jonathan le había llamado la atención.

–¿Tienes una fotografía suya?

Jonathan sacó una fotografía del bolsillo de atrás del pantalón.

–Cortesía de Paris Larsen –contestó y la colocó sobre la mesa.

Ava estudió el rostro que la observaba desde la fotografía. Era el de un hombre de facciones agradables y regulares. Tenía una maravillosa sonrisa, pero era difícil afinar los detalles de su rostro porque era una fotografía tomada en el exterior y llevaba una gorra de béisbol y unas gafas de sol.

–¿Y anabolizantes? ¿No se dedica al levantamiento de pesas?

–Sí, va al gimnasio y levanta pesas, pero no ha ido a un médico civil ni a una farmacia desde hace seis años. Se hace las revisiones pertinentes en el hospital militar y eso es todo.

–Imagino que, por la naturaleza de su trabajo, le harán análisis de substancias tóxicas.

–Exacto. Le hacen análisis regularmente. Y hasta el momento, todos los indicadores sobre substancias tóxicas están vacíos.

Ava se negaba a renunciar tan fácilmente. Las hazañas de Kalyna en el pasado implicaban que tenía muy pocas posibilidades de obtener justicia. En el caso de que Trussell fuera realmente culpable, se recordó. Pero no quería creer en la posibilidad de que el testimonio de Kaly fuera falso. No había creído a Bella y Bella le estaba diciendo la verdad. La había dejado tan sola y deprimida que había recurrido a la solución más desesperada…

–Hay otras formas de conseguir anabolizantes.

–Trussell levanta pesas para mantenerse en forma, por la misma razón por la que juega al baloncesto –replicó Jonathan–. No es un culturista.

Ava tamborileó con los dedos en la mesa.

–¿Por qué un hombre de éxito, inteligente, con una vida sana, podría violar de pronto a una mujer, y además, de forma tan agresiva?

–Esa es la cuestión –respondió Jonathan–. No creo que la haya violado.

Pero podía haberla violado. Y si Ava pretendía ayudar a Kalyna y evitar una tragedia como la de Bella, necesitaba estar segura.

–Y está también el sargento O'Dell –añadió Jonathan.

Ava apartó la fotografía de Trussell.

–¿Quién era el sargento O'Dell?

–Según el camarero, Trussell estaba con él en el Moby Dyck.

–¿Y qué ha dicho él?

–Dice que la supuesta víctima es una prostituta del tres

al cuarto que lo único que quiere es hacer daño. Se puso furioso cuando le conté que había denunciado a Trussell por violación.

–Las prostitutas también pueden ser violadas. También ellas tienen derecho a decir que no –replicó Ava.

Continuaba aferrándose a la verdad de las lágrimas de Kalyna y a su propia voluntad de proteger a los más débiles. A Bella nadie la creía porque trabajaba como stripper. Hasta dos meses después de su suicidio, no había salido la verdad a la luz. Para ello, había sido necesario que el hombre que la había atacado actuara por segunda vez y estrangulara a su víctima. Bella se merecía mucho más de lo que había recibido.

–O'Dell no fue a casa con ellos, ¿verdad? –preguntó Ava–. No puede saber lo que realmente pasó.

–No, pero tiene mucha relación con el acusado. Dice que testificará a su favor si el caso llega a los tribunales. Y dirá que Kalyna abordó al capitán vestida con un vestido de pronunciado escote y ridículamente pequeño, que se inclinaba constantemente para ofrecerle una mejor vista de su cuerpo y que insistió para que bailara con ella. Y que no le perdió de vista en toda la noche. ¿Qué te parece?

–Me parece que Kalyna estaba más interesada en él que él en ella.

La versión que Kalyna había dado del capitán indicaba que este se había acercado a ella de forma más activa, pero eso podía ser una cuestión de perspectiva. No demostraba que estuviera mintiendo.

–Iba ella tras él, Ava –insistió Jonathan–. A lo mejor incluso le tendió una trampa.

–¿Por qué iba a hacer una cosa así?

–Puede haber muchas razones. La venganza es una de ellas.

Ava no contestó.

–Kalyna forma parte de su escuadrón de vuelo –continuó diciendo el detective–. A lo mejor tiene algo contra él.

–¡Pero mira lo atractivo que es! ¿No es posible que estuviera sinceramente interesada en él y que no pudiera imaginarse que era un hombre peligroso? –preguntó–. El hecho de que fuera tras él no justifica lo que le hizo.

–Solo ellos dos saben lo que pasó realmente esa madrugada.

–Exacto –Ava ordenó las pocas cosas que tenía sobre el escritorio–. Por eso me habría gustado hablar con él.

–¿Has intentado localizarle? –preguntó Jonathan sorprendido.

–Le dejé un mensaje, ¿por qué?

–Porque no te va a devolver la llamada. Su abogado nunca se lo permitiría. Supongo que lo sabes.

Ava se irguió en la silla, beligerante ante su escepticismo.

–Podría llamarme. Y si es inocente, debería hacerlo.

–¿Por qué? ¿Solo para aliviar nuestra curiosidad?

–Yo soy neutral, solo quiero saber la verdad.

Jonathan se levantó y se acercó a ella.

–Ava, tú no eres neutral y él lo sabe. Estás trabajando para la víctima, para la supuesta víctima. Pero el hecho de que el capitán te devuelva o no la llamada, no indica nada sobre su inocencia.

–A lo mejor pensaba librarse de cualquier culpa precisamente por el hecho de que es una mujerzuela, como dice su amigo, y es fácil demostrarlo. A lo mejor pensó que nadie se preocuparía por una mujer como ella –como había ocurrido con Bella–. Alguien la pegó, Jon.

Jonathan se enderezó y se cruzó de brazos.

–¿Por qué tiene que haber sido él?

–Porque salió de su casa a las tres de la madrugada y ella entró en el hospital media hora después. Su vecina me dijo que Kalyna estaba histérica, completamente fuera de sí, cuando llamó a su puerta. Los únicos restos de semen que se han encontrado pertenecen a ese hombre. No se vio a nadie más entrando o saliendo de su casa.

–A lo mejor se autolesionó.

Eso era lo que Ava estaba temiendo que dijera. Y, tras

haber hablado con María Sánchez, le preocupaba que pudiera ser cierto.

Maldita fuera. Ava no quería defender un caso tan ambiguo, un caso que la obligaba a actuar a partir de suposiciones. Ese tipo de casos podían terminar persiguiéndole a uno durante toda su vida.

Capítulo 7

–¡Sorpresa!

La hermana de Kalyna abrió la puerta y abrió los ojos como platos.

–¡Kalyna! –exclamó–. ¿Qué estás haciendo en Arizona?

Kalyna dejó el equipaje en el suelo para poder darle un abrazo.

–He venido a hacerte una visita.

–¡Pero si papá y mamá no me han dicho nada!

–Porque no les he avisado. ¿Dónde están?

–El coche fúnebre estaba dando problemas. Se lo han llevado al garaje para hacerle una revisión.

–¿Mamá se ha montado en el coche fúnebre?

Norma no había vuelto a acercarse a aquel coche desde que su hijo murió con dos años y tuvieron que transportarlo en un vehículo similar. De hecho, desde entonces evitaba todo lo que tuviera que ver con el negocio de su marido.

–No, mamá ha seguido a papá en su coche –le aclaró Tati–. El garaje está cerrado. Iban a dejar el coche allí con las llaves puestas.

–Oh, muy bien.

Aliviada al enterarse de que no estaban sus padres, Kalyna comenzó a relajarse. Sabía que tendría que enfrentarse a ellos, pero así contaría con algún tiempo antes de tener que contestar a sus preguntas.

–¿Cuánto tiempo piensas quedarte? –quiso saber Tati.

–Estaré aquí mañana y el sábado.

Cuando Tati metió sus bolsas en casa, Kalyna pudo apreciar el interior de la casa que su padre había comprado cuando se habían mudado a Mesa. Había sido un restaurante en otro tiempo, pero lo habían reformado por completo. Las salas de los velatorios estaban delante, la de embalsamar y la cocina en la parte trasera. Las cámaras frigoríficas en las que se conservaban los cuerpos hasta que eran embalsamados, se encontraban en el piso de abajo, junto al ascensor, al igual que el dormitorio que Kalyna siempre había compartido con Tati. Sus padres vivían en el piso de arriba.

–Esto no ha cambiado nada.

Incluso la selección de urnas del salón y los féretros eran los mismos de siempre.

–El negocio no va muy bien.

–¿La Anderson Brothers os están obligando a bajar otra vez los precios?

–Sí.

–Ellos no maquillan ni preparan los cadáveres tan bien como nosotros. Nunca han sido capaces de hacerlo. Sus muertos parecen… bueno, muertos –Kalyna rio de su propia broma.

–Yo no tengo tanto talento como tú, pero hago lo que puedo. De todas formas, pensaba que estabas de permiso y que te irías a Santa Cruz con todos esos tipos a los que conociste el mes pasado.

–Yo también, pero ha ocurrido algo.

–¿Qué ha pasado? –Tati observó a Kalyna mientras esta se sentaba en uno de los sofás reservados para los clientes.

–Se supone que no deberías sentarte allí –le advirtió–. Ya sabes que a mamá y a papá no les gusta.

–No están aquí.

Kalyna subió incluso los pies, explotando su nuevo estatus de mujer conocedora de mundo. Había conseguido liberarse mientras su hermana continuaba sujeta a la autoridad paterna.

Tati frunció el ceño.

–¿Por qué no vamos a la parte de atrás?

–Porque nosotras somos tan importantes como cualquiera. Siéntate –Kalyna señaló una butaca que era una antigüedad real, no una réplica–. Tú trabajas mucho por este lugar, mucho más que mamá, de hecho. ¿No crees que tienes derecho a sentarte aquí si te apetece?

Tati no era una mujer a la que le gustara discutir. Se sentó en el borde de la butaca que Kalyna había señalado, pero parecía sentirse muy incómoda.

–Cuéntame por qué has podido volver a casa –le pidió.

Anticipando la reacción horrorizada de su hermana, Kalyna alzó la cabeza.

–Me han violado.

El rostro de Tati no mostró la reacción que esperaba. Ni siquiera parecía sorprendida.

–No, no es verdad.

El escepticismo de su hermana provocó en ella una fuerte irritación, pero intentó reprimirla. Gracias a sus lágrimas falsas y a las expresiones atormentadas que había fingido desde el seis de junio, podía olvidarse del ejército durante unos cuantos días. ¿Por qué dejar que aquello le arruinara la fiesta? ¿A quién podía importarle lo que pensara su hermana?

–Es verdad.

Sin intención de decir nada más, se reclinó en el sofá y se relajó, pero al ver que su hermana no respondía, no pudo evitar añadir:

–Hasta me pegó y todo.

Tati se inclinó hacia delante.

–Pues a mí me parece que estás bien.

–¡Porque eso fue hace varias semanas, estúpida! No he venido directamente.

–¿Por eso te han dejado salir? ¿Porque te violaron?

–No es que me hayan dejado salir. El sargento primero no me habría dado permiso, aunque debería haberlo hecho, así que me he marchado.

La voz de Tati por fin mostró preocupación, pero no de la clase que Kalyna esperaba provocar.

–¡Eso significa que te has convertido en una desertora!

–¿Y? No esperarán que me quede allí después de una experiencia tan trágica.

Ni siquiera le había dado a Ogitani la oportunidad de protestar por su marcha. No le había dicho nada. Su abogada pretendía que estuviera disponible en todo momento, pero Kalyna ya había pasado muchas horas con ella y con Ava relatando todos los detalles de su supuesta violación y tener que fingir constantemente comenzaba a resultarle cada vez más aburrido. Necesitaba un descanso. Tenía miedo de que se le escapara algún error de modo que, ¿por qué no relajarse durante unos días en Arizona?

–¿Quién ha dicho que no pueden esperar que te quedes? –preguntó Tatiana.

–¡Lo digo yo! Además, desapareciendo unos cuantos días les demostraré lo mucho que estoy sufriendo.

–En cuanto te alistas al ejército, les perteneces a ellos, Kalyna. Te lo dejaron muy claro.

–Yo no pertenezco a la Fuerza Aérea. Además, tengo más libertad de la que tenía aquí. Por lo menos nos dejan salir por las noches –se ahuecó el pelo–. En cualquier caso, no estoy preocupada. No se considera deserción a no ser que esté durante más de treinta días fuera.

–¡Pero de todas formas, puedes tener problemas!

–Conseguiré que me apliquen el Artículo 15 por ausentarse sin permiso.

–¿Qué es el Artículo 15?

–En este caso, probablemente se traduzca en una reducción de la paga. Pero puede haber otras penas.

–¿Como cuáles?

–Como una degradación de rango. Pero eso no va a suceder. Solo son unos cuantos días. No es gran cosa. Y esta es mi primera infracción.

Su primera infracción por ausencia. También le habían aplicado un Artículo 15 por no obedecer la orden de informar antes de salir del trabajo, pero había sido porque su superior la odiaba y estaba pendiente de cualquier error que pudiera cometer.

–¿Pero por qué corres este riesgo? ¿Por qué no te has quedado donde se supone que deberías estar?

–No te preocupes por eso. Yo me encargaré de todo –frunció el ceño–. De todas formas, ¿a ti qué te pasa?

Tati pestañeó.

–No entiendo lo que quieres decir.

–Te estás comportando como mamá y papá. Y tienes muy mal aspecto. ¿Por qué has engordado tanto?

Su hermana esbozó una mueca.

–No he engordado…

–Sí, claro que has engordado. Estás muy descuidada. Es repugnante. ¡Y mírate el pelo!

Para Kalyna, estar frente a su hermana era como estar ante un espejo, contemplando la peor versión de sí misma. No era capaz de imaginar que un hombre como el capitán Trussell pudiera sentirse atraído por una mujer con el aspecto de Tatiana.

¡Pero no eran iguales!, se recordó. Ella tenía la piel bronceada, vigilaba su peso y hacía ejercicio. Se hacía la manicura todas las semanas y era una mujer asertiva y sociable, no tímida y aburrida. Y ya no olía a formol. A lo mejor no era tan atractiva como había soñado con llegar a ser, tenía que asumir sus limitaciones. Pero había hombres que se volvían cuando pasaba por su lado. Y sabía cómo sacarse partido. Además, tras haber fantaseado con el capitán Trussell durante semanas, había conseguido acostarse con él, ¿o no?

–¿Ya han agarrado al hombre que te violó? –preguntó Tatiana, cambiando de tema.

–Sí. Está acusado de violación. Pronto nos veremos en los tribunales.

Repentinamente consciente de su aspecto, Tati tiró de la falda hacia abajo, como si quisiera ocultar su aspecto.

–¿No te da miedo testificar?

–Al contrario, lo estoy deseando.

–¿Y si sale y después va a buscarte?

Kalyna examinó su recientemente manicurada mano.

–No lo hará.

–¿Cómo puedes estar tan segura?

Porque Luke no era un hombre violento, a pesar de lo que ella había declarado. De hecho, era uno de los hombres más honrados que había conocido nunca y, con diferencia, el mejor piloto.

–Sé cómo protegerme.

Tati no respondió lo que habría sido más lógico, que no se había cuidado muy bien si había permitido que la violaran y la pegaran.

–¿Cómo ocurrió?

Kalyna estaba cansada de contar la historia. Cansada de preocuparse por cómo iba a salir de aquella situación, así que optó por dejar el tema.

–No quiero hablar de ello –se encogió de hombros–. Ocurrió y estoy intentando superarlo. Eso es todo.

Tati no hizo ningún comentario.

–Bueno, ¿y qué has estado haciendo tú por aquí? –le preguntó Kalyna.

Su hermana señaló con la cabeza hacia la sala en la que embalsamaban los cadáveres.

–Imagínatelo.

–Dios mío, me alegro de haber salido de aquí. Deberías venir conmigo. ¡California es increíble!

Tatiana desvió la mirada hacia la alfombra que cubría el suelo.

–Podrías conseguir otro trabajo y vivir conmigo –le propuso Kalyna.

–¿Qué trabajo puedo conseguir yo?

–¡Cualquier cosa! A lo mejor no encuentras un trabajo en el que estés todo el día rodeada de hombres en perfecta forma física, como yo, pero seguro que es mejor que trabajar como una esclava para papá y mamá. Te están utilizando. Es lo que han hecho siempre. Y estás desperdiciando tu vida.

–¡No estoy desperdiciando mi vida! Papá me necesita.

Se levantó, como si la mera mención de Dewayne le hiciera imposible continuar desobedeciendo sus órdenes.

–No puede llevar solo el negocio y sé que me recompensará de alguna manera. Cuando se jubile, yo llevaré las riendas de la funeraria. Me lo ha dicho él.

–Eso será dentro de veinte años, Tati. ¿Piensas dedicar otros veinte años a lavar cadáveres? ¿Y si muere antes que mamá? ¿Cómo vas a soportar a esa vieja zorra?

–No es… no es una zorra. De todas formas, ya me enfrentaré a ello cuando tenga que hacerlo.

Kalyna alzó la cabeza. Creía haber oído el motor de un coche, pero vio que el camino de entrada a la casa continuaba vacío.

–¿No quieres salir de aquí, conocer a un hombre y acostarte con él?

Las mejillas de su hermana enrojecieron.

–Me gustaría enamorarme y formar una familia, pero…

–¡Qué asco! Eres una fracasada. No puedes quedarte aquí esperando a que aparezca tu príncipe azul. ¿Desde cuándo nos han regalado nada de lo que queríamos? ¡Siempre hemos tenido que salir a buscarlo!

–¿Y terminar siendo violada, como tú?

Por fin mostraba Tati algo de su carácter, pero Kalyna no podía permitir que su hermana pensara que había hecho mal al marcharse. No podía permitir que se vanagloriara de haber tomado una decisión más sabia al quedarse.

–Si pudieras ver al hombre que me violó, harías cola para estar con él –le espetó con una presuntuosa sonrisa–. Es el hombre más maravilloso que he conocido nunca. Y no puedo decir que no me lo pasara bien.

–¡Pasártelo bien! –Tati la miró boquiabierta–. ¡Pero si has dicho que te pegó!

Kalyna la miró con exagerada paciencia.

–No entiendes lo que fue.

–Entonces, explícamelo.

–No lo entenderías aunque lo intentara. Tú no sabes

nada del amor. Así que déjalo, ¿quieres? –se levantó. Si a su hermana le ponía tan nerviosa estar en el salón, podían marcharse de allí–. Has cambiado –le dijo a Tati con el ceño fruncido.

–No, no he cambiado.

–Sí, claro que has cambiado. Eres incapaz de divertirte con nada.

Tati se tensó.

–¿Tú prefieres que salga de aquí y terminen violándome?

–No lo critiques tanto hasta que lo pruebes –musitó en respuesta.

Pero no quería seguir pensando en la intimidad que había compartido con Luke. Recordar aquellos momentos le hacía desear estar a su lado, verle, acariciarle, olerle. Aquel anhelo le hacía preguntarse cuál habría sido la actitud de Luke si ella no hubiera actuado tan precipitadamente. ¿Habría vuelto a llamarla?

No. Kalyna sabía que no podía haberse arriesgado. Tenía que luchar por aquello que quería, como acababa de decirle a Tatiana.

–¿Tenemos algo de comer? Estoy hambrienta.

Su hermana la miró con expresión incrédula.

–A veces no te entiendo.

Kalyna habría contestado con una carcajada, pero el sonido de un coche en la puerta la hizo detenerse. Sus padres habían llegado a casa.

Al oír el motor del coche, Tati se quedó en silencio y esperó ansiosa.

–¿Qué vas a contarles? –preguntó al final.

–La verdad –contestó Kalyna, y forzó una sonrisa en el momento en el que su madre entró en la casa.

–¿Qué estás haciendo aquí? –quiso saber Norma.

Kalyna alzó la barbilla.

–¿Qué pasa? ¿No puedo venir a casa?

Su padre habló antes de que Norma pudiera responder.

–¿Qué has hecho? –le preguntó.

–¿A qué te refieres? Yo no he hecho nada –respondió Kalyna.

La respiración fatigada de su padre le indicó a Kalyna que su padre había visto el coche en la puerta y había ido corriendo hasta la casa.

–¿Por qué te han expulsado del ejército?

–¡No me han expulsado!

–Gracias a Dios –su madre se dejó caer en el sofá del que Kalyna acababa de levantarse–. Entonces, ¿cuándo piensas volver?

Capítulo 8

Ava permanecía en la barandilla de su casa flotante, contemplando la puesta del sol, que parecía una bola de fuego gigante deslizándose en el agua. A lo largo de toda California se habían desatado numerosos incendios forestales. Cerca de setecientos. Ninguno de ellos cerca, pero aun así, generaban un ambiente brumoso que probablemente explicaba el color del sol. Ava nunca lo había visto tan rojo.

Necesitaban que lloviera, pensó. Pero en aquella época del año, era muy poco probable que en Sacramento hubiera lluvias. Abril y octubre eran los meses secos del año. Afortunadamente, la brisa fresca del delta refrescaba el ambiente a aquella hora de la noche. Ava no quería ni imaginarse lo insoportable que sería el calor sin ella.

Un pájaro se deslizó sobre la superficie del agua. Ava lo observó hundirse, girar en el agua y salir de su zambullida. Jonathan no aprobaba que se quedara en aquella casa solo para complacer a su padre. Pero a ella le encantaba. No había conocido ningún otro lugar más tranquilo que el delta. Por los puentes y las estrechas carreteras que cruzaban los cenagales apenas pasaban coches. A algunas islas, era imposible acceder en vehículo.

Un móvil tintineó tras ella. El silencio era tal que podía oír el agua lamiendo el pontón. Las otras dos casas flotantes que habitualmente amarraban allí, habían salido aquella noche de pesca. Sin ellas al lado, se acentuaba la sensación de soledad, y era cierto que el delta era un lugar nebuloso y gris durante el invierno. Pero no era invierno, sus vecinos no tardarían en regresar y tenía trabajo para mantenerse ocupada. Normalmente, se llevaba a casa el maletín lleno de documentos y trabajaba unas horas extra en la cama.

Una vez dentro de la cabina, encendió la televisión para llenar el silencio de la noche. No había sabido nada de Geoffrey en todo el día. De hecho, no había vuelto a hablar con él desde el fin de semana, pero no le importaba. Tenía que analizar unos registros telefónicos relacionados con el caso Georgette Beeker, quería buscar información sobre Willie Sims y hacer unas llamadas relacionadas con Kalyna Harter. En primer lugar, quería llamar a sus padres. Jonathan le había conseguido su número de teléfono. Ava podría haber pedido el teléfono a la propia Kalyna, pero todavía no estaba preparada para informar a su cliente de que tenía dudas sobre la veracidad de su testimonio. Dejar que Kalyna lo supiera podría cambiar el testimonio de las personas que estaban más unidas a ella. Además, Ava continuaba concediendo a Kalyna el beneficio de la duda, aunque estaba comenzando a preguntarse si no estaría dejándose cegar por lo ocurrido con Bella.

Necesitaba averiguar si Kalyna era capaz de urdir una mentira tan elaborada. Y eso era lo que pretendía averiguar de los Harter, en el caso de que consiguiera hablar con ellos.

El hielo tintineó en el vaso de té que había dejado en la mesa del comedor, al lado del maletín y las carpetas. No tenía la menor idea de cómo podrían responder el señor y la señora Harter a sus preguntas. Era posible que Kalyna no les hubiera contado lo que había pasado el 6 de junio. Algunas víctimas de violaciones se sentían tan humilladas que no querían hablar de lo ocurrido con nadie, ni siquiera con su familia y sus amigos.

Ava frunció el ceño. No quería ser ella la que diera la noticia. No era a ella a la que le correspondía. Pero el contexto de la vida de Kalyna sería particularmente valioso, tanto para la acusación como para la defensa, dependiendo de los datos que ofreciera.

De modo que, tanto si intervenía como si no, los padres de Kalyna no podían permanecer en la ignorancia.

Antes de descolgar el teléfono, miró el reloj. Eran cerca de las ocho. Arizona y California pertenecían a la misma franja horaria. Con un poco de suerte, podía hablar con los Harter poco después de que hubieran terminado de cenar.

Marcó el número. El teléfono sonó y saltó el contestador.

—*Está hablando con la Funeraria Harter* —decía una voz de hombre—. *Nuestro horario de oficina es de nueve a seis de la tarde de lunes a viernes y de diez a seis de la tarde los sábados. Los domingos cerramos. Si su llamada está relacionada con la funeraria, por favor, deje su mensaje después de la señal y le devolveremos la llamada. Si quiere hablar con un miembro de la familia Harter, pulse uno.*

Alegrándose de no haber colgado el teléfono al oír el contestador, Ava hizo lo que le indicaban.

Casi inmediatamente, contestó una voz de mujer.

—¿Diga?

—Querría hablar con el señor o la señora Harter.

—Yo soy la señora Harter.

—Buenas noches, señora Harter. Me llamo Ava Bixby.

—Si llama por la funeraria, por la noche cerramos —la interrumpió—. Me temo que tendrá que volver a llamarnos mañana por la mañana.

—No, no tiene nada que ver con eso —Ava acercó una de las butacas del salón y se sentó—. Me gustaría hablar con usted por un asunto relacionado con su hija.

Se produjo un silencio al otro lado de la línea, tras el cual, la señora Harter se lamentó:

—¡Oh, Dios mío! ¿Y ahora qué ha pasado?

Ava arqueó las cejas. No era una forma muy alentadora de empezar la llamada.

–Llamo de El Último Reducto, una organización dedicada a apoyar a las víctimas de la violencia que…

–Llama por la supuesta violación.

–Sí.

«Supuesta» tampoco era una palabra que esperara oír en labios de una madre, pero por lo menos la mujer estaba informada. Aquello era un alivio.

Sin temor a violar la intimidad de su cliente, Ava se relajó y comenzó a tomar notas en su libreta.

–El lunes pasado, su hija vino a mí en busca de ayuda.

–¿Y qué clase de ayuda buscaba? ¿Quería dinero?

El trazo de Ava sobre el papel era cada vez más marcado.

–No, no quería dinero. Quería asegurarse de que el hombre que le hizo daño terminara en prisión, como debería ser.

–¿Tiene alguna prueba de que la haya violado? –preguntó la señora Harter.

–Tengo el testimonio de su hija –respondió Ava.

–Yo sería prudente a la hora de basarme en él, sobre todo cuando está en juego la libertad de un hombre.

Ava dejó caer el bolígrafo, que rodó en la mesa y cayó al suelo antes de que pudiera alcanzarlo.

–¿Perdón?

–Solo contésteme una cosa. ¿Qué puede ganar Kalyna con eso?

Ava se tensó.

–No creo que pueda ganar nada.

–Seguro que hay algo. Siempre ha sido así.

¿Cómo se suponía que podía responder a eso? Esperaba algo más de la señora Harter. Un mínimo de compasión, quizá. Cierta preocupación.

–A Kalyna también la pegaron.

Pero eso no supuso ninguna diferencia.

–¿Cree que eso demuestra algo?

–Tengo fotografías.

La madre de Kalyna se echó a reír al oírla.

–¡Oh! Estoy segura de que las heridas eran reales. Pero no pueden haber sido muy serias porque ya ha desaparecido hasta el último moratón.

–¿La ha visto? –preguntó Kalyna sorprendida.

–Se ha presentado hoy en casa.

Kalyna no le había comentado que pensaba ir a Arizona, pero tampoco tenía por qué consultarle todo.

–Supongo que es natural que quiera estar con la familia en un momento como este.

–Señora Bixby, su visita no tiene nada que ver con sus ganas de vernos. Procura estar siempre lejos de nosotros.

–No lo comprendo.

–Está representando el papel de una pobre víctima. ¿Sabe que ha desertado? –preguntó, como si eso demostrara que Kalyna era digna de desprecio.

Ava abrió el archivo de Kalyna y releyó el resumen de su primera reunión.

–¿No ha conseguido un permiso?

–Dice que no se lo habrían dado y que su superior se la tiene jurada. Pero eso le pasa con todo aquel que se cruza en su camino. Lo más probable es que ni siquiera se haya molestado en comentárselo a nadie. Tenía una buena excusa y ha decidido utilizarla.

La madre de Kalyna era tan negativa que resultaba desagradable y el efecto que estaba teniendo en Ava estaba siendo el contrario. De hecho, la versión de Kalyna le parecía mucho más verosímil después de oírla.

–Su situación en el ejército no tiene nada que ver conmigo –le explicó Ava–. A mí lo único que me interesa es lo que ocurrió la noche del seis de julio. Y, para serle sincera, me sorprende que no esté más preocupada por sus heridas.

–Es evidente que usted no sabe lo que es capaz de hacerse a sí misma cuando tiene una de sus pataletas.

–¿Quiere decir que no sería la primera vez que se autolesiona?

–Eso es exactamente lo que estoy diciendo.

Ese había sido precisamente el temor de Ava. Estuvo a

punto de hablarle a la señora Harter del caso de Bella, cuya muerte le había enseñado una dolorosa lección sobre por qué se debía evitar utilizar lo ocurrido en el pasado para analizar un incidente en particular. Cada situación debía ser juzgada por sí misma. ¿Pero qué sentido tenía intentar compartir lo que había aprendido? Lo máximo que podía esperar de Norma era una aclaración.

Se levantó de la silla y se acercó a la ventana.

—¿Una pataleta a los veintiséis años?

—No sé si habrá tenido muchas últimamente, pero, desde luego, las tenía cada vez que no conseguía lo que quería.

—¿Y en qué consistían esas pataletas?

—Empezaba a gritar, a llorar y a hacerse daño. Eso es una pataleta, ¿verdad?

Al menos, lo parecía.

—¿Y podía llegar a hacerse mucho daño?

—Desde luego. Hasta tal punto que unos cuantos moratones no significan nada para ella. Una noche, cuando tenía unos diecisiete años, la descubrimos escapándose de casa. Le dije que como castigo, durante todo el mes siguiente sería ella la encargada de limpiar la casa. ¿Y sabe lo que hizo? ¡Empezó a golpearse la cabeza contra la pared! Tuvimos que atarla a la cama para evitar que se rompiera la cabeza.

Si eso era cierto, Kalyna era una mujer muy problemática. Pero la verdad era que Ava ya lo sospechaba.

—¿Ha ido alguna vez al psicólogo?

—No. Sabíamos que manipularía a cualquier psicólogo y le haría pensar que somos unos ogros. Cuando era pequeña, intentó denunciarnos por maltrato unas cuantas veces y estuvo a punto de pedir que la enviaran a un hogar de acogida. La verdad es que habría sido una suerte para los dos. No sé por qué nos resistimos.

Ava no era psicóloga, pero era consciente de que lo de las autolesiones representaba un síntoma grave. Deberían haber pedido ayuda.

–¿Y fueron al hospital? –insistió–. Seguramente habrá alguna prueba de su conducta. Tiene que haber algún caso documentado.

–Las heridas nunca fueron tan graves como para que no pudiéramos curárselas nosotros mismos –repuso su madre.

–Está de broma, ¿verdad?

–¿Por qué iba a bromear sobre una cosa así? ¿Qué puede hacer un médico por un moratón?

Ava corrió las cortinas de la ventana como si quisiera protegerse de la creciente oscuridad.

–¿Cómo podía saber que no había sufrido una contusión con aquellos golpes? ¿Nunca han consultado con un profesional?

La señora Harter no reaccionó bien al tono de censura. Su voz se enfrió considerablemente.

–¿Es consciente del dinero que nos habría costado?

¿Pero acaso a la mayoría de la gente no le importaban más sus hijos que el dinero?

–Pero…

–Tenemos un negocio modesto, señora Bixby. No podemos permitirnos pagar un seguro médico. Además, no le habrían dado a Kalyna la atención que necesitaba. Es una consumada actriz.

Ava imaginó a la joven que había estado llorando en su despacho. Aquel día le había parecido una actitud muy normal en alguien que había sufrido un trauma como el suyo.

–¿Y si en este caso estuviera diciendo la verdad?

–¿Cómo puede saberlo? –preguntó su madre.

–Eso es lo que estoy intentando determinar.

–Escuche, señora Bixby, estoy segura de que tiene mucha otra gente de la que ocuparse. No pierda el tiempo con Kalyna. Algunas personas son como manzanas podridas. Y Kalyna es una de ellas.

Un clic marcó el final de la conversación.

Ava intentó devolver la llamada, pero volvió a activarse el contestador y en aquella ocasión, cuando presionó el uno, nadie respondió.

–¡Maldita sea! –farfulló, y llamó a Jonathan para desahogarse.

–No te vas a creer lo que tengo que contarte –anunció en cuanto Jonathan contestó.

–¿Qué ha pasado?

–Acabo de hablar con la madre de Harter. Y tengo que decirte que es todo un personaje.

–¿Por qué? ¿Ha sido antipática? ¿Es una mujer excéntrica?

–Más que antipática –Ava se frotó los ojos cansados–. Insensible, desapegada… no está hecha de la misma pasta que el resto de las madres. Compadezco a la pobre Kalyna.

–Bueno, antes de que te deshagas en lágrimas, he descubierto más pruebas de que Kalyna no es precisamente una ciudadana ejemplar.

Justo lo que necesitaba. Ava suspiró mientras regresaba a la mesa.

–¿Qué clase de pruebas?

–Al parecer, consiguió un par de tarjetas Visa de los almacenes LexisNexis en cuanto cumplió dieciocho años, agotó el saldo la primera semana y nunca se ha molestado en devolver el dinero.

Ava sacó las fotografías del archivo de Kalyna y estudió de nuevo las heridas. Aquello no podía habérselo hecho dándose de cabezazos. Tendría que haberse dado ella misma un puñetazo, tendría que haberse arañado. ¿Pero sería capaz de hacer una cosa así?

–A lo mejor pensaba que las cosas que se compran con la Visa son gratis.

–Desde luego, a ella le salieron gratis. Pero no tendrá oportunidad de repetir la jugada. Por lo menos durante una buena temporada.

–De acuerdo. Así que es una ninfómana irresponsable que tuvo problemas cuando era niña. Creo que eso ya ha quedado muy claro. ¿Pero está mintiendo también sobre la violación?

–No puedo estar seguro. Sin embargo, sí puedo decirte

que el historial bancario de Trussell es intachable. No se ha retrasado nunca en un pago.

–No podemos juzgar a estas personas basándonos en su tarjeta de crédito, Jon.

–Pero investigamos sus cuentas por alguna razón.

Porque era un indicador bastante fidedigno de la clase de vida que llevaban. En eso tenía razón.

Ava miró los archivos de sus otros clientes, todos ellos víctimas sin ningún género de dudas. ¿Estaría perdiendo el tiempo con Kalyna? Aquel caso se complicaba por momentos. Pero el recuerdo de Bella no le permitía renunciar hasta estar completamente segura de que no estaba abandonando a nadie en una situación tan desesperada como la de su amiga.

–¿Algo más?

–No. Nada de nada. Todo esto es muy extraño, ¿verdad?

Ava mordisqueó una fresa de un cuenco que se había servido con anterioridad.

–¿Por qué te parece extraño?

–Es como si toda la vida de Kalyna comenzara en el momento en el que se alistó al ejército. Bueno, eso no es estrictamente cierto –se corrigió–. He encontrado la prueba de que Kalyna y su hermana gemela fueron adoptadas a los seis años y tres años después, las adoptaron unos nuevos padres, pero eso es todo. No hay nada, ni siquiera un informe escolar. No las vacunaron cuando eran niñas y, por lo que he averiguado, no fueron nunca al médico.

–Su madre las atendió en casa y ella considera que los médicos son un gasto innecesario para una familia como la suya.

–Un argumento curioso para una madre.

–Eso es exactamente lo que he pensado yo.

Encendió el ordenador, buscó en Internet la funeraria de los Harter y contempló la fotografía del edificio victoriano que aparecía en la pantalla. Supo que no se había equivocado cuando comprobó la dirección. Estaba situada en

Mesa y el número de teléfono era el mismo al que había llamado.

–Tú mismo puedes ver la funeraria –le dijo a Jonathan, y le dio la dirección de la web.

–Parece un *bed-and-breakfast* –comentó Jonathan segundos después.

–Sí, salvo que falta el desayuno. Además, aquí la cama es para siempre.

–¿Por qué estamos mirando todo esto? ¿Qué tiene que ver el negocio de la familia en Arizona con una violación en California? –se preguntó Jonathan en voz alta.

–A lo mejor, nada. Por lo menos, no más que la tarjeta de crédito de Kalyna. Tiene un pasado interesante, ¿no te parece? Sobre todo cuando lo relacionas con una madre tan fría.

–Enterrar a los muertos no es un trabajo agradable, pero alguien tiene que hacerlo –replicó Jonathan–. Lo que quiero saber es si al final te has convencido o no de que el capitán Trussell es inocente.

–Estoy convencida de que es un buen depositario para una tarjeta de crédito. Pero no tengo ningún interés en concederle un crédito.

–Así que sigues firme con él. Dios mío, Ava, ¿qué más necesitas?

Ava desvió de nuevo la mirada hacia los archivos que tenía encima de la mesa. Tenía tiempo y recursos limitados y aquel caso no iba a ser fácil. Si todo lo que sabía sobre Kalyna salía a la luz, sospechaba que el caso no iba a llegar a los tribunales. Y, desde luego, un jurado militar no tendría mucha simpatía por una mujer que había agotado la Visa y no había devuelto un solo pago y, además, tenía todo un historial de autolesiones.

–Esa chica lo tiene todo en contra.

–Por eso no eres capaz de dejar el caso, porque la ves completamente desvalida.

–¿Y si es una mujer herida y confundida, que sufrió maltrato por parte de sus padres, se alistó al ejército para escapar de su casa, se dedica a buscar el amor de la peor forma y ha terminado siendo violado por un hombre que estaba tan seguro de que podía salir de rositas que ni siquiera se ha molestado en borrar sus huellas? Si el capitán Trussell violó a Kalyna, debería enfrentarse a la justicia.

–Creo que deberías abandonar el caso.

Y eso que ni siquiera le había contado lo de las pataletas.

–Considéralo desde otro punto de vista –continuó diciendo Jonathan–. ¿Y si terminas encarcelando a un hombre inocente? ¿Cómo te sentirías en ese caso?

–Fatal.

–Y sería un duro golpe para la organización, echaría por tierra nuestra credibilidad y podríamos perder todo aquello por lo que tanto hemos luchado.

–Tienes razón. Pero quiero hablar otra vez con mi cliente. Tengo la sensación de que debo darle una oportunidad antes de renunciar.

–Me parece justo. Mientras tanto, ¿quieres que haga algo?

–No, con esto tengo bastante, gracias.

–¿Va a ir Geoffrey a dormir contigo esta noche? –preguntó Jonathan antes de que Ava hubiera podido colgar el teléfono.

–¿Tú vas a pasar la noche con Zoe? –contraatacó ella.

–Zoe está en Los Ángeles. Ha llevado a su hija a visitar a su abuelo.

–¿Él sigue limpio?

–De momento, sí.

–Esa sí que es una buena noticia –se agachó para recuperar el bolígrafo que se le había caído antes–. ¿Para cuándo la boda?

–Estamos pensando en agosto, antes de que Sam vuelva al instituto.

–Sé que Zoe es una mujer maravillosa, pero todavía me cuesta creer que vayáis a casaros.

–¿Por qué?

–Casarse es algo tan… definitivo.

–Eso es lo más raro de todo esto. Así era como pensaba yo antes, pero con Zoe, me gusta la idea de permanencia. Me suena bien. Eso es lo que ocurre cuando encuentras a la persona indicada.

Ava encontró el bolígrafo, pero cuando iba a levantarse, se dio un golpe en la cabeza.

–¡Ay!

–¿Estás bien?

–Sí, estoy bien –se frotó la cabeza–. ¿Cómo puedes estar tan seguro de que Zoe es la persona indicada, Jon?

–Porque preferiría morir a vivir sin ella.

Por una vez, no estaba de broma. Había pronunciado aquellas palabras como si fueran una verdad irrefutable. Pero Ava no podía imaginarse sintiendo algo tan fuerte por nadie, y menos aún por Geoffrey. Geoffrey ni siquiera era capaz de cambiar su rutina por ella. Y Ava bendecía aquella falta de compromiso. El matrimonio implicaba una gran entrega y muchos sacrificios, ¿y todo para qué? La mayor parte de ellos terminaban en divorcios que destrozaban a todo el mundo, sobre todo a los niños que se veían implicados en ellos.

Bastaba con ver todo lo que había tenido que sufrir con su propio padre. Y hasta dónde había llevado a su madre aquello de «hasta que la muerte nos separe».

–Me alegro de que sean esos tus sentimientos, de verdad –le dijo–. Pero no pensarás que yo estoy buscando lo mismo que tú, ¿verdad?

–No sabes lo que te estás perdiendo, Ava.

–No todo el mundo está preparado para el matrimonio, Jon. Buenas noches.

Después de colgar, intentó ignorar la envidia que despertaba en ella su felicidad, y el silencio de su propia casa.

Recordó la conversación con la madre de Kalyna:

–Solo contésteme una cosa –le había pedido la señora Harter–. ¿Qué sacará ella de todo esto?

–No creo que pueda ganar nada.

–Seguro que saca algo. Siempre ha sido así –había concluido la madre de Kalyna.

¿Sería cierto? Ava podría creer a la señora Harter, podría confiar en lo que le había dicho y renunciar al caso sin pensárselo dos veces si Kalyna hubiera ido al colegio o hubiera visitado al médico por lo menos un par de veces a lo largo de su vida. La educación y la sanidad eran considerados derechos básicos de los que ningún padre debería privar a un hijo.

Capítulo 9

–No lo han dicho en serio –musitó Tatiana.

Kalyna estuvo a punto de darle un empujón para echarla, pero no podía pelearse también con su hermana. Cuando se había ido de casa, sus padres habían empaquetado todas su cosas y las habían dejado abandonadas en un rincón del garaje. También habían vendido su cama y su cómoda para que Tati tuviera más espacio. Había sido como una forma de insinuación, en absoluto sutil, de que no querían que volviera. Pero Kalyna había vuelto de todas formas, y no le quedaba más remedio que dormir en la cama nido del dormitorio de su hermana. Por supuesto, jamás cederían y le dejarían utilizar uno de los sofás del piso de arriba. No era suficientemente buena como para merecerlo. Para ellos, jamás había sido suficientemente buena para nada, salvo para limpiar sangre, embalsamar y vestir muertos.

–De verdad que no –dijo, y continuó buscando dinero en su cartera.

Estaba tan emocionada ante la perspectiva de aquel viaje, tan ansiosa por demostrarles a sus padres y a su hermana lo bien que le iba. ¿Y todo para qué? ¡Para que la trataran con absoluto desprecio!

Tati se acercó a ella y posó la mano en su hombro.

–Están… muy afectados. Les preocupa que hayas desertado. Pero no dejes que eso te deprima. Seguro que lo superarán.

–¿Cómo no voy a deprimirme? –replicó Kalyna–. ¡Ni siquiera quieren que esté aquí! Preferirían no volver a saber nada de mí durante el resto de su vida.

–Eso no es cierto.

–Sí, claro que es cierto.

Giró la cartera, pero la encontró tan vacía como esperaba. Nunca se le había dado bien administrar su dinero, nunca le duraba más de un par de días.

–¿Pensabas que se alegrarían de que hubieras desertado?

–¡No he desertado, pienso volver! Solo quería venir a ver a mi familia.

–Sin permiso.

–Se hubieran comportado igual aunque hubiera venido con permiso.

Debería habérselo imaginado y no haber puesto un pie en Arizona, pero había pensado que la vuelta al hogar sería completamente diferente. ¿Por qué no podían sentirse orgullosos de ella, para variar? Tenía un buen trabajo, ganaba dinero. Y tenía mucho mejor aspecto que su hermana.

–No les importo nada.

Tati se sentó en el borde de la silla de su escritorio.

–Claro que les importas. Pero ya sabes lo estrictos que son con las normas.

–¡Me han violado, Tati! ¿No crees que eso debería importarles más que el hecho de que haya dejado la base sin permiso?

Kalyna tiró la cartera al suelo. Como siempre, Tati estaba intentando suavizar lo ocurrido, pero no le servía de nada. Kalyna quería mandar a paseo a sus padres y largarse de allí. Pero si lo hacía, tendría que dormir en el coche. Se había gastado lo último que le quedaba de la paga en unas gafas de sol para el viaje y ni siquiera estaba segura de cómo iba a comprar la gasolina para el trayecto de vuelta.

–Yo creo que ellos solo... No importa –se interrumpió Tati.

–¿Qué? –Kalyna le dio una patada al bolso, derramando su contenido por el suelo–. Si tienes algo que decir, suéltalo.

–Déjalo.

Tati miró la fotografía que acababa de salir del bolso de Kalyna. Era una fotografía de Luke. Kalyna se la había hecho en el Moby Dick, mientras estaba jugando al billar y la había impreso al día siguiente.

–¿Quién es ese? –preguntó Kalyna, señalándole con el dedo.

–Un amigo. Está en mi escuadrón.

Kalyna recogió la fotografía antes de que su hermana pudiera seguir haciéndole preguntas. Si Tati se enteraba de que era Luke, aumentarían sus recelos sobre la historia que le había contado. No era muy normal que la víctima de una violación llevara encima la fotografía de su agresor.

–Tanto si lo admites como si no, sé lo que estás pensando –dijo, retomando la conversación–. No me crees, tú también crees que miento.

Tati se deslizó de la silla y se arrodilló en el suelo para empezar a recoger las pertenencias de su hermana.

–Quiero creerte.

Kalyna dejó la fotografía encima de la cómoda, boca abajo.

–Entonces, ¿por qué no me crees?

En el rostro de su hermana apareció una expresión de dolor.

–Es que no me parece que sea cierto. Por eso no puedo culpar a papá y a mamá por no confiar en ti. A veces, hasta a mí me cuesta creer las cosas que dices.

Kalyna se acercó a ella lo suficiente como para clavarle un dedo en el pecho.

–¿Me estás llamando mentirosa?

Tati bajó la cabeza y continuó guardando el maquillaje, el cepillo del pelo y los envoltorios de chicle en el bolso de Kalyna.

–No, claro que no, ¿pero una violación? –se detuvo al

ver el reloj de Luke. Lo levantó–. No es tuyo, ¿verdad?

–No, es de otro amigo. Se lo guardé mientras él jugaba al voleibol y he olvidado devolvérselo.

Tati dejó el bolso de Kalyna encima de la mesa.

–Has estado con muchos hombres. Tú les utilizas y ellos te utilizan a ti. Para ti todo eso es un juego. ¿Cómo puedo estar segura de que te han violado, teniendo en cuenta todo lo que has hecho?

–¡Cómo te atreves! –la atacó Kalyna–. No sabes nada de mí. ¡No he estado con tantos hombres!

Por lo menos, no que su familia supiera. En una ocasión, la habían pillado con el hijo de un cliente. Shane. Había ido con su madre para ocuparse del entierro y el funeral de su abuela y mientras los adultos hablaban, Kalyna se lo había llevado al sótano para enseñarle la cámara frigorífica. Lo había hecho para asustarle, para hacerle temblar al ver el cadáver de su pobre abuela. Pero no era fácil asustar a Shane. Le había dicho que todo eso le parecía un aburrimiento, así que ella se había subido las falda, se había quitado el sujetador y había estado a punto de reír hasta las lágrimas al ver que los ojos de Shane estaban a punto de salirse de su órbitas.

–¿Qué… qué haces? –le había gritado.

–¿Nunca te has acostado con nadie en una cámara frigorífica?

–Llena de gente muerta, desde luego que no –había contestado el chico.

Pero Kalyna estaba segura de que no había tenido relaciones con nadie.

–Pues esta es tu oportunidad, ¿o estás asustado?

–Claro que no estoy asustado. Lo haría sin pensármelo dos veces si no estuviera mi abuela aquí. Vístete.

–No es tu abuela la que te pone nervioso –se había burlado ella y había comenzado a acariciarse.

Aquello parecía haberle distraído, pero continuaba nervioso.

–No puedo hacerlo. A mis padres les daría un infarto.

–No tienen por qué enterarse.

–¿Pero si se enteran?

–Siempre hay que correr algún riesgo. Pareces un gatito asustado.

–Si fuera con otra chica, a lo mejor, pero…

–¿Pero qué? ¿Qué tengo yo de malo? Mírame, ¿a cuántas chicas conoces con un pecho tan grande?

Shane la había mirado entonces; eso no parecía darle miedo. Y Kalyna sabía que la deseaba.

–No es por tu cuerpo. Es porque tienes una mente muy retorcida. Todo el mundo dice que tu hermana y tú sois muy raras.

Aquel comentario la había hecho sentirse como una leprosa. Pero no era el primer desprecio que sufría. No estaba ciega. Veía cómo la miraba la gente cuando iba a la biblioteca o a la farmacia, cómo susurraban a su espalda.

–¿De verdad es eso lo que piensas? –le había preguntado.

–No lo sé –había sido la respuesta de Shane.

Tenía un año menos que ella. ¡Cómo se atrevía a comportarse como si fuera demasiado bueno para ella! Y había sido entonces cuando Kalyna había decidido convertirle en su esclavo, hacerle pensar en ella constantemente, adorarle.

–Te demostraré lo misteriosa que soy –le había advertido, y le había acorralado contra una esquina.

A partir de entonces, habían desaparecido las quejas. Diez minutos después, Shane estaba suspirando y diciéndole que era la única mujer a la que amaría. Pero en ese momento había aparecido el padre de Kalyna y lo había echado todo a perder. Shane no había vuelto nunca por allí, y si se encontraba con él en alguna ocasión, ni siquiera la miraba. Se ponía rojo como la grana y clavaba la mirada en el suelo.

Tiempo después, cuando Kalyna tenía ya diecisiete años, su padre había contratado a un joven de veintiséis años para que le ayudara y condujera el coche funerario,

Mark Cannaby. Se había enamorado de ella, habría hecho cualquier cosa por ella. Pero Kalyna no podía olvidar lo que había pasado con aquella cobarde autoestopista. Solo se acostaba con él para fastidiar a sus padres.

Eran muchas las cosas que Mark le había enseñado antes de que sus padres se enteraran y pusieran fin a aquella situación. Hacían el amor en todas partes, en el jardín, en los ataúdes, sobre la camilla de embalsamar. Mark había sido el responsable de su primer aborto. Cuando estaba en el segundo mes de embarazo, su madre la había pillado hablando por teléfono, intentando encontrar una clínica abortiva cerca de casa y la había sacado de la ciudad, la había llevado a un lugar en el que nadie les conociera. Había tenido que decir que se convertiría en una vagabunda para que Norma no la echara de casa. Y su relación con Mark había terminado poco después. En realidad, no sabía ni por qué se había liado con él. Por lo menos había mantenido en secreto lo de la autoestopista a la que habían matado y cremado.

Y tenía por qué. La culpa había sido suya. Ella jamás habría hecho algo así sin él.

—Sé que por lo menos te has acostado con dos hombres —dijo Tatiana.

—Y eso ha sido todo —respondió Kalyna.

Pero en realidad, había habido muchas otras conquistas posteriormente, entre ellas, la del cartero. Todavía se echaba a reír cuando le recordaba apareciendo en su casa con cualquier excusa, con la esperanza de que lo llevara a su dormitorio. No podía recordar ni por qué se había tomado la molestia de acostarse con él. No le faltaban mejores candidatos, sobre todo desde que su correo electrónico había empezado a circular entre los jugadores del equipo de fútbol de la localidad. Durante el que habría sido su último año en el instituto si hubiera estado escolarizada, se encontraba con un grupo de chicos en el cementerio que había al final de la calle cada viernes por la noche y se acostaba con todos ellos. En una ocasión, había estado con diez diferentes. Ella tenía ganas de hacérselo con todo el equipo, pero al final, alguien había hecho correr el rumor de que tenía herpes y solo habían aparecido unos pocos.

Durante esos dos meses, se había quedado embarazada por segunda vez. No tenía ni idea de quién era el padre, pero continuaba deseando que hubiera sido Logan. Logan era el mariscal de campo, pero nunca se había unido al grupo. No podía presentarse allí si no quería que alguien le fuera con el cuento a su remilgada novia, que apenas le dejaba besarla. En cambio, conseguía que Kalyna fuera a su casa varios días a la semana. La hacía entrar por la ventana mientras sus padres dormían.

A Kalyna le encantaba estar en la habitación de Logan, en su cama, en su espacio. Le gustaba fingir que era su novia. Le hacía sentirse como si fuera algo de él, como si formara parte de algo bueno. Su familia era la típica familia norteamericana de clase media. Él y sus hermanos iban al colegio, practicaban deportes y tenían un montón de amigos. Kalyna los envidiaba tanto a ellos como a todo lo que con ellos se relacionaba.

No utilizar el embarazo para atrapar a Logan había sido perder una gran oportunidad, había comprendido años después. Pero en aquel entonces era una joven ingenua y tenía terror a que su madre lo averiguara. Pensaba que tendría otras oportunidades, pero la verdad era que no había vuelto a quedarse embarazada después del segundo aborto.

—En cualquier caso, el número es lo de menos —le advirtió a su hermana—. Que me haya acostado con varios chicos no significa que quiera acostarme con ese también.

Tatiana había vuelto a sentarse en una esquina.

—Pero dijiste que era un hombre muy atractivo. Que si le viera me pondría a la cola para estar con él. ¿Qué problema tenía para que no te gustara?

Ninguno. Ese era el problema. Luke Trussell era todo lo que siempre había querido. Luke era Logan, pero en mejor. Había hecho el amor con ella de forma muy diferente a todos los demás. No había sido egoísta, no había tenido ninguna prisa. La había tratado con respeto, le había hecho sentirse como si le importara. Y esa era la peor de las crueldades, porque aquella delicadeza hacía que le resultara imposible conformarse con menos.

–No tenía ganas de sexo y me forzó, ¿de acuerdo?

–Muy bien –respondió Tati con un suspiro–. Olvídate de todo lo que te he dicho. Eres mi hermana y te quiero, hagas lo que hagas. Así que vamos. Tengo que preparar a una mujer que murió ayer. La entierran el lunes.

–Creo que me voy a ir.

Kalyna hundió el dedo en el bolsillo de sus vaqueros. ¿Qué clase de vacaciones eran aquellas? Soportar las estupideces de sus padres otra vez, ayudar con los muertos a su hermana… Además, quería volver a ver a Luke otra vez. Quería ver cómo le estaban afectando sus acciones.

–¿Cuándo? –preguntó Tati.

–Esta noche.

–¡No! –su hermana se levantó y la agarró de las manos–. No te vayas tan pronto, Kalyna. Me pondré muy triste si te vas. Habla un rato conmigo mientras trabajo. Después, podemos salir a cenar, invito yo, y puedes contarme tu vida en California.

–¿Y qué me dices de papá y mamá? ¿Crees que estarán dispuestos a perderte de vista?

Los Harter tenían tanto miedo de que pudiera corromper a Tatiana que no les haría ninguna gracia verlas salir solas.

«Eres terrible», le había dicho una vez su madre, «eres rara. No te atrevas a meterle a tu hermana en la cabeza tus ideas diabólicas. Ella es una niña dulce, dale una oportunidad de ser normal».

–Si les invitamos a venir con nosotras, no habrá ningún problema.

–No quiero invitarlos –Kalyna no estaba segura de hasta cuándo podría soportar a sus padres.

«Sabes lo que es un consejo de guerra, ¿verdad? Dilo claro de una vez, ¡a ti no te han violado! ¿Cómo va a violar nadie a la siempre dispuesta Kalyna? ¿Cuántos abortos llevas ya, por cierto?».

—Dales otra oportunidad —le pidió Tati—. Serán más amables contigo. Has venido conduciendo hasta aquí.

Además, no tenía dinero para volver a casa. A lo mejor no había sido una buena idea dejar que sus padres se enfadaran con ella. A Norman y a Dewayne nunca les había gustado, de modo que, en realidad, nada había cambiado. Había ido hasta allí para ver a su hermana. Así que se quedaría durante todo el fin de semana, como había pensado al principio.

—De acuerdo —cedió.

Tati sonrió y le dio un abrazo.

—Vamos —dijo, pero Kalyna se quedó unos segundos más en la habitación para poder guardar la fotografía de Luke en el bolso.

Capítulo 10

Cuando sonó el teléfono de Kalyna, esta estaba con su hermana en su restaurante mexicano favorito, en la calle principal, disfrutando de una margarita después de la cena. Sus padres no se habían reunido con ellas porque habían comprado la cena cuando volvían a casa para dejar el coche fúnebre, o, al menos, eso habían dicho. Kalyna no se lo creía. Sabía que no querían estar cerca de ella. De hecho, era un milagro que hubieran dejado salir a Tati. Estaba segura de que no se lo habrían permitido si Tati no se los hubiera llevado a un aparte y les hubiera susurrado algo.

–¿No quieres contestar? –preguntó Tatiana al ver que Kalyna dejaba sonar el teléfono.

–No, ahora no.

El código que aparecía en el identificador de llamadas era el de Sacramento y Kalyna no estaba segura de que quisiera hablar con nadie de California. ¿Por qué tener que volver a acordarse de sus problemas cuando por fin estaba empezando a arrepentirse? Pero cuando volvió a sonar el teléfono quince minutos después, reconsideró su postura. No importaba quién pudiera haber averiguado que se había ido. Su desaparición de la base no podía permanecer en secreto durante mucho tiempo. Probablemente, la mayor Ogitani ya había sido informada de que no se había presentado en el trabajo.

Descolgó el teléfono.

—¿Diga?

—¿Kalyna? Soy Ava Bixby, de El Último Reducto.

Kalyna sospechaba que tenía que ver con el caso. No conocía a nadie en Sacramento, salvo algún que otro tipo con el que había coincidido alguna noche.

Dio otro sorbo a la margarita y se relajó. Con Ava no había tantas cosas en juego como con Ogitani.

—¿Qué puedo hacer por ti, Ava? —le preguntó.

—¿Quién es? —quiso saber Tati.

Kalyna tapó el teléfono.

—La persona que lleva mi caso en esa organización de la que te hablé.

—¿Te pillo en un mal momento? —preguntó Ava.

—No, no pasa nada.

—Me alegro, porque tenemos que hablar.

Había ocurrido algo. Kalyna lo adivinaba por su tono de voz. Como no quería que Tatiana oyera la conversación, se levantó.

—Un momento —volvió a cubrir el teléfono—. Es por algo relacionado con la violación —le explicó a su hermana—. Ahora mismo vuelvo.

Sentía la mirada de Tati sobre ella mientras cruzaba el restaurante. No volvió a tener la privacidad que necesitaba hasta que se vio fuera y con la puerta cerrada tras ella.

—Ya puedo hablar.

Eligió un rincón situado bajo la esquina del edificio, bajo los aleros del tejado. Desde allí controlaba la puerta y el aparcamiento.

—He estado hablando con tu madre hace un rato —anunció Ava.

Kalyna se aferró con fuerza al teléfono, presa de una oleada de cólera. No se esperaba una cosa así de Ava.

—¿Has llamado a mi madre? ¿Por qué?

—Para serte sincera, estoy un poco confundida.

—¿En qué sentido?

—Estoy empezando a oír versiones contradictorias, Kalyna.

Kalyna sintió un nudo en el estómago.

—¿Y por qué no me has preguntado a mí?

—Porque quiero tener cierta perspectiva.

—¿Siempre investigas a la víctima en vez de al agresor?

—Los investigo a los dos. No se puede estudiar un caso sin tener en cuenta a la gente que se ha visto involucrada en él. Si no investigara a las dos partes, sería como sacar el caso de contexto. Y no podemos olvidar que está en juego la libertad de un hombre. No podemos cometer errores.

Kalyna pisoteó a un escarabajo que le pasó en aquel momento cerca del pie.

—No entiendo por qué has tenido que llamar a mi madre. Si me hubieras preguntado a mí, te habría dicho lo mucho que me odia.

—De momento, con lo único que cuento es con tu relato sobre lo que ocurrió el seis de junio, Kalyna. Necesito otro testigo, alguna prueba, alguien que lo corrobore. ¿Podrías ayudarme en ese sentido?

—Eso no es solo cosa mía. ¿Qué me dices del semen de Luke? Los médicos...

—Eso solo demuestra que te acostaste con él, no que te forzara.

—¿Y las fotografías? Tú viste lo que me hizo.

—Pero una vez más, lo único que tenemos para demostrar que te pegó es tu testimonio.

—No hubo tiempo para que pudiera entrar nadie más. Tú misma lo dijiste.

—Tu madre ha sugerido algo diferente.

Kalyna se llevó la mano al abdomen para controlar los nervios que sentía en el estómago. Su madre había vuelto a traicionarla. Desde que había ido a vivir a aquella casa, Kalyna recordaba a su madre quejándose a su padre de ella. «Esta niña no está bien», decía, y él chasqueaba la lengua y sacudía la cabeza como si estuviera de acuerdo.

—Mi madre no estaba allí, ¿cómo puede saber ella lo que pasó?

—Ella te crió, conoce tu pasado.

–¡No puedes hacerle caso! ¿Tienes idea de lo que es crecer con una mujer como mi madre?

La ligera vacilación de Ava la envalentonó.

–Nos tenía encerradas día y noche en la morgue. Si hacíamos algo malo, nos racionaba la comida… o se dejaba olvidado alguno de nuestros juguetes. A veces hasta nos encerraba en la cámara con los cadáveres y apagaba la luz.

–¿Puedes demostrarlo?

La voz de Ava era más amable. Al parecer, Kalyna había conseguido provocar alguna duda. ¿Pero tenía forma de demostrar sus palabras? No.

–No, claro que no. No nos atrevíamos a decírselo a nadie. Teníamos miedo de que nos hiciera algo peor.

–¿Hablas en plural porque te refieres también a tu hermana?

–Sí, a Tatiana.

–¿Crees que ella podría colaborar con nosotras?

Kalyna comenzó a mordisquearse las puntas de la melena, como hacía cuando era pequeña. Ya no estaba segura de su hermana. A lo mejor había sido un error mencionarla.

–No sé –musitó–. Es posible que haya decidido olvidarlo todo. Además, ella no sufrió tanto como yo.

–¿Por qué no? –Ava volvía a parecer dubitativa.

–Porque mis padres la preferían a ella. Y siguen haciéndolo.

–¿Tienes más hermanos?

Kalyna tenía tanto calor que comenzaba a pegársele la ropa al cuerpo. Eran más de las nueve de la noche, pero allí no refrescaba como en California.

–No. Mis padres adoptivos tenían problemas de fertilidad. Tenían un hijo, pero a los dos años se ahogó en la piscina de los vecinos.

–Lo siento.

–Yo no le conocí. Eso fue antes de que mis primeros padres adoptivos renunciaran a nosotras. Pero mi madre nunca ha superado su muerte. Yo nunca estuve a la altura de su maravilloso niño.

Le dio un punto de amargura a su voz, pero sonrió en secreto al recordar cómo atormentaba a su madre con la muerte de Robert. Sacaba a veces sus zapatitos del desván y los dejaba en la cama de Norma, entre las sábanas.

–¿Por qué no fuiste al colegio, Kalyna? –preguntó Ava.

–Mi madre no nos dejaba ir ni a mí ni a mi hermana. Nos escolarizó en casa. Creo que ya te lo conté.

–Sí, me lo contaste. Me dijiste que seguíais el currículum para quitaros de encima a las autoridades.

–Sí, es verdad.

Se produjo una pausa tras la cual Ava dijo:

–Tu madre me ha contado también que a veces te autolesionabas.

–¿Y crees que es así como me hice las heridas?

–Solo me lo pregunto.

Kalyna se secó el sudor que le empapaba el labio superior. No era solo el calor. Eran los nervios. Sentía que se estaba derritiendo.

–¡Eso es ridículo! ¿Cuánta gente conoces que sea capaz de hacerse intencionadamente una lesión?

–No conozco a nadie –admitió Ava–, pero he oído que es algo que ocurre.

–A lo mejor con los psicópatas, pero yo no soy ninguna psicópata. ¿Cómo podría decir mi madre algo tan terrible.

Las lágrimas que comenzaron a rodar por su rostro eran reales. Kalyna se sentía acorralada. Primero, sus padres le dejaban muy claro que no se alegraban de verla. Después, Tatiana, que siempre había hecho de intermediaria entre ellos, había demostrado que estaba más cerca de sus padres que de ella. Y después, Ava. Kalyna no podía seguir soportándolo. ¡Todo el mundo estaba contra ella!

–¡Siempre miente cuando habla de mí! Quiere asegurarse de que nadie confíe en mí. Disfruta haciéndome daño. Disfruta alejándome de todas las personas que podrían llegar a ser amigas mías.

–Kalyna, tranquilízate –le pidió Ava.

Pero Kalyna no podía calmarse. Si dejaba que Ava creyera que estaba mintiendo, esta podía sentirse obligada a contárselo a la mayor Ogitani y muy probablemente, la mayor Ogitani abandonaría el caso. Si eso ocurría, no tendría ninguna esperanza de volver a hablar o a ver a Luke. La asignarían a un nuevo escuadrón, o a lo mejor incluso la cambiaban de base. O algo peor... podían procesarla. Pero en el caso de que pudiera eludir los problemas legales y se quedara en Travis, Luke se mantendría lejos de su camino para evitarla. Se iría con cualquier otra mujer que estuviera dispuesta a convertirse en su amante y ella se sentiría como se sentía antes, con un vacío dentro que solo él podía llenar.

Al pensar en ello, soltó un torturado sollozo.

–¡Kalyna, basta! –repitió Ava, cada vez con más fuerza.

–¡Me violó! Pero como Luke tiene más amigos y una familia mejor que la mía, no le va a pasar nada –hipaba por lo mucho que le costaba respirar para poder continuar–. ¡Mi propia madre está evitando que se haga justicia!

–¿Y por qué iba a hacer una cosa así?

–¡Ya te lo he dicho, me odia! Sabe que si voy a los tribunales, terminará sabiéndose toda la verdad. ¿No lo comprendes? La mayor Ogitani quiere contar cómo fue mi infancia. ¡Y mi madre terminará yendo a la cárcel por haberme hecho todo lo que me hizo!

–Lo de cerrarte en la cámara es terrible, ¿pero estás insinuando que hay algo más?

–¡Sí! Me daba patadas, me pegaba, me retorcía los dedos... Una vez me empujó en las escaleras y me rompió el brazo.

Kalyna lo había contado tantas veces que ni siquiera recordaba ya lo que era verdad y lo que no. Aunque sus padres utilizaban los castigos corporales, estaba segura de que nunca le habían roto un brazo. Pero no importaba. La crueldad de sus padres iba mucho más allá de un azote en el trasero.

–¿Hay algún informe de esa rotura? ¿Te llevaron al médico?

–No. El brazo se curó solo. Probablemente, solo fue una fractura.

El roce áspero de los ladrillos de la pared en su espalda se filtró en la conciencia de Kalyna y con él, comenzó a crecer en ella la tentación de golpearse la cabeza. A veces, el deseo de destrozarse a sí misma la superaba, era una locura tan destructora que cuando anidaba en ella, no era capaz de dominarla. Deseaba golpearse la cabeza hasta quedar sin sentido, arañarse los brazos, la cara, arrancarse el pelo… «¡Te odio, te odio!», se repetía. Pero no estaba segura de si se dirigía a Ava Bixby, a sus padres adoptivos o a ella misma.

–¡Kalyna, escúchame! Tranquilízate para que podamos hablar.

–¿Qué?–estaba ya agarrándose el pelo y tirando con fuerza.

–¿Alguien más vio las heridas que te hacía tu madre?

–Por supuesto. Pero mi madre les decía lo mismo que te ha dicho a ti. Que me las hacía yo.

Tatiana asomó en aquel momento la cabeza por la puerta del restaurante.

–Kalyna… –enmudeció al ver a su hermana llorando–, ¿estás bien?

Al ver aparecer a su hermana, Kalyna dejó inmediatamente de tirarse del pelo. No podía pegarse ni arañarse en presencia de Tati. Le había asegurado a su familia que había dejado de hacerlo, les había dicho que era un impulso infantil que, afortunadamente, había superado. Si se daban cuenta de que continuaba infligiéndose aquel daño, no creerían nada de lo que les decía.

–¡No, no estoy bien! –le dijo a Tati–. Te necesito, necesito que vengas aquí.

Tati corrió hacia ella.

–¿Qué ocurre?

–¡Van a dejarle libre! ¡No le van a meter en la cárcel!

–¿A quién?

–Al hombre que me violó.

Su hermana comenzó a tartamudear.

–No… no le soltarán si… encuentran pruebas para acusarlo.

–No lo harán si le cuentas a esta mujer la verdad.

–¿Qué?

–Mi hermana te contará cómo era todo –dijo por teléfono–. Ella lo vio todo, también ella pasó por lo mismo que yo –le tendió el teléfono a Tati.

Tati intentó apartarse.

–¡No! ¿Qué estás haciendo?

–Tienes que contarle a Ava lo que nos hacía mamá. Tienes que contarle lo de las palizas.

Con los ojos abiertos como platos, Tati hizo un segundo intento de rechazar el teléfono, pero Kalyna no estaba dispuesta a aceptarlo.

–¡Vamos! –susurró.

–¡Pero yo no quiero tener nada que ver con todo eso!

–Vamos, Tati, ¡eres mi hermana!

La tristeza que mostraba el rostro de Tati era el fiel reflejo de cómo se sentía la propia Kalyna. ¿Qué estaba pasando para que hasta su hermana vacilara a la hora de ayudarla? ¿Por qué todo el mundo tenía que decepcionarla?

–¡Si no haces esto por mí, me iré y no volverás a verme nunca más! –la amenazó Kalyna.

–Pero Kalyna… –le suplicó Tati.

–¡Mamá nos pegaba!

–No más que otras madres. Y solo cuando hacíamos las cosas mal.

–¡No me importa! Lo único que te estoy pidiendo es que lo digas –presionó el teléfono de nuevo contra su rostro–. ¡Dilo!

Con la mano sobre el micrófono, Tati abrió la boca para seguir discutiendo, pero la mirada asesina de su hermana acalló cualquier posible protesta. Al final, se colocó el teléfono en la oreja.

–¿Di-diga?... ¿Quién es? Soy Tatiana… Sí, la hermana de Kalyna.

Kalyna contuvo la respiración.

–A veces… era difícil.

–¡Habla! –la urgió Kalyna, pero Tatiana ni siquiera la miraba.

–Nosotras… a veces nos peleábamos con nuestros padres… ¿Qué dice? ¿Que si Tatiana se hacía daño a sí misma?

Tati miró por fin a su hermana y esta negó con la cabeza.

Tati se humedeció los labios.

–No… no. Por supuesto que Kalyna… no, nunca haría una cosa así. A… a mi madre no le gusta que gente extraña se meta en nuestra vida. Sí… sí, eso es verdad. Umm… –cerró los ojos–. Por supuesto… De nada.

Para cuando terminó la conversación, su voz era tan débil que Kalyna se preguntaba si Ava la habría oído, pero aceptó el teléfono cuando se lo devolvió.

–¿Qué he hecho? –oyó farfullar a Tati, pero la ignoró.

–Hola –saludó de nuevo a Ava.

No hubo respuesta.

–¿Hola?

–¡Oh, lo siento! Estaba pensando.

–¿En qué?

–Tu hermana parece una buena persona.

Kalyna observó a su hermana deslizarse por la pared y enterrar el rostro entre las manos.

–Lo es. Siempre hemos estado muy unidas –o por lo menos, eso pensaba hasta entonces.

–Siento que vuestra primera adopción no saliera como todo el mundo esperaba. Es una historia muy triste.

–Espero que no te creas lo que dice mi madre sobre mí –dijo Kalyna, cambiando de tema.

–Este no es un caso fácil –respondió Ava.

Viendo allí otra oportunidad de convencerla, Kalyna la urgió:

–Lo sé. Pero todo saldrá bien si tú me ayudas. No dejes de estar de mi lado, ¿de acuerdo? Te necesito.

Se produjo otra pausa tras la cual, Kalyna oyó a Ava suspirar.

–Haré lo que pueda.

Al oírla, Kalyna se ahuecó la sudadera empapada.

–¿Eso significa que sigues con el caso?

–Supongo que sí –contestó Ava, pero parecía más resignada que convencida.

–Gracias, Ava, no te arrepentirás.

–Solo quiero que me repitas una vez más que no estás mintiendo. Porque si sigo apoyándote y al final terminamos encerrando a un hombre inocente…

–Luke no es inocente. Te estoy diciendo la verdad, Ava. Te lo juro por mi vida.

–De acuerdo, de momento, seguiré con el caso. Mientras tanto, será mejor que vuelvas a la base cuanto antes. La deserción es un delito serio y necesitamos que parezcas arrepentida. Esa es la única manera inteligente de abordar el caso. Todo el mundo simpatiza con el deseo de cambiar, incluso los más estrictos militares, si tenemos suerte.

–¿Te parece bien que vuelva el domingo por la noche? No tiene sentido que vuelva antes. De todas formas, no podría llegar antes del fin de semana.

–Si crees que no supondrá ninguna diferencia...

–No, no supondrá ninguna diferencia. Gracias. Muchas gracias.

Después de colgar el teléfono, Kalyna se agachó y le apretó el hombro a su hermana.

–Sabía que no me fallarías.

Capítulo 11

Ava colgó el teléfono y se reclinó contra el respaldo de la silla. ¿Por qué había aceptado continuar con el caso? No tenía más pruebas de la veracidad del testimonio de Kalyna que quince minutos antes. ¿Por qué tenía que ser más creíble Tatiana que Kalyna? De hecho, ni siquiera podía estar segura de que la persona con la que había hablado fuera su hermana.

Ava no quería comprometerse con el caso, pero le resultaba difícil resistirse a las lágrimas. No podía soportar la idea de darle la espalda a alguien que realmente la necesitaba. Continuaba preguntándose por lo que sería de aquella mujer si realmente era un alma perdida, o por cómo se sentiría ella si le pasara algo parecido y nadie la creyera.

La empatía podía convertirla en una buena abogada, pero comenzaba a darse cuenta de que también podía hacerla demasiado crédula. ¿La estarían engañando? A lo mejor…

De pronto, el volumen de la televisión le resultó demasiado alto. Irritada con el ruido, se levantó para apagarla y se fijó entonces en una fotografía en la que aparecían Geoffrey y ella. Se la habían hecho cuando habían visitado San Francisco el año anterior. Habían pasado doce meses desde entonces y continuaban viéndose tan poco como en aquella época. No le extrañaba que Jonathan se riera de su relación.

Pero aquella noche echaba de menos a Geoffrey.

No podía decidir si le echaba de menos a él o era solamente que le pesaba la soledad, pero descolgó el teléfono para llamarle.

–¡Eh! Me estaba preguntando qué estarías haciendo –dijo Geoffrey en cuanto oyó su voz.

Podría haberle llamado para comprobarlo, pero Ava no se quejó. Por lo menos siempre estaba de buen humor. Esa era una de las cosas que le gustaban de él.

–¿Cómo va el trabajo? –preguntó Ava, mientras llevaba el plato en el que se había comido el sándwich a la cocina.

–No paro.

Mientras Ava recogía la cocina, estuvieron hablando de la importante reunión que tenía Geoffrey el lunes por la mañana con otro promotor inmobiliario con el que quería iniciar un proyecto en la zona de Natomas.

–Podría conseguir otro medio millón con ese trato –le explicó.

–Me parece magnífico.

Estuvieron hablando de otros proyectos y de la reciente adquisición de un terreno en Roseville, donde esperaba poder levantar un centro comercial. Ava estaba a punto de poner el lavavajillas en funcionamiento cuando la conversación dio un giro.

–¿Y qué me cuentas tú? ¿Qué tal por El Último Reducto? ¿Alguna novedad?

–Tengo un caso un poco extraño y no estoy segura de qué hacer con él.

–¿Extraño en qué sentido?

Ava terminó de limpiar los mostradores.

–Tan pronto pienso que mi cliente está mintiendo y estoy a punto de abandonarla como comienzo a pensar que es la víctima más trágica con la que me he encontrado nunca.

«Mi madre nos encerraba en la cámara frigorífica con los cadáveres...».

Ava se estremeció. ¿Cómo podía afectar algo así a una niña?

–Entonces, ¿qué piensas hacer? –preguntó Geoffrey–. ¿Aceptarlo o dejarlo?

–Supongo que le concederé el beneficio de la duda y haré todo lo que pueda por ella. Confío en que la ley se haga cargo del resto.

–¿Quieres que te ayude a convencerte de que dejes el caso?

–No, en realidad, lo que quiero es que vengas.

Lo había dicho en un impulso, pero inmediatamente comprendió que era cierto. Necesitaba su compañía, la seguridad que le daba su presencia.

–¿Ahora?

–¿Por qué no?

–Porque son las diez de la noche.

–¿Y?

–¿Para qué voy a ir hasta allí a estas horas? ¿Para decirte buenas noches?

–¿No quieres conducir a no ser que sepas que vas a acostarte conmigo?

Obviamente consciente de que aquello no daba muy buena imagen de él, Geoffrey intentó retractarse.

–No pretendía decir eso. No es que tengas que recompensarme por ir hasta allí. Es solo que... estoy cansado y mañana tengo que madrugar.

–Así que no quieres tomarte tantas molestias.

Caramba, a lo mejor hasta hubiera tenido ganas de acostarse con él si no hubiera sido tan pragmático, si también él estuviera dispuesto a seguir sus impulsos de vez en cuando.

–¿Tienes que decirlo así?

–¿No es eso lo que estás diciendo?

–Hace meses que no te acuestas conmigo. ¿Por qué hoy tiene que ser diferente? Y si esta noche no tiene nada de diferente, podemos vernos este fin de semana.

–Creí que te ibas a Bay Area para pasar con tus hijos el Cuatro de Julio.

–¿Ya es la semana que viene?

–Pasado mañana. Cae en sábado.

–¡Es verdad, tienes razón! –vaciló un instante–. De acuerdo, ¿y qué te parece el siguiente fin de semana?

–Me parece bien, si no es mucha molestia para ti.

Geoffrey no pareció entender su sarcasmo.

–No es una molestia en absoluto. Podemos ver una película.

Ava estuvo a punto de echarse a reír. Con él, la opción siempre era o sexo o película. Y últimamente, ella siempre elegía la película.

–Claro, llámame.

El sonido del teléfono despertó a Luke en medio de un sueño intermitente. Pestañeó y comprendió que estaba rodeado de sábanas y no de barrotes de hierro. Suspiró aliviado. Miró después el despertador. Eran las tres de la mañana. ¿Quién podía llamar a esas horas?

Pensó inmediatamente en su hermana pequeña y en los problemas con los que se había encontrado últimamente y el alivio de despertar de una pesadilla tan terrible desapareció. ¿Sería una llamada de su familia? ¿Le habría pasado algo a Jenny?

Alargó la mano antes de que saltara el contestador. En cuanto agarró el teléfono, miró la pantalla. Era una llamada de origen desconocido, pero aquello no le tranquilizó en absoluto. Sus padres no eran muy duchos con las últimas tecnologías. Les había regalado un teléfono móvil en Navidad y les había enseñado a utilizarlo, pero todavía no lo habían incorporado a su rutina. Conociéndoles, podían estar llamándole desde un teléfono público en el vestíbulo de cualquier hospital porque se habían olvidado de cargarlo.

Se sentó en la cama y descolgó el teléfono.

–¿Diga?

–¿Luke?

Era una voz de mujer, pero no la reconoció.

–¿Sí?

—Soy Kalyna.

Le invadió tal oleada de indignación que le hizo apretar la mandíbula, pero no colgó. No podía evitar esperar que llamara para disculparse, para poner orden en el desastre que ella misma había provocado. Antes de contratar al abogado y de que este le hubiera dejado muy claro que no debía ponerse en contacto con ella, había intentado localizarla varias veces. Estaba convencido de que una conversación con ella lo arreglaría todo. Él no pretendía hacerle ningún daño. Pero ella nunca le había devuelto las llamadas.

Hasta entonces. Por lo menos por fin tendría la posibilidad de averiguar qué había pasado aquel seis de junio.

—¿Qué quieres? —le preguntó con recelo.

—Oír tu voz.

—¿Qué has dicho?

—Te echo de menos.

¿Después de lo que le había hecho? ¿Qué sentido podía tener algo así?

—Kalyna, ¿cómo puedes decir eso?

—Porque es verdad. Quiero sentirte dentro otra vez. Quiero sentir tus manos acariciando mi cuerpo.

—¡Pero si me estás destrozando la vida!

A aquel estallido le siguió un sombrío silencio. Luke temió que colgara si no se tranquilizaba, así que tomó aire e intentó dominarse. Tenía que pensar, tenía que tener cuidado.

—No entiendo por qué vas contra mí —dijo, intentando mantener la voz serena.

Kalyna respondió como si cualquier estúpido pudiera comprenderlo.

—Para que podamos estar juntos.

—Tienes que estar de broma.

Sentía la adrenalina corriendo por sus venas. No podía continuar sentado. Se levantó y comenzó a caminar por el salón.

—Si no dejas este asunto, iré a prisión, Kalyna. ¿Cómo vamos a poder estar juntos?

–No tiene por qué acabar contigo en prisión –respondió Kalyna.

Luke se quedó paralizado. Durante todo aquel tiempo, había considerado la remota posibilidad de que alguien hubiera irrumpido en el apartamento de Kalyna y le hubiera dado la paliza después de que él se fuera. En medio de aquella confusión y al no saber si había sido él o no, Kalyna habría decidido culpabilizarlo por no haber estado allí para protegerla. Pero la verdad, con todas sus implicaciones, le golpeó entonces con la fuerza de un puñetazo. Kalyna sabía que era inocente, pero estaba intentando hacerle daño.

–¿Qué quieres? –le preguntó.

–Ya te lo he dicho…

–Yo no te violé, Kalyna, y los dos lo sabemos.

–Violaste mi alma. Me has hecho el peor daño que podías hacerme.

–¿Cómo?

–Tú ya lo sabes.

–No, no lo sé. Esto no tiene ningún sentido. Nunca hemos tenido una relación tan íntima como para que haya sufrido tu alma. Y no fui yo el que te pegó. No sé cómo te hiciste esas heridas, ¡pero yo no tuve nada que ver con ellas!

Maldita fuera. Luke deseó haber tenido una cinta o algún modo de conservar aquella conversación, de conservar sus palabras, su tono de voz.

Pensando en que quizá tuviera alguna y se hubiera olvidado, se acercó a la cómoda y abrió el primer cajón. Dejó la pistola a un lado, la licencia de armas, las balas, el iPod, una chequera y unos cascos, pero no encontró ninguna cinta. ¡Mierda!

–Por favor, Luke, no quiero discutir.

–Entonces, ¿por qué me llamas?

Entró en el salón y escuchó los mensajes del contestador. Necesitaba el teléfono de Ava Bixby.

–¿Tú que crees?

El pecho se le elevaba con cada una de sus respiraciones

como si acabara de correr. Bajó el volumen del contestador para que Kalyna no pudiera oír lo que estaba haciendo.

–A mí no me gustan los juegos. ¿Te olvidarás de todo esto, Kalyna? ¿Serás capaz de decir la verdad?

No hubo respuesta.

–Kalyna, háblame. Por favor, deja lo que estás haciendo. No tiene sentido. No sé lo que te propones, pero lo que pasó el seis de junio fue cosa de una sola noche, nada más, y lo sabías cuando me llevaste a tu casa.

–No, no lo sabía.

–¡Claro que lo sabías!

Presionó un botón para pasar un mensaje de su madre. Ava le había llamado justo después, ¿no? Estaba tan histérico que le costaba recordarlo.

–¿Cómo pudiste hacerme sentir lo que sentí y decir después que eso no significa nada?

–Fue un orgasmo, Kalyna, una reacción fisiológica a un estímulo. Intenté no comportarme como un egoísta, aunque tú me acuses de serlo. Pero eso no es amor.

¿Dónde estaba? ¿Por qué no lo encontraba?

–No lo entiendes.

Borró otro mensaje de un amigo que quería quedar con él para jugar al tenis.

–Eres tú la que no lo comprende –respondió Luke–. Fui un estúpido al irme contigo a tu casa.

–Así que ahora te arrepientes.

¿Cómo podía esperar otra cosa?

–¡Claro que me arrepiento!

–¡Solo te importas tú!

¡Por fin! Allí estaba. La voz de Ava se filtró en la habitación. Luke movió nervioso las piernas, esperando que dijera el teléfono que apuntó inmediatamente.

–Me gusta pensar que eso no es cierto –respondió, intentando mantener la conversación–, pero si es así, lo siento. Creo que no te estoy pidiendo demasiado. Lo único que quiero es que nos olvidemos de todo esto, que desaparezcas de mi vida. ¿Qué puedo ofrecerte a cambio? ¿Dinero?

Se produjo una larga pausa que Luke aprovechó para descolgar el teléfono fijo y marcar el número de Ava. Si por lo menos pudiera oír a Kalyna, si alguien pudiera oírla...

Jamás había tardado tanto el teléfono en hacer una conexión, pero al final, comenzó a sonar.

—¿Dinero? —repitió Kalyna—. ¿Crees que soy estúpida? No te vas a librar de esto tan fácilmente.

—¿Por qué no? Algo tienes que querer, si no, no estarías haciendo esto.

«¡Contesta, maldita sea. Contesta el teléfono!».

Estaba tan acelerado que no sabía si había apuntado el número correctamente. Cuando oyó el mensaje de El Último Reducto, comprendió que había llamado allí en vez de a su casa y que le estaban pidiendo una extensión que no tenía. ¡Mierda!

—Eres un miserable y un egoísta, ¿lo sabes? —le estaba diciendo Kalyna.

—Supongo que eso me afectaría si no me lo dijera una zorra trastornada y vengativa.

Sabía que no debería dejarse provocar, que eso solo serviría para empeorar las cosas. Pero estaba tan concentrado en conseguir el número de teléfono que ni siquiera estaba seguro de lo que decía. Nada de lo que hacía o decía parecía solucionar la situación.

—Tendrás que pagar por esto —le amenazó Kalyna.

Luke ignoró la amenaza.

—Si no quieres arreglar la situación, ¿para qué me llamas? ¿Para vanagloriarte de lo que has hecho? ¿Para restregarme que no puedo trabajar por tu culpa? ¿Que tengo que preocuparme de cómo les va a afectar esto a mis padres, que no se merecen tamaña humillación? ¿Que tengo que soportar que mis compañeras me miren con recelo y se pregunten si soy un hombre peligroso, si podría llegar a hacerles daño en el caso de que nos quedáramos a solas?

Mientras hablaba, oyó el mensaje de Ava en el teléfono. Por fin había conseguido el número.

–¿Eso es lo único que te preocupa? –le reprochó Kalyna–. ¿Cómo van a mirarte otras mujeres?

¿Cómo era posible que solo le importara eso después de todo lo que le había dicho?

–¡Lo único que quiero es poder recuperar mi vida! –gritó.

«¡Vamos teléfono, suena!». Pero había marcado demasiado rápido. Se equivocó en un número y tuvo que colgar y volver a intentarlo.

–Pues ya puedes olvidarte, porque es evidente que no estás preparado.

Maldita fuera.

–¿Para qué no estoy preparado? –preguntó para que continuara hablando.

–¡Ya lo verás! Vendrás arrastrándote hasta mí antes de que acabe contigo, Luke Trussell –le dijo y colgó.

El teléfono móvil de Ava por fin empezaba a sonar, pero ya era demasiado tarde. Llamarla en aquel momento no serviría de nada.

Con una maldición, Luke se tiró en el sofá y colgó el teléfono.

Capítulo 12

–¿Qué haces despierta a estas horas? –preguntó Tati, bostezando.

Kalyna sintió la presión del reloj de Luke contra ella, lo sostenía con fuerza bajo su ropa interior. Pero la excitación de tenerlo en una zona tan sensible de su cuerpo hacía tiempo que había desaparecido.

–¿Kalyna? –insistió Tati.

Acababa de regresar al dormitorio después de haber llamado a Luke encerrada en el cuarto de baño. Estaba sentada en el suelo y se mecía hacia delante y hacia atrás.

–No puedo dormir.

Su hermana dio un golpe a la almohada, pero parecía tan dormida como antes.

–¿Qué te pasa?

Kalyna se clavó las uñas en las manos con tanta fuerza que estuvo a punto de hacerse sangre. Pero no era suficiente. Necesitaba hacer algo más. Necesitaba castigarse por ser tan estúpida. Así aprendería.

«Toda la culpa es mía. Lo he echado todo a perder. He llamado demasiado pronto porque no podía esperar. ¡Soy una estúpida!», se clavó las uñas con más fuerza, «¡Soy una estúpida!».

–¡Kalyna!

Tardó varios segundos en darse cuenta de que su hermana había vuelto a llamarla.

–¿Qué pasa? ¿Qué quieres?

Su respuesta malhumorada hizo vacilar a Tati.

–¿Por qué no te acuestas? Me gustaría poder dormir algo. Mañana por la mañana tengo que trabajar.

Kalyna se volvió furiosa hacia su hermana.

–Siento no dejarte dormir. No quería molestarte solo porque me estoy muriendo por dentro.

Tati alzó la cabeza.

–¿Que te estás muriendo por dentro? Kalyna, ¿de qué estás hablando?

–No importa. A ti te da igual.

–Claro que no me da igual.

Pero hasta aquella prudente tolerancia enervaba a Kalyna.

–Sí, sí te da igual. Has estado enfadada conmigo toda la noche desde que te pedí que hablaras con la abogada. No intentes disimular.

–No estoy enfadada. Es solo… –resopló–. Kalyna, no estoy de acuerdo con todo lo que haces y no me gusta que me obligues a seguirte. Tienes que comprenderlo.

–¿Así que prefieres estar del lado de mamá? Me das asco. ¡Eres mucho más débil que cuando éramos niñas!

Tatiana no contestó inmediatamente. Cuando lo hizo, apenas se le oía la voz.

–Pienses lo que pienses de mí, preferiría no tener que volver a mentir.

–¿Cuándo te he obligado a mentir? Mamá era malísima con nosotras, Tati. ¿O es que lo has olvidado? ¿Te has olvidado de que nos encerraba en la cámara frigorífica durante horas? ¿Te has olvidado de que nos decía que esos muertos eran zombis y que si nos portábamos mal volverían a la vida y nos comerían?

–Sí, alguna vez nos encerró –admitió Tati–, pero no era muy a menudo. Y otras veces se portaba muy bien con nosotras. Nos daba de comer y nos cuidaba. Eso ya es más de lo que hizo nuestra madre. O de lo que hicieron los Robertson. ¿No le estás agradecida?

A Kalyna le costaba creer que Tati utilizara esa palabra refiriéndose a los Harter.

—¿«Agradecida»? —repitió—. ¿Has dicho «agradecida»? Nos utilizaba para trabajar en esa maldita morgue en la que ella no se atrevía a entrar. Así, papá tenía a alguien que le ayudara, porque ella no tenía estómago para pensar en la muerte. Por eso se pasaba todo el día en la cama, llorando a su pobrecito Robert.

—Perdió a su hijo, Kalyna.

—¡Nosotras también éramos sus hijas!

—Podía haber sido peor.

—¡Y podía haber sido mucho mejor si le hubiéramos importado la mitad de lo que le importaba Robert!

—No todo fue culpa suya. Tenemos que asumirlo, Kalyna. Tú también la provocabas. Hacías todo lo posible para atormentarla y para que se enfadara.

Kalyna comenzó a reír.

—Porque los odié a los dos desde el principio.

—¿Lo ves? ¿Pero por qué los odiabas? ¡Ellos no tenían la culpa de que nuestra verdadera madre nos hubiera abandonado!

—¡No me hables de nuestra verdadera madre! Por lo que a mí concierne, es como si nunca hubiera existido.

—Solo estoy diciendo que mamá también tenía sus propios problemas. Y ahora las cosas están mejor. Mucho mejor.

—¡Para ti! Eso es lo único que te preocupa. Yo ya no te importo nada.

—Eso no es verdad.

—Sí, claro que lo es —se acercó a ella—. Has cambiado. Ya no eres la hermana que conocía, la hermana con la que crecí.

Tati no se movió.

—¿Quieres dejar de decir eso? Estoy intentando dejar el pasado atrás y reconciliarme con lo que soy y con mis orígenes. Estoy intentando planear mi futuro. Por primera vez desde hace años, por fin soy feliz. ¿Es eso tan malo?

–Sí, si te obliga a cambiar.

–A lo mejor solo cambia lo que tú esperas de mí.

Con la luz apagada, Kalyna apenas veía a su hermana, pero concentró todo su odio en aquella silueta amorfa.

–No eres mejor que yo, jamás lo serás.

Tati apartó las sábanas y se sentó en la cama, apoyándose en el cabecero y con las rodillas contra el pecho.

–Nunca he dicho que lo fuera. Estás tergiversando todo lo que digo. Ya somos adultas, Kalyna, quiero decidir quién soy. No quiero que sigas decidiendo por mí.

Kalyna puso los brazos en jarras.

–No sé por qué me molesto en hablar contigo. ¡Eres igual que él!

–¿Que él? ¿Quién es «él»?

–No importa.

Así que su hermana ya no la admiraba. Luke era la única persona que le importaba a Kalyna. Y le tenía a sus pies. De una u otra forma, conseguiría convertirle en el padre de sus hijos.

Posó la mano en su vientre, ilusionada al recordarlo.

–¿Tienes una prueba de embarazo?

–¿Una qué? –preguntó Tati, obviamente sorprendida por el repentino cambio de tema.

Se la quedó mirando fijamente.

–Ya me has oído.

Tati se inclinó hacia delante y se acurrucó hacia un lado.

–Por supuesto que no. ¡Todavía no me he acostado con ningún hombre! –gruñó.

–Eres patética. ¿Y tú dices que yo estoy mal?

–Es la decisión que he tomado, Kalyna. Me estoy reservando para el matrimonio y no me importa lo que pienses.

–¡Oh, Dios mío! –le entraban ganas de abofetearla–. Has visto demasiadas películas de Disney. La vida no es un cuento de hadas. Si estás esperando a que un príncipe azul venga a rescatarte de esta morgue, creo que deberías empezar a embalsamarte, porque estoy segura de que terminarás pudriéndote como los muertos del cementerio del final de la calle.

—Me arriesgaré.

—¿Ah, sí? Pues yo no quiero correr riesgos. Yo iré a buscar lo que quiero.

—¿Y cómo lo vas a conseguir?

—¡De la forma que sea! —le espetó.

—Eso es lo que de verdad me asusta —musitó Tati, y se tapó la cabeza con las sábanas.

Luke continuó paseando nervioso después de que Kalyna colgara. Quería llamar a su abogado, pero no tenía un número de teléfono que no fuera el del trabajo. Así que estuvo dando vueltas por la habitación, intentando dominar el enfado. Ojalá hubiera podido localizar a Ava Bixby. Ojalá hubiera podido demostrarle lo mentirosa que era Kalyna Harter.

Tuvo la tentación de volver a llamar a Ava. Quería que contestara y contarle todo, aunque no tuviera ninguna prueba. Odiaba tener que esperar a que se iniciara el proceso legal y ansiaba poder defenderse a sí mismo. Pero tenía miedo de parecer una especie de loco si llamaba a Ava en medio de la noche sin otras razones que el pánico y la impaciencia.

Pasó varios minutos discutiendo consigo mismo, pero al final se dio cuenta de que no tenía nada que hacer, salvo esperar al día siguiente por la mañana. Decidió ponerse la televisión con la esperanza de que le distrajera lo suficiente como para sofocar su furia.

No funcionó. Y continuaba igual de enfadado cuando comenzó a amanecer.

A las ocho en punto, llamó al trabajo para decir que estaba enfermo. Después, llamó a McCreedy, Eisner & Groan, pero no pudo hablar con su abogado. Le dijeron que McCreedy se dirigía en aquel momento hacia el juzgado y que le devolvería la llamada a lo largo del día.

Luke estuvo pendiente del teléfono durante la mayor parte del día, pero su abogado no llamó. A las tres, la secretaria del despacho le informó de que McCreedy había salido a pasar el fin de semana del Cuatro de Julio directamente desde el juzgado. Le llamaría el lunes.

–¡Por supuesto! –le espetó Luke, y colgó el teléfono.

Y en ese momento decidió que ya no podía seguir esperando. Necesitaba dar un giro a la situación. Iba a comenzar a luchar.

Y lo primero que haría, sería llamar a El Último Reducto para concertar una cita con Ava Bixby antes de que también ella saliera de fin de semana.

El Último Reducto no estaba situado en una zona particularmente conflictiva, pero debido a la naturaleza del trabajo que allí se realizaba y a la clase de personas contra las que luchaban, Ava, Skye y Sheridan a veces tenían las oficinas cerradas. Las reuniones siempre se hacían previa cita. Por eso, a Ava le sorprendió que alguien llamara al telefonillo justo antes de las cinco un viernes por la noche. Ella era la única que quedaba en las oficinas. En verano, cerraban a las cuatro los viernes y no esperaba a nadie.

Pensando que se trataba de un voluntario que iba a recoger los sobres que había olvidado media hora antes, rodeó el escritorio, agarró los que Greg Hoffman se había dejado y corrió a la puerta. Pero no era Greg el que estaba al otro lado del cristal.

Aunque la luz del sol le impedía distinguir con claridad el rostro del recién llegado, vio su cuerpo. Medía cerca de metro noventa y, definitivamente, era un hombre. Su musculoso pecho y sus bíceps llenaban una camiseta blanca que parecía recién planchada. A juzgar por el contorno de los pantalones, tenía las piernas tan musculosas como la parte superior de su cuerpo.

Quien quiera que fuera, era evidente que estaba en una excelente forma física.

Cuando Ava se acercó, él bloqueó el sol con la cabeza y la abogada pudo verle la cara. Era el capitán Luke Trussell. Lo identificó gracias a la fotografía que Jonathan le había mostrado. Pero estaba mucho más moreno que en la fotografía y el puente de la nariz le pareció algo más pronunciado. De hecho, todos sus rasgos le parecieron más marcados, desde la nariz, con las aletas ligeramente infladas, la barbilla de gesto obstinado y la mandíbula cuadrada hasta la frente y los pómulos perfectamente cincelados.

–¡Vaya! –exclamó para sí.

Era muy atractivo. Tan atractivo como Kalyna había dicho. Pero también parecía capaz de partirla en dos con sus propias manos.

Deseando llevar encima el spray que guardaba en el último cajón del escritorio en vez de una caja de sobres, vaciló un instante. Justo el tiempo que tardó él en quitarse las gafas de sol y mostrar un par de preocupados ojos azul verdosos.

Dejó la caja de los sobres en una silla. Ella misma le había dicho a Kalyna que había violadores de todas las formas y tamaños. A lo mejor no había visto nunca a uno tan perfecto, pero no iba a dejar que unos dientes blancos y una expresión intensa y esperanzada la convirtieran en una estúpida.

–Lo siento, pero cerramos a las cuatro –dijo a través de la puerta–. Tendrá que pedir una cita.

Luke frunció sus cejas oscuras.

–He llamado antes de venir. Un hombre llamado Greg me ha dicho que entre semana abrían desde las nueve a las cinco. Y… –consultó la hora en su teléfono móvil–, todavía no son las cinco.

Giró el teléfono para mostrárselo.

Ava suspiró. Como trabajaban siempre previa cita y a veces se quedaban hasta muy tarde, Greg no había notado el cambio de horario.

–¿No le ha dicho Greg que no aceptamos visitas sin cita previa? –le preguntó.

–No. Me ha dicho que Ava Bixby estaba hablando por teléfono en ese momento, pero que pasaría aquí el resto de la tarde y que si me daba prisa, podría alcanzarla.

Otro suspiro. Tendrían que convocar una reunión. Los voluntarios tenían cada vez menos cuidado con la seguridad, seguramente porque últimamente todo fluía tranquilamente. No habían sufrido amenazas de bombas, ni peleas ni llamadas telefónicas extrañas. Skye estaba tan preocupada por su familia que pasaba cada vez menos tiempo en la oficina y no estaba tan pendiente como antes de recordarle a todo el mundo las normas de seguridad. Como Ava no había asumido esa responsabilidad, se estaba enfrentando en ese momento a una situación potencialmente peligrosa.

¿Cómo podría manejarla?

Con firmeza, decidió.

–Ya hemos cerrado.

–¿Es usted Ava Bixby por casualidad? –preguntó Luke.

¿Sería seguro admitirlo? En realidad, no le quedaba más remedio. Tenía que hacerlo. Le parecía ridículo negarlo.

–Sí.

–Solo necesito unos minutos –le suplicó–. Por favor, soy el capitán Luke Trussell. Me llamó porque quería hablar conmigo. Me llamó hace unos días.

–Sí, ya sé quién es usted. Y también sé que está acusado de violación, capitán Trussell.

Luke apretó los labios con un gesto de tristeza.

–Créame, soy perfectamente consciente de ello.

–Eso significa que no voy a quedarme a solas con usted.

Luke frunció el ceño.

–Yo no violé a la sargento Harter. No he violado a nadie jamás en mi vida y no voy a hacerle ningún daño. Si lo prefiere, podemos quedar en un sitio público –miró a lo largo de la avenida Watt en busca de una solución–. No conozco esta calle, pero dígame un lugar en el que podamos quedar.

Ava habría estado dispuesta a reunirse con él si hubiera llamado antes por teléfono. De esa forma podría haber organizado las cosas de manera que Jonathan o cualquier otro se reuniera con ellos.

–Vuelva el lunes a primera hora de la mañana.

–No me dé largas –le suplicó–. He tenido que soportar noventa minutos de tráfico para llegar hasta aquí.

Alzó las manos, unas manos grandes y callosas que demostraban que había trabajado con ellas a lo largo de toda su vida.

–No me acercaré a dos metros de usted –le prometió.

–Hoy no puede ser.

–¿Por favor?

Ava suspiró una vez más, aquella vez con resignación. Pero, ¿por qué no? Ya estaba allí, ¿no? Y, probablemente, no tenía nada que temer. Había revisado una y otra vez su historial. Era impecable. Kalyna era la única persona que había dicho algo negativo sobre él. Hasta Jonathan le creía y había comentado que siempre había sido un chico muy popular y sin problemas. Además, necesitaba oír su versión. Podría ayudarla a aliviar sus inquietudes sobre el caso.

–Podemos quedar en el Starbucks que está al final de la calle –señaló en aquella dirección.

–Gracias –su ceño se disolvió en una expresión de alivio.

Y Ava fue a buscar el spray.

Capítulo 13

Luke intentó relajarse mientras esperaba a que Ava Bixby se reuniera con él, pero le resultó imposible. Se jugaba mucho en aquel encuentro. Por lo menos esperaba convencer a la abogada de que dejara de defender a Kalyna. Y lo que realmente deseaba era solicitar su ayuda. Dudaba de que El Último Reducto hubiera defendido nunca a una persona que había sido acusada sin motivo alguno. Aquello no formaba parte de la definición de «víctima». Pero merecía la pena intentarlo. Su abogado tenía un gran respeto por Ava y sus socias, lo que significaba que quizá también otros estarían dispuestos a escucharla.

Se abrió la puerta y entró una ráfaga de calor en la cafetería, seguida por Ava. Era una mujer ligeramente más alta que la media, muy delgada y con un rostro más interesante que bonito. De hecho, era bastante anguloso. Pero la media melena le quedaba perfecta. Parecía un poco estirada, pero sus maneras eran confiadas y sus ojos amables. Claros e inteligentes, parecían no perderse nada.

Luke ya le había llevado una bebida. Intentó hacerle un gesto, pero ella se detuvo en el mostrador para pedir su consumición. Mientras le daba la espalda, Luke analizó el resto de su cuerpo. En otras circunstancias, no le habría llamado la atención. Normalmente le gustaban las mujeres un poco más dulces, de aspecto menos duro, pero su figura firme encajaba bien con su personalidad.

Luke desvió la mirada antes de que pudiera sorprenderlo mirándola. No quería que pensara que era el pervertido que Kalyna había denunciado. Pero teniendo tanta curiosidad por saber qué clase de mujer aceptaría un trabajo como aquel, le resultaba difícil no mirarla.

Se reclinó en la silla, terminó uno de los dos cafés que había pedido al entrar y fijó la mirada en los coches que pasaban por la calle mientras esperaba.

Hasta que no sintió el roce de la silla contra el suelo, no se atrevió a mirar de nuevo a Ava. En aquel momento, la descubrió mirando con recelo los dos vasos que había encima de la mesa.

–¿Se supone que uno era para mí? –preguntó.

–Sí, pensé que le apetecería un café.

Ava curvó los labios en una sonrisa. Unos labios suficientemente llenos como para compensar la abundancia de ángulos de su rostro.

–Muy educado, capitán.

–¿Tiene algo de malo ser educado?

–Por supuesto que no –contestó.

Pero Luke tenía la impresión de que su intento había fracasado. Definitivamente, aquella no era una mujer que se dejara impresionar.

El camarero gritó el nombre de Ava desde detrás del mostrador y esta fue a retirar su té con hielo. Mientras se alejaba, Luke tiró el café que le había comprado a la basura.

Cuando Ava regresó, Luke esperó a que dejara el bolso a sus pies y la bebida en la mesa antes de decir:

–Así que no es capaz de aceptar un café de un supuesto violador. ¿Hay algo más que deba saber?

La forma en la que se sentó con las rodillas juntas, los pies bajo la silla y la espalda recta, le indicó a Luke que estaba a la defensiva.

–No me gusta el café con hielo. Y prefiero pagarme mis consumiciones. Y, sin ánimo de ofender, no basaré su culpabilidad o su inocencia ni en su educación ni en su encanto.

–Para serle sincero, no esperaba tanto de una bebida de cuatro dólares –sonrió, esperando ganársela, pero Ava no cambió de expresión.

–¿Por qué estamos aquí, capitán? –le preguntó.

Luke no estaba seguro de qué había hecho mal. Normalmente, se llevaba bien con todo el mundo y particularmente con las mujeres. Pero al parecer, a Ava Bixby le había disgustado a primera vista.

–Usted me llamó.

Había dejado de sonreír. Aquella forma de acercamiento no estaba funcionando.

–Ha tardado en responder a mi llamada. ¿Puedo preguntar por qué?

–Son muchas cosas las que están en juego.

–Y no confía en mí.

Luke se cruzó de brazos.

–Por lo que he visto hasta ahora, el sentimiento es mutuo.

–¿Lo dice porque no me he derretido nada más verle?

–No hubiera estado mal un poco de amabilidad.

–No estamos aquí para ser amigos. Lo único que quiero saber es su versión de lo ocurrido. Nada más.

Luke arqueó una ceja.

–¿No se cree lo que le ha contado su cliente?

–Odiaría pensar que Kalyna Harter es capaz de destrozar la vida de un hombre de esa manera, pero…

–¿Pero?

–Tampoco es mi amiga. Dicho de otra forma, he aprendido que siempre es preferible mantener la mente abierta.

Ojalá lo dijera en serio.

–¿Cómo puede decir eso cuando ya ha decidido que soy culpable?

–¡Yo no he decidido que usted sea culpable! Solo estoy haciéndole saber que no soy la típica mujer que le admira.

Luke se inclinó hacia ella.

–¿De verdad se siente atraída hacia mí? Porque yo no tengo el mismo problema.

Estaba siendo tan franco con ella como ella lo había sido con él, pero Luke se jugaba muchas cosas y Ava absolutamente nada. Tuvo miedo de que se enfadara, de que se levantara incluso, pero Ava inclinó la cabeza, comos si realmente acabara de ganarse su respeto.

—Entendido.

—Genial. Y ahora que ya estamos en paz, necesito decirle algo. Kalyna me llamó ayer por la noche.

Ava no mostró ninguna sorpresa, pero la ligera tensión que se insinuó alrededor de su boca le indicó a Luke que no esperaba una información como aquella.

—¿Por qué iba a hacer una cosa así?

—No estoy seguro, sobre todo si estaba tan enfadada conmigo como pretendía. ¿Por qué iba a llamar el cerdito al lobo feroz?

—¿Así es como se ve a sí mismo?

—Así es como me han retratado, ¿no?

Ava bebió un sorbo de té.

—¿Qué quería decirle Kalyna?

Luke sacudió la cabeza.

—Nada que tuviera sentido. Me dijo que me echaba de menos. Como si hubiéramos tenido una verdadera relación. Como si nos conociéramos lo suficiente como para que pudiera echarme de menos.

Estuvo a punto de explicarle que Kalyna le había dicho que quería ver sus manos en su cuerpo. Eso podría demostrar que había participado con la misma voluntad que él en lo que había ocurrido el seis de junio. Pero tenía miedo de que sonara falso.

—Interesante.

—¿No se lo cree?

—Tengo la mente abierta, ¿recuerda? ¿Tiene algún recuerdo de la llamada?

—Por supuesto —sacó el teléfono del bolsillo y se lo enseñó—. A las tres de la madrugada. Era ella.

—Dice «Número privado» —señaló Ava—. Cualquiera podría haber hecho esa llamada.

Luke se lamentó una vez más de no haber podido grabar la conversación con Kalyna.

—Por supuesto, bloqueó el número. No es ninguna estúpida.

—Solo está loca.

Luke dejó el teléfono a un lado.

—Eso es lo que pienso, sí.

—¿Dijo algo más?

—Dijo que quería que estuviéramos juntos. Que ella…

Se dijo a sí mismo que debía plantearlo sin rodeos. No le gustaba a Ava. Formaba parte de toda la pesadilla en la que estaba inmerso. Pero no podía ser tan crudo en presencia de una mujer que iba vestida de traje.

—Digamos que me hizo alguna insinuación sexual.

Ava cruzó las piernas.

—Capitán, debido a la naturaleza de mi trabajo, es posible que haya oído descripciones mucho más gráficas que la suya. Cuénteme lo que ocurrió. Prefiero que sea directo a que intente proteger mi sensibilidad.

—Perfecto —bajó la voz para que nadie pudiera oírlos—. Me dijo que quería volver a sentirme dentro de ella.

Se miraron a los ojos y Ava entreabrió los labios, pero no dijo nada. Pestañeó rápidamente y se aclaró la garganta. Luke decidió que debían haber sido imaginaciones suyas las chispas que creía haber visto saltar entre ellos.

—Retrocedamos. ¿Por qué no me cuenta lo que pasó el seis de junio?

Luke fijó la mirada en la bebida para evitar que regresaran las chispas. En aquel momento, no quería sentir nada, y menos por aquella mujer a la que no podría ver como amiga ni siquiera en el caso de que no fuera la abogada de Kalyna.

—Coincidí con Kalyna en un bar y terminé yéndome a casa con ella. Fue una típica aventura de una noche.

—Un momento —sacó una libreta y un bolígrafo del bolso.

—¿Va a tomar nota? —le preguntó.

—¿Tiene algún inconveniente en que lo haga?

Sabiendo que estaba allí en contra de lo que le había aconsejado su abogado, le ponía nervioso. «Dependiendo del nivel de motivación, la señora Bixby podría malinterpretar alguno de tus comentarios, o incluso tergiversar lo que has dicho». Pero supuesto, el hecho de que anotara lo que decía no era más peligroso que haber provocado aquella reunión. No quería comportarse como si tuviera algo que esconder.

—Supongo que no.

—Gracias —Ava garabateó en la libreta para asegurarse de que el bolígrafo funcionaba—. ¿Suele acostarse muy a menudo con mujeres con las que se encuentra en un bar?

—No.

Ava alzó la mirada.

—Pregúnteselo a quien quiera.

—Ya se lo he preguntado a Paris Larsen.

Luke no había vuelto a saber nada de Paris desde que habían roto.

—¿Cómo sabe lo de Paris?

—En realidad, no he hablado yo con ella. Un amigo suyo le comentó al detective que trabaja para mí que antes salía con ella. Así que quedó con ella para ver qué tenía que decirle.

Desde luego, Ava Bixby hacía bien su trabajo.

—¿Y?

—Le dijo que se habían conocido en un bar.

—Eso no es cierto. Nos conocimos en un restaurante.

—Un restaurante es mucho mejor que un bar, claro.

—Había ido allí a cenar. Ella estaba sentada en la mesa de al lado. Y salí con ella varias veces antes de que… antes de que ocurriera algo. Eso no es lo mismo que una aventura de una noche. Nos conocíamos el uno al otro, confiábamos el uno en el otro antes de hacer el amor. Había un compromiso por ambas partes —movió el hielo del café—. ¿Qué le dijo a su detective de nuestra relación?

Ava no contestó. Estaba escribiendo otra vez.

–Le dijo que nunca fui brusco con ella, ¿verdad? –insistió.

Bajaba la cabeza para poder mirarla a los ojos.

Ava dejó el bolígrafo a un lado.

–En realidad, le dijo que le había roto el corazón.

–Pero no era esa mi intención. Yo quería poner fin a la relación y ella todavía no estaba preparada para terminar conmigo. Eso fue todo. Estoy seguro de que usted se ha encontrado en situaciones parecidas.

–No, nunca me he encontrado en una situación de ese tipo. Procuro evitarlas.

Luke movió con el dedo índice las monedas que había dejado encima de la mesa.

–¿Nunca le ha roto a nadie el corazón?

–No que yo sepa.

¿Lo diría en serio?

–¿Alguna vez ha estado enamorada?

–No profundamente –contestó sin vacilar.

Luke sacudió la cabeza.

–No se por qué, pero no me sorprende tanto como debería.

Ava apretó la barbilla con un gesto de cabezonería.

–No le entrega su corazón a todas las mujeres que conoce, ¿verdad?

–No, pero por lo menos sé lo que es el amor.

–¿Está seguro, capitán?

–Completamente.

–¿Alguna vez le han hecho sufrir?

–Sí. Lo pasé muy mal en mi último año de instituto. Me enamoré de una chica que terminó casándose con mi mejor amigo. Nunca me había sentido tan mal.

Ava tardó algunos segundos en asimilar aquella respuesta.

–Parece que ha sobrevivido. Pero volvamos a Kalyna.

–Estábamos hablando de Paris.

–Con Paris ya hemos terminado.

–Todavía no. ¿Admitió que nunca fui violento con ella?

Quería una respuesta y sabía qué respuesta iba a ser.

–Muy bien, si eso nos va a permitir avanzar, dijo que usted nunca había sido violento con ella.

Había algo más. Ava no lo estaba diciendo, pero estaba seguro.

–¿Qué dijo exactamente? ¿Su detective le preguntó que si había sido violento con ella y contestó que no?

Ava dejó escapar un suspiro.

–Contestó que jamás, que era un amante increíble. ¿Ya está contento?

–Estaría más contento si me creyera.

–Supongo que eso es cuestión de fe, y, en cualquier caso, el hecho de que fuera o no un amante increíble no nos sirve de nada. El hecho de que no golpeara a Paris no significa que nunca haya golpeado a nadie.

Luke apoyó el brazo en el respaldo de la silla.

–Si lo que pueda decir Paris no tiene ninguna importancia, ¿por qué han ido a buscarla? ¿Su testimonio solo cuenta si dice algo en mi contra?

Ava frunció el ceño.

–Todavía está enamorada de usted, de modo que sus alabanzas no son muy creíbles.

–Puede hablar con todas las mujeres con las que he salido. Todas ellas le dirán que soy un amante increíble –se rio de su propia broma, pero Ava ni siquiera sonrió–. Qué pasa, ¿no tiene sentido del humor?

–No estaba segura de que fuera una broma.

Luke extendió las manos.

–¡Estaba bromeando! ¡Tiene que haberse dado cuenta de que estaba bromeando!

Ava arqueó las cejas.

–Olvide lo que acabo de decir –le pidió Luke–. No soy ningún maniaco sexual.

–¿Puede demostrarlo con algo más que su palabra y un par de testigos?

Luke inclinó su vaso para llegar al hielo. Ava estaba buscando pruebas, pero las únicas pruebas que había parecían apoyar la versión de Kalyna.

–El taxista que nos llevó a su casa puede decirle que me metí solo en el taxi y le di la dirección de mi casa. También podrá decirle que Kalyna se metió en el taxi en el último momento, por voluntad propia, e insistió en que fuéramos a la suya.

–¿No le importó que cambiara el taxi de dirección?

Luke dejó la taza en la mesa.

–Estaba ocupado.

–¿Haciendo qué?

Se miraron de nuevo a los ojos y en aquella ocasión, Luke se negó a desviar la mirada.

–Use su imaginación.

Cuando la vio sonrojarse, disimuló una sonrisa. A pesar de todo lo que decía, la señora Bixby no era una mujer con tanto mundo como pretendía. Y se alegraba de saberlo, porque eso le daba alguna ventaja.

–¿El taxista vio lo que estaba pasando? –le preguntó.

–Puede habérselo perdido.

–¿Le pidió a Kalyna que se pusiera el cinturón de seguridad o le dijo algo que nos haga pensar que fue testigo de su conducta?

–No, pero tuve la sensación de que nos miraba por el espejo retrovisor. Por eso intenté convencer a Kalyna de que esperara hasta que llegáramos a su apartamento.

Ava le preguntó el nombre de la compañía de taxis y la hora aproximada a la que lo tomó y la anotó, aunque tenía la impresión de que no iba a olvidar aquella información. Estaba utilizando el bolígrafo y la libreta para no perder la compostura. Tanto la conversación como las imágenes que evocaba estaban afectándola más de lo que sería lógico y recomendable.

–¿Le pidió que parara, pero ella no podía esperar? –le preguntó cuando alzó la mirada.

Luke estuvo a punto de hacer otra broma sobre su atractivo. Ava ya le consideraba un hombre arrogante y eso le tentaba a continuar provocándola. Pero sabía que no le interesaba proyectar una mala imagen. De modo que superó aquel impulso siendo mucho más específico de lo que habría sido en otras circunstancias. Si Ava Bixby quería respuestas sin miedo a que pudieran herir su sensibilidad, iba a tenerlas.

–No. De hecho, gemía y me decía toda clase de obscenidades. Me repetía que nunca había estado con un hombre que la tuviera tan grande como la mía. Estaba montando un espectáculo.

Esperaba ver a Ava moverse incómoda en su asiento, avergonzada. Pero no lo hizo.

–Por lo visto, usted también lo está haciendo ahora.

Luke intentó fruncir el ceño con expresión de inocencia.

–Solo estoy contando lo que pasó.

Ava mantenía firme la mirada.

–Al parecer, recuerda perfectamente lo que ocurrió, incluyendo hasta los últimos detalles de la conversación.

En realidad, tenía un recuerdo borroso del trayecto en el taxi. Sabía que Kalyna había estado todo el tiempo encima de él porque había intentado impedírselo, pero eso era todo.

–Bueno, supongo que diría algo así –confesó–. Pero, para serle sincero, no recuerdo mucho más que el hecho de que se restregaba contra mí mientras intentaba meterme la lengua hasta la garganta.

Ava se sonrojó violentamente, pero lo que sentía no tenía nada que ver con la vergüenza.

–¿Todo esto le parece gracioso? ¡Está usted acusado de violación!

Las ganas de reír desaparecieron en cuanto la palabra «violación» penetró en el cerebro de Luke como un vidrio afilado. Consiguió encogerse despreocupadamente de hombros, pero estaba muriéndose por dentro y haciendo todo lo posible para no demostrarlo delante de aquella mujer en particular. No entendía cómo podía encontrarse en aquella situación. Había bastado con una sola decisión equivocada.

–Creo que estoy en condiciones hasta de reírme a sus expensas, señora Bixby, porque diga lo que diga, no me va creer.

Aquello pareció cambiar la actitud de la abogada.

–Un punto de vista muy pesimista, ¿no cree?

–Ha estado en contra de mí desde que me he presentado en la oficina.

–Si no quisiera oír su versión de lo ocurrido, no estaría aquí.

–Está aquí, pero en realidad no me está escuchando. Lo único que está haciendo es buscar información para apoyar lo que ya ha oído de Kalyna.

–Eso no es cierto –replicó Ava–. En cualquier caso, no podré formarme una opinión sobre usted si no colabora conmigo.

Luke musitó algo ininteligible y se presionó el puente de la nariz con el pulgar y el índice. ¿Qué demonios le pasaba? Estaba asustado, nervioso, enfadado, y cuando Ava le había planteado un objetivo, había ido directo a por él. Pero al único al que estaba haciéndose daño era a sí mismo.

–Muy bien –se puso serio–. Lo entiendo. Tiene razón y lo siento.

No le dio oportunidad de aceptar o rechazar su disculpa. Continuó inmediatamente, esperando acabar con aquella conversación lo antes posible.

–¿Qué más quiere saber? –le preguntó a Ava.

Si a Ava le sorprendió aquel repentino cambio de actitud, no lo demostró. Continuaba mostrando una actitud fría y serena, como si controlara completamente la situación. Pero al fin y al cabo, no era su vida la que pendía de un hilo.

Luke comenzó a mover las monedas que había encima de la mesa.

–Fue una relación consentida.

–¿De verdad?

–De verdad.

–¿Es posible que Kalyna decidiera que ya tenía más

que suficiente, pero usted estuviera excitado y no quisiera detenerse?

–No.

–Por lo que usted ha contado, ella parecía extremadamente dispuesta. Es natural que un hombre pueda sentirse frustrado en el caso de que diera marcha atrás. Algunos incluso la obligarían a cumplir lo prometido.

Entró en ese momento un grupo de adolescentes, riendo a carcajadas y empujándose entre ellos. Luke desvió la mirada hacia ellos, pero sus pensamientos continuaban firmemente anclados en la conversación.

–Algunos, pero yo no.

Ava añadió otro sobre de azúcar al té. Había pasado más tiempo removiendo la bebida que bebiendo. Eso demostraba lo incómoda que se sentía. También él estaba incómodo en aquel momento. ¿De verdad había dicho que Kalyna no había estado nunca con un hombre que la tuviera tan grande como la suya? Se habría reído de sí mismo si no hubiera sido consciente de que su conducta había sido provocada por la hostilidad de la abogada.

–Aun así, un escenario de ese tipo sería comprensible.

–¿Para usted? –preguntó Luke sorprendido.

Ava jugueteó con el sobre de azúcar vacío.

–Para un jurado.

Luke la miró con los ojos entrecerrados.

–Supongo que quiere decir que la condena sería menor.

–Exactamente.

Allí estaba la trampa de la que le había advertido su abogado. Ava estaba analizando su encuentro con Kalyna de manera que pareciera lógico que hubiera acabado con una violación.

–Me importa muy poco. A lo mejor su versión tiene más sentido que lo que realmente pasó, pero es solo eso, su versión.

–Si no puede demostrar lo que pasó, quizá haría bien en considerar otras opciones.

Aquel comentario le convenció de que Ava Bixby era

tan peligrosa como la propia Kalyna Harter. Estaba intentando hacerle sentirse como si tuviera más oportunidades de sobrevivir a aquel desastre si confesaba. Estaba invitándole a firmar su propia sentencia de muerte.

–Mi honor continuaría en juego. Por lo que a mí concierne, no hay condena menor. Y no es cierto. No la violé y punto. De hecho, podría ser yo el que intentó poner fin al encuentro en dos ocasiones.

–¿Por qué?

–Porque me ofreció… –tras haber perdido las ganas de castigar a Ava, le costaba entrar en detalles.

–¿Qué? –le urgió Ava.

Luke ahogó un suspiro.

–Opciones en las que yo no estaba interesado.

–¿Como un trío con su vecina?

–¿Se lo ha contado Kalyna? –se irguió en la silla.

Ava se colocó el bolso a los pies.

–No.

–Entonces, ¿cómo lo sabe?

–He hecho bien mi trabajo.

–Eso parece.

Su abogado no había llegado tan lejos. Luke tenía que admitir que Ava era buena en su trabajo. Quería presionarla para conocer más detalles, quería ponerla de su lado, pero sabía que eso no iba a ocurrir. Ella trabajaba para la acusación, y aunque Ava y él habían pactado una tregua, no podía pedirle nada más.

Sin embargo, el hecho de que conociera tan bien a Kalyna podía servirle de ayuda. Por lo menos, podría corroborar parte de lo ocurrido. Y eso ya era algo.

–¿Hubo una discusión cuando rechazó su oferta? –preguntó Ava.

Continuaba indagando, intentando encontrar una razón para los golpes y los moratones.

–No. De hecho, tuve la impresión de que me lo ofrecía para demostrarme lo atrevida que era. Más o menos como cuando estábamos en el taxi.

–¿Y por qué no le interesó?

Por primera vez, Luke la miró abiertamente, estudiando los contornos de su rostro, y descubrió belleza en su sencillez. Una belleza que con aquel traje y aquella actitud acartonada le habría pasado completamente desapercibida si no hubiera tenido que observarla con atención.

–¿Qué ocurre? –preguntó Ava, y empezó a juguetear con los dedos.

–¿Está intentando satisfacer su propia curiosidad o lo pregunta porque considera que puede ser pertinente para el caso?

Ava elevó los ojos al cielo.

–Su engreimiento es realmente asombroso.

–Era una pregunta sincera.

Al ver que Ava no contestaba, supo la respuesta. El problema de la abogada no era que él no le gustara, sino que no quería que le gustara.

–Me basta con una compañera de cama –le explicó–. Creo que tiene que ser difícil encontrar algo satisfactorio, más allá del propio sexo, si hay más de dos personas en la cama.

–¿Quiere decir que tenía algún interés sentimental en Kalyna?

–No en el sentido que está pensando. Pero sí, tenía interés en estar con alguien. Me encontraba mal y no quería estar solo.

Encantada de reconducir la conversación a un terreno más seguro, Ava cruzó las manos en el regazo y le preguntó.

–¿Por qué se encontraba mal?

Phil. Luke hizo una mueca ante un repentino asalto de tristeza y remordimiento.

–No tiene nada que ver con ella. Es algo completamente diferente.

–Capitán…

Luke clavó la mirada en la taza.

–Acababa de enterarme de que mi mejor amigo había

muerto en Irak –avergonzado por el temblor de su voz, frunció el ceño y se obligó a continuar con todo el estoicismo del que fue capaz–. Fuimos juntos al instituto.

–En Ogden, Utah –añadió Ava.

Luke apartó la taza y apoyó los codos en la mesa.

–Evidentemente, no solo se ha puesto en contacto con Paris.

–Nuestro detective ha hablado con varias personas, sí.

¿Habría hablado con Marissa? ¿Podría decirle cómo estaba? Luke llevaba semanas pensando en llamarla, pero no podía permitírselo. Por una parte, estaba en medio de aquel terrible desastre. Y, sentía que sería desleal con Phil si la llamara.

–¿Por eso me ha llamado?

–¿Perdón?

–Han investigado mi pasado, han hablado con mis amigos, y sabe que una violación es algo completamente impropio de mí.

–Eso no significa que no sea capaz de hacerlo.

–Pero convierte el escenario que Kalyna describe como algo muy improbable.

Ava se colocó un mechón de pelo tras la oreja, una oreja pequeña y delicada adornada con una sencilla perla.

–Acaba de admitir que esa noche no se encontraba bien.

Luke estiró las piernas y se reclinó en la silla.

–Pero no soy un hombre violento. Estaba buscando una distracción y Kalyna me ofrecía una noche de sexo. Si lo hubiera pensado dos veces, no habría ido a su casa. Nunca he tenido interés en Kalyna. Pero… no pensaba con claridad, y el hecho de estar borracho empeoraba la situación.

–Ha dicho que estuvo a punto de interrumpirse en dos ocasiones –le recordó.

Luke negó con la cabeza.

–Será mejor que no sigamos por ahí.

–La verdad está a veces en los detalles –insistió Ava.

–No será una conversación agradable.

–Mi trabajo raras veces me permite mantener conversaciones agradables. Necesarias sí, pero no necesariamente cómodas, capitán.

–Muy bien –giró la silla para darle completamente la espalda a los adolescentes–. La segunda vez fue cuando dijo que no quería que utilizara preservativo. Insistí en ello, como siempre lo hago.

Ava se apartó un mechón de pelo de la cara.

–Kalyna dice que no utilizó ningún método anticonceptivo.

–¡Eso es mentira!

–¿Y cómo explica entonces que le encontraran restos de semen?

Luke cerró los ojos un instante y se pasó la mano por la frente.

–Supongo que el preservativo estaba roto. A no ser que ella lo rescatara de la papelera.

Supo, por las arrugas que aparecieron en su frente, que las imágenes que había evocado eran tan nítidas en la mente de Ava como en la suya. Lo último que Luke quería era estar allí sentado, hablando de forma tan explícita con una desconocida, particularmente con aquella desconocida. Seguramente Ava Bixby no había cometido un error en toda su vida.

–Eso supone tomarse muchas molestias por parte de Kalyna, ¿no le parece?

–Sé que suena extraño, pero no estoy mintiendo. Me azuzaba constantemente para que fuera más lejos de lo que yo realmente quería… Cuando terminó todo, no quería que fuera al cuarto de baño. Quería… quería hacer algo diferente. Si no, habría tirado el preservativo al váter, no lo habría dejado en la papelera del dormitorio.

–¿Y qué pretendía que hiciera?

–No pienso describirlo ni delante de usted ni de nadie. Era repugnante. Esa mujer es una depravada.

Ante la determinación de su respuesta, Ava reculó.

–Estupendo. Lo entiendo. Ahora sé que Kalyna mentía.

–Sí –los adolescentes eligieron una mesa cercana a la

suya, así que Luke bajó todavía más la voz–. Pero deberíamos ser capaces de demostrar que utilicé un preservativo. Y si podemos demostrar que miente en eso, a lo mejor alguien me creerá en todo lo demás.

–¿Cómo piensa demostrar que utilizó un preservativo?

–Encontrando el envoltorio.

–Revisaron su basura a la mañana siguiente.

Por el tono que empleó, Luke supo lo que iba a decir a continuación.

–Y no encontraron restos de ningún preservativo.

Luke dejó caer la cabeza entre las manos. Tal como había imaginado, Kalyna había recuperado el preservativo, lo había utilizado y lo había tirado después al váter.

–¿Se encuentra bien? –le preguntó Ava.

–No, no muy bien –pero levantó la cabeza de todas formas–. El envoltorio estaba allí cuando me marché, y también el preservativo. Supongo que se deshizo de ellos después de utilizar mi semen.

Ava dibujaba círculos en la condensación del vaso.

–¿Por qué? ¿Por qué iba a tomarse tantas molestias para acusarlo?

–No lo sé. Lo único que puedo decir es que estaba enfadada conmigo cuando me fui.

–¿Por qué?

–Quería que me quedara, y no me quedé.

–¿Solo por eso?

–En parte –se encogió de hombros–. De pronto, empezó a decirme que me amaba con locura. Me sentí muy incómodo al oírselo decir. Yo no había prometido nada, y ella no se separaba de mí. Se comportaba como si esperara que pasáramos el resto de nuestra vida juntos. Yo intentaba apartarme, explicarle que había habido un malentendido, pero ella se negaba a escucharme. Me suplicaba que me quedara, me decía que me haría muy feliz si no la abandonaba.

Intentaba interpretar la expresión de Ava, pero su rostro era más insondable que nunca.

–Me sentía… torpe, extraño. Así que insistí en marcharme antes de que la situación pudiera empeorar. Pero cuando empecé a vestirme, se puso histérica. Me gritaba que la había engañado para que creyera que de verdad la quería, que la había utilizado como utilizo a todas las mujeres.

–Así que está enamorada de usted, pero usted no siente lo mismo que ella.

–Esto no es verdadero amor. Es una obsesión o una venganza, pero no es amor.

–¿Y qué le dijo cuando se marchó? –le preguntó Ava.

–Le dije que lamentaba el malentendido y que podía llamarme más tarde si quería que habláramos sobre ello. Y que si no quería hablar, nos veríamos en el trabajo. Lo siguiente que supe es que la policía estaba llamando a mi puerta.

Ava tamborileó la taza de té con un dedo.

–¿Y las fotografías que me enseñó? ¿Esas fotografías en las que aparece con un ojo morado y el labio hinchado?

La policía también le había enseñado esas fotografías a Luke, esperando suscitar una reacción que le comprometiera.

–No puedo explicarlo. Cuando me marché, estaba perfectamente.

Ava permaneció en silencio.

–¿Qué piensa de todo esto? –le preguntó Luke.

Ava volvió a alisarse un mechón de pelo.

–No estoy segura.

–Vamos, ahora me cree, ¿verdad? No quiere creer que estoy diciendo la verdad, pero lo sabe.

–No sé qué creer.

–Sabe que Kalyna no está del todo bien. Estoy seguro. Ese es uno de los motivos por los que me ha llamado. Supongo que no se reúne con todos los hombres a los que sus clientas acusan de violación.

–No todos los hombres acusados de violación tienen un pasado como el suyo –se levantó y se colgó el bolso al hombro–. Gracias por el tiempo que me ha dedicado, capitán.

–¡Espere!

Quería agarrarla por la muñeca, pero no se atrevía a tocarla. Afortunadamente, ella se volvió.

–¿Continuará intentando ayudar a Kalyna a acusarme?

Definitivamente, no quería que aquella mujer trabajara contra él. Le parecía tenaz, metódica e inteligente y parecía haber dedicado muchas más horas a investigar el caso que su abogado.

–No.

–¿Por qué?

–Porque voy a dejarme llevar por lo que me dice mi intuición.

–Y su intuición le dice que soy inocente.

Ava localizó las llaves del coche en el bolso.

–Mi intuición puede equivocarse.

–¿Eso significa que no me ayudará? –le preguntó.

–¿Piensa que voy a cambiar de bando? –preguntó Ava con una risa incrédula.

–Yo soy el único al que debería ayudar.

–No me necesita. Sé que la otra abogada, la mayor Ogitani, ¿verdad? está completamente entregada al caso. Por lo que he visto, está deseando convertirlo en un ejemplo. Pero dudo que puedan mantener los cargos. Cualquiera que investigue encontrará lo mismo que yo: una mujer con muy poca credibilidad señalando a un hombre al que desea desesperadamente, pero al que no consigue conquistar. No creo que puedan presentar un caso suficientemente sólido como para terminar en los juzgados.

Luke se sintió mucho mejor. Aquella era la primera noticia buena que recibía desde que E. Golnick le había mirado como si fuera escoria.

–¿Qué le hace dudar de la credibilidad de Kalyna?

–Su defensa debería ser capaz de contestar a esa pregunta.

–Van muy por detrás de usted.

–Pero son buenos.

–McCreedy me aconsejó que no me reuniera con usted –Luke le dirigió una sonrisa–. Me alegro de no haberle hecho caso.

–En el futuro, le sugiero que siga sus consejos –le dijo Ava antes de marcharse.

Capítulo 14

¿Cómo era posible que estuviera haciendo lo mismo por segunda vez?

Ava permanecía sentada en el coche incluso después de haber llegado a su casa. Había bajado las ventanillas para disfrutar de los veinte grados de temperatura del exterior y tenía la mirada fija en la luna. Esperaba que los Myerse y los Greenley, las dos parejas propietarias de las casas flotantes que tan a menudo atracaban donde ella, regresaran de su excursión, pero su casa flotaba en solitario en el agua.

—¿Dónde estarán? —musitó para sí.

Pero sabía que solo estaba intentando distraerse. Había estado dando vueltas al caso de Kalyna Harter durante todo el trayecto hasta su casa. Quería estar segura de que abandonaba el caso porque pensaba que su cliente estaba mintiendo, y no porque se sintiera atraída por el acusado. Pero no habría reaccionado de forma tan positiva si de verdad creyera que Luke era un violador. Todo lo que había sentido cuando estaba con él le indicaba que no lo era.

Tras prepararse para enfrentarse a la decepción de Kalyna, descolgó el teléfono y marcó su número. Kalyna no era Bella. Aquello era diferente. Tenía que ser diferente.

—¿Diga?

—¿Kalyna?

—¿Sí?

–Soy Ava Bixby –llamando para dejar un caso, pensó.

–¡Ah, hola! –parecía sorprendida y ligeramente recelosa–. ¿Ocurre algo malo?

–No, no tiene por qué ser necesariamente malo.

–¿Entonces por qué me llamas?

Ava abrió la puerta del coche. La empujó con el pie, pero no hizo ademán de salir.

–Me temo que tengo que darte una noticia que no te va a gustar.

–¿Cuál es?

–He decidido dejar tu caso.

–¿Qué? Pero… ¿por qué? –gritó–. Ayer por la noche dijiste que me ayudarías. Que no sería fácil, pero que harías todo lo que estuviera en tu mano.

–No era una promesa, Kalyna. Ni siquiera estaba segura entonces, y lo sabes.

–¿Por qué has cambiado de opinión? –su tono se volvió acusador–. ¿Te ha llamado mi hermana?

Aquella pregunta bastó para convencer a Ava de que había tomado la decisión correcta.

–No, no me ha llamado. ¿Qué crees que me habría dicho si lo hubiera hecho?

Otro silencio.

–Nada.

–¿Por qué me lo preguntas?

–Tenía miedo de que mi madre pudiera tener problemas por haber admitido que nos maltrataba. No quiere sentirse en deuda con la familia. Todavía vive en casa y no quiere enfrentarse a una posible reacción. Además, no le gusta hablar del pasado. A ninguna de las dos nos gusta.

Excepto cuando podía sacar alguna ventaja al hacerlo. Entonces, Kalyna parecía más que dispuesta a hablar.

–Kalyna, no tengo la menor duda de que has tenido una infancia difícil. Y lo siento muchísimo por ti. Pero si estás mintiendo sobre lo que te hizo Luke Trussell, será mejor que lo dejes, porque podrías terminar siendo acusada tú misma.

–¡No estoy mintiendo! –estalló–. ¿Cómo puedes acusarme después de todo lo que he pasado? No tienes idea de cómo me atacó. ¡Pensaba que iba a matarme! Todavía tengo pesadillas.

Ava no podía evitarlo. Tenía que preguntárselo.

–¿Temiste sinceramente por tu vida, Kalyna?

–¡Sí! Estaba… estaba muy enfadado. Se puso violento. Me agarró y me separó las piernas. Me sujetó y me obligó a abrir las piernas…

Ava cerró los ojos con fuerza. No quería pensar en Luke con Kalyna, y se alegraba de haber decidido dejar el caso.

–¡Ya me contaste lo que ocurrió! No tienes por qué volver a hacerlo.

–¡Pero no me crees!

Ava quería acusarla de mentir, quería exigir la verdad, pero sabía que eso solo serviría para complicar todavía más aquella llamada. Aquel caso se resolvería sin su intervención.

–Sencillamente, no entiendo de qué modo podría ayudarte.

–¿Qué significa eso? Lo que pasa es que estás buscando una excusa para no hacer tu trabajo.

–Eso no es cierto.

–Entonces, ¿qué pasa? ¿Vas a renunciar al caso porque no te gusto? ¿Es algo personal?

–No es nada personal en absoluto, Kalyna –Ava comenzó a retirar el maletín, el bolso y la bolsa con la comida que había comprado de camino–. Es una decisión profesional. Tengo que ser prudente con el uso que hacemos de nuestros recursos.

–¿No soy suficientemente buena como para merecerlos? –gritó Kalyna–. ¿Es que no he sufrido bastante? ¡Eres una inútil! No podrías ayudar a nadie aunque lo intentaras.

Ava estuvo a punto de contestar, pero si no iba a seguir con el caso, no tenía ningún sentido que lo hiciera. Era preferible evitar una discusión.

–Me temo que podemos ocuparnos de un número muy

reducido de casos, y en este caso, no tenemos pruebas suficientes como para determinar la culpabilidad del capitán, eso es todo.

Orgullosa de su capacidad de control y de su profesionalidad, tomó aire. No iba a dejar que Kalyna la alterara.

—Eso no lo sabes. Solo estamos empezando. ¡Tienes que seguir apoyándome!

—No, lo siento —iba demasiado cargada, así que dejó la bolsa con la comida en el asiento del coche—. Ya he tomado una decisión, Kalyna. Lo siento.

—¿Para que sirve una organización como la tuya si no ayudáis a las víctimas cuando lo necesitan?

—Ofrecemos toda la ayuda que podemos.

—¿Y qué tengo que hacer ahora yo? ¿Renunciar?

—Eso ya no puedes decidirlo tú. Depende del fiscal. Pero si no hay pruebas suficientes, supongo que en algún momento retirarán los cargos.

—¡Te equivocas! Tienen que castigarle, y la mayor Ogitani se encargará de ello.

Ava consideró la posibilidad de explicarle que, a no ser que saliera algo más a la luz, la mayor Ogitani tampoco tendría nada que hacer, pero se mordió la lengua. Antes o después, Kalyna lo averiguaría por sí misma.

—Buena suerte.

—¿Y ya está? —preguntó Kalyna—. Voy a buscarte llorando y herida en busca de ayuda y me la niegas, ¿qué clase de persona eres?

A pesar de que su conciencia le advertía que mantuviera la boca cerrada, Ava no pudo reprimirse.

—¿Qué clase de persona eres tú? —contestó.

—¿A qué te refieres?

—¿Llamaste a Luke Trussell ayer por la noche, Kalyna? ¿Le dijiste que querías sentirle dentro de ti?

—¡No!

—¿Y si te dijera que parte de la conversación quedó grabada? —contuvo la respiración, preguntándose si Kalyna caería en la trampa.

El silencio que se produjo al otro lado le indicó que Kalyna pensaba que la habían descubierto.

–¿Cómo te hiciste esas heridas? –preguntó Ava.

–¡Eres una hija de perra! –gritó Kalyna–. ¡Espero que te pudras en el infierno!

Ava apagó el teléfono temblando. El veneno que destilaban las palabras de Kalyna la había sorprendido. No esperaba que fuera una llamada agradable, pero jamás había oído a nadie hablar con un odio tan profundo.

¿Sería esa la clase de enfado irracional al que se había enfrentado Luke?

Ava apostaría cualquier cosa a que así era.

Luke estaba en contacto con Ava Bixby. Luke la había llamado, o a lo mejor, le había llamado él a ella. A lo mejor hasta habían quedado.

De alguna manera, aquello le molestaba más que el hecho de que Ava hubiera decidido no seguir con su caso.

¿Qué habría pasado entre ellos para que Ava hubiera tomando una decisión tan rotunda? ¿Enturbiaría eso la opinión que tenía la mayor Ogitani sobre ella? ¿El fiscal abandonaría el caso, tal como Ava había insinuado?

Si eso ocurría, Luke se alejaría para siempre de su lado.

El corazón le dio un vuelco al pensar en ello. Se sentía como si Luke ya se le estuviera escapando…

–¡Ah, estás aquí! –Tati se acercó desde el otro lado de la barra, donde había estado jugando a los dardos–. ¿Adónde has ido?

–Tenía que salir. Me han llamado por teléfono –y no quería que Ava Bixby supiera que estaba en un bar.

–¡Ah!

Tati no preguntó quién era o si todo iba bien. Probablemente, no quería saberlo. Desde la noche anterior, había evitado cualquier tema que pudiera causar alguna clase de fricción entre ellas. Y Kalyna se alegraba. Estaba cansada de su constante desaprobación.

–¿Estás lista para jugar?

Tati volvió la cabeza hacia los dos jóvenes corpulentos, obviamente hermanos, que las estaban esperando. Llevaban enfundados sus voluminosos pechos en camisetas de Van Halen. Vaqueros sucios, botas negras y carteras sujetas con cadenas completaban su aspecto motero. Después de haber conocido a un hombre como Luke, ya no le interesaban. Pero, por otra parte, eran más jóvenes que cualquier otro hombre del bar.

–No paran de preguntar que cuándo vas a venir con nosotros –le explicó Tati.

Porque era mucho más atractiva que su hermana, pensó Kalyna. Lástima que no fueran suficientemente buenos para ella.

–Todavía no. Adelántate tú.

–¿Estás segura?

–Sí, estoy segura –Kalyna sonrió, consciente de que su hermana estaba completamente fuera de su elemento–. Ve con ellos, coquetea, diviértete.

Tati vaciló un instante, pero al final, regresó y comenzó otra partida. Pronto estaba riendo como si aquella fuera la mayor diversión de su vida. Kalyna estaba pensando en lo patética que era su hermana cuando llegó un hombre de mediana edad y con algunos cuantos kilos de más.

–¿Qué me dices, preciosa? ¿Puedo invitarte a una copa?

Sus arrugas y sus canas le invitaban a decirle que se perdiera. ¿Cómo se atrevía a pensar que podía ligar con ella? Le doblaba la edad. Pero le podía la tentación de una copa gratis. Además, aquel hombre podría serle útil. El resultado de la prueba de embarazo que le había hecho comprar a su hermana había sido negativo, para su amarga decepción. Pero si se quedaba embarazada en aquel momento, todavía podía hacer pasar al niño por el hijo de Lucas. Tendría nueve meses antes de que pudiera demostrarse lo contrario. ¿Y qué jurado no se conmovería al verla embarazada?

Sonrió al imaginarse a sí misma con un niño en el vientre y estudió al resto de las personas que había en el bar.

Seguramente habría alguien suficientemente viril como para hacerle un hijo. Y sería divertido acostarse con alguien mientras su hermana jugaba a los dardos sin enterarse de lo que pasaba. Si Tati pensaba que aquellos hombres podían tener algún interés en ella, era que no vivía en el mundo real. En menos de cinco minutos se aseguraría de que no volvieran a mirarla siquiera.

–Dile a la mujer con la que he entrado que he salido a atender una llamada –le pidió al hombre que se había ofrecido a invitarla–. Después nos encontraremos en el callejón. Ya me invitarás más tarde a una copa.

El hombre pareció confundido.

–¿Quieres que nos encontremos fuera?

–Solo si te apetece... –respondió en tono insinuante.

El hombre entreabrió los labios, sorprendido. Apareció después un brillo de emoción en sus ojos, aquel brillo que a Kalyna le hacía sentirse como la mujer más deseada del planeta. Kalyna comenzó a notar un agradable cosquilleo en los senos. No importaba que fuera el hombre más feo que hubiera conocido nunca. Deseaba estar con ella con la pasión que merecía.

–¿Cuánto va a costarme?

Evidentemente, era consciente de su escaso atractivo. Y ella necesitaba dinero para volver a California.

–Si me envías un par de clientes más cuando hayamos terminado, y consigues hacerlo sin que mi hermana se entere, te haré un descuento.

–¿Cuánto me cobrarás?

–Lo haremos por cuarenta dólares.

–No tengo tanto dinero. Pero conozco a casi todos los clientes del bar. Y puedo ser muy sutil. ¿Lo dejamos en veinte?

Eran poco veinte dólares, pero Kalyna no lo hacía solamente por dinero.

Miró hacia Tati y la saludó con la mano.

–De acuerdo, veinte dólares. Pero no tendrás derecho a nada especial. Y no puedes utilizar preservativo.

–No serás uno de esos bichos raros que se dedican a contagiar enfermedades, ¿verdad?

–No, estoy limpia.

–¿Entonces?

–Tomo la píldora. No tengo que preocuparme por quedarme embarazada y creo que una goma solo sirve para arruinar la diversión.

El hombre se acercó a ella de manera que Tati no pudiera ver lo que estaba haciendo, y posó la mano en su pecho.

Mirando a su hermana por encima del hombro de su cliente, Kalyna se desabrochó el sujetador y le hizo meter la mano por el escote de la blusa.

–¿De verdad te importa? –preguntó mientras él apretaba los dedos alrededor de su pecho.

No contestó.

–Imagínate lo que puedo llegar a hacerte –susurró Kalyna, y se dirigió hacia el callejón.

De camino hacia su casa, Luke llamó a sus padres y su madre se puso al teléfono.

–Solo llamaba para deciros que no os preocupéis. Las cosas se están arreglando, creo.

–¿Por qué? ¿Qué ha pasado? –preguntó su madre con evidente alivio.

–Esta tarde he conocido a Ava Bixby. Es la abogada de Kalyna Harter, pero dice que va a dejar el caso. Estoy seguro de que sabe que Kalyna Harter está mintiendo.

–¿Eso significa que van a retirar los cargos?

Ojalá.

–No necesariamente. Pero por lo menos, habrá una persona menos deseando verme en la cárcel. Y tengo la impresión de que habría sido un enemigo implacable.

–Bueno, ojalá pudieras decirnos algo más, pero me alegro de oírlo, Luke. Tu padre y yo estamos muy preocupados.

—Por eso quería decíroslo.

—Me cuesta creer la desfachatez que tiene esa tal Kalyna —dijo su madre indignada—. Tu padre ha estado hablando de contratar a un detective privado para que investigue su pasado. ¿Crees que deberíamos hacerlo? La gente de este tipo no empieza a mentir de un día para otro. Suelen tener todo un historial. Si pudiéramos demostrar que no es una persona de fiar, a lo mejor sirve de algo.

Luke miró la velocidad a la que iba y frenó ligeramente para evitar que le pusieran una multa.

—Mi abogado tiene sus propios detectives.

—Pero este trabajaría directamente para nosotros, con independencia de tu defensa. No creo que nos haga ningún daño tener un par de ojos en el caso. A lo mejor encuentran algo que a tu abogado se le ha pasado por alto.

—A lo mejor.

Recordó entonces el rostro de Ava, su boca ancha, aquellos ojos inteligentes y el rubor que coloreaba sus mejillas en algunos momentos de la conversación.

—Me gustaría contratar a la abogada que he conocido hoy.

—¿Y no puedes hacerlo?

—Dudo que ella lo acepte. Trabaja para una organización benéfica de ayuda a las víctimas de la violencia, y yo no puedo considerarme una víctima.

—Esas organizaciones siempre necesitan dinero. Dile que ofreceremos una donación generosa.

—Ese podría no ser el único problema.

—¿Qué otro problema puede haber?

—Creo que no le caigo bien.

Y él no la había ayudado a cambiar de opinión. Ava tenía una opinión pésima sobre él y Luke se había comportado como si fuera un auténtico estúpido, tal como ella esperaba. Probablemente no había sido una estrategia muy inteligente, pero la frustración y el enfado habían terminado cobrándose un precio.

—Tú le caes bien a todo el mundo, Luke.

Luke sonrió de oreja a oreja. Esa era la razón por la que Dios había creado a las madres, seguro.

—Una opinión completamente imparcial.

—Llama a esa mujer —le animó su madre—. Lo peor que puede pasarte es que te diga que no.

En realidad, ya le había pedido ayuda. Pero no le había ofrecido una donación. ¿Supondría alguna diferencia?

—Nunca hemos contratado a un detective —continuó diciendo su madre—. Podríamos encontrarnos con cualquier cosa y terminar malgastando el dinero. Esa mujer es de aquí, conoce el caso en profundidad, cree que Kalyna está mintiendo…

—Y es buena en su trabajo —terminó Luke.

—Exactamente. Merece la pena intentarlo, ¿no crees?

—Pensaré en ello —no estaba seguro de que tuviera valor para ponerse de nuevo en contacto con Ava.

«¿De verdad se siente atraída hacia mí? Porque yo no tengo el mismo problema». ¿Había sido capaz de decir una cosa así? Él nunca era tan grosero con una mujer. Y después había hecho aquel comentario sobre el tamaño de su pene. Definitivamente, aquello sobrepasaba todos los límites aceptables.

—De acuerdo, tú piensa en ello —contestó su madre—. Y si no quieres llamarla, puede llamarla tu padre.

—Mamá —le advirtió Luke—, tienes que dejar que maneje las cosas a mi manera.

—Pero tengo un buen presentimiento, Luke. Justo antes de que llamaras estábamos hablando sobre ello, así que es una suerte que hayas conocido a alguien que podría ser la persona ideal para ayudarnos. Y si no comenzamos a movernos pronto, terminará siendo demasiado tarde para todo.

—Tú no te preocupes —respondió Luke.

Se despidió de su madre y consideró después la posibilidad de llamar a Ava para pedirle ayuda. El hecho de que hubiera comenzado apoyando a Kalyna y hubiera cambiado de bando era más que elocuente. Era obvio que creía en él.

Animado por aquel pensamiento, buscó su número de teléfono. Pero continuaba recordando avergonzado su conversación. «Puede llamar a cualquiera de las mujeres con las que he salido. Todas le dirán que soy un amante excelente».

Dios santo, ¿qué le había pasado? No podía llamarla. De hecho, esperaba no tener que volver a mirarla a la cara nunca más.

Ava había decidido dejar el caso. Seguramente, lo mejor que podía hacer él era dejar a Ava Bixby en paz.

Capítulo 15

Casi trescientos cincuenta dólares. No estaba mal. Y eso porque había tenido que hacer un viaje rápido a la tienda más cercana para comprar preservativos, por si alguno de sus clientes insistía en ponérselo. En realidad, solo dos se habían tomado la molestia. Eso significaba que tenía muchas probabilidades de quedarse embarazada. Seguro que al menos uno de aquellos hombres era suficientemente fértil. Y Tati continuaba siendo tan tonta como siempre. Kalyna tenía que hacer verdaderos esfuerzos para no reírse de ella en su cara. ¿Cómo podía llegar a ser tan estúpida?

En una ocasión, había salido a buscarla, pero alguien la había tapado hasta que Kalyna se había arreglado la ropa. En ese momento, Kalyna había actuado como si acabara de salir a disfrutar de un cigarrillo y de un poco de conversación y como había tantos hombres con ella, Tati no había preguntado nada.

Después de haberse salvado por un pelo de ser descubierta por su hermana, los tipos que ya habían estado con ella se habían dedicado a mantener a Tati ocupada, halagándola con cumplidos, jugando con ella a los dardos e invitándola a bailar. Desde entonces, no había vuelto a salir para ver lo que le pasaba.

–¿Por qué sonríes? –preguntó Tati.

Iban en el coche de Kalyna, pero era Tati la que conducía. Solo había tomado una cerveza y Kalyna apenas podía sostenerse en pie.

–Me he divertido mucho esta noche.

–Yo también –Tati sonrió con timidez–. Esos hombres eran muy simpáticos, ¿verdad?

Kalyna pensó en su abultada cartera.

–Mucho.

Tati se detuvo en un semáforo.

–¿Sabes una cosa?

–¿Qué?

–Danny me ha pedido mi número de teléfono –la emoción iluminaba su rostro–. Espero que me llame. Me gusta mucho.

Kalyna advirtió el sonrojo en las mejillas de su hermana.

–¿Quién era Danny?

–Uno pelirrojo, muy guapo.

–No me acuerdo de él –mintió Kalyna.

No había salido con los demás. Ninguno de los clientes habituales del bar le conocía suficientemente bien como para invitarle. Pero Kalyna se lo había llevado al cuarto de baño en cuanto le había visto interesado por su hermana. Él le había dicho que no quería tener relaciones con ella, pero tras compartir con él una raya de coca con la que le había pagado los servicios otro tipo, se había mostrado más que dispuesto.

–¿Cómo es posible que no te hayas fijado en él? –preguntó Tati–. Era el más atractivo de todos. Y ha bailado varias veces conmigo.

Kalyna se ajustó el cinturón de seguridad. Estaba tan apretado que se sentía incómoda.

–Sí, ahora me acuerdo.

–Estaba muy bien, ¿verdad?

–No tanto. Si yo estuviera en tu lugar, no saldría con él.

Tati frunció el ceño.

–¿Por qué?

–Porque no es tu tipo.

–¿Cómo lo sabes? Te has pasado la noche fuera, fumando.

Bueno, si Tati no quería hacerle caso, tendría que conformarse con sus sobras. Imaginó a Danny sentado a la mesa con su hermana el día de Navidad y sonrió de oreja a oreja. A lo mejor volvían a hacerlo otra vez. A lo mejor hasta era el padre de su hijo.

–Tú misma –respondió, y se recostó en el asiento para que dejara de darle vueltas la cabeza.

El semáforo se puso en verde y Tati pisó el acelerador.

–¿Desde cuándo fumas?

–En realidad no fumo. Solo de vez en cuando, cuando tomo una copa o me estoy divirtiendo. Y eso es algo que no hago todos los días.

–Preferiría que no fumaras. No es sano.

¿Su hermana estaba preocupada porque fumaba algún cigarrillo de vez en cuando? La ingenuidad de Tati le hizo reír.

–¿Qué te parece tan gracioso?

–Nada. Eres un encanto… ¿lo sabías?

Evidentemente complacida, Tati estrechó la mano de su hermana, como si de verdad hubiera querido hacerle un cumplido.

–Me alegro de que hayamos salido juntas esta noche. Creo que ha sido la primera vez que me he sentido en sintonía contigo desde que has vuelto a casa.

–Yo también me alegro. Tal como estaban yendo las cosas, temía que no pudiéramos pasar ni un momento divertido.

Tati la miró.

–Te quiero, Kalyna. Lo sabes, ¿verdad?

La seriedad de su voz penetró en el cerebro de Kalyna y, de pronto, el juego al que se había dedicado en el bar no le pareció tan divertido. Se recordaba riéndose de la ingenuidad de su hermana mientras los hombres hacían cola para estar con ella y deseó no haberlo hecho. Por lo menos con Danny.

–Claro que lo sé. Yo también te quiero –se volvió hacia la ventana, para que su hermana no pudiera verle la cara–. Por eso no quiero que salgas con un tipo como Danny.

Estaban ya cerca de la funeraria.

–¿A qué viene eso ahora?

–Antes no he querido decírtelo porque no quería desilusionarte, pero también se ha acercado a mí.

Su hermana se desinfló como un globo.

–¡Oh! No me he dado cuenta.

–Creo que él no quería que lo supieras. Por eso ha cerrado la boca en cuanto ha visto que yo andaba cerca.

Tati giró en el camino de entrada a la casa y aparcó el coche.

–Debería habérmelo imaginado –farfulló.

–¿El qué?

–Que un hombre como él no se fijaría en mí.

–No hables así. Lo único que tienes que hacer es adelgazar un poco. Y hay muchos otros hombres mejores que él. ¿Por qué este te parece tan importante?

–No me parece importante.

Tati consiguió sobreponerse, pero cuando salieron del coche, a Kalyna le pareció ver lágrimas en sus ojos.

Como era el fin de semana del Cuatro de Julio, el café Mother's Country Kitchen estaba más lleno de lo habitual, pero a Ava no le importaba aquel bullicio. Skye, Sheridan y ella quedaban a desayunar allí el primer domingo de cada mes desde que había comenzado a trabajar en El Último Reducto. A Ava le gustaba compartir aquellas horas con ellas. Eso les daba la posibilidad de revisar los casos y tomar decisiones sobre la organización sin que nadie las interrumpiera, como ocurría normalmente en la oficina.

–Entonces, ¿qué os parece? –preguntó Skye cuando se marchó la camarera que les acababa de servir el café–. ¿Deberíamos contratar a Jane?

Ava esperó la respuesta de Sheridan. No tenía tanta experiencia como ellas. Había conocido a Skye cuando se había presentado en la organización en respuesta a un anuncio publicado en el *Sacramento Bee*. Poco después de que su madre hubiera ingresado en la prisión, El Último Reducto había ofrecido un seminario gratuito para víctimas y familiares. En aquel entonces, poco podía imaginarse Ava que aquel seminario haría nacer una nueva vocación en ella. Aburrida de su trabajo en la banca, había comenzado a trabajar como voluntaria para la organización en la misma época en la que iba a la universidad tres noches a la semana para estudiar un máster en justicia criminal.

Lo había terminado la primavera anterior, pero continuaba sintiéndose como la niña nueva de la clase y evitaba parecer demasiado presuntuosa o avasalladora.

—Me parece bien, si eso es lo que quieres –dijo Sheridan.

Ava dejó la cucharilla con la que estaba revolviendo el café. No quería ser la única voz discordante. Sabía lo que Jane Burke significaba para Skye. Pero no estaba segura de si deberían contratarla.

—No estoy segura de que sea un movimiento inteligente.

Skye alzó la mirada. Estaba sentada a su lado con un par de pantalones caquis cortos, una camiseta blanca y unos mocasines. No era un atuendo en absoluto elegante, pero desprendía el glamour de una modelo.

—¿Por qué no? A lo mejor Jane no ha trabajado para la policía ni tiene una carrera como la tuya, pero podría trabajar conmigo hasta que esté preparada –tomó el último pedazo de las galletas de cereales que había pedido–. Cuando empezaste, tú tampoco tenías experiencia en investigación criminal, y mírate ahora.

—El único requisito es tener ganas sinceras de ayudar –la apoyó Sheridan–. Todo lo demás puede aprenderse.

—No estoy diciendo que Jane necesite una titulación –les aclaró Ava–. Pero estuvo casada con un asesino en serie que estuvo a punto de destrozarle la vida antes de atacarla e intentar asesinarla. Una experiencia de ese tipo puede condicionar para siempre a una persona e impedir que sea objetiva.

Skye giró su zumo de naranja varias veces.

—Olive Burke estuvo a punto de asesinarme a mí también. Dos veces. ¿Significa eso que no soy objetiva en mi trabajo?

Ava se sonrojó. A veces hablaba sin pensar en las posibles consecuencias de lo que decía.

—Lo que te pasó a ti es diferente. Tú no vivías con él. No confiabas en él. Ella creyó en él cuando todavía estaba en prisión y luchó para que su matrimonio funcionara cuando salió. Es el padre de su hijo. ¡No puede haber mayor traición! Lo que Jane ha sufrido deja unas cicatrices muy profundas y podría hacerle propensa a considerar únicamente un lado de la situación.

—¿Tienes miedo de que no pueda ser justa? —preguntó Skye.

—Tengo miedo de que su experiencia afecte a su criterio.

Ava pensó en su reunión con Luke Trussell y en la decisión que había tomado sobre el caso Harter. Estaba segura de que estaba haciendo lo que debía, pero si Luke no hubiera ido a buscarla y hubiera tenido oportunidad de conocerle, continuaría defendiendo a Kalyna por la experiencia que había sufrido con Bella.

—No todas las situaciones son lo que parecen. Hay gente que miente.

Skye se apartó de la cara un mechón de pelo que había escapado de su coleta.

—Las víctimas nunca mienten tanto como sus agresores.

—Pero hay víctimas que ni siquiera lo son —la contradijo Ava—. Hay víctimas que son expertas en manipulación.

Sheridan frunció el ceño.

—Pero el porcentaje es mínimo.

—Incluso una ya es mucho. No queremos castigar a un inocente.

—¿A qué viene todo esto? —preguntó Skye.

Ava se estiró las mangas de su vestido negro.

–El lunes pasado llegó una mujer a mi despacho diciendo que la habían violado hacía un mes. Me enseñó unas fotografías en las que aparecía con el rostro magullado y acusó de la violación a un hombre del que se habían encontrado restos de semen en su cuerpo. Al principio me pareció un caso casi rutinario. Mientras la veía llorando en mi despacho, me entraban ganas de llorar con ella. Estaba indignada, furiosa y ansiosa por ayudarla a hacer justicia.

–Probablemente, más que ansiosa por lo que le ocurrió a Bella –añadió Skye.

Ava se estremeció.

–Exacto. Pero cuando Jonathan comenzó a investigar, comprendí que el acusado tenía más credibilidad que la víctima.

Sheridan dejó la tarjeta de crédito sobre la mesa.

–Las personas con credibilidad también pueden cometer delitos, Ava.

–Estuve a punto de negar lo evidente porque estaba demasiado ocupada comparando la situación con lo que le había pasado a Bella. Lo único que pretendo decir es que estamos condicionados por nuestras experiencias.

Skye dejó el sirope en su lugar, cerca de la carta plastificada.

–No sabía que conocías a Jane.

–No la conozco, pero estuve hablando con ella el día que la trajiste a la oficina.

–¿La semana pasada?

–Sí. Y tengo la impresión de que quiere trabajar con nosotras para dar salida al odio que siente hacia su marido y hacia los hombres como él. Me dijo que había aprendido mucho, que sabe interpretar conductas que a otros podrían pasarles desapercibidas –Ava sacudió la cabeza–. Nadie puede determinar la diferencia entre una buena persona y una mala persona. Y menos alguien como Jane, que tiene motivos para dudar incluso de las personas que están más unidas a ella. Creo que no podría atender un caso como este, por ejemplo.

–Todas tenemos cicatrices, Ava. Y son precisamente esas cicatrices las que nos impulsan a seguir trabajando –Sheridan se ajustó el tirante de la blusa, una blusa que llevaba a juego con una falda de vuelo y unas sandalias–. No podemos ser completamente objetivas porque todos los casos los abordamos desde nuestra perspectiva. Es algo que nadie puede evitar.

–Podemos, si somos conscientes de nuestros prejuicios.

La camarera se detuvo en la mesa para recoger la cuenta y Skye le dirigió una sonrisa educada antes de continuar.

–Comprendo que estés afectada por el hecho de haber estado a punto de caer en una trampa. Es desconcertante darse cuenta de lo fácil que es embaucarnos, y también de que hay personas capaces de aprovecharse de nuestras buenas intenciones. Pero dudo muy seriamente de que Jane sea más susceptible de engaño que cualquiera de nosotras. Desde que la conozco, ha recorrido un largo camino. Y... –jugueteó con un sobrecito de crema y volvió a dejarlo en el cuenco en el que estaban todos los demás–. Y... bueno, supongo que lo que estoy intentando decir es que Jane necesita este trabajo. Han pasado casi cuatro años desde que Oliver murió y continúa luchando para superarlo. La peluquería en la que trabaja está a punto de cerrar y... –Skye las miró con expresión de franqueza–, se va a quedar sin trabajo.

De modo que el objetivo era ayudar a una víctima, no el interés de la organización. Si Ava lo hubiera sabido, no se habría molestado en expresar sus reservas.

–¿No podías haber empezado por ahí?

Skye se encogió de hombros, avergonzada.

–Quería que aceptarais sin tener que pedirlo como un favor.

–Supongo que Jane podrá aprender, como lo hemos aprendido todas, que no podemos apoyar a todas las víctimas que cruzan la puerta de la oficina –dijo Sheridan.

Ava intentaba no enfadarse. Quería ayudar a tanta gente como pudieran, pero debían considerar los aspectos prácticos de todas sus decisiones.

–¿Podemos permitirnos contratar a una persona a tiempo completo?

La camarera regresó con la tarjeta de crédito y el ticket.

–Será difícil –admitió Sheridan mientras firmaba la cuenta–. Nunca tenemos suficiente dinero para todo lo que nos gustaría hacer, pero no nos vendrá mal otra trabajadora. Llevamos meses sobrepasadas por el trabajo.

–Además, Jane también piensa dedicarse a la recogida de fondos. Tiene claro que eso formará parte de su trabajo.

Ava continuaba sin estar de acuerdo, pero al ser la única de las tres, no tenía ninguna opción de que se mantuviera su criterio.

–De acuerdo, estoy dispuesta a intentarlo.

Skye le apretó el brazo con cariño.

–Gracias.

Después de despedirse de ellas, Ava permanecía en su coche, observando alejarse a sus compañeras. Ella pretendía ir a la oficina, como siempre. Eran más los sábados que trabajaba que los que libraba. Pero de pronto, le pareció excesivo. Aquel fin de semana era fiesta. ¿Por qué no estaba celebrando el día de la Independencia como todo el mundo?

Porque no tenía a nadie con quien celebrarlo. Su padre estaba acampando en Yosemite con Carly, su esposa. Por mucho que Ava intentara acercarse a él, su relación no terminaba de mejorar porque Carly se interponía entre ellos. Y su madre estaba encarcelada.

Skye y Sheridan corrían de vuelta a casa con sus maridos. Jonathan no había comentado cuáles eran sus planes, pero Ava estaba convencida de que incluían a Zoe y a su hija. Y Geoffrey estaba en Bay Area, visitando a sus dos hijos. Y los Myerse y Greenley continuaban de excursión. Le habían dejado un mensaje diciendo que habían coincidido con otro grupo y habían decidido pasar fuera una semana más. Beneficios de la jubilación…

Ava suspiró. Se extendía ante ella un largo día en el que no tenía nada que hacer, salvo trabajar. Normalmente, con eso le bastaba. ¿Pero qué le pasaba aquel día? ¿Por qué se sentía tan insatisfecha?

Se descubrió pensando en Luke Trussell. No conseguía sacárselo de la cabeza. «Gemía y me decía toda clase de obscenidades. Me repetía que nunca había estado con un hombre que la tuviera tan grande como la mía». Cuando le había dicho aquella frase, estaba intentando vengarse de sus prejuicios. Pero entonces, ¿por qué era precisamente esa la frase que le venía a la cabeza una y otra vez?

Evidentemente, había pasado demasiado tiempo desde la última vez que había estado con un hombre. Y la fragante sensualidad de Luke Trussell la había afectado más de lo que debería. Era una mujer de treinta y un años. Era natural que su cuerpo intentara satisfacer sus necesidades, sobre todo cuando se encontraba con un hombre tan atractivo como él.

Parte de ella deseó llamar a Geoffrey y decirle que quería volver a acostarse con él. A lo mejor, si volvían a tener relaciones, conseguiría olvidar a Trussell. Pero no había encontrado con Geoffrey ninguna clase de satisfacción en el pasado y dudaba seriamente de que pudiera encontrarla en el futuro. Además, sabía que no sería en Geoffrey en quien pensaría cuando estuviera en la cama con él... y no le parecía justo.

–Maldita sea. ¡Pero si solo le he visto una vez en mi vida! –gruñó.

Y su primer encuentro no había sido particularmente agradable. Se había mostrado mezquina y grosera con él, intentando disimular hasta qué punto la afectaba. Y él había contraatacado. «¿De verdad se siente atraída hacia mí? Porque yo no tengo el mismo problema».

Sí, se sentía atraída hacia él. Y eso significaba que tenía que guardar las distancias si no quería terminar haciendo alguna estupidez. Pero después de su última conversación con Kalyna, estaba absolutamente convencida de que aquel hombre era inocente. Y se sentía obligada a compartir lo que había descubierto. Intentaba decirse que lo que ella pudiera aportar no supondría ninguna diferencia. Tal como le había explicado a Kalyna, su caso probablemente no llegaría nunca a los tribunales. Pero… ¿qué ocurriría en el caso de que lo hiciera? ¿O de que la información de la que ella disponía permitiera cerrar antes el caso y dejar que Luke regresara a su vida? McCreedy era un buen abogado, pero le pagaban por horas y podía no tener ninguna prisa en resolver el caso. Y el hecho de que fuera un buen abogado no implicaba necesariamente que estuviera haciendo los movimientos correctos. No creía muy probable que María, la vecina de Kalyna, volviera a contarle a nadie que Kalyna y ella habían hablado de hacer un trío. Una declaración de ese tipo podía poner fin a su carrera. Ava le había dado permiso para mantener la boca cerrada. Y nadie, salvo ella misma, estaba al tanto de su conversación con Tatiana Harter, o de la respuesta de Kalyna a su llamada de la noche anterior. Lo primero que había querido saber Kalyna había sido si su hermana había vuelto a llamarla.

Ava tamborileó con los dedos en el volante. Podía esperar hasta el lunes para ponerse en contacto con el abogado de Luke y pasarle una copia de toda la documentación que tenía sobre el caso. Pero en alguna otra ocasión, había tenido que enfrentarse a McCreedy y no quería que el abogado pensara que tenía una aliada en El Último Reducto por el mero hecho de que le ayudara con un caso. Y la mayor Ogitani no le había devuelto las llamadas. Había intentado ponerse en contacto con ella en varias ocasiones sin ningún éxito. Tal como había imaginado, la militar no quería ver a nadie más involucrado en el caso y estaba haciendo todo lo posible para evitar su intrusión.

—Llama a Luke y termina con esto de una vez por todas —musitó.

Buscó en el bolso, localizó el teléfono y revisó las notas que tenía en el registro de llamadas. No tenía el teléfono de Luke en la agenda porque no esperaba llamarle otra vez, pero sí en el registro de llamadas. Fue bajando hasta encontrar el número que había quedado almacenado el día que había intentado ponerse en contacto con él para hablar de Kalyna.

Contuvo la respiración mientras esperaba a que contestara.

Pero aquel acopio de valor había sido en vano. Luke no contestó.

—Este es el buzón de voz de Luke Trussell. Deja un mensaje y te llamaré.

Ava cuadró los hombros y esperó a que sonara la señal.

—Capitán Trussell, soy Ava Bixby, de El Último Reducto.

Sabía que reconocería su nombre sin necesidad de mencionar la organización, pero estaba decidida a mostrar una actitud mucho más profesional que la que había demostrado en el Starbucks. Aquel día había traspasado límites que habitualmente respetaba. «¿Está intentando satisfacer su propia curiosidad o lo pregunta porque considera que puede ser pertinente para el caso?».

Aquella había sido la segunda vez que había adivinado sus intenciones.

Ava estaba decidida a evitar que hubiera una tercera.

—Hay algo sobre lo que me gustaría hablar con usted —dijo por teléfono—. *Le agradecería que me llamara cuando pudiera* —sin más, dejó su número de teléfono y colgó.

Al igual que el resto del mundo, probablemente Luke estaba celebrando el Cuatro de Julio. Suponiendo que no tendría noticias suyas hasta el lunes, se dirigió a su despacho. Pero unas horas después, Luke le devolvió la llamada.

Capítulo 16

Luke no había revisado el teléfono al salir del gimnasio, de modo que no se dio cuenta de que tenía una llamada perdida de Ava Bixby hasta que no salió del coche con intención de entrar en Outback para disfrutar de un buen bistec. Intrigado y nervioso por lo que esta pudiera querer, escuchó el buzón de voz.

Ava necesitaba hablar con él, pero no le decía por qué. Esperaba que sus padres no la hubieran llamado. Marcó su número y esperó la respuesta.

—¿Diga?

—¿Ava?

Hubo un segundo de vacilación.

—Sí.

—Soy Luke.

—Capitán Trussell.

Luke se habría echado a reír ante su acartonada respuesta, pero no estaba muy seguro de lo que podía significar.

—Sí, esa es la manera más formal de dirigirse a mí.

—Gracias por llamar.

Mientras cruzaba el aparcamiento para dirigirse hacia la transitada calle que había delante del restaurante, subía hasta él el calor del asfalto mezclado con el humo procedente de los incendios que continuaban extendiéndose en el estado. La calidad del aire siempre era peor a aquella hora de la tarde, sobre todo en días como aquel, en los que la temperatura superaba los treinta y cinco grados.

–¿Ha cambiado de opinión y ha decidido ayudar a Kalyna a ponerme entre rejas? –le preguntó bruscamente.

–No.

Al menos era una buena noticia. Acababa de salir del coche y ya tenía la espalda empapada en sudor. Se encaminó hacia la entrada del restaurante.

–Entonces, ¿de que quiere hablar conmigo?

Esperaba oírle decir que sus padres le habían hecho una oferta, pero no fue así.

–Quiero entregarle una copia de la documentación que he reunido para el caso.

Luke se detuvo en seco.

–¿De verdad?

–Sí, no es mucha, pero hay información que podría serle útil. Aunque solo sea porque le permitirá ahorrarse algo de dinero. Al fin y al cabo, es un trabajo que McCreedy y sus detectives no tendrán que hacer. Incluso podría ayudarle a decidir hacia dónde dirigir los esfuerzos a partir de este momento.

Podría haberle dicho lo mismo la noche anterior, pero no lo había hecho.

–Esto no tengo que agradecérselo a mis padres, ¿verdad?

–¿A sus padres?

Aparentemente, no.

–No importa. Le agradezco la ayuda. ¿Debería ir a buscar el archivo?

–Creo que eso sería lo más fácil. Pero también podría ahorrarle el viaje y enviárselo directamente a usted o a McCreedy.

–No, me parece bien.

Si Ava tenía algo útil, quería saberlo cuanto antes. Pero eran las cinco de la tarde del Cuatro de Julio. Desde luego, no era el momento más adecuado para concertar una cita.

–¿Cree que es demasiado tarde para que pudiéramos quedar hoy? –le preguntó.

–¿No tiene otros planes para estas noche?

El único plan que tenía era cenar solo. Unos amigos suyos habían ido al lago a jugar al voleibol y le habían invitado a reunirse con ellos, pero Luke había rechazado la invitación. Lo último que le apetecía era tener que enfrentarse a toda una multitud de conocidos.

–Cuando a uno le acusan de violación, se le quitan las ganas de hacer cosas en grupo. No es muy apetecible tener que explicar mi situación cerca de una docena de veces. No sé si sabe lo que quiero decir.

–Lo comprendo perfectamente. Si quiere, puede pasar por aquí. Estoy en la oficina.

–Sin tráfico, puedo tardar cerca de una hora en llegar hasta allí.

–Esperaré.

¿No estaría molestándola?

–Esto no le hará llegar tarde a su fiesta, ¿verdad? Si quiere, puedo esperar hasta el lunes…

–No, puede venir hoy.

Luke advirtió que no había comentado en ningún momento que tuviera prisa.

–De acuerdo, nos veremos pronto –buscó una manera de agradecerle la ayuda–. ¿Ha cenado ya? ¿Quiere que le lleve algo? No un café con leche, por supuesto. Pero quizá pueda llevarle algo que no le parezca un intento de manipulación.

–No tiene por qué comprarme nada, pero…

–¿Qué? –¿se estaría arrepintiendo?

–No hace falta que conduzca hasta Sacramento. Vivo en el delta, que está mucho más cerca.

–¿Quiere que quedemos allí?

–Sí, creo que estaría mejor. De hecho, estaba pensando ya en volver a casa. ¿Conoce la zona?

–No, pero tengo un GPS.

–Me temo que no le servirá de mucho, porque no puedo darle una dirección exacta. Pero hay una tienda de cebos en Penrington que no es difícil de encontrar.

–¿Penrington?

–Sí, es una población en la que solo viven tres personas.

–¿No querrá decir trescientas?

–No, tres –respondió riendo–. Pero le resultará más fácil encontrarla que mi casa flotante, así que nos encontraremos allí.

–¿Ha alquilado una casa flotante para pasar el Cuatro de Julio?

–No, vivo en ella.

–¿Siempre?

–Todos los días.

–Con la única compañía de los tres habitantes de Penrington.

–No, tengo amigos que suelen atracar aquí donde yo estoy.

–¿Cuántos amigos?

–Dos parejas.

Luke jamás se la habría imaginado en un entorno como aquel. Sus maneras invitaban a imaginarla en un moderno apartamento en el centro de la ciudad.

–Parece interesante.

–A mí por lo menos, me gusta. ¿Puede apuntar la dirección?

–Sí –regresó al coche y apuntó la dirección en un sobre que sacó de la guantera–. Creo que lo encontraré.

–Estupendo. Nos vemos dentro de media hora.

–Allí estaré.

Luke se había saltado el almuerzo por motivos de trabajo. Estaba hambriento. Pero no quería arriesgarse a perder aquella oportunidad. Miró con nostalgia hacia su restaurante favorito mientras salía del aparcamiento.

Ava llevaba un vestido de verano y unas sandalias. En un primer momento, a Luke se le antojó demasiado joven como para ser la mujer con la que se había reunido la tarde anterior. Pero al acercarse, reconoció su característica media melena. No vio ningún coche en la puerta, así que imaginó que había ido caminando desde su casa.

El establecimiento estaba cerrado. Tenía más aspecto de cobertizo que de tienda. La pintura blanca de la fachada se caía a pedazos y había un candado en la puerta, una puerta demasiado combada como para cerrar por completo. En un cartel, hecho a mano, se veía el dibujo de una lombriz. En otro colocado en la ventana se leía *Vuelvo a las...* y un reloj que señalaba las seis. Luke se preguntó si lo habrían dejado allí el verano anterior. Aquel lugar parecía llevar mucho tiempo abandonado.

Ava permanecía junto a un surtidor oxidado con un tercer letrero: *Averiado*. Al ver llegar a Luke, dio un paso adelante y este vio inmediatamente el sobre que llevaba en la mano. Allí estaban las copias que le había prometido.

Apagó el motor y bajó la ventanilla del coche.

—Bonito lugar —comentó con ironía, con la mirada puesta en las malas hierbas que crecían alrededor del edificio y en los cristales rotos extendidos sobre el asfalto.

A Ava parecieron sorprenderle sus palabras.

—¿No le gusta?

—Supongo que no está mal, pero no creo que sea el lugar más recomendable para una mujer soltera.

—¿Cómo sabe que estoy soltera?

—Me dijo que nunca había estado profundamente enamorada. Espero que eso le haya hecho escapar del matrimonio —además, no llevaba alianza, pero no lo mencionó. No quería que pensara que se había fijado en aquel detalle.

—Había olvidado que habíamos hablado de eso.

Y, obviamente, no quería seguir hablando del tema en aquel momento.

—¿Cómo es que ha terminado aquí?

—Es un lugar especial.

Luke asomó la cabeza y volvió a mirar a su alrededor.

—En eso estamos de acuerdo.

—Debería ver al propietario de la tienda. Está tan decrépito como ella, pero es un encanto.

–¿No está ahora aquí?

–No, este mes lo dedica a viajar de estado en estado visitando a su familia.

–¿Y a qué se dedican las otras dos personas que viven en Penrington?

–Son una pareja de científicos especializados en ciencias ambientales. Ahora mismo están estudiando cómo el amoniaco procedente de los desperdicios de Sacramento puede dañar este delicado ecosistema.

–¿Dónde viven?

–Desde aquí no se ve su casa. Ahora están fuera. Me han dicho que iban a acercarse a la ciudad a ver los fuegos artificiales.

Luke advirtió entonces que llevaba la radio bastante alta y bajó el volumen.

–¿Por qué no se ha quedado en la ciudad para ver el espectáculo?

–Tenía que entregarle esto –le tendió el sobre y Luke lo dejó en el asiento de pasajeros.

–Podríamos haber quedado en Sacramento.

–De todas formas, no tenía intención de ver los fuegos artificiales –se irguió y le dirigió una sonrisa–. ¡Buena suerte!

Luke permaneció donde estaba, intentando encontrar la manera de hacerle el ofrecimiento del que había hablado su madre.

–¿Puedo hacer algo más por usted? –preguntó Ava al ver que no se movía.

Luke apoyó el codo en la ventanilla y la miró atentamente.

–¿Por qué me ayuda?

–Porque creo que es inocente.

–Ayer por la noche también pensaba que era inocente. Podría haberme invitado a seguirla a su despacho y haberme entregado allí estos documentos.

Ava le miró con los ojos entrecerrados y después se acercó al coche.

–Ayer, después de dejarle, hablé con Kalyna.

–¿Y?

–Y creo que tiene razón. Está desequilibrada.

–¿Qué le dijo?

–¿Además de llamarme zorra y decirme que esperaba que me queme en el infierno?

Al parecer, Ava había visto una faceta de la Kalyna que él ya conocía.

–Bienvenida al lado oscuro.

–No estoy de broma. Cambió tan rápidamente de tono de voz que pensé que estaba poseída.

Luke se echó a reír.

–Le ocurre cuando no consigue lo que quiere.

–Creo que tiene algún problema serio. Y creo que podría llegar a ser peligrosa.

–¿Cree que podría llegar a hacer daño físicamente a alguien?

Ava se puso muy seria.

–Eso nunca se sabe. De momento sabemos que puede ser muy vengativa.

–Antes ha mencionado a un par de parejas que atracan cerca de su yate, ¿verdad?

–Sí, ¿por qué?

–¿Ahora mismo están aquí?

–No, están de excursión. ¿Por qué lo pregunta?

Porque si Ava se encontraba con algún problema, nadie podría ayudarla. A lo mejor era por su condición de militar, pero Luke reparó inmediatamente en su vulnerabilidad.

–¿Kalyna sabe dónde vive?

–No.

–Mejor.

–No estaba pensando en mí.

–A mí no va a hacerme ningún daño –respondió Luke.

La mera idea le parecía ridícula. Pero tampoco esperaba que Kalyna hiciera nada de lo que había hecho hasta ese momento.

–No creo que pueda protegerse contra cualquier arma –colocó los dedos como si su mano fuera una pistola y presionó un gatillo imaginario–. Supongo que Kalyna sí sabe dónde vive, o que puede averiguarlo.

–En este momento, creo que soy yo el que tiene más ganas de disparar –admitió Luke–. Ya me tiene agarrado por los… eh… por la garganta –se corrigió–. ¿Qué más puede querer de mí?

Ava esbozó una sonrisa burlona.

–¿Está bromeando? Nunca ha tocado a un hombre más grande que usted.

Se estaba burlando de él, reprochándole su actitud del día anterior. A Luke le ardieron las orejas, pero sonrió.

–Es posible que exagerara.

–¿Poco o mucho?

Estaba aprovechándose de su posición ventajosa, así que Luke decidió ponerla en su lugar.

–¿Está insinuando que quiere comprobarlo por sí misma?

Cuando la vio abrir los ojos como platos, supo que había conseguido volver las tornas, tal como había planeado. Pero la chispa que había saltado entre ellos la noche anterior volvió a encenderse, sorprendiéndole. En ese mismo instante, sintió una tensión en determinada parte de su cuerpo que le recordó la facilidad con la que un hombre podía superar una mala experiencia como la de Kalyna.

¿Pero Ava? ¿Es que había perdido el juicio? Ava no era la clase de mujer que le gustaba. A lo mejor era más guapa de lo que le había parecido en un primer momento. Desde luego, parecía mucho más femenina con aquel vestido que con el traje chaqueta que llevaba el día anterior. Pero continuaba siendo una mujer autoritaria, quisquillosa y cabezota. Y eso era solo lo que había podido ver hasta ese momento.

Afortunadamente, soltó una carcajada y alzó la mano para relajar la tensión.

–De acuerdo, yo me lo he buscado, pero creo que deberíamos dejarlo aquí. Le deseo lo mejor, Luke Trussell. Y vigile su espalda. No se sabe hasta dónde podría llegar Kalyna.

Aquello era una despedida. Diciéndose a sí mismo que lo mejor que podía hacer era largarse de allí, Luke se despidió de ella con la mano y puso el coche en marcha. Pero estaba seguro de que las debilidades personales de Ava podrían ser sus fuertes en el terreno profesional. Conocía a Kalyna y había dejado de creer en ella. Eso podría ser de gran importancia en el caso. Y él nunca había tenido una mejor oportunidad de conseguir ayuda.

De modo que se detuvo y puso la marcha atrás.

Al oírle, Ava esperó a que llegara a su lado.

—Esto no tiene nada que ver con la conversación que hemos mantenido hasta ahora, así que, por favor, no se lleve una idea equivocada, pero, ¿habría alguna oportunidad de que quisiera cenar conmigo? —le preguntó.

Ava no se lo pensó ni medio segundo.

—No, gracias.

Ligeramente ofendido por la falta de interés con la que había recibido la invitación, Luke miró intencionadamente a su alrededor.

—No parece tener mejores ofertas. Por lo menos esta noche.

—Tampoco las necesito. Estoy bien como estoy.

—¿Qué piensa hacer ahora?

Ava comenzó a caminar, pero Luke la siguió.

—Me he traído trabajo a casa.

—¿Piensa estar trabajando mientras todo el mundo ve los fuegos artificiales? ¿Dónde queda su patriotismo?

—¿Piensa hacer algo patriótico esta noche? —preguntó ella a su vez.

—Últimamente, mi vida está bastante alterada. La suya parece tan ocupada como siempre.

—Hay mucha gente que depende de mí.

Una prueba más de su valía profesional.

Llegaron a una zona de grava que corría en paralelo al

canal y Luke tuvo que elevar la voz por encima del crujido de las ruedas.

—Eso no significa que no pueda dejar que alguien la invite a cenar. Tendrá que comer algo.

Ava se echó la melena hacia atrás, pero el pelo volvió inmediatamente hacia delante, rozándole la barbilla mientras caminaba.

—Ahora mismo no es eso lo que me preocupa.

—¿Entonces hay algo que le preocupe?

Ava se detuvo bruscamente.

—Digamos que prefiero una aproximación más directa. Supongo que quiere invitarme a cenar por alguna razón, ¿verdad?

—¿Tengo que tener un motivo en especial?

—Ayer dejó bastante claro que no me consideraba una mujer atractiva, así que sé que no es una invitación a salir.

Nuevamente avergonzado por su conducta del día anterior, Luke decidió dejar de intentar ganársela con sus encantos.

—Cuando dije eso… estaba frustrado.

Ava continuó caminando.

—Supongo que eso hizo que fuera completamente sincero.

No, no lo había sido del todo. Era cierto que, en condiciones normales, no se habría sentido atraído hacia Ava. Pero tenía que reconocer que aquella mujer conseguía llegarle muy dentro. Aunque no comprendía por qué.

—¿No podemos olvidarnos de todas las tonterías que dije ayer y empezar desde cero?

—Por mí, estupendo, pero la respuesta sigue siendo no.

—Ni siquiera sabe lo que le voy a pedir.

—Sí, claro que lo sé. No soy una chaquetera.

Luke rodeó un grupo de árboles para seguirla por la carretera que salía del camino de grava.

—¿Por qué?

—No me parece ético.

–¿Cómo no puede parecerle ético si cree que soy inocente? –preguntó Luke.

Consiguió mantenerse a su nivel, a pesar de los profundos surcos de la carretera.

–No tengo pruebas de que sea inocente.

La carretera comenzó a estrecharse. Luke tuvo que maniobrar para sortear varios obstáculos, pero Ava no cambió de rumbo.

–¿Cree que he violado a Kalyna? –gritó Luke desde el coche.

Ava continuó avanzando.

–Lo único que estoy diciendo es que yo no estaba allí. No puedo estar cien por cien segura.

–¡Pero ya sabe cómo es Kalyna!

–Eso no importa.

Un bache enorme obligó a Luke a aminorar la velocidad, pero aceleró en cuanto lo pasó.

–¡Pues debería!

–Los fondos de nuestra organización están destinados a situaciones desesperadas.

Luke apagó la radio del coche.

–Yo creo que mi caso es bastante desesperado.

–Me refiero a casos de vida o muerte.

Se detuvo para sacarse una piedrecita de la sandalia, lo que invitó a Luke a fijarse en sus pies. Tenía los pies delgados, como el resto de su cuerpo, pero a diferencia de las de las manos, llevaba las uñas de los pies pintadas de rosa y en el dedo gordo una línea de diamantes diminutos.

De alguna manera, aquello le llevó a preguntarse si Ava no era una mujer distinta de lo que aparentaba. ¿Llevaría ropa interior atrevida bajo aquel sencillo vestido de verano?

La verdad era que no tenía la menor idea de por qué se estaba haciendo aquella pregunta.

–Acaba de decir que piensa que Kalyna podría ser peligrosa. Me ha recomendado que vigile mi espalda –le recordó.

La carretera estaba a punto de terminar. Si Ava cruzaba aquella puerta de madera por la que se accedía a un camino peatonal, la conversación tendría que terminar. Por allí no podía entrar en coche y no iba a bajar para seguirla.

–De momento no ha amenazado a nadie, ¿verdad? –le preguntó Ava.

–Me dijo que iría arrastrándome a ella antes de que todo esto terminara, ¿eso cuenta?

Ava se detuvo de nuevo para ajustarse la sandalia. Se sujetó la falda del vestido mientras lo hacía y Luke se descubrió deseando que subiera la falda un poco más. Tenía las piernas bonitas, delgadas pero bien torneadas.

–Que le hieran a uno el orgullo no es un caso de vida o muerte.

–Para alguien tan presuntuoso como yo, podría serlo.

Ava le miró divertida.

–Creo que es más resistente de lo que piensa.

–¿Y si le pago?

–McCreedy ya le va a salir suficientemente caro.

–¿Nunca ha trabajado a cambio de dinero en El Último Reducto?

–No, todavía no, pero mis compañeras lo hacen cuando estamos necesitadas de fondos.

–A lo mejor este es el momento de que siga su ejemplo.

–No, gracias.

Posiblemente necesitaba hacer más atractiva su oferta. Avanzó los últimos centímetros y gritó mientras Ava abría la puerta.

–¿Y si hago una donación?

En realidad, era lo mismo, pero si cambiar de bando le causaba tanto impacto como pensaba, necesitaba algo más.

–¿Cuánto? –preguntó Ava, volviéndose hacia él.

Luke pensó en una cifra.

–¿Diez mil dólares?

¿Podría permitírselo? Sus padres le habían ofrecido ayuda, pero en realidad, él no quería contar con ellos y su defensa podría llegar a costarle entre setenta y ochenta mil dólares. Definitivamente, mucho más de los cincuenta mil que tenía ahorrados. Pero por lo menos, esos diez mil eran fiscalmente deducibles, a diferencia de los que le había pagado a McCreedy. Eso hacía mucho más atractiva la posibilidad de contratarla.

–Una cantidad importante –señaló Ava.

Probablemente tendría que vender el coche para pagarla, pero no le importaba. Prefería salvar su trasero a salvar su coche.

–¿No podemos hablar de todo esto durante la cena?

Ava no respondió directamente, pero era evidente que estaba considerando la oferta.

–¿Ava? –la urgió.

–¿Qué? –la respuesta de Ava fue suficientemente huraña como para indicarle que había ganado.

–Estoy muerto de hambre –alargó la mano para abrir la puerta de pasajeros–. Adelante.

Capítulo 17

—¿De dónde eres? —preguntó Luke.

Ava dejó su copa de vino en la mesa. Todavía no había aceptado trabajar con él, pero sabía que lo haría antes de que terminara la velada, y también Luke lo sabía. No podía ignorar una donación de diez mil dólares. Skye y Sheridan la matarían si lo hacía. Luchaban constantemente para conseguir el dinero que les permitía mantener las puertas de la organización abiertas.

—Nací y crecí en Sacramento —le explicó.

Al igual que todo en ella, no era particularmente emocionante.

—¿Tienes hermanos?

—No. Bueno, tengo un medio hermano, gracias a mi padre. El matrimonio de mis padres no duró lo suficiente como para tener un segundo hijo.

Habían pedido ya los platos, pero la comida se estaba retrasando una eternidad. Aunque era habitual tener que esperar en un asador, a Ava no le hacía particular ilusión estar sentada en el reservado de un restaurante con aquel hombre, sin nada mejor que hacer que admirar los detalles que le hacían tan atractivo.

Luke bebió un sorbo de vino.

—¿A qué se dedica tu padre?

Genial. Continuaban hablando de su pasado. Desde luego, aquel no era el tema favorito de Ava, pero le parecía prudente mantener la mente ocupada. En caso contrario, podía sentir la tentación de recorrer con la mirada los labios de Luke, los músculos de sus brazos y los ojos del color más bonito que había visto en su vida. Y después, las largas pestañas que enmarcaban aquellos ojos…

Sí, definitivamente, había pasado mucho tiempo desde la última vez que había estado con un hombre. Apenas recordaba lo que sentía. Pero su imaginación estaba más que preparada para llenar ese vacío. Y el vino no le estaba siendo de particular ayuda. Había comido la ensalada y un panecillo, pero el alcohol parecía estar subiéndosele directamente a la cabeza.

—Es entrenador de fútbol en institutos.

—¿Volvió a casarse después del divorcio?

—Tres veces, hasta ahora.

—¿Cuatro matrimonios en total? Estás de broma.

—Las mujeres le encuentran irresistible —imaginó que Luke sabía de lo que estaba hablando. Kalyna era la prueba de ello—. La segunda vez se casó con la profesora con la que había estado engañando a mi madre y tuvo un hijo, Neal, que ahora trabaja en un casino de Las Vegas.

Luke añadió más aceite y vinagre balsámico a la fuente que habían utilizado y le tendió el cesto del pan.

—¿Tienes contacto con él?

—No. No quiere saber nada de mi padre ni de nadie relacionado con él.

Miró hacia la cocina, esperando que les llevaran los platos para poder cenar de una vez por todas y regresar a casa, pero no hubo suerte.

—Su madre y él vivieron con mucha amargura el final de aquel matrimonio.

—¿Tu padre también la engañaba a ella?

—Esa vez con la madre de uno de sus alumnos.

Luke esbozó una mueca.

—Encantador. ¿Tuvo algún hijo con la mujer número tres?

—No. Su matrimonio duró muy poco. Continuaron viéndose después del divorcio porque resultó que ella estaba embarazada, pero solo hasta que una prueba de paternidad demostró que el hijo era de su primer marido.

–Qué desastre. ¿Y la número cuatro?

Ava tomó otro panecillo y untó un pedazo en el aceite. No le apetecía especialmente, pero estaba muy nerviosa.

–Eso fue todavía peor. ¿Estás seguro de que quieres oírlo? –dijo riendo.

Miró de nuevo hacia la cocina. «Por favor, que sirvan de una vez esa maldita comida». Estaba a punto de decir que necesitaba ir un momento al cuarto de baño para poder escapar durante unos minutos, pero Luke contestó que estaba preparado para oír cualquier cosa, de modo que no le quedó más remedio que continuar la conversación.

Ava se encogió de hombros y comió otro pedazo de pan.

–Supongo que tenemos tiempo. Están tardando mucho en servirnos, ¿no te parece?

Luke pareció sorprendido.

–La verdad es que no. Hemos pedido hace diez minutos.

A Ava le había parecido mucho más.

–¡Ah! Bueno, después de haberse casado por tercera vez, mi padre empezó a salir con una de sus antiguas alumnas. O a lo mejor estaba saliendo con ella antes de la separación. Con ese historial, cualquiera sabe.

–¿Cuánto duró el último matrimonio?

–Todavía dura. Llevan ya cinco años juntos.

–¿Han tenido hijos?

–No. Afortunadamente, en algún momento entre el tercer y el cuarto matrimonio, mi padre se hizo la vasectomía –en caso contrario, podría haber llegado a tener todo un ejército de hermanos. Con uno que no le hablara tenía más que suficiente.

–Probablemente sea mejor así –comentó Luke.

–Desde luego que sí.

Aunque la última noticia que tenía era que la última esposa de su padre quería convencerle de que hiciera reversible la operación.

Luke se movió incómodo en el asiento.

—¿Cuánto tiempo le das?

—¿Cuánto tiempo le doy a qué?

La silueta de la chapa de identificación que colgaba bajo sus pectorales le había hecho distraerse.

—A su último matrimonio.

Ava desvió la mirada del atractivo contorno de su pecho.

—No es fácil decirlo. Sé que esta vez no la está engañando, y supongo que eso ayuda.

Luke tomó la copa con aquella mano de uñas anchas y perfectamente cortadas.

—¿Cómo sabes que por fin ha roto el patrón?

—Porque no le queda otro remedio. Carly, que es como se llama su mujer, le vigila como un halcón. Y él tiene demasiado miedo a perderla como para intentar nada. Ni siquiera me ve a mí porque le da miedo que pueda enfadarse al tener que compartirle conmigo.

Ava no sabía por qué había añadido aquella información. No pretendía que aquella fuera una conversación tan personal. A lo mejor tenía la culpa el vino…

Luke no quiso profundizar en ello y ella se lo agradeció.

—¿Cuántos años tiene?

—Veintiséis.

Luke parpadeó varias veces.

—¿Has dicho cuarenta y seis?

Ava frunció el ceño.

—No.

—¡Pero si tiene solo dos años menos que yo! —señaló con evidente disgusto.

Y Luke tenía tres años menos que ella.

—Cuando están juntos, tienen un aspecto ridículo —admitió Ava—. Sobre todo ahora que Carly le ha convencido de que se tiña el pelo de rubio y tome rayos UVA para broncearse.

–Supongo que aborreces ver a tu padre convertido en una caricatura.

–Desde luego. A nadie le gusta ver a su padre perdiendo la dignidad. Pero… en realidad no sé si mi padre la ha tenido nunca.

–No puede ser fácil retener la atención de una mujer de veintiséis años cuando se tienen… ¿Cuántos? ¿Cincuenta y algo?

Aquella era una consideración que seguramente una mujer era más propensa a reconocer que un hombre.

–Cincuenta y cinco. Sí, mi padre está desesperado, y está empezando a demostrarlo.

Luke lanzó un silbido.

–Debe de haber sido un hombre increíble cuando era joven.

Desde luego. Igual que Luke. La madre de Ava le había dicho en una ocasión que no había habido nunca otro hombre capaz de hacer palpitar su corazón con solo una sonrisa. Y eso lo había confesado años después de su divorcio, tras haberse casado con el desgraciado que se había convertido en su padrastro.

–Supongo que hay hombres que tienen un don especial para las mujeres. Y algunas mujeres son demasiado estúpidas como para evitarlos.

Luke la miró con atención.

–No tú, supongo. Entiendo que nunca has permitido que eso ocurriera.

–Jamás.

Luke le ofreció otro panecillo, pero ella lo rechazó.

–¿Carly es una mujer atractiva? –le preguntó.

Ava intentó ser objetiva en su respuesta.

–No está mal.

–Así que no te gusta.

–No, al principio lo intenté, pero es imposible. Odia hasta el hecho de que exista. No soy bien recibida en su casa y no puedo compartir las fiestas con ellos. Mi padre tiene que pasar por un infierno cada vez que me llama.

Más información personal que no tenía intención de divulgar. De alguna manera, iba filtrándose como si fuera un contenedor con alguna especie de fuga. Era tan fácil hablar con Luke como agradable mirarle. Algo que no esperaba.

Luke sacudió la cabeza.

—No es justo.

Ava había pensado lo mismo miles de veces. Pero no adivinaba la manera de cambiarlo.

—Si mi padre no toma una decisión al respecto, yo no puedo hacer nada —incómoda con el dolor que aquella declaración revelaba, eludió la compasión de Luke antes de que pudiera ofrecérsela—. Pero estoy segura de que al final todo se arreglará.

Luke tomó otro panecillo.

—Ahora lo entiendo todo.

—¿Qué es lo que entiendes?

—Te entiendo a ti.

Ava elevó los ojos al cielo.

—No tengo mucho interés en que me psicoanalices, pero gracias de todas formas.

Afortunadamente, la camarera les interrumpió en aquel momento con la comida y Luke abandonó el tema. No volvió a decir nada hasta que estuvieron solos otra vez.

—¿Y tu madre?

Ava no iba a hablar de su madre bajo ningún concepto. Podía reírse de las estupideces que había hecho su padre y quejarse de aquella temible madrastra que era más joven que ella, pero la historia de Zelinda era algo completamente diferente. Ava siempre había sabido que no podía confiar en su padre. Pero lo que su madre había hecho había sido una auténtica sorpresa, y un duro golpe.

Ava aspiró el aroma que ascendía de su plato.

—Tiene muy buen aspecto.

—¿Estás esquivando la pregunta?

—Solo es la manera de decir que ya está bien de hablar de mí. Ahora te toca a ti.

Luke comenzó a cortar la carne.

–¿Qué quieres saber?

–¿De dónde eres?

–Nací en San Antonio. Aunque ahora está retirado, mi padre también es militar, así que fui a más de diez colegios diferentes en distintos estados.

Ava probó el boniato y tuvo que admitir que Luke había acertado al recomendárselo.

–¿Nunca has estado en el extranjero?

–No, nunca.

–¿Y has ido alguna vez a la guerra?

–No, pero siempre existe esa posibilidad.

–¿Te importaría?

–Sabía a lo que me arriesgaba cuando me incorporé al ejército –señaló el plato de Ava con el cuchillo–. ¿Te gusta?

–Con tanta mantequilla, azúcar y nueces, no creo que sea muy saludable, pero…

Luke inclinó la cabeza y arqueó una ceja.

–Por una noche, déjate llevar, Ava.

–¿Que me deje llevar? –repitió Ava.

–Limítate a disfrutar.

Ava abrió la boca para contestar que estaba completamente relajada, que no necesitaba sus consejos, ¿pero por qué molestarse? Luke ya sabía que era una persona demasiado seria, demasiado controlada. La mayor parte de la gente lo adivinaba tras estar solo unos minutos con ella. Era demasiado de muchas cosas. Pero estaba convencida de que con él, nunca sería suficientemente precavida.

–Lo intentaré.

–Esa es la idea.

–¿Cómo te las arreglaste con tanto traslado? –le preguntó.

–No me fue mal. Pero creo que cuando eres pequeño todo es mucho más fácil. Te apuntas a cualquier deporte de equipo y ya formas parte de un grupo y tienes amigos.

–Has tenido suerte si siempre has sido suficientemente bueno como para formar parte de un equipo.

–Supongo que sí.

–¿Son esas ganas de pertenecer a un grupo las que te llevaron a alistarte al ejército?

–¿Ahora eres tú la que estás intentando psicoanalizarme?

–A lo mejor. ¿Cómo lo he hecho?

–No demasiado bien. Me metí en el ejército porque siempre he querido volar.

De alguna manera, Ava ya había conseguido terminar el boniato, con mantequilla y todo. Comenzó entonces con la carne, que prácticamente se le derritió en la boca.

–¿Te alegras de haberlo hecho?

–Definitivamente.

–Me encantaría saber qué se siente volando en un reactor.

–Es la experiencia más increíble del mundo.

–Y también puede ser terrorífica, ¿no?

–Es posible. Definitivamente, es toda una oleada de adrenalina. Te sientes como si estuvieras viajando a la velocidad de la luz. Para volar tienes que confiar completamente en ti mismo, en tu avión, en tu comandante de vuelo y en tu equipo. En realidad, es lo más parecido a un acto de fe que he hecho nunca.

Ava quería que Luke continuara, pero no lo hizo. Le sonrió y bajó la voz.

–Tienes unos ojos preciosos –la alabó.

Ava no se esperaba aquel cumplido. Se enderezó y tragó saliva.

–Gracias.

–¿Qué tal está la carne?

–Perfecta.

–¿Quieres otra copa de vino?

No debería. Estaba comenzando a relajarse, a sentirse cómoda e incluso ligeramente somnolienta, pero aun así, la aceptó.

–Claro.

–Avisaré a la camarera cuando se acerque.

–¿Tienes hermanos? –le preguntó Ava–. ¿Eres hijo único o...?

–Tengo una hermana. Está en último año de instituto.

–¿Estáis muy unidos?

–Todo lo unidos que podemos estar teniendo en cuenta la diferencia de edad.

–¿Para ella han sido más difíciles que para ti todos estos traslados?

–Sí, tuvo algunos problemas. Afortunadamente, mis padres ya llevan algún tiempo en el mismo lugar.

En ese momento llegó la camarera para preguntarles que si necesitaban algo y Luke pidió otra copa de vino.

–¿Tú no vas a tomar nada más? –le preguntó Ava.

–No, ya tengo bastante.

Al oírle, Ava estuvo a punto de retractarse, pero la camarera ya se había marchado. Además, ella no tenía que conducir, y Luke sí. Tenía sentido.

–¿El nacimiento de tu hermana fue una sorpresa?

–En realidad, fue algo durante mucho tiempo deseado. Mis padres llevaban años intentando tener otro hijo, pero no lo conseguían. Y justo un mes después de dejar de tomar toda la medicación para aumentar la fertilidad, ¡zas! Apareció mi hermana.

–Así que fue una sorpresa y una bendición.

–Desde luego.

Ava bebió un sorbo de agua.

–¿Dónde vive ahora tu familia?

–En San Diego.

–¿Están al tanto de... de lo que te ha pasado?

Luke estaba a punto de acabar la carne.

–Sí, se lo conté.

La camarera llegó con el vino y Ava le dio las gracias.

–¿Cómo reaccionaron? –preguntó cuando la camarera se fue.

–Me están dando todo su apoyo. Tengo unos padres magníficos.

–Es una gran suerte –le dijo Ava, y lo decía muy en serio.

Pero no podía esperar menos. Aquel hombre lo tenía todo.

–¿Cómo es que has terminado viviendo en un barco?

Ava probó las verduras hervidas y las encontró sosas después del boniato y la carne.

–En realidad es de mi padre. A Carly no le gusta pescar y como mi padre no puede ir a ninguna parte sin ella, casi no lo utiliza. Le sugerí que lo vendiera, pero creo que mi padre es consciente de que este matrimonio no va a durar toda la vida y sabe que cuando termine, querrá disfrutar de la casa flotante.

–¿Ya está planificando el fracaso?

Ava dejó el cuchillo en el borde del plato.

–Solo tiene presente su pasado.

–Entiendo –untó un pedazo de pan en la mezcla de aceite y vinagre–. Mientras tanto, tú te ocupas del barco.

–Sí, pero también me beneficio del acuerdo. Como puedes imaginarte, no gano mucho dinero en mi trabajo, así que de esta forma no tengo que pagar alquiler. Lo considero como la contribución de mi padre a la causa.

–¿No te importa vivir sola en un lugar tan aislado?

–No estoy siempre sola.

–Sí, ya me has dicho que de vez en cuando hay un par de parejas que también atracan en el muelle.

–Suelen estar siempre allí.

Llegó la camarera con una tentadora oferta de dulces. Les había dicho con anterioridad que reservaran espacio para el postre. Cuando se marchó, Luke le preguntó a Ava:

–¿A qué distancia vives de la tienda de cebos?

–A un kilómetro y medio aproximadamente.

Luke se limpió la boca con la servilleta.

–¿Has recorrido un kilómetro y medio para encontrarte conmigo?

–El delta es un auténtico laberinto. No habrías podido encontrarme de otra manera.

Luke volvió a ofrecerle pan, y ella a rechazarlo.

–¿Dónde están todas las demás?

–¿Todas las demás qué?

–Embarcaciones. No he visto ninguna después de salir de la autopista.

–En diferentes partes.

–¿Y por qué no cambias la tuya de sitio hasta que vuelvan tus amigos?

–No me importa estar sola de vez en cuando. De esta forma vivo más cerca de la naturaleza.

–Suena romántico.

–Y lo es. Deberías ver el amanecer desde mi dormitorio.

Lo había dicho en un impulso y, gracias al vino, quizá con demasiada pasión. El amanecer era lo que más le gustaba de vivir en el delta. Pero sus palabras habían sonado como una invitación. Luke alzó la cabeza y dejó de masticar.

–Lo siento. Me temo que no era la mejor forma de decirlo –se disculpó Ava avergonzada, y se concentró en continuar partiendo la tarta.

–No era una invitación, supongo.

–No, por supuesto que no.

–Por supuesto, así lo había entendido.

Pero Ava tuvo la sensación de que, por un instante, se había filtrado en su cerebro la imagen de ellos dos juntos en la cama, y aquello le recordó los motivos por los que no debería aceptar aquel caso. Si no tenía cuidado, podía terminar acostándose con Luke. Y de esa forma, no solo incumpliría una regla de oro en la institución para la que trabajaba, que era la de no mantener relaciones personales con sus clientes, sino que también se sentiría amenazada a otro nivel. Porque, por primera vez en su vida, había conocido a un hombre capaz de romperle el corazón y lo sabía.

Capítulo 18

Ava no iba a aceptar el caso de Luke. Había tomado una decisión. Pero necesitaba averiguar la mejor manera de decírselo. A lo mejor podía pedirles a Skye o a Sheridan que se ocuparan del caso en su lugar. Sí, ese sería un compromiso razonable.

Pero sabía que uno de los motivos por los que Luke ofrecía una donación tan generosa era que ella le había demostrado lo concienzuda que podía llegar a ser. Para Ava, el trabajo era su vida. Skye y Sheridan también estaban completamente entregadas al trabajo, pero tenían que dividir su tiempo entre la oficina y el hogar. Tenían maridos, familias. La semana anterior, Sheridan había anunciado que estaba embarazada y, por lo tanto, no podría dedicar tantas horas como antes a la fundación. Además, sus compañeras ya llevaban tantos casos como podían manejar. ¿Acaso no habían estado hablando esa misma mañana de que necesitaban ayuda?

Habían decidido contratar a Jane para que les echara una mano, pero Ava no podía pasarle a Jane el caso de Luke.

—¿En qué estás pensando? —preguntó Luke.

Aunque habían hablado mucho durante el postre, sobre todo sobre lo que había encontrado Luke en la vida militar, permanecían en silencio durante el trayecto de vuelta en coche.

–En nada –contestó Ava.

Pero recordaba a Luke saliendo del restaurante, apoyando la mano ligeramente en su espalda. Recordaba las miradas de envidia de la camarera y la forma en la que le había abierto la puerta del coche y le había tendido las sobras de la carne que la camarera les había empaquetado. Lo hacía todo con una delicadeza y una naturalidad que parecían indicar que haría lo mismo por cualquiera. Probablemente, así fuera, y eso hacía que fuera imposible protestar. Ava había intentado pagarse la cena, pero la camarera solo estaba pendiente de Luke y no había aceptado su dinero. Ava también había intentado apartarse de su lado y abrir ella la puerta, pero Luke, antes de que Ava hubiera podido darse cuenta, ya le estaba permitiendo ayudarla a entrar en el coche como si aquello fuera una cita.

Pero no era una cita. Era una cena de trabajo, se dijo a sí misma. Aun así, se sentía bien dejando que un hombre tomara la iniciativa por una vez en su vida. Sobe todo, un hombre como aquel. Por supuesto, todo sería mucho más divertido si no estuviera tan preocupada por cómo sacarlo para siempre de su vida.

–Ahora no te pondrás a trabajar en casa, ¿verdad? –le preguntó.

–No, estoy cansada.

Habían comido tanto que estaba convencida de que no volvería a tener hambre durante una semana. Pero la comida le había sabido mucho mejor que su cena habitual. Pasaba tanto tiempo inmersa en sus casos que rara vez cocinaba. Normalmente se conformaba con una barrita energética o un sándwich.

Poco después de que hubieran salido del restaurante, Luke vio fuegos artificiales en el cielo y sugirió que se detuvieran en la cuneta para contemplarlos. Bromeó diciendo que podía permitirse el lujo de perder unos cuantos minutos si no pensaba trabajar aquella noche. Ava estaba demasiado a gusto como para resistirse a aquella invitación.

Procurando guardar las distancias, se apoyaba en el coche, como Luke, mientras explotaba sobre sus cabezas la última exhibición de fuegos artificiales del día. Aquel espectáculo ponía el broche final a una agradable velada.

A pesar de su inicial renuencia, Ava se sentía tan satisfecha y contenta que tenía dificultades para reunir el valor que necesitaba para decirle a Luke que no quería aceptarle como cliente. Estaba a punto de abordar el tema cuando Luke se fijó en que tenía la carne de gallina e insistió en que se pusiera una sudadera que sacó de la bolsa en la que llevaba el equipo del gimnasio.

En cuanto comenzó a meter en ella la cabeza, Ava se sintió envuelta de una suave fragancia que olía exactamente igual que él. Y cuando Luke la ayudó a sacar las manos de entre las mangas, renunció completamente a la idea de retractarse. No le entusiasmaba la perspectiva de tener que tratar con McCreedy, o incluso de que pareciera que estaban del mismo bando, pero a cambio de diez mil dólares, se esforzaría en que todo saliera bien. En cualquier caso, no podía rechazar a Luke en lo que a aquel caso concernía. Y a juzgar por el revoloteo que sintió en el estómago cuando le rozó las muñecas con las yemas de los dedos, quizá tampoco fuera capaz de rechazarlo en el caso de que hubiera un requerimiento más personal.

Al parecer, era tan tonta como su madre, las otras esposas de su padre y los millones de mujeres que permitían que un hombre las convenciera de que debían olvidarse de su buen juicio.

Era una suerte que Luke no se sintiera atraído por ella. Porque si los sentimientos no eran recíprocos, no tendría que preocuparse de que la situación se le fuera de las manos, ¿verdad?

Ava salió del coche de Luke casi antes de que hubiera frenado por completo.

—Gracias por la cena —le dijo—. Te llamaré el lunes. No soporto a tu abogado, así que tendrás que...

–¡Vaya! –la interrumpió–. ¿Qué no te gusta de McCreedy?

–Me enfrenté a él en un caso de asesinato el año pasado y lo intentó todo para conseguir librar de la pena a ese tipo. Como no funcionó, convenció a esa escoria a la que defendía de que alegara y al final consiguieron un acuerdo favorable para su defendido. Así que, básicamente gracias a McCreedy, pronto volverá a las calles un asesino a sangre fría que, probablemente, hará sufrir a personas inocentes, como mi cliente, que ahora vive aterrada.

–Sí, entiendo que sois completamente diferentes –admitió.

–No estoy acostumbrada a trabajar para la defensa, así que tendrás que mediar entre nosotros. No quiero tener nada que ver ni con McCreedy ni con sus detectives. Asegúrate de que entienda que no tiene que tener ningún contacto conmigo.

–De acuerdo.

Luke desvió la mirada hacia la silueta que había al final del destartalado muelle. La casa flotante en la que Ava vivía parecía vieja, pero era difícil adivinar nada más sobre ella. No había una sola luz encendida. Habían salido a cenar antes de que anocheciera y Ava no pensaba estar fuera hasta tan tarde.

–Empezaremos intentando documentar las autolesiones de las que me habló la madre de Kalyna –le explicó Ava–. Si podemos demostrar que se lesionó a sí misma en el pasado, quedará resuelta la cuestión de los tiempos. No necesitamos que entrara nadie después de que te fueras. En media hora tuvo tiempo suficiente para golpearse y hacerse esas heridas.

A Luke le costaba imaginarse a Kalyna pegándose a sí misma, pero Ava le aseguró que había muchos casos documentados de personas que desarrollaban ese tipo de conductas. Y cuando pensó en ello, comprendió que no se diferenciaba mucho de esa moda de cortarse para dejarse cicatrices en la piel que se había extendido durante los últimos años entre los adolescentes.

–Buena idea.

–¿Estás seguro de que encontrarás el camino para salir de aquí? –le preguntó Ava.

–Creo que sí.

–Sé prudente.

Cerró la puerta y comenzó a alejarse, pero Luke bajó la ventanilla.

–¿De verdad no me dejas acompañarte a la puerta?

–¡No hace falta! –gritó Ava por encima del hombro.

–Estás sola en medio de la nada –le recordó Luke.

Estaba señalando algo obvio, por supuesto, pero aun así, no le gustaba dejar a una mujer sola en un lugar tan aislado, sobre todo sin estar seguro de que llegaba a salvo a su casa. A lo mejor era porque él vivía, durante la mayor parte del tiempo, en un entorno protegido, pero el caso era que le parecía arriesgado. Cualquiera podía meterse en su casa para robarle, matarla o incluso violarla, y no habría una sola persona a la que pedir ayuda. Incluso el tipo que vendía cebos de pesca estaba fuera de allí.

–Esta es mi casa, no me pasará nada –respondió Ava riendo.

–¿Dónde viven esos científicos de los que me hablaste?

–A un kilómetro y medio de la tienda de cebos, justo al otro lado.

Luke no veía ni edificios ni luces por ninguna parte, solo el resplandor de la media luna brillando en el cielo.

–No tengo por qué entrar en tu casa. Puedo mirar a través de la puerta.

Ava señaló la dirección por la que habían llegado.

–La autopista está allí.

Maldita fuera. Qué mujer tan cabezota. Ava Bixby parecía creer que podía enfrentarse a cualquier cosa.

Pero debería saber que no era así. Con un trabajo como el suyo, seguro que había tenido que oír historias terribles. Luke podía comprender que se negara a vivir tras una barricada y rodeada de cerrojos, pero allí estaba viviendo prácticamente a cielo abierto. Por supuesto, no era un lugar fácil de encontrar y no había nadie por los alrededores, por lo menos en ese momento. Pero si le ocurría algo malo cuando sus amigos estaban fuera…

No iba a marcharse. Permaneció sentado en el coche para que pudiera contar por lo menos con la luz de los faros.

Los pasos de Ava repiquetearon en la madera del muelle. El sonido se atenuaba a medida que se alejaba de él. Después, Ava entró en el barco y su silueta se perdió entre las sombras.

Las cigarras parecieron enmudecer cuando se levantó la brisa. Luke casi podía oír el agua acariciando el barco. Era una noche perfecta y probablemente el amanecer sería glorioso. «Deberías ver el amanecer desde la ventana de mi dormitorio», había dicho Ava. De alguna manera, la posibilidad le había parecido mucho más apetecible de lo que esperaba. A lo mejor Ava no era una belleza en el sentido clásico, pero tenía… algo especial. No sabía exactamente qué, porque era la mujer más difícil con la que se había encontrado nunca.

Se encendió la luz. Ava estaba en casa. Luke puso la marcha atrás, giró el volante y se dirigió hacia su casa. Pero apenas había llegado a la autopista cuando sonó el teléfono. Pensó que era Ava, que le llamaba para contarle algún detalle que había olvidado mencionar. Sin embargo, en cuanto vio el identificador de llamadas, supo que no era ella.

Ava apoyó la cabeza en la puerta. La cena había terminado. Luke se había ido, gracias a Dios. Por fin podía intentar olvidarlo y volver a su vida de siempre. Por lo menos hasta el lunes, que tendría que volver a volcarse en el caso. A partir de entonces, aquel militar se convertiría en el centro de su vida durante una buena temporada. Pero ella conseguiría que todo saliera bien. Demostraría que Kalyna se había infligido sus propias heridas y utilizaría esa información para convencer al fiscal de que archivara el caso. No sería difícil. Se convertiría en una heroína y Luke podría regresar a su vida. Y McCreedy perdería una generosa minuta. Después, ya no tendría que volver a enfrentarse a las devastadoras sonrisas de Luke. Y en cuestión de meses, le olvidaría.

De pronto, se dio cuenta de que, en su precipitación por salir del coche, había salido con su sudadera puesta. Luke no había dicho nada, ni siquiera había intentado recuperarla. Un gesto muy amable por su parte. Pero Ava no quería pensar en él como en un hombre amable. Ya era suficientemente difícil enfrentarse a un hombre increíblemente atractivo y sexy como el pecado.

Se volvió hacia el espejo de la entrada y contempló su imagen. *Air Force*, se podía leer en su pecho. Se había encaprichado de un duro militar. ¿Quién podría habérselo imaginado?

Se dijo a sí misma que debería quitarse la sudadera y guardarla hasta que pudiera devolvérsela. Pero mientras se la quitaba, no pudo evitar detenerse durante algunos segundos para aspirar la masculina esencia que desprendía.

Por lo menos, eso le hacía darse cuenta de que era una mujer normal. De que no había envejecido antes de tiempo, como muchas veces había llegado a temer. Tenía las mismas apetencias sexuales y los mismos deseos que cualquier otra mujer de su edad. Aunque solo fuera por eso, merecía la pena haber conocido a Luke.

O quizá no. Porque, ¿qué era mejor? ¿No desear, o desear y no ser nunca satisfecha?

–¿Luke?

Luke apretó los dientes al oír la voz de Kalyna al otro extremo del teléfono. Jamás había odiado a nadie, pero estaba convencido de que lo que sentía hacia esa mujer era odio.

–¿Qué quieres?

Ignorando aquella repentina tensión, pensó en la bolsa que llevaba en el maletero. Había comprado una grabadora esa misma mañana, pero no le serviría de nada parar y sacarla porque en la tienda en la que la había comprado se habían quedado sin pilas. Pensaba comprar pilas antes de volver a casa, pero al final, había invitado a Ava a cenar, y en ese momento, cuando tenía a Kalyna al teléfono otra vez, no podía demostrar que había vuelto a llamarle.

A no ser que buscara un testigo. Giró bruscamente y se dirigió hacia el barco de Ava. Con un poco de suerte, llegaría antes de que se hubiera acostado, antes de que Kalyna colgara...

—Tengo algo que decirte. Es algo importante —anunció.

Luke se dirigió directamente hacia la intersección y se detuvo en la señal de stop, agradeciendo la ausencia de tráfico.

—¿Vas a retirar la denuncia?

—Eso depende de cómo reacciones.

Quizá Luke debería haberse sentido esperanzado, pero no fue así. Sabía que aquello no auguraba nada bueno. Kalyna parecía demasiado confiada, demasiado emocionada. Luke sintió la punzada del miedo en la boca del estómago.

—¿Qué ocurre?

—Estoy embarazada.

—No —Luke, incapaz de seguir conduciendo, frenó bruscamente—. No te creo. Estás mintiendo.

—Si quieres, te enviaré la prueba.

—¡Mierda! Dime que no es verdad. Dime que esta es otra de tus formas de venganza.

No le extrañaba que se hubiera atrevido a llamarle. Tenía una excusa perfecta.

—¿No estás contento?

En ese momento, Luke comprendió que estaba completamente loca. ¿Cómo podía imaginar que podía sentir otra cosa que un completo rechazo?

—Porque... estoy pensando que ahora quizá deberíamos intentar hacer las cosas bien —continuó.

Luke permanecía sentado en el coche, a un lado de la cuneta.

–¿Hacer las cosas bien? –apenas podía pronunciar palabra.

Sabía que si elevaba la voz, terminaría gritando como un loco.

–Sí, por el bien del bebé.

Minutos antes, Luke estaba inmensamente aliviado al saber que contaba con la ayuda de Ava. Estaba seguro de que ella podría sacarle de aquella situación. Pero nadie podría liberarle de esa nueva pesadilla. ¿Qué podía hacer? Acababan de verse confirmados sus peores temores, lo que tanto le preocupaba desde que se había enterado de que habían encontrado restos de su semen en el cuerpo de Kalyna. Hasta ese momento, pensaba que podía haber alguna posibilidad de que el preservativo estuviera dañado. Pero en ese instante tuvo la certeza de que había sido Kalyna la que lo había roto. En un primer momento, había intentado convencerle de que no lo utilizara, pero al no conseguirlo, había cambiado de estrategia. Evidentemente, esperaba que el embarazo fuera el resultado.

–Me dijiste que estabas tomando la píldora.

–Seguramente me olvidé de tomarla ese día.

–No creo que un día pueda tener tanta importancia.

–Es posible que sí. En cualquier caso, eso significa que esta es la voluntad de Dios. Todos los hijos son un milagro, Luke. Todos. Hasta los nacidos de una violación.

–¡Yo no te violé!

Y aquel niño no era ningún milagro. Era la peor pesadilla que podía imaginar. Preferiría estar solo y desarmado frente a las líneas enemigas, con su avión hecho cenizas, que enfrentarse a toda una vida teniendo que tratar a Kalyna como la madre de su hijo.

–¡Lo hiciste a propósito!

–Eso no es verdad.

–Sí, claro que lo es. ¡Querías terminar conmigo!

–¿Cómo puedes culparme de eso? ¡Fuiste tú el que me forzaste!

–Deja de decir eso, ¡sabes que es mentira!

–Solo estoy intentando asimilarlo. Para mí, la existencia de un bebé lo cambia todo. Un hijo debería ayudarnos a resolver nuestros conflictos y a reconciliarnos.

Luke ya no estaba tan seguro de que fuera una buena idea ir a ver a Ava. Kalyna estaba mintiendo. Lo que estaba diciendo era una auténtica locura. Pero, a falta de un mejor plan, continuó conduciendo hacia allí.

–Eso es imposible.

–No, no es imposible. Si me dieras una oportunidad, podrías llegar a quererme.

–¿Por qué yo? –quiso saber–. Hay muchos otros hombres en el mundo. Es imposible que me quieras tanto. Solo conoces mi faceta profesional. Apenas me conoces personalmente.

–Sé que sabes tocar a una mujer cuando quieres darle placer –respondió en un tono susurrante y seductor–. Y he visto tu expresión cuando…

Ansioso por interrumpirla antes de que pudiera conjurar otro recuerdo, la interrumpió.

–Porque nos hemos acostado una vez, eso es todo. ¡Eso no significa que me conozcas!

Pisó el acelerador. Sabía que no era seguro conducir a tanta velocidad por unas carreteras tan estrechas. No las conocía y no quería terminar atropellando a un zorro o a un venado. Pero la necesidad de que Ava oyera a Kalyna se convirtió de pronto en algo esencial. Tenía que comprender hasta qué punto era una mujer perversa y desesperada.

La voz de Kalyna se hizo más estridente. Su tono era casi desafiante.

–Sé mucho más de ti. Sé que siempre llenas el depósito en la gasolinera de Chevron que está al lado de la base. Que compras pipas de girasol y bebidas energéticas antes de ir a jugar al béisbol los lunes por la noche. Sé que eres un gran *catcher* porque te he visto jugar.

Luke se devanaba los sesos, sorprendido por los detalles que Kalyna conocía de su vida e intentando recordar cuándo podía haberlos mencionado.

–¿Cuándo? Yo nunca te he invitado al parque. Ni siquiera te he dicho que jugaba al béisbol.

Kalyna no contestó. Continuaba recitando todo lo que sabía sobre él.

–Sé que te encantan los burritos de huevo de El Taco, que llevas siempre el equipo de deporte en el coche y que la chica de la fotografía que llevas en la cartera es tu hermana. Sé que tus padres viven en San Diego y que les hará mucha ilusión enterarse de que van a ser abuelos…

–¡Basta!

No quería oír nada más. Estaba a punto de vomitar.

–Tengo tu reloj –susurró Kalyna–. Lo llevo en las bragas.

Luke esbozó una mueca de disgusto.

–Eso no me excita. Tíralo.

–No me estás poniendo las cosas fáciles.

«¡Vamos! ¡Vamos». Tenía que llegar a casa de Ava. La grava salió disparada cuando giró en el camino de acceso al muelle y estuvo a punto de terminar en el canal.

–Estoy intentando dejar las cosas claras, Kalyna. No tengo ningún interés en ti.

–¡Ni siquiera me has dado una oportunidad!

No podía esperar que lo hiciera después de todo lo que había hecho. Seguro que estaba buscando algo más.

–Te pagaré –le dijo.

Aquella vez, pareció sorprenderla.

–¿Por qué?

Desde donde estaba, Luke podía ver la casa de Ava. Ya casi había llegado.

–Para que te practiquen un aborto.

Sabía que sus padres se llevarían un disgusto de muerte si llegaban a enterarse. Ni siquiera él estaba seguro de lo que pensaba al respecto, pero estaba desesperado. No podía traer un niño al mundo en esas circunstancias, con una mujer como aquella.

–¿Un aborto? –repitió Kalyna–. ¿Quieres que aborte? –rompió a llorar–. ¿Cómo puedes pedirme que mate a nuestro niño después de todo lo que me has hecho?

Luke tenía la sensación de que nada de aquello era real.

Luke continuaba dándole vueltas a la cabeza mientras paraba el coche en el muelle. Pero después de enterarse de lo del bebé, ya no quería salir del coche. Ava no podría hacer nada al respecto. Era algo que tenía que resolver por sí mismo.

—Tienes razón. No quiero que abortes. No quiero hacerte vivir con eso, pero... yo me haré cargo del niño. ¡Le criaré yo solo! —sí, esa era la mejor opción—. Lo único que tienes que hacer tú es decirme cuál es el precio. Si tengo la cantidad que me pides o consigo que alguien me la preste, será todo tuyo. Lo único que tienes que hacer es admitir que no te violé y comprometerme a entregarme al niño cuando nazca.

Kalyna se sorbió la nariz.

—¿Podré verte durante el embarazo?

Luke no podía soportar la idea de que aquella mujer formara parte de su vida. Pero si a cambio estaba dispuesta a admitir que no la había violado, merecería la pena.

—A lo mejor.

—¿Y cuando llegue el bebé?

Luke quería decirle que no, que no querría que supiera nada de él. ¿Pero sería justo para el niño? ¿Sería justo para Kalyna? ¿Y tenía sentido preocuparse por lo que podía ser justo para una persona como aquella?

Dios santo, aquello era peor que la peor de sus pesadillas.

—Eh... quizá. Probablemente, supongo.

Fijó la mirada en la casa de Ava mientras esperaba la respuesta. Era una buena oferta. No podía hacer nada más. Kalyna tenía que aceptarla.

—¿Así que podremos sacar algo bueno de todo esto? ¿Por fin tendremos una oportunidad?

¿Tenían que volver otra vez a eso?

—Déjalo ya, Kalyna. Lo nuestro no tiene ninguna posibilidad de salir bien. Nunca la ha tenido.

Las lágrimas de Kalyna dieron paso a un intenso sollozo.

–¡Irás a la cárcel aunque sea lo último que haga en mi vida! –gritó, y colgó el teléfono.

Luke estaba temblando cuando dejó el teléfono. Jamás había sentido tanta rabia, y menos hacia una mujer. ¿Cómo podía saber tantas cosas de él? «Sé que te encantan los burritos de huevo de El Taco, que llevas siempre el equipo de deporte en el coche y que la chica de la fotografía que llevas en la cartera es tu hermana. Sé que tus padres viven en San Diego y que les hará mucha ilusión enterarse de que van a ser abuelos...»

¿Le habría seguido? Todas aquellas conductas eran atribuibles a una acosadora. Jamás habría imaginado que podría estar siendo víctima de algo parecido. Jamás había sospechado nada. Había coincidido con Kalyna suficientes veces como para que comenzara a extrañarle, suponía, pero no le había dado ninguna importancia. Y estaba también el sentimiento de culpabilidad por haberse acostado con ella. Incluso había tenido la tentación de creer que su padre tenía razón al decir que las mujeres se tomaban el sexo más seriamente que los hombres, y eso significaba que se merecía lo que le estaba pasando por haber traspasado la línea. Pero Kalyna no era una mujer frágil a la que había herido sin pretenderlo. Estaba completamente loca.

Y decidida a destrozarle.

Abrió la puerta del coche y salió. No estaba seguro de qué podía hacer Ava respecto a lo que acababa de suceder, pero quería contárselo cuando todavía estaba reciente.

Un segundo después, se alegró de haber cedido a aquel impulso, porque Kalyna volvió a llamarle.

Capítulo 19

Ava estaba sentada delante del ordenador, revisando el correo electrónico, cuando apareció Luke de en medio de la nada. Unos segundos antes, oyó un ligero golpe sobre la música que estaba sonando, pero eran casi las doce, así que pensó que debía haberlo imaginado. Pero de repente, la puerta se abrió antes de que Ava hubiera podido levantarse de su asiento.

—¿Qué está pasando…? —comenzó a decir.

Luke se llevó el dedo a los labios para que se mantuviera en silencio y le indicó por señas que se acercara al teléfono.

—¿Kalyna? —preguntó Ava, moviendo los labios.

Luke asintió.

Ava comprendía los motivos por los que había vuelto, pero eso no le hacía sentirse más tranquila por el hecho de no llevar nada encima, salvo la sudadera que Luke le había prestado y un tanga que se había comprado porque le hacía sentirse sexy. Estuvo a punto de no levantarse, pero la intensidad de la mirada de Luke se impuso a toda consideración práctica y decidió que no importaba. La sudadera le cubría medio muslo. Y aunque no hubiera sido así, probablemente no era la primera mujer a la que Luke veía en ropa interior.

Cuando se encontró con él en medio de la habitación, Luke no pareció reparar en que estaba medio desnuda. Estaba completamente pendiente de la conversación. Giró ligeramente el teléfono y se inclinó para que Ava pudiera oírlo.

—Solo estoy diciendo que eso constituye la parte más importante de tu caso y ahora ya no cuentas con ella. Tú misma te causaste esas heridas.

Evidentemente, estaban enzarzados en una acalorada discusión.

—¿Quién te ha dicho eso? —fue la respuesta.

La voz sonaba ligeramente afilada por el miedo, pero continuaba siendo la voz inconfundible de Kalyna.

—Una persona que ha hablado con tu madre.

—Ava Bixby, ¿verdad? ¿Te crees que no lo sé?

Luke señaló el sofá de Ava con un gesto. Sentados les resultaría más fácil compartir el teléfono.

—Ni siquiera te apoya tu madre en esto, Kalyna. Es lo que quiero que entiendas.

—Mi madre no me apoyaría en nada. Lo que quiero saber es por qué conoces a Ava.

—Me llamó ella.

—¿La has conocido? ¿Habéis estado juntos?

—¿Qué importancia puede tener eso?

—Eso lo explica todo. ¡Has estado viéndola! Por eso me ha abandonado.

Ava se mordió el labio, se sentía incómoda con aquella acusación.

—Te ha abandonado porque estás mintiendo. Ahora trabajará para mí.

—¿Qué? —gritó Kalyna—. ¡Tú no eres ninguna víctima!

—Soy más víctima que tú.

—¡Eso son tonterías! Lo único que quiere es acostarse contigo, como todas las mujeres que conoces.

Ava deseó poder negarlo, aunque solo fuera ante sí misma, pero el hecho de ir vestida únicamente con la sudadera de Luke le hacía sentirse culpable.

—Ve a ver a Ogitani y dile que retiras los cargos —le pidió Luke.

–Ya es demasiado tarde para eso.

–¿Entonces por qué me has llamado?

–Porque creo que debería advertirte.

–¿Advertirme qué?

–Ahora que llevo un hijo tuyo en el vientre, no voy a permitir que me engañes con nadie. Será mejor que no salgas con nadie.

Ava y Luke intercambiaron una mirada. A Ava le sorprendió la mención del bebé, pero Luke no hizo ninguna referencia a ello.

–Puedo salir con quien quiera y tú no puedes hacer nada para impedírmelo.

–¿Quieres apostar? –le desafió Kalyna.

–¿De qué estás hablando ahora, Kalyna?

–Te diré de lo que estoy hablando: como se te ocurra mirar a otra mujer, ¡la mataré!

Luke no respondió inmediatamente. Ava supuso que se había quedado sin palabras.

–Espero que no lo digas en serio.

–Lo digo completamente en serio. Y sé cómo hacerlo.

Ava ya había oído más que suficiente. Si tenía alguna duda sobre el hecho de que Kalyna hubiera mentido desde el principio, acababa de disiparse.

–Kalyna, deja de amenazar a todo el mundo o terminarás teniendo problemas serios –dijo por teléfono.

La respuesta fue el silencio. Después, se oyó un clic y Kalyna desapareció.

Ava se sentó entonces en el otro extremo del sofá y esperó a que descendiera el nivel de la adrenalina que corría por sus venas,

Luke se reclinó en el asiento y la miró fijamente.

–¿Crees que hablaba en serio?

Una escalofriante aprensión le indicaba a Ava que Kalyna hablaba completamente en serio. Era una mujer a la que no le importaba el dolor que podía infligir a los demás. Era una mentirosa patológica, una narcisista.

–A lo mejor.

–Pero la gente dice cosas de ese tipo continuamente.

Luke no quería creerlo. Jamás en su vida se había enfrentado a nada parecido. Aunque nunca había ido a la guerra, todos los enemigos con los que había imaginado enfrentarse estaban perfectamente etiquetados y llevaban un uniforme diferente. Kalyna formaba parte de su equipo de vuelo, era una compañera, y una mujer.

–¿Ahora mismo estás saliendo con alguien? –le preguntó Ava.

–No.

–Me alegro.

Luke se hundió en el asiento.

–¿Qué consecuencias podrían tener para Kalyna esas amenazas?

–Ninguna suficientemente seria o larga como para impedirle cumplirlas.

–¿Quieres decir que no tendrán ninguna consecuencia hasta que haga algún daño a alguien?

–Por lo menos ninguna que sea suficientemente efectiva si pretende hacer algo.

Aquel era un problema con el que Ava se enfrentaba continuamente, sobre todo cuando había peleas en el ámbito doméstico. Pero la policía no podía empezar a encarcelar a todo el mundo por prevención.

Luke se frotó la cara.

–Maldita sea, ¿dónde va a terminar todo esto?

–¿Crees que es verdad lo del embarazo? –le preguntó Ava.

–En este momento, no lo sé –dejó el teléfono sobre la mesita del café–. En el hospital encontraron restos de mi semen, así que es posible.

La mera posibilidad le aterraba.

–¿Qué harás si resulta ser cierto?

–Intentar conseguir la custodia del niño.

–Ahí tenemos todo un ejemplo de planificación familiar.

–Lo digo en serio. No es momento para bromas.

Ava se levantó y se dirigió a la cocina.

–¿Quieres una copa?

Luke exhaló un suspiro, apoyó la cabeza en el respaldo del sofá y miró hacia el techo.

–Ahora mismo me bebería toda una botella.

Todo el mundo estaba dormido.

Después de hacer la maleta, Kalyna miró a su hermana por última vez y sintió un dolor extraño. Dudaba de que pudiera volver nunca a su casa. Ya no le quedaba nada allí. Sus padres eran cada vez menos comprensivos, menos tolerantes. Apenas había podido intercambiar una palabra civilizada con ellos desde que había llegado. Pero en realidad, nunca se había llevado bien con sus padres, de modo que eso podría superarlo. Era su hermana la que le rompía el corazón. Tatiana era la única persona a la que había querido, y aun así… ya no conocía a la mujer en la que se había convertido. Estaba tan influenciada por Dewayne y por Norma que se sentía culpable hasta de decir una palabrota. Y había dicho que por fin era feliz. Eso significaba que por fin era feliz con ellos, que era más feliz sin la presencia de su hermana.

Aquella era la peor traición que había sufrido hasta entonces. Ya no le quedaba nadie. Nadie a quien aferrarse cuando sentía que estaba a punto de perder el control. Nadie que la salvara del vacío que amenazaba con consumirla durante las largas y oscuras horas del insomnio.

Estaba completamente sola.

Nunca había tenido tan cerca como en aquel momento el recuerdo de la chica a la que Mark y ella habían torturado diez años atrás. A lo mejor aquella había sido una extraña forma de venganza. Aquella chica nunca le había hecho nada. Kalyna la había matado por la única razón de que podía hacerlo, porque Mark la había incitado a ello. Y ella había disfrutado del poder que eso le daba. Esa era la razón por la que no había querido seguir con Mark. Se parecía demasiado a él.

Kalyna comprobó el dinero que le quedaba en la cartera. Había gastado la mayor parte del dinero que había ganado la noche anterior en un centro comercial, para que la viera Tatiana. Como había tenido que pedirle dinero para la prueba del embarazo, se había justificado diciendo que había recibido electrónicamente la paga. No quería que su hermana supiera que estaba en la ruina. Había pasado demasiado tiempo intentando convencerla de que había hecho bien al incorporarse al ejército y de que tenía todo lo que necesitaba. Pero no se había gastado todo el dinero en sí misma. Le había comprado a Tati un par de vaqueros para compensarla por haberse acostado con Danny. Tatiana no lo sabía, pero Kalyna quería reparar el daño de todas formas. Era un gesto amable, ¿verdad?

Por supuesto, había invertido bien su dinero, pero ya no tenía manera de regresar a casa.

Buscó el bolso de Tati. No estaba encima de la mesa, ni en ningún lugar visible. Tampoco lo encontró debajo de la cama. Pero en alguna parte tenía que estar. A lo mejor lo había dejado en la cocina.

Teniendo mucho cuidado de no hacer ruido, abrió la puerta del dormitorio y sacó su maleta. Estaba a punto de subir las escaleras cuando la puerta de la cámara frigorífica le llamó la atención.

Cuando era pequeña, aquella cámara le daba terror. No le gustaban aquellas pieles cerúleas, aquellos rostros hinchados que hacían más que evidente que las personas que estaban allí encerradas no solo estaban durmiendo. Y aun así… aquellos cadáveres despertaban en ella una extraña atracción. No podían hacerle daño. Jamás podrían hacerle ningún mal. No tenían poder alguno sobre ella. Era a la vida a la que debía temer.

Cruzó la pesada puerta, alzó el pestillo y oyó un pequeño susurro al abrirla. El aire frío la abrazó, dándole la bienvenida, mientras observaba los cuatro cadáveres que esperaban las atenciones de Tati. Uno era un anciano reseco, con un aspecto esquelético. El otro una mujer mayor con manchas amarillas en el rostro. El tercero, una mujer de mediana edad y el cuarto, un adolescente, hijo de la mujer. Los dos habían muerto en un accidente de coche. Kalyna no conocía a ninguno de ellos, pero aun así, eran sus amigos, las únicas personas que jamás harían nada contra ella.

Si Ava estuviera allí, tampoco podría hacerle ningún daño, se dijo Kalyna. Y, a diferencia de la autoestopista con la que había acabado en el pasado, Ava merecía morir. No solo por haber fingido ser algo que no era, sino porque le había dado una puñalada por la espalda.

Había llegado la hora de eliminar la amenaza que Ava representaba.

Las escaleras crujieron mientras subía, pero ella ya no oía nada, excepto el traqueteo de los aspersores del jardín. Su padre regaba por las noches para que el ardiente sol de Arizona no quemara el césped. Una funeraria debía tener un entorno atractivo y un césped bien cuidado tenía un efecto relajante.

Una vez en la cocina, Kalyna se movió rápido. Dejó la maleta en la puerta y comenzó a buscar el bolso de Tati. Pero el que encontró fue el de su madre.

—Mejor todavía —musitó, y se lo llevó a la despensa, donde podía encender la luz sin peligro alguno.

¡Bingo! Su madre tenía casi quinientos dólares en la cartera. Y también guardaba la alianza de boda en el monedero. Ya no se la podía poner. La retención de líquidos provocada por los antidepresivos le hinchaba las manos.

Era una bonita sortija, con un diamante cuadrado. Kalyna se guardó el dinero en el bolsillo y se puso la sortija para ver cómo le quedaba. No estaba mal. Quedaba mucho mejor en una mano joven.

Un ruido le hizo girarse hacia la puerta. Vio allí a su madre, con las marcas dejadas por las sábanas en la mejilla y aquel pelo negro que llevaba normalmente recogido cayendo hacia un lado.

—¿Qué crees que estás haciendo?

Norma no gritaba. Hablaba en voz muy baja, pero su mirada anunciaba problemas serios.

Era más que evidente lo que estaba haciendo. La habían pillado robando. Así que Kalyna decidió reaccionar como si no tuviera ninguna importancia. Se quitó el anillo y lo dejó en el monedero.

—No podía dormir, así que he pensado que a lo mejor ya era hora de volver a casa.

—Tienes mi bolso —Norma dio un paso adelante, intentando no mover la rodilla mala. El peso estaba haciendo estragos en todas sus articulaciones—. Me estabas robando.

—No estaba robando —replicó Kalyna—. Solo iba a llevarme prestados unos cuantos dólares para poder volver. Te los devolveré en cuanto cobre la paga.

—¿Y la alianza?

—La estaba mirando. ¿Para qué la iba a querer?

—Eso es lo que me gustaría saber a mí. Dame el bolso —el camisón se infló a su alrededor como una tienda de campaña cuando comenzó a caminar para recuperarlo—. ¿Qué más te has llevado? —preguntó mientras revisaba el contenido del bolso—. ¿Dónde están mis pendientes de diamante?

—Yo no los tengo. Ni siquiera sabía que estaban allí.

—Han desaparecido.

—¡Yo no los he visto!

—¡No pueden haber desaparecido solos! —sacó la cartera, la abrió y la encontró vacía. Su rostro se contorsionó entonces con aquella mueca de odio que Kalyna había visto tantas veces—. ¡Eres una zorra! ¡Dame mi dinero! ¡Pensabas quitármelo todo!

Su madre estaba empezando a levantar la voz. Kalyna sabía la escena a la que tendría que enfrentarse si su padre se despertaba. Tatiana también bajaría, intentaría tranquilizarlos, pero se pondría del lado de sus padres. Tampoco entendería que se hubiera levantado en medio de la noche para robar a su madre. La había perdonado en otras ocasiones cuando la había robado a ella. Pero no perdonaría que robara a Norma. «¿Por qué no me has pedido a mí el dinero»?, le preguntaría con aquella expresión de decepción que había perfeccionado en su ausencia.

—¡No te pongas histérica! —replicó Kalyna—. Pensaba devolverte el dinero, ya te lo he dicho. El problema es que ahora ando un poco mal de dinero.

—He visto los paquetes que has traído hoy a casa. ¿Qué me dices de todo el dinero que te has gastado en el centro comercial?

—Solo quería que Tati se divirtiera.

Su madre ni siquiera sabía desmaquillarse bien. Las cejas, que normalmente llevaba pintadas, habían desaparecido, pero los restos de la máscara de ojos le hacían parecer un mapache.

—¿Y eso te parece bien? ¿Crees que puedes gastarte tu dinero donde quieras y cuando quieras y después quitarme el mío y salir corriendo? Eres de lo que no hay, ¿sabes? Cuando creo que ya no puedes sorprenderme más, vas y haces algo como esto.

—Hay una mujer en California que está intentando sabotear mi caso —le explicó Kalyna—. Se supone que debería ayudarme, pero ahora se ha puesto del otro lado. Si no vuelvo cuanto antes, convencerá al fiscal de que retire los cargos contra el hombre que me violó.

—¡Deja de fingir que te han violado! —gritó su madre—. ¡A ti no te ha violado nadie! Esta es la mayor farsa que he visto en mi vida —dejó caer el bolso y regresó a la cocina—. Esta ha sido la gota que ha colmado el vaso. Voy a llamar a la policía.

Kalyna la siguió pisándole los talones.

—¿Y qué piensas decirles?

—Que eres una ladrona, una prostituta y una mentirosa, ¡eso es lo que voy a decirles! No te mereces ni el aire que respiras, Kalyna, nunca te lo has merecido.

El enfado que Kalyna sentía hacia Ava y hacia Luke e incluso hacia Tatiana, mezclado con el odio hacia su madre, se tradujo en una férrea determinación.

–¡Deja de decir eso! ¡Estoy cansada de oírlo!

–¡Pienso decir lo que me apetezca!

Tenía la mano en el teléfono. Kalyna sabía que si llamaba a la policía, para ella todo habría terminado. Incluso en el caso de que no la encarcelaran, la llevarían de nuevo a la base y allí tendría que pagar la pena que sus superiores determinaran. No despertaría ninguna compasión si la degradaban por haber robado. Perdería también el favor de la mayor Ogitani y Luke y Ava se unirían contra ella.

–Deja el teléfono –le pidió a su madre.

Su madre alzó el rostro, haciendo temblar su barbilla carnosa.

–Pienso llamar ahora mismo –después, su tono de voz cambió y Kalyna supo que alguien había contestado al otro lado–. ¿Diga? Sí, llamo para informar de que…

Kalyna agarró el teléfono y lo colgó bruscamente antes de que Norma pudiera decir nada más. Pero no estaba preparada para la bofetada que cruzó su rostro. Demasiado aturdida por el hecho de que su madre realmente la hubiera pegado, permaneció donde estaba, sintiendo cómo le zumbaban los oídos.

Y entonces, estalló.

Bajó los hombros y empujó a Norma contra el mostrador. Norma gimió y abrió la boca para gritar, pero Kalyna la agarró del cuello. Antes de que pudiera darse cuenta de lo que pasaba, estaban las dos rodando en el suelo y estaba estrangulando a su madre con todas sus fuerzas.

–¡Esto es lo que me haces sentir! ¡Así es como me siento por tu culpa! ¿Te gusta? Dime, ¿te gusta?

A su madre se le salían los ojos de las órbitas, tenía el rostro azulado y abría y cerraba desesperadamente la boca, pero Kalyna continuaba apretando y utilizando la fuerza de su cuerpo cuando se le cansaban las manos.

No permitiría que aquella ballena le privara de Luke. No permitiría que la privara de nada. Norma pagaría por todo lo que le había hecho.

Capítulo 20

Cuando Luke se despertó a la mañana siguiente, se descubrió en la mecedora de Ava con una manta encima. Ella estaba acurrucada en el sofá, mirando en otra dirección. La manta se había caído al suelo, dejando al descubierto sus piernas. Pero fue la curva del trasero que se adivinaba bajo la sudadera la que realmente le llamó la atención.

La vista de Ava era tan atractiva que Luke no se movió. Si se estiraba, probablemente Ava se levantaría de un salto, se daría cuenta de que estaba medio desnuda y le echaría. Recordó la rapidez con la que había salido de su coche la noche anterior. Aquella era su actitud cuando se ponía a la defensiva.

Pero en aquel momento no estaba a la defensiva…

¿Llevaría todavía el tanga que Luke había visto la noche anterior? Si no era así, no era él el que se lo había quitado. No había bebido tanto. Después de lo que había pasado con Kalyna, no era tan estúpido como para dejar que las cosas llegaran a ese punto. Lo único que él quería era alguien con quien hablar. Y Ava había sido su interlocutora. Pero ella no tenía un cuerpo como el suyo, y tampoco la misma tolerancia al alcohol, y se había emborrachado cuando estaban todavía los dos en el sofá. A partir de entonces, le había tratado como si fuera su novia, como si no tuviera ninguna importancia la ropa interior que llevaba. Pero la tenía. La imagen de su trasero y del triángulo de encaje que cubría su sexo, de sus piernas desnudas y de las uñas de los pies pintadas de rosa había dejado una huella indeleble en su cerebro.

Si se inclinaba ligeramente hacia la izquierda, podría ver algo más, pero no se permitió tamaña libertad. Ava había confiado en él, al menos lo suficiente como para permitirle quedarse en su casa, y no quería traicionar su confianza. Le gustaba, había disfrutado pasando la velada con ella, sobre todo cuando Ava había bajado la guardia y se había permitido ser ella misma. Al principio, habían estado hablando de Kalyna y de la posibilidad de que realmente estuviera embarazada. Pero después habían puesto una película antigua y habían empezado una partida de póker y la conversación había tomado otros derroteros. Ava era muy divertida cuando estaba bebida. Luke no sabía qué le sorprendía más, si eso o lo del tanga.

Al ver el sol elevándose en el horizonte recordó lo que había dicho Ava sobre los amaneceres desde su dormitorio. No podía verlo desde tan privilegiado mirador, pero también allí tenía una ventana cerca y, definitivamente, la vista era muy hermosa. Aunque no tanto como para competir con lo que se adivinaba bajo la sudadera.

Ava dio media vuelta y la sudadera se levantó todavía más, así que Luke se levantó con intención de taparla. Todavía le estaba colocando la manta cuando Ava abrió los ojos y le miró con una expresión tan sensual y somnolienta que Luke se alegró de que la manta le estuviera cubriendo las piernas.

—Creo que me debes dinero —musitó Ava.

—¿Dinero? —repitió Luke.

—¿Anoche no te gané?

Era la peor jugadora de póker con la que Luke se había encontrado en toda su vida, pero le había dejado ganar unas cuantas veces por la ilusión que le hacía.

—¡Ah, sí! Cincuenta dólares.

—¡Qué desilusión! —exclamó Ava, ahogando un bostezo.

—¿Por qué dices eso?

Ava se apartó el pelo de la cara.

–Yo pensaba que era mucho más. He soñado que conducía tu coche.

Luke se echó a reír. Sí, había ganado, pero no tanto.

–Siento desilusionarte.

–¿No nos jugamos también quién iba a preparar el desayuno?

–Sí.

Ava colocó las manos bajo la barbilla y cerró los ojos.

–¿Y no deberías haber empezado ya?

–Tú perdiste esa partida.

Ava entreabrió los ojos.

–¿Estás seguro?

–No estaba borracho, lo recuerdo perfectamente.

–Yo tampoco estaba borracha.

–¿Entonces qué haces en ropa interior?

Ava abrió los ojos como platos y se sentó en el sofá.

–¿Cuándo me quité los pantalones?

–En realidad, nunca te los pusiste.

No sabía por qué había sacado el tema. Seguramente porque no podía olvidar el aspecto que tenía Ava con el tanga. Y posiblemente porque quería que supiera que la había visto para no sentirse como un tipo calenturiento por no haber sido capaz de apartar la mirada.

–Pero no me quejo.

Ava desvió la mirada, se levantó y se envolvió con la manta. Luke comprendió que no iba a ver más de lo que había visto hasta entonces.

–Voy a vestirme para preparar el desayuno –Ava comenzó a caminar hacia el dormitorio, pero una llamada a la puerta la sobresaltó.

–¿Esperas compañía? –preguntó Luke.

–No.

Como Ava no se movía, Luke se dirigió hacia la puerta.

–¿Quieres que vaya yo?

–¿Es tan pronto como creo?

Luke miró el teléfono.

–Son las seis.

–No, no puedes abrir tú –arrastrando la manta tras ella, se puso de puntillas y miró por la mirilla de la puerta–. ¡Mierda! Es mi padrastro.

Luke se alisó inmediatamente la ropa.

–¿No deberías ponerte unos pantalones?

–A lo mejor deberías esconderte –miró a su alrededor buscando un posible escondite.

–No voy a esconderme –respondió Luke–. No hemos hecho nada malo. Creo que lo de los pantalones es una idea mejor.

–¿Y de qué van a servir los pantalones? Es evidente que hemos pasado la noche juntos.

–Pero no hemos dormido juntos, e incluso en el caso de que lo piense, los dos somos adultos. No tiene por qué enfadarse.

–No va a enfadarse. Es solo que… no me apetece oír sus comentarios maliciosos. Y él se lo contará a mi padre. Es extraño, pero mi padre y él se han hecho muy amigos.

Volvieron a llamar, aquella vez con más impaciencia.

–¿Ava? ¡Abre de una vez por todas! Sé que está Geoffrey allí. He visto su coche.

–¿Geoffrey? –repitió Luke–. ¿Quién es Geoffrey?

–Es igual, tú sígueme la corriente.

Todo había terminado. Kalyna se había llevado la alianza de boda y el dinero de Norma. No había conseguido encontrar los pendientes. Después, había dejado el cadáver en el suelo de la cocina. Y en aquel momento, volaba por la autopista a plena luz del día, con las ventanillas bajadas y la radio a todo volumen.

Esperaba sentir alguna clase de remordimiento. O por lo menos miedo. Aquello no iba a ser fácil de ocultar. Por lo menos no tanto como lo de la autoestopista. Pero habían pasado horas desde que había abandonado el hogar de sus padres y lo único que sentía era alivio. En realidad, no pensaba matar a Norma. Se había visto obligada a hacerlo por culpa de Ava, de Luke y de la propia Norma. Lo único que había hecho había sido defenderse de la persona que más daño podía hacerle.

Y por fin era libre. Jamás volvería a Arizona. Tampoco podía volver a la base. Había terminado para siempre con la vida militar. Permanecería escondida hasta que pudiera darles a Luke y a Ava su merecido. Después, regresaría a Ucrania y desaparecería para siempre. Aquel era su verdadero hogar, ¿no? Jamás deberían haberla sacado de allí. La vida que había vivido no era su verdadera vida. Se merecía algo mejor.

Salió de la carretera al llegar a un área de descanso. Si la policía ya estaba buscándola, todavía le quedaba un largo trayecto hasta California y la falta de sueño estaba comenzando a pasarle factura. En algún momento tendría que detenerse a descansar. Pero todavía no se le había presentado una buena oportunidad para hacerlo. Y dudaba de que pudiera encontrarla allí.

El supermercado de la gasolinera estaba vacío, salvo por el chico con el rostro lleno de granos que atendía la caja registradora. Consciente de que una nunca debía subestimar a un posible benefactor, Ava le dirigió una sonrisa.

—¡Hola!

El chico parpadeó varias veces.

—¡Ah, hola! —la saludó, y se reclinó en el respaldo del taburete.

Kalyna se acercó al mostrador.

—¿Tienes edad para conducir, guapo? —le preguntó.

El joven se irguió y parpadeó rápidamente.

—Sí, señora. Tengo casi dieciocho años.

—Ya eres casi un adulto. ¿Tienes coche?

El chico parecía incapaz de responder. Cuando Kalyna le recordó que solo tenía que decir «sí o no», clavó la mirada en el suelo.

—No, señora.

—¿Entonces cómo has llegado hoy hasta aquí?

El chico se puso rojo como la grana.

–Mi… me ha traído mi padre. Pero estoy ahorrando para comprarme un Trans Am. Mi tío tiene uno. Llevo todo el verano trabajando para eso.

–Vaya, genial.

Pero si no tenía coche, no tendría forma de ayudarla. No podía seguir conduciendo el suyo. Les resultaría demasiado fácil localizarla.

Una vez perdido el interés, dejó de sonreír. Permaneció un rato más en el supermercado, por si alguien se acercaba. Se había resignado ya a limitarse a comprar una bebida energética que la ayudara a permanecer despierta para poder seguir su trayecto, cuando la campanilla de la puerta anunció la entrada de un nuevo cliente.

–¡Hola, Jerry! –saludó el chico–. ¿Qué haces aquí tan pronto?

–Solo estoy de paso. Acabo de empezar otro viaje.

Kalyna se puso de puntillas para mirar por encima de los expositores. El dependiente estaba hablando con un vaquero alto de aspecto curtido, probablemente de unos cuarenta años, que acababa de dejar un paquete de cigarrillos sobre el mostrador.

–¿Adónde vas ahora? –quiso saber el chico.

Había un camión aparcado junto a uno de los surtidores. Kalyna lo vio a través del escaparate. Jerry tenía que ser el propietario. Era la única persona que había entrado en aquella gasolinera situada en algún lugar del sur de Utah.

–A Reno.

Reno no era exactamente California, pero estaba a dos horas de Sacramento y tenía estación de autobuses.

Kalyna devolvió el refresco a su lugar, se acercó al mostrador y dejó una caja de preservativos al lado del paquete de cigarrillos de Jerry.

Cuando el vaquero lo vio, alzó la mirada sorprendido y Kalyna le dirigió una sonrisa seductora.

–Bonito día, ¿verdad?

Evidentemente, más experimentado que el chico, el vaquero se echó el sombrero hacia atrás y la recorrió lentamente con la mirada.

—Sí, señora, bonito día.

—Pero hace demasiado… calor, ¿no te parece?

—¿No tienes aire acondicionado en el coche?

Sus ojos brillaban con interés lascivo mientras señalaba con la cabeza el coche de Kalyna.

—El motor me está dando algunos problemas. Y aunque el coche funciona, el aire acondicionado no es muy fuerte. Estoy deseando sofocar este calor, no sé si me entiendes.

—Es una pena lo del coche. Si quieres que te lleve a alguna parte, mi camión funciona perfectamente. Y tiene un aire acondicionado muy potente.

—Es justo lo que estaba esperando —le guiñó el ojo y el vaquero añadió unos caramelos de menta al mostrador.

Algo iba a pasar, y el chico lo sabía, pero no entendía exactamente qué. Les miró alternativamente y se aclaró la garganta para llamar la atención de Jerry.

—¿Te cobro solo el tabaco y los caramelos?

Jerry se irguió en toda su altura.

—No, claro que no. Jerry siempre ha sido un caballero.

Cuando el muchacho arqueó las cejas, Kalyna supo que se estaba preguntando por qué ser un caballero incluía comprar preservativos a una completa desconocida. Pero fue suficientemente inteligente como para no preguntarlo. A petición de Jerry, añadió un par de refrescos y una lata de nata. Jerry pagó y Kalyna salió con él.

En el momento en el que estaba sacando el equipaje del maletero, el chico se asomó a la puerta y le gritó a Kalyna:

—¡Eh, no puede dejar aquí el coche!

Kalyna le dirigió una sonrisa mientras Jerry se hacía cargo de la maleta.

—¡No te preocupes! ¡Ya vendrán a por él!

Ava forzó una sonrisa para dar la bienvenida a Pete Carrera, su padrastro. Afortunadamente, no iba mucho por allí. Aunque era mucho más amable que cuando Ava era adolescente, esta sabía que su cambio de actitud solo se debía a que su conducta de antes ya no le servía de nada.

–Buenos días.

Ava se apartó para dejarle pasar, intentando disimular su irritación por aquella inoportuna e inesperada visita.

Pete llevaba tal cantidad de brillantina que ni un huracán habría conseguido despeinarle un solo pelo y parecía haberse bañado en colonia barata. Ava tuvo que hacer un esfuerzo para no arrugar la nariz cuando entró y miró a Luke, que se acercó inmediatamente a saludarle.

–Buenos días, señor.

Pete no era mucho más alto que Ava. Tuvo que inclinar la cabeza para mirar a Luke a los ojos.

–Muy educado, comentó mientras aceptaba la mano que Luke le ofrecía. Eso me gusta. Me alegro de conocerte por fin, Geoffrey.

Luke miró a Ava con los ojos entrecerrados.

–Me llamo Luke.

El padrastro de Ava se frotó la barbilla.

–¿No te llamas Geoffrey?

–Se llama Geoffrey Luke –le aclaró Ava.

No pensaba explicarle bajo ningún concepto qué hacía a las seis de la mañana medio vestida con uno de sus clientes en casa.

Luke se aclaró la garganta para hacerle saber que no aprobaba aquella mentira, pero Ava le ignoró. Aquella era la única ocasión en la que Luke iba a estar en contacto con su familia, así que no le importaba. Una mentira sin importancia podía ahorrarle muchos problemas.

–Bueno, te llames como te llames, es una agradable sorpresa. Con todo lo que ha comentado Ava sobre que deberías controlar tu peso y tomar más el sol…

–¡Pete! ¡Yo nunca he dicho eso! –protestó Ava.

–Comentaste que trabajaba mucho y necesitaba relajarse. En cualquier caso, esperaba encontrarme con un oficinista enclenque y pálido –silbó mientras sacudía la cabeza–. Pero tú estás en forma, ¿eh? ¿Vas mucho al gimnasio?

–Prácticamente cada día –contestó Luke, pero Ava desvió rápidamente la conversación.

–¿Y a qué debo el placer de esta visita? –le preguntó a Pete.

–¿Necesito una razón para venir a ver a mi hijastra?

–Yo ya no soy tu hijastra.

–Vamos, Ava, sabes que jamás me habría divorciado si tu madre no hubiera intentado matarme.

–Metafóricamente hablando –musitó Ava para que solo Luke la oyera, pero no pudo resistirse a señalar la responsabilidad de Pete en todo ese asunto–. Y si tú no hubieras sido tan insoportable, a los dos os habría ido mucho mejor.

–¡Eh, conmigo es muy fácil convivir! Solo necesito una cerveza para ser feliz. Era tu madre la que quería cobrar mi seguro de vida. ¿Has sabido algo de ella últimamente?

–Por supuesto que no –Ava se había negado a aceptar sus cartas y al final había dejado de recibirlas.

–Pues me ha escrito a mí. ¿No te parece increíble? Quiere que la perdone. ¿Cómo voy a perdonar a alguien que ha intentado envenenarme?

Continuaba hablando porque sabía que Ava no quería que lo hiciera. Y porque le gustaba contar lo que le había ocurrido, porque eso le convertía siempre en el centro de atención. «¿Tu mujer intentó matarte?», era la pregunta que seguía siempre a ese tipo de comentarios.

Afortunadamente, Luke no dijo nada.

–Van a trasladarla de prisión, por si quieres saberlo.

Ava no quería saberlo. Prefería olvidar que su madre existía. Prefería fingir que no sentía un dolor agudo en el pecho cada vez que imaginaba a Zelinda tras las rejas.

–No quiero saber nada. No quiero oír su nombre siquiera. Y Luke… eh, Geoffrey, tampoco quiere hablar de ello, así que deja de pavonearte.

Su padrastro se pasó los dedos grasientos por la camiseta.

–Vaya, parece que alguien se ha levantado de la cama con mal pie.

Ava intentó controlar su genio, pero no lo consiguió.

–¿Has venido aquí por algún motivo en particular o…?

–Sí, claro que he venido por un motivo en particular. ¿Crees que iba a levantarme a estas horas de la cama solo para pillaros haciendo guarrerías? –su risa sonó como un aullido mientras le palmeaba a Luke la espalda–. Tu padre me dijo que podía usar el barco. ¿No te ha dicho nada?

A Ava se le cayó el corazón a los pies.

–Supongo que no te refieres a mi casa…

–También es un barco, ¿verdad?

–Pero… pero tú nunca lo has utilizado…

No podía estar hablando en serio. Necesitaba la casa. Era su refugio, el lugar en el que pretendía intentar recuperarse después de haber pasado una noche con Luke.

–¿Para qué lo quieres?

–Voy a invitar a mi novia a pescar –le guiñó el ojo–. Quiero llevarme bien con su hijo, ¿sabes?

El exceso de gomina y colonia debería habérselo advertido. Su padrastro andaba en busca de otra mujer que se hiciera cargo de él. Había encontrado un nuevo objetivo. Ava lo sentía por aquella alma desprevenida.

–Pero es domingo, pensaba quedarme en casa.

–Liz tiene el día libre porque es domingo. Es el momento perfecto.

Quizá para él.

–Mi padre no me ha dicho nada. Ni siquiera me he duchado. Y tengo visita.

Pete le dirigió a Luke una sonrisa.

–Vamos, a Geoffrey no puedes considerarle una visita. Lleváis casi un año juntos –bajó la voz y le dio un codazo–. Y no hace falta que te comportes como si no os hubierais acostado juntos.

Su risa ponía a Ava de los nervios. Y era consciente de

que tampoco a Luke le gustaba. Se había acercado un poco más, como si quisiera interrumpirle, pero fuera demasiado educado como para intervenir.

–Basta ya, Pete.

Pero Pete la ignoró.

–En realidad, me alegro de verlo –le confió a Luke–. Su padre y yo estábamos preocupados por ella. Temíamos que pudiera ser frígida. Tú eres el primer…

–¿De verdad que esto no es una pesadilla? –gritó Ava–. No me puedo creer que te presentes en mi casa al amanecer y empieces hablarle a mi novio… que en realidad no es mi novio, de esa forma.

Se oyó un portazo en el muelle y Pete se volvió para asomar la cabeza por la puerta, ignorando cualquier cosa que pudiera decirle Ava.

–Vaya. Aquí está. Ahora sonríe y sé amable con ella, Ava. Estoy intentando causar buena impresión –dijo, y corrió a recibir a su nuevo amor.

Ava se volvió hacia Luke.

–Hay días en los que casi comprendo lo que hizo mi madre.

Una vez descubierto lo de Zelinda, Ava ya no necesitaba ocultarlo, pero Luke no hizo ningún comentario. Ni siquiera le devolvió la sonrisa. Parecía muy enfadado mientras se dirigía hacia el dormitorio.

–Vístete. Te invito a desayunar.

Capítulo 21

Agotada después de una larga noche y un enérgico interludio con Jerry, que en aquel momento iba al volante, Kalyna dormitaba en la cabina del camión cuando sonó el teléfono. Se incorporó para ver el identificador de llamadas y al comprobar que era una llamada hecha desde la funeraria la silenció. No podía utilizar el teléfono móvil. Había visto suficientes programas de televisión como para saber que la policía podía localizarla por el llamado método de triangulación. En realidad, debería apagar el teléfono. Sospechaba que podrían seguirle el rastro por el mero hecho de tener el teléfono encendido.

Pero minutos después, comprendió que todavía era demasiado pronto como para que la policía se hubiera involucrado en el caso. Probablemente, Tatiana y Dewayne acababan de encontrar el cadáver de Norma y todavía estaban intentando comprender lo que había ocurrido. E incluso en la peor de las circunstancias, en el caso de que la policía estuviera al tanto, iba viajando en la cabina de un camión. Si tiraba el teléfono, nunca la encontrarían.

Marcó el código para oír el buzón de voz y oyó la voz aterrada de su hermana.

–Kalyna, ¿dónde estás? Por favor, llámame. Acabamos de... La hemos encontrado en el suelo de la cocina. Espero que haya sido un infarto y no hayas tenido nada que ver con esto. Pero está aquí su bolso y todas sus cosas en el

suelo. Y papá... papa está llamando a la policía. No sé qué pensar –rompió a llorar–. *Yo pensaba que a lo mejor a ti también te había pasado algo. Pero tu maleta no está aquí, y tampoco tu coche.*

Kalyna consideró sus opciones. Podía permanecer en silencio, deshacerse del teléfono y dejar que la policía la localizara. O podía llamar a su hermana y levantar otra pantalla de humo.

Se decidió por la pantalla de humo.

Tatiana contestó al primer pitido.

–¿Kalyna?

–Acabo de oír tu mensaje, ¿qué ha pasado?

–No lo sé –Tati comenzó a llorar–. Papá cree que has matado a mamá. Pero no has sido tú, ¿verdad?

–¿Mamá está muerta?

Tati tomó aire antes de hablar.

–¿No lo sabías?

–¿Cómo iba a saberlo? No podía dormir. Estaba preocupada porque quería volver a la base, así que he salido de casa a media noche. Papá y mamá estaban entonces en la cama.

Su hermana permaneció en silencio. Se sorbió la nariz. Cuando habló, parecía más esperanzada.

–Entonces te has ido antes de que muriera.

–A no ser que estuviera tumbada y no la haya visto. No he encendido la luz. No quería despertar a nadie.

–Gracias a Dios. Debe de haber sido un robo.

–Supongo que sí. Es horrible. Mamá y yo no nos llevábamos bien, pero... jamás le habría deseado un final como este.

–Claro que no.

Si alguien lo había hecho, esa persona tenía que haber encontrado la manera de entrar, así que Kalyna decidió proporcionar alguna información que pudiera ayudarla.

–Me pareció extraño que no estuviera la casa cerrada.

–¿No estaba cerrada?

–Supongo que se me olvidó cerrarla al entrar. Me siento fatal.

–Tampoco estaba cerrada cuando yo me he levantado.

–¿Lo ves? ¡Tendría que haber sido más precavida! ¿Pero cómo iba a pensar que alguien iba a entrar a robar a una funeraria? ¡Es increíble!

–Hay personas que están dispuestas a entrar en cualquier parte.

–Me sorprende no haberme chocado con quienquiera que haya entrado. ¿A mamá la dispararon o...?

–No fue un disparo. Tampoco tiene una herida de arma blanca. En realidad, no sabemos cómo murió. A lo mejor se dio un golpe en la cabeza al caer, pero papá cree que la han estrangulado. Está toda... de color azul, Kalyna. Y su dinero ha desaparecido.

–¿Y por qué iba a llevarme yo su dinero? Eso ya debería haberte indicado que no había sido yo.

–Eso es lo que le he dicho a papá. Le he dicho que ayer, cuando fuimos al centro comercial, tenías mucho dinero y que tú nunca te llevarías su alianza de matrimonio.

Kalyna estiró la mano para admirar el diamante que brillaba en su dedo. No sabía cuánto podían darle por él, pero pensaba ir a un prestamista cuanto antes.

–¿Quién podría haberla matado?

Tatiana bajó la voz.

–Creo que fue Mark.

–¿Qué Mark?

–Mark Cannaby.

Kalyna se incorporó en el asiento.

–Hace mucho que Mark no trabaja en la funeraria. Le despidieron antes de que yo me incorporara al ejército. Ni siquiera sabemos dónde está.

–Sí, yo lo sé. Está dirigiendo el cementerio. Lleva un año trabajando allí.

Por una vez, conocer tan bien a Mark podía suponer una ventaja.

–¿Mamá y él habían tenido algún problema?

–Mamá le odiaba desde que le pilló... bueno, ya sabes, con ese cadáver. Decía que practicaba la necrofilia y que debería estar en la cárcel. Hace dos semanas, coincidió en la iglesia con la mujer con la que estaba saliendo y le habló de él. Mark se enfadó cuando se enteró. La llamó varias veces y dejó mensajes amenazándola y diciéndole que haría mejor en ocuparse de sus propios asuntos.

Kalyna sonrió al pensar en ello. Pobre Mark.

—Supongo que entonces decidió vengarse.

—Eso es lo que estoy pensando —Tati rompió de nuevo a llorar—. Es tan triste pensar que ha desaparecido para siempre… No me lo puedo creer.

—Tati, tengo algo que confesarte. Es algo terrible.

Mientras se alargaba el silencio, Kalyna podía sentir el miedo de su hermana.

—¿Qué es?

—No estoy segura de si debería decírtelo. Es algo que he mantenido en secreto durante mucho tiempo. Pero tienes razón. Tiene que haber sido él. Es la única persona que conozco capaz de cometer un asesinato.

—No quiero pensar que haya sido él, pero…

—Yo casi puedo garantizártelo. En una ocasión mató a una autoestopista. Y quemó su cuerpo en el crematorio.

Tati soltó un grito ahogado.

—¿Cómo lo sabes?

—Porque… porque me obligó a ayudarle —añadió con voz temblorosa—. Me dijo que si no lo hacía les diría a papá y a mamá que había vuelto a acostarme con él. Después tuve miedo de contarlo. Tenía miedo de que pensaran que había sido yo. Papá y mamá siempre pensaban lo peor de mí y no quería que me echaran de casa. Pero ahora que le ha hecho esto a mamá, no puedo dejar de contarlo.

—¡Por supuesto que no! ¿Pero cómo vamos a demostrar que mató a esa autoestopista?

—La chica se llamaba Sarah. Tenía unos catorce años. Seguramente la policía la tendrá registrada en alguna lista de personas desaparecidas. Creo que era de Nuevo México. Yo tengo una gargantilla que llevaba. ¿Te acuerdas de ese diamante que guardo en mi joyero?

–¿El que decías que te había regalado un jugador de béisbol?

–Sí, ese. Era de ella. Yo lo conservé por si el caso salía alguna vez a la luz, para poder demostrar que era ella.

–Me preguntaba por qué nunca te lo ponías. Y por qué no me lo dejabas tampoco a mí.

–Ahora lo sabes.

–¡Dios mío, esto es peor de lo que pensaba! –se lamentó Tatiana–. Pero por lo menos no has sido tú. Eso era lo que más miedo me daba.

Kalyna se fingió al borde de las lágrimas.

–¿Cómo podías creerme capaz de hacer una cosa así?

–No sé. Estaba… asustada. Parecía que… Bueno, ya sabes lo que parecía. Pero yo sabía que pensabas volver cuanto antes a tu casa. Y normalmente te cuesta dormir. Y Mark estaba muy enfadado por lo que le había hecho mamá, así que tiene sentido.

Sí, tenía sentido. Todo el sentido del mundo. Kalyna se regodeó en su buena suerte. Culparía a Mark de ambos asesinatos y ella quedaría impune.

–¿Piensas volver? –le preguntó Tati.

–Ahora mismo no puedo marcharme, pero intentaré conseguir un permiso –respondió Kalyna–. Ya tengo suficientes problemas.

–La policía querrá hablar contigo.

–Tendrán que llamarme.

Kalyna oyó voces de fondo.

–Tengo que colgar –susurró Tati–. Ha llegado la policía.

–Infórmame de todo lo que ocurra –le pidió Kalyna, y colgó el teléfono.

–¿Quién era? –preguntó Jerry desde el asiento de conductor.

–Mi hermana. Ha habido un accidente en mi familia. ¿Puedes dejarme en cuanto puedas parar?

Jerry inclinó su sombrero.

–Claro que sí, ¿pero crees que estarás bien?

–Sí, claro que estaré bien. Tengo que recuperar mi coche.

Si Mark iba a pagar por ella, no tenía ningún motivo para renunciar a su coche.

–¿Cómo vas a volver? Tienes que llevarte también el equipaje.

–¿Estás de broma? De la misma forma que he llegado hasta aquí –contestó riendo.

Luke eligió su cafetería favorita para desayunar, Hog Heaven, en Davis. Situada al oeste de Sacramento, Davis era una ciudad universitaria en la que había muchos restaurantes familiares. Como iba a menudo al Hog Heaven, la dueña le reconoció nada más entrar. Le saludó con una sonrisa.

–¡Hola, capitán! ¡Bienvenido! Hace semanas que no le vemos por aquí.

–Sí, demasiado tiempo. Estoy deseando comerme una de sus famosas tortillas.

–Seguro que podemos prepararle una.

Se volvió hacia Ava y se mostró ligeramente sorprendida, seguramente porque Luke solía ir a desayunar allí con un grupo de amigos.

–Por aquí –dijo, y Luke le hizo un gesto a Ava para que le precediera.

Ava se había peinado y se había puesto las gafas de sol, pero no se había maquillado. A él no le importó. Tenía una piel bonita y una boca expresiva y a Luke le gustaba ese aire de acabar de levantarse de la cama. Sin embargo, su ropa no le impresionaba particularmente. Se había vestido con los pantalones cortos y la blusa más horrorosos que había visto nunca. Los pantalones le cubrían desde la cintura hasta debajo de las rodillas y parecían hechos con la misma tela libre de arrugas que su madre adoraba. En realidad, había adoptado un estilo popular, de hecho, eran muchas las mujeres que llevaban pantalones de ese estilo, pero le daba un aspecto un tanto desaliñado. Peor aún, la blusa tenía un lazo que amenazaba con estrangularle el cuello y que habría sido más apropiado en un jardín de infancia. Luke dudaba de que cualquier hombre con el que se cruzaran en el restaurante le dirigiera una segunda mirada. Pero él la había visto llevando solamente una sudadera y un tanga, y si alguna vez en su vida se había encontrado frente a una imagen más tentadora, no lo recordaba.

–¿Esta mesa les parece bien?

La dueña del restaurante le tocó el brazo para llamar su atención y Luke se dio cuenta de que acababa de descubrirle mirando fijamente el trasero de Ava.

Sonriendo para disimular la metedura de pata, contestó:

–Sí, está bien –y se sentó a la mesa.

Ava se sentó enfrente de él e inmediatamente escondió la cara tras la carta. Desde que había aparecido su padrastro con su novia, apenas había dicho nada. Había insistido en llevarse el maletín con varios de sus casos, pero Luke se preguntaba dónde pensaba trabajar.

–Podrías quitarte las gafas de sol –le recomendó.

Ava no alzó la mirada. Y ni siquiera se quitó las gafas.

–Soy perfectamente capaz de decidir cuándo tengo que quitármelas, gracias.

Riendo ante aquel gesto de cabezonería, Luke abrió la carta. Pobre Ava. Tenía una situación familiar terrible. Vestía fatal. Y coqueteaba casi peor, por lo menos cuando estaba sobria. Y no era capaz de esconder completamente su vulnerabilidad detrás de aquel humor sombrío que la había envuelto desde que su padrastro se había marchado con su barco.

–Entonces, a lo mejor deberíamos hablar sobre ello y superarlo de una vez por todas.

En aquella ocasión, Ava alzó la mirada.

–¿Hablar sobre qué?

–Sobre tu padrastro. Y sobre tu madre.

En ese momento llegó la camarera con dos vasos de agua. Ava no respondió hasta que se alejó.

–No quiero hablar de ellos. ¿Qué te hace pensar que me apetece hablar de mi familia?

–Solo estoy diciendo que una vez hayamos hablado de ello, ya no tendremos que evitar el tema y podremos olvidarlo.

–No tengo por qué hablar sobre ello. La nuestra es una relación profesional. Probablemente no volvamos a vernos cuando se haya resuelto el caso.

¿Por qué tenía que recordárselo constantemente? Él no tenía ningún interés en ella. Se lo había dicho ya. Aun así, a veces le entraban ganas de aceptar el desafío que aquella mujer representaba, demostrarle que no era tan indiferente a él como pretendía. Pero aquellos pensamientos estaban normalmente centrados en imaginársela desnuda y sabía que aquel no era un objetivo honorable.

–No veo ninguna razón por la que no podamos ser amigos.

–No estoy en el mercado.

–He dicho «amigos».

–Lo sé –dio la vuelta a la carta para que Luke pudiera verla y señaló la fotografía de los huevos revueltos–. ¿Los has probado? Tienen buena pinta.

Luke ignoró la pregunta. Jamás había visto a una mujer, a ninguna, rechazando su amistad.

–¿Por qué no quieres ser mi amiga?

Ava volvió a refugiarse detrás de la carta.

–Porque ya tienes demasiadas amigas.

Sorprendido, Luke la obligó a bajar la carta para poder verle la cara.

–¿Qué te hace pensar eso?

–Lo sé.

–¿Solo porque conozco a la dueña del restaurante?

Ava volvió a subir la carta.

–No, es por como eres.

Luke la obligó a bajarla otra vez.

–No colecciono amigas. Me gusta la gente, hay una pequeña diferencia.

–Si tú lo dices.

–Sí, lo digo yo. Y no hay nada de malo en ello.

Aunque su acusación le recordaba a la que le había hecho su madre antes del desastre de Kalyna. Su madre le había dicho que parecía incapaz de sentir nada serio por las mujeres con las que salía. Que era demasiado afable, demasiado amigable, que siempre se quedaba en medio. Y había dado en el blanco. Marissa era la única mujer que le había llegado al corazón, pero se había casado con su mejor amigo.

–No puedo discutirlo –respondió Ava, encogiéndose de hombros.

–Entonces, ¿por qué lo dices?

–Preferiría ser una entre un millón para alguien.

–¿Eres una entre un millón para Geoffrey?

Ava bebió un sorbo de agua.

–Tampoco quiero hablar de Geoffrey.

–Por supuesto que no. Ni siquiera te acuestas con él, así que no creo que signifique mucho para ti.

–A lo mejor soy más selectiva que tú.

–Si estás sugiriendo que me acuesto con la primera mujer que encuentro, te equivocas. Cometí un error con Kalyna, eso lo reconozco, y estoy pagando por ello. Pero no pienses que esa es mi conducta habitual, porque no es cierto.

Ava alzó la mano.

–Esa es tu vida personal. No tienes por qué explicarme cuales son tus costumbres.

El hecho de que no pareciera importarle, le molestó.

–Y, por cierto, tú tampoco estás siendo nada selectiva, Ava. Te escondes detrás de tu trabajo. No dejas que nadie te conozca. ¿Y quieres que te explique por qué?

–No.

Iba a decírselo de todas maneras. Luke se inclinó hacia ella.

–Porque estás asustada.

–¿Podemos decidir lo que vamos a desayunar?

–¿No tienes nada que decir al respecto?

–No estoy asustada. ¿De qué iba a tener miedo? ¿De ti?

–A lo mejor.

Ava dejó por fin la carta a un lado.

–No es miedo, Luke. No soy suficientemente estúpida como para enamorarme de alguien que es más atractivo que yo, eso es todo. Y menos de alguien que no es capaz de enamorarse como yo.

Luke la miró boquiabierto. Podía haber discutido lo del atractivo, pero lo demás era cierto. No podía enamorarse tanto como ella. De hecho, comenzaba a tener miedo de no ser capaz de enamorarse. No importaba con quién saliera, lo atractivas o inteligentes que fueran las mujeres con las que se citara. Era incapaz de sentir aquella pasión que su padre sentía por su madre. No había vuelto a sentir nada parecido desde que estaba en el instituto.

–Eso no lo sabes –le dijo.

Pero era una respuesta muy poco convincente y, de pronto, Ava pareció avergonzada, como si acabara de darse cuenta de que había tocado un punto débil.

Con un suspiro, se quitó las gafas de sol.

–Utilizó anticongelante.

–¿Qué?

–Mi madre. Intentó envenenar a Pete con anticongelante. Lo metió en una bebida que le había preparado para ayudarle a adelgazar.

Esa era la forma de disculparse por haberse alterado tanto y haber pagado con él lo sucedido aquella mañana. Luke lo sabía. También sabía que debería tranquilizarla diciéndole que no hacía falta que se lo contara. Pero Ava no compartiría los detalles de lo que le estaba contando con cualquiera. Si confiaba en él, eran amigos, aunque ella lo negara, lo cual le situaría en un terreno más familiar, y mucho más cómodo.

–¿Hace cuánto tiempo?

–Cinco años.

–¿Y cómo lo descubrieron?

–Por casualidad. Mi padrastro comenzó a encontrarse mal y fue al hospital cuando mi madre estaba trabajando. El médico que le trató había visto antes ese tipo de envenenamientos. Mi madre se presentó en el hospital y no dejaba de preguntar si Pete sobreviviría. El médico lo encontró extraño y decidió hacerle unos análisis. El informe toxicológico demostró la existencia de glicol etileno y mi madre era la única que podía habérselo administrado.

–¿Pete no se había dado cuenta?

–Es una sustancia transparente e inodora. O al menos lo era hasta que los fabricantes la cambiaron. Se lo añadía a los refrescos energéticos y él pensaba que era así como sabían. Después salió a la luz que mi madre acababa de firmar una póliza de seguro en su nombre y que ella era la única beneficiaria. No hizo falta nada más.

–¿Cómo te enteraste de lo que había pasado?

–Recibí una llamada en el trabajo. No tenía dinero para continuar estudiando tal y como en un principio había pensado, así que conseguí trabajo en un banco como cajera.

–Tu madre confesó o…

–No, me llamó mi padre. Mi verdadero padre. Cuando la arrestaron, mi madre no intentó ponerse en contacto conmigo. Le llamó directamente a él –frunció el ceño–. Supongo que eso quiere decir algo.

Un fuerte sentimiento de compasión hizo que Luke bajara la voz.

–Debió de ser un duro golpe para ti.

Ava se estremeció, a pesar del obvio esfuerzo que estaba haciendo para ocultar su dolor.

–Me negaba a creerlo hasta que la oí gritar en el juzgado cuando se la llevaban.

–¿Qué decía?

–«¡Pete me debe todo ese dinero!». Ya la habían declarado culpable, pero fue esa frase la que terminó de convencerme a mí. Hasta ese momento y a pesar de todas las pruebas, estaba de su lado.

–Lo siento.

–No tienes por qué. Ahora ya estoy bien. He conseguido superarlo.

Luke estaba convencido de que ni siquiera había empezado, pero lo dejó pasar.

–¿Por qué lo hizo?

–No lo sé –sacudió la cabeza–. Estaba destrozada. Creo que nunca llegó a asimilar lo de mi padre. Para ella fue muy duro que la abandonara sin pensárselo siquiera. Al final, dejó de esperar a mi padre, se dio cuenta de que había perdido al amor de su vida y se casó otra vez. Y, bueno, ya has conocido a Pete. Es un desastre –jugueteó con las gafas de sol–. Mi padre era infiel y superficial, pero también era un hombre amable, elegante y lleno de vida. Pete es un miserable. No le aportaba nada, ni económica ni emocionalmente. Decía que tenía una lesión en la espalda que le impedía trabajar, así que se pasaba el día sentado delante de la televisión mientras mi madre trabajaba en la escuela del barrio, en una cafetería y vendía fiambreras Tupperware. Iban siempre cortos de dinero y discutían constantemente. Mi madre empezó a limpiar casas los fines de semana. Él decía siempre que iba a recibir una indemnización por haberse lesionado en el trabajo, pero nunca la cobraba. Mi madre tenía que contar hasta el último centavo y cuando se enteró de que le había estado mintiendo durante todo ese tiempo para no tener que trabajar, decidió que tendría que devolverle ese dinero de una u otra forma. Su seguro de vida le permitiría comenzar desde cero y... –esbozó una mueca– podría ayudarme a pagar la universidad para que pudiera terminar mis estudios.

Evidentemente, Ava se sentía responsable de la situación.

–¿Cuántos años tenías cuando empezaron a vivir juntos?

–Estaba en el instituto, pero al poco tiempo fui a la universidad. Por eso no sabía que su relación iba tan mal. Aunque me pagaba yo misma casi todo, mi madre me enviaba dinero de vez en cuando. Insistía en que estaba muy bien. Yo iba a verla los fines de semana y durante las vacaciones. Pero...

El ligero temblor de su voz le indicó a Luke que estaba a punto de llorar. Él había derrumbado sus defensas porque no soportaba ser rechazado, pero en aquel momento se sentía culpable por haber sacado un tema tan doloroso para ella.

Alargó la mano para tomar la de Ava. Esperaba que esta apartara la suya. Estaba decidida a no necesitar a nadie, a llevar su propia carga. Pero le permitió deslizar los dedos suavemente sobre la palma de su mano.

—A veces la gente actúa de forma desesperada y toma decisiones equivocadas.

—¿Decisiones equivocadas? —repitió Ava—. ¡Intentó matarle!

El enfado y la amargura que albergaba en su interior eran mucho mayores de lo que parecían. Pero también la nostalgia que sentía de lo que había sido su madre. El intento de asesinato había tenido lugar cuando ella estaba completamente volcada en sus estudios y en las expectativas de conseguir un buen trabajo. Por lo que Luke podía ver, se culpaba a sí misma por no haber sido capaz de adivinar la desesperación de su madre y por no haber estado a su lado antes de que hiciera algo que las había obligado a separarse para siempre.

—Todo sería más fácil si la perdonaras... y si te perdonaras a ti —añadió.

Inmediatamente, Ava volvió a cerrarse en sí misma. Apartó la mano, se levantó y fue al cuarto de baño, dejando a Luke con la sensación de que acababa de escapársele de entre los dedos.

Ava no quería salir del cuarto de baño. Apenas conocía a Luke, pero este la había dejado con la sensación de que no tenía ningún lugar en el que esconderse. Intentaba decirse a sí misma que era un hombre tan superficial como su padre, que no era nada más que un rostro atractivo, pero

Luke estaba mostrando rasgos de un carácter del que su padre siempre había carecido, y eso la obligaba a respetarle. Hasta Geoffrey había dado por cierto todo lo que le había contado de su madre. Había sido Luke el único capaz de ir inmediatamente al fondo del asunto. Y tenía razón. Ella no era capaz de perdonar a Zelinda, pero se sentía culpable de lo ocurrido. Había dejado que su madre se hundiera. Zelinda había cometido aquel acto tan terrible porque estaba desesperada y, por su culpa, sus vidas ya nunca volverían a ser como antes.

¿Cómo habría cambiado la situación si hubiera prestado más atención a su madre? ¿Si le hubiera brindado su apoyo? ¿Si hubiera sido una hija mejor? Eran preguntas que se hacía constantemente, pero nunca encontraba la respuesta. Y lo peor de todo era que no podía dar marcha atrás y rectificar la situación.

Consciente de que tenía que salir de allí y enfrentarse de nuevo a Luke, se miró en el espejo que había encima del lavabo. Cuando habían entrado en el restaurante, la dueña les había mirado de arriba a abajo, como si le costara creer que estuvieran juntos. Ava no la culpaba. Formaban una extraña pareja. Pero eso no evitaba que ansiara sus caricias. Aquella mañana, cuando había abierto los ojos y le había descubierto a su lado, había sentido que hasta la última de sus terminales nerviosas volvía a la vida.

Se abrió la puerta del cuarto de baño.

–¿Señora Bixby?

Ava se volvió para mirarla.

–¿Sí?

–¿Se encuentra bien? El capitán Trussell me ha pedido que venga a comprobarlo.

Ava tomó aire y asintió.

–Sí, estoy bien. Dígale que ahora mismo voy.

¿Qué demonios le pasaba? No podía quedarse allí toda la mañana, llorando por Luke. Tenía trabajo que hacer.

Deseó que Pete no hubiera aparecido aquella mañana. Luke se habría ido y ella estaría en su casa, sola...

Se lavó la cara y salió del cuarto de baño, pero apenas había empezado a cruzar el restaurante, cuando le sonó el móvil. Para evitar molestar a los otros clientes, permaneció cerca del cuarto de baño mientras sacaba el teléfono y contestaba:

–¿Diga?

–¿Señora Bixby?

Era una voz de hombre que llamaba desde Arizona, a juzgar por el código. El número no lo reconoció.

–¿Sí?

–Soy el detective John Morgan, del Departamento de Policía de Mesa, Arizona.

La única persona que Ava conocía de Arizona era Kalyna. ¿Le habría ocurrido algo?

El recuerdo de la llamada que había recibido el día que Bella Fitzgerald se había suicidado la golpeó con fuerza. Sintió que se le doblaban las rodillas. ¿Habría vuelto a ocurrir? ¿Habría vuelto a ignorar las señales que indicaban que una mujer estaba viviendo al borde de un precipicio?

Vio a Luke observándola desde el otro extremo de la sala. Reconoció la preocupación en su rostro cuando se levantó y comenzó a avanzar hacia ella, pero permaneció donde estaba.

–No me diga que me llama por Kalyna Harter –dijo. Apenas era capaz de respirar.

–Me temo que sí –respondió el detective Morgan–. ¿Conoce bien a la sargento Harter?

Intentando concentrarse, a pesar de que en su mente había aparecido instantáneamente el peor de los escenarios, Ava se llevó la mano a la sien.

–Trabajo para una asociación de defensa de víctimas de la violencia. El lunes pasado vino a mi despacho diciendo que la habían violado. Esa fue la primera vez que nos vimos.

Se produjo un breve silencio, mientras el detective Morgan asimilaba aquella información. Ava ansiaba ya su siguiente pregunta. Necesitaba saber lo que estaba pasando.

—Por favor, dígame que está bien.

—No tengo ni idea. No la he visto, pero me gustaría tener oportunidad de hablar con ella. Al parecer, se ha ido de su casa esta madrugada, justo a la hora en la que su madre fue asesinada.

Capítulo 22

–¿Qué ha pasado? –preguntó Luke cuando Ava terminó de hablar.

Ava colgó y alzó la mirada hacia Luke.

–La madre de Kalyna está muerta. La han matado esta madrugada.

Luke se puso completamente alerta.

–Estás de broma.

–No. Su marido la ha encontrado en el suelo de la cocina cuando se ha levantado a las nueve. Había señales de resistencia. Ha desaparecido su dinero y su alianza de matrimonio.

–¿Ha sido Kalyna?

Ava se guardó el teléfono en el bolso.

–Todavía no lo saben, pero sospechan de ella. Estuvo allí ayer por la noche.

–¿Y ahora no está?

–No.

–¡Dios mío! –Luke se apretó el puente de la nariz–. Es una psicópata. Está completamente loca.

–Es posible que tengas razón.

–¿Quién te ha llamado?

Había dos clientes que no dejaban de mirarla, así que Ava se llevó a Luke a la puerta del cuarto de baño.

–Un detective de la policía de Mesa. Tati, la hermana de Kalyna, le ha dicho que yo estaba trabajando para ella y él ha pensado que debería ponerse en contacto conmigo. Creía que yo podría decirle dónde estaba.

–Seguro que el ejército no puede decírselo.

–No.

–¿Qué piensa él que ha pasado?

–Todavía no lo sabe. Dice que el señor Harter insiste en que ha tenido que ser Kalyna. Pero Tati acusa a un hombre llamado Mark Cannaby.

–¿Quién es Mark Cannaby?

–Por lo que me han dicho, un hombre que trabajaba para los Harter. Hace años que no está con ellos, pero vive a unos diez kilómetros de distancia y trabaja al final de esa misma calle, en el cementerio.

–¿El detective te ha contado todo eso?

–Sí.

–¿Normalmente no son mucho más reservados?

–Cortesía profesional. Conoce nuestra organización. En una ocasión coincidió con Skye en Scottsdale, en un seminario sobre medicina forense.

–¿Por qué culpa Tatiana a ese hombre? ¿Le ha visto merodeando por la casa o algo así?

–No, no le ha visto. No sabía que había ocurrido nada malo hasta que su padre la ha llamado. Pero la relación entre Cannaby y los Harter es hostil desde que este se marchó. Cuando Kalyna tenía dieciséis años, sospechaban que mantenía relaciones con ella, así que estuvieron vigilándole muy de cerca.

–Y le sorprendieron con Kalyna.

–Le sorprendieron, sí, pero no estaba con Kalyna. Estaba manteniendo relaciones con un cadáver.

Luke palideció.

–Es demasiado repugnante como para pensar siquiera en ello. Espero que le denunciaran.

–No, tenían miedo de que la publicidad negativa pudiera volverse contra ellos, así que se limitaron a despedirle y acordaron no decir nada siempre y cuando él se mantuviera a distancia.

–Pero la cosa no acabó allí.

–El detective Morgan dice que, según el señor Harter, la situación estuvo tranquila durante algún tiempo. Cannaby desapareció completamente de su vida. Pero al cabo de unos años, consiguió trabajo en el cementerio y los Harter comenzaron a encontrarse de vez en cuando con él. Cuando empezó a salir con una chica que pertenecía a la iglesia de la señora Harter, esta pensó que ya era demasiado. No soportaba verle cada domingo en la iglesia, comportándose como si fuera tan normal como todo el mundo. Así que le contó a su novia lo que había ocurrido.

–No la culpo, pero… –Luke soltó un silbido–, supongo que eso no acabó nada bien.

–No. La llamó despotricando y le dijo que era una zorra y que merecía morir. Después la amenazó. Le dijo que mantuviera la boca cerrada o se las pagaría por intentar arruinarle la vida.

–¿Cuándo ocurrió todo eso?

–Creo que hace unas cuantas semanas.

Luke sacudió la cabeza.

–¡Caramba! ¿Y Cannaby tiene coartada?

–No lo sé. Morgan no ha hablado todavía con él.

Luke se frotó la barbilla, acariciando la incipiente barba que la cubría. No había podido afeitarse. No era su imagen habitual, pero a Ava le gustaba el aspecto duro que le daba.

–Si Kalyna va a la cárcel, no creo que mi caso prospere.

–Lo que pase con tu caso dependerá de si el fiscal cree que hay pruebas suficientes o no. Pero supongo que Ogitani dejará el caso inmediatamente. Los militares han invertido demasiado en ti.

–¡Y además soy inocente! –le recordó Luke, como si le hubiera ofendido.

Ava consiguió sonreír.

–Eso también.

Luke fijó la mirada en el suelo.

–Parte de mí espera que vaya a la cárcel.

Aquella confesión sorprendió a Ava. Teniendo en cuenta que la encarcelación de Kalyna haría más probable que se retirara la acusación, pensaba que lo esperaría por completo.

–¿Y la otra parte?

–No me gusta pensar que está encarcelada llevando un hijo mío en su vientre.

Ava sabía que era una tontería, pero sintió una punzada de celos al pensar que Kalyna tendría una relación personal y permanente con Luke.

–Eso resolvería los problemas de la custodia.

Aquello pareció aliviar las preocupaciones de Luke.

–Bien pensado. ¿Qué más te ha dicho el detective?

–Nada. Eso es lo único que sabe. Y que cree que Kalyna podría estar dirigiéndose hacia California. Se pondrá en contacto con la base por si Kalyna decide aparecer por el trabajo. Me ha pedido que le llame en cuanto sepa algo de ella.

–¿No pueden localizarla a través del móvil?

–No contesta al teléfono. Pero Tatiana ha hablado con ella a primera hora.

–¿Y?

–Parece que la ha sorprendido la muerte de su madre.

–Si acaba de enterarse de que su madre ha muerto, ¿no sería más lógico que estuviera volviendo a Arizona y no volviendo hacia aquí?

–Por lo visto, no es eso lo que esperan de ella.

–¿Pero no sería lo que haría todo el mundo, teniendo en cuenta las circunstancias?

–Ya sabes que Kalyna no es como la mayoría de la gente. Norma y ella no se llevaban bien. Además, se ha ausentado del trabajo sin permiso, así que tiene una buena excusa para querer volver a la base.

–No me importa que tenga o no una excusa. Para mí, todo esto la hace parecer más culpable incluso.

–Estoy de acuerdo. Lo único que estoy diciendo es cómo lo ve la policía.

Luke se apoyó contra la pared.

–Dijo que mataría a cualquiera que tuviera una relación conmigo.

–Pero me dijiste que no estabas saliendo con nadie.

Luke la tomó por la barbilla. Por un momento, Ava pensó que iba a besarla. Pero no lo hizo.

–Cree que podría estar saliendo contigo.

Y la noche anterior, cuando había hablado con ella, Ava no había hecho nada para sacarla de su error.

–No, seguro que sabe que eso es imposible.

–¿Por qué? –sonrió–. Te he visto en ropa interior.

–Eso no tiene ninguna importancia.

Luke se inclinó hacia ella.

–¿Y tendría alguna importancia el hecho de que quiera volver a verte así?

–No bromees con eso.

–¿Qué te hace pensar que estoy bromeando?

Se miraron a los ojos y Ava sintió un revoloteo de mariposas en el estómago.

–Eres un cliente –respondió, intentando disimular su reacción.

–A mí eso no me importa.

–¿Y qué es lo que te importa?

Luke la agarró por la cintura y la condujo de nuevo hacia la mesa.

–El hecho de que haya una homicida suelta deseando matar a cualquiera que se acerque a mí.

Tatiana Harter miraba fijamente el cuerpo hinchado de su madre. Su padre llevaba a la funeraria un cadáver de la morgue dos o tres veces por semana. Era algo rutinario, parte del negocio. Aquel día, sin embargo, el proceso sería el contrario. Trasladarían un cadáver de la funeraria a la morgue. Y no sería un cadáver de otra familia. Sería Norma, una figura central en la vida de Tati. Después de la autopsia, la llevarían de nuevo a la casa en la que había pasado los últimos trece años de su vida, pero solo para que la arreglaran para el entierro.

Su ojo de artista estaba imaginando ya el maquillaje que le aplicaría a Norma, como hacía cada domingo antes de ir a la iglesia. Quizá no fuera la mejor maquilladora de la zona, pero sabía lo que le gustaba a Norma. Le pondría una base más gruesa de lo normal para disimular los moratones. Después, añadiría un colorete rosa pálido y un lápiz de labios del mismo tono, y le dibujaría las cejas como a Norma le gustaba. Luego definiría el contorno de los ojos con una sombra marrón y un toque de color verde en la esquina exterior del ojo. Pero antes le teñiría el pelo para ocultar las canas. A Norma no le gustaban nada las canas.

Tati se había encargado de maquillar a su madre durante años. Pero una vez muerta Norma, aquella sería la última vez que prestaría aquel servicio y no estaba segura de si sería capaz de hacerlo. Por fin había llegado a establecer una relación buena con la mujer que la había adoptado cuando tenía seis años. Se había ganado por fin el aprecio de sus puntos fuertes y la tolerancia de sus debilidades.

Pero Norma se había ido para siempre. No era justo. ¿Cómo podía haber hecho Mark, o quienquiera que hubiera sido, una cosa así?

–Eh, ¿estás bien?

Tati alzó la mirada hacia su padre, que la observaba con atención. Tan delgado como gruesa era Norma, parecía más consumido que habitualmente y las arrugas se marcaban más profundamente en su rostro. Llevaba el mismo traje de poliéster negro y la camisa abotonada que el día anterior, como si se las hubiera puesto nada más levantarse, recogiéndolas de la silla que tenía al lado de la cama. Aunque iba peinado, parecía desconcertado, desaliñado, viejo. Otro no habría notado el cambio. Pero para Tati parecía haber envejecido una década en cuestión de horas.

–No sé. No sé qué pensar… Todo esto me parece irreal… como una pesadilla –comprendiendo que probablemente su padre se sentía tan perdido como ella, esbozó una sonrisa–. ¿Y tú cómo estás?

–Siempre pensé que yo sería el primero en morirme. Jamás habría imaginado nada igual.

El ayudante del forense acababa de acercar la furgoneta a la zona de carga. Abrió la puerta trasera y se metió para sacar la camilla. Dewayne le siguió, obviamente con intención de ayudar.

Sonó el teléfono en ese momento. Tati desvió la mirada hacia el mostrador, pero no contestó por miedo a que la policía hubiera descubierto quién había cometido aquel terrible asesinato, por miedo a que no hubiera sido alguien tan ajeno a la familia como esperaba.

Al ver que Tati no reaccionaba, Dewayne giró en aquella dirección, pero, de alguna manera, Tati encontró la energía que necesitaba para interceder.

–Ya contesto yo –farfulló, y señaló hacia la furgoneta–. Tú vete con mamá.

–¿Estás segura?

–Sí, estoy segura.

–De acuerdo. Pero si es algo importante, llámame.

Tati asintió mientras su padre se marchaba. Después obligó a sus piernas a moverse para cruzar la habitación.

–¿Diga?

–¿Eres Tatiana?

Tati esperaba que fuera Kalyna. Que llamara para decir que había decidido volver. Quería creer lo que le había dicho su hermana, pero tras ver el comportamiento de la policía y la actitud de su padre, estaba comenzando a tener serias dudas. Deseaba con todas sus fuerzas que apareciera Kalyna para demostrar que no tenía nada que ver con lo que había pasado aquella mañana. Entonces, ella podría volcar todo su dolor en la tragedia de haber perdido a su madre, y podría dejar de preocuparse porque la situación empeorara. Pero era la voz de un hombre la que se oía al otro lado de la línea.

–Sí, soy Tatiana.

–Tatiana, soy Mark Cannaby.

En lo primero en lo que Tatiana pensó fue en ir a buscar a su padre. A lo mejor Mark iba a confesar. A lo mejor estaba a punto de oír la respuesta a todas sus preguntas y podía reconciliarse con su hermana. Pero detectó algo en la voz de Mark que le hizo dudar. Se acercó a la puerta e incluso la abrió, pero no corrió a detener la furgoneta. Se limitó a despedirse de su padre con la mano.

—¡Cómo te atreves a llamar aquí! —dijo por teléfono, cuando su padre desapareció.

—No sé qué demonios te habrá contado Kalyna, pero yo no lo he hecho —respondió.

—¿Entonces cómo te has enterado de lo que pasó? —le desafió.

—¿Cómo crees que me he enterado? ¡La policía acaba de estar aquí! El detective Morgan me ha dicho que han asesinado a tu madre y quería saber dónde había estado esta noche. Pero yo estaba en casa, durmiendo, como todas las noches. Se han equivocado de persona.

—No, no se han equivocado. Kalyna me lo ha contado todo, Mark.

Tati no había sido capaz de llorar desde que había hablado con Kalyna. Pero la confusión y el sentimiento de pérdida que la embargaban en aquel momento provocaron una oleada de lágrimas.

—¿Qué te ha contado?

—Me ha contado lo de... —sollozó—, lo de la autoestopista a la que mataste hace años... A la que quemasteis después de hacerlo...

—¡Eso no es cierto! E incluso en el caso de que me creyeras capaz de una cosa así, ¿piensas que Kalyna lo habría mantenido en secreto durante todos estos años?

Tenía razón, pero Tati no quería reconocerlo. A Kalyna le encantaba impresionar a los demás, le encantaban los chismes y contar secretos. Y a ella se lo contaba todo. Por lo menos antes.

—Tiene la gargantilla de esa chica. La he visto en su joyero.

–¿Ah, sí? ¿Y cómo es?

Aquello la pilló por sorpresa, pero estaba decidida a convencerle de que sabía de lo que estaba hablando.

–Es un diamante con una cadena de oro. Una joya que ella no habría podido comprarse.

–¿Se la has visto puesta?

–La he visto muchas veces en su joyero. No se la ha puesto nunca. ¡Te vio quitársela a la chica a la que asesinaste!

–Tengo algo que enseñarte, ¿quieres venir a verlo?

–¡No!

Tati no se atrevía. Mark nunca le había gustado. Nunca había confiado en él.

–Entonces, dame tu correo electrónico y te lo enviaré.

–¿Qué es?

–Ya lo verás.

Tati estaba sentada delante del ordenador de sus padres cuando llegó el correo.

Aquí tienes a tu hermana mostrándose horrorizada por lo que hice.

Tati descargó el archivo adjunto. Era una fotografía, pero era tan grande que no podía ver toda la imagen a la vez. Ni siquiera averiguar de qué era.

Tras activar varios comandos, consiguió reducirla de tamaño. Era una fotografía de Kalyna cuando tenía unos diecisiete años. Estaba tumbada en la cama, completamente desnuda, riéndose despreocupada. Y llevaba esa gargantilla al cuello.

Capítulo 23

Ava estaba en el apartamento de Luke. Este la había dejado allí para que pudiera trabajar un rato y después había ido a hacer la compra y algunos recados. Pero ni siquiera estando sola podía concentrarse. Le bastaba estar en aquel espacio para distraerse.

Se obligó a terminar de revisar los informes telefónicos del caso Beeker. Después, abrió el ordenador, escribió las cartas que pensaba imprimir más tarde e intentó responder algunos correos. Pero después de leer por tercera vez un mensaje sin llegar a comprenderlo del todo, renunció. Ya no iba a conseguir hacer nada más.

Con un suspiro, se levantó y comenzó a recorrer la habitación. El apartamento de Luke era muy sencillo, pero estaba limpio y ordenado. No pudo menos que sonreír ante los toques masculinos que había dejado en aquel lugar: una bicicleta apoyada en la pared, detrás del sofá, los esquís en una esquina, ejemplares de *Sports Illustrated* en la mesita del café y una pantalla de televisión gigante en una pared. Había una fotografía de Luke con su familia en una estantería. La debían haber tomado en Navidad, y otras fotografías de edificios y paisajes hechas desde el aire. Era evidente que a Luke le encantaba ser piloto. Y Ava apostaba a que era uno de los mejores.

Fue a la cocina y abrió un par de armarios. Luke le había dicho que tomara lo que quisiera, pero no tenía hambre, estaba aburrida. Encontró latas de comida, algunos suplementos vitamínicos y un bote de proteínas en polvo. La nevera no estaba mejor surtida. En el cajón de las verduras y la fruta había una manzana y unas cuantas zanahorias. En las estanterías, leche, crema agria, gelatina y un paquete de salchichas. Probablemente comía fuera muchas veces.

Desde allí, cruzó el pasillo, se acercó al dormitorio y asomó la cabeza por el marco de la puerta. La cama estaba hecha, por supuesto. La puerta del armario estaba cerrada, pero no necesitaba abrirla para saber que en el interior estarían sus uniformes, perfectamente planchados, con los zapatos lustrados y ordenados debajo. Recordó el día que había ido a buscarla a El Último Reducto, con unos vaqueros gastados y una camiseta estrecha, y se echó a reír.

En una de las paredes se alineaban pesas de diferente tamaño y un avión enorme ocupaba la mayor parte de la superficie de la cómoda, que estaba a la izquierda de una gran pantalla de televisión. Había otro cuarto de baño junto al dormitorio principal. Ava sabía que estaría tan limpio como el que había utilizado al llegar a la casa.

Una llamada a la puerta la hizo volver inmediatamente al salón.

—¡Eh, Trussell! ¿Estás en casa? ¡Abre!

Ava abrió y encontró a dos hombres frente a ella. Uno era tan alto como Luke, el otro debía medir poco más de un metro setenta, pero ambos iban con camisetas de deporte, pantalones cortos y zapatillas deportivas, y estaban suficientemente sudados como para indicar que habían estado entrenando. El corte de pelo le habría indicado que eran militares aunque no hubiera podido ver las chapas que llevaban al cuello.

—¿Quién eres? —preguntó el más alto.

—Ava Bixby. Soy amiga de Luke. ¿Y vosotros?

El más bajo contestó:

—Soy el sargento O'Dell. Este es el capitán Fewkes. También somos amigos de Luke.

Ava reconoció el nombre del sargento. Era el hombre que estaba con Luke en el Moby Dick. Se alegraba de conocerle.

—¿Queréis entrar?

Entraron en el salón y Fewkes cerró la puerta, pero no se sentaron.

—¿Dónde está Luke? —preguntó O'Dell, mirando hacia el dormitorio.

—Está haciendo unos recados.

—¡Ah! —los dos hombres se miraron—. Sabe que estás en su apartamento, ¿verdad? No serás amiga de Kalyna Harter o algo parecido, ¿eh?

Ava se echó a reír.

—No, trabajo en El Último Reducto, una organización de apoyo a las víctimas. Estoy intentando ayudar en el caso Harter.

—¡Ah, sí, ahora lo recuerdo! Mencionó tu nombre. ¿Qué piensas de Kalyna?

—Creo que es una mujer con muchos problemas.

—Sabes que yo estaba en el Moby Dick con Luke, ¿verdad?

—Sí, Jonathan Stivers trabaja para mí. Habló contigo la semana pasada.

—¿Ese era tu detective?

—Tiene su propia agencia, pero trabaja muchas veces para nosotras.

—¿Te dijo que Kalyna estaba mintiendo? —preguntó O'Dell.

—Sí, me lo dijo. Pero ahora tenemos que demostrarlo.

—Esto podría ayudar —señaló con la cabeza a su compañero—. Fewkes se encontró con ella a mediados de mayo. Por eso le he traído. Ella comentó algo raro en un bar. Pensé que a Luke le gustaría oírlo.

—¿Qué fue exactamente?

—Cuando le pedí que bailara conmigo, me dijo que no podía ni acercarse a mí porque su prometido se pondría hecho un basilisco. Le comenté que no veía que llevara sortija y me dijo que era porque todavía no la habían elegido. Yo le dije, «pero si es solo un baile» –imitaba el tono y los gestos que había utilizado aquella noche–. Pero ella insistió en que su prometido era muy celoso. Le contesté que si tenía que pelearme con él no me importaría, y me contestó que no creía que tuviera una sola oportunidad contra el capitán Luke Trussell.

–¿Conocías a Luke?

–No mucho, aunque he jugado alguna vez al béisbol con él, así que sabía de quién me estaba hablando. Y le tengo suficiente respeto como para retirarme. Por supuesto, jamás obligaría a una chica a bailar conmigo. Pero desde que me alejé de ella, Kalyna no dejó de provocarme. Pasaba a mi lado, me rozaba el brazo con el seno o me tocaba de cualquier otra manera. También me miraba desde el otro extremo de la habitación, sonriéndome como si pensara que yo estaba loco por ella. Todo era muy raro. Tuve la sensación de que se me estaba insinuando a pesar de que me había advertido que no estaba disponible.

–¿Qué crees que se proponía? –preguntó Ava.

–¿Jugar conmigo? –respondió él, encogiéndose de hombros.

–Yo creo que estaba viviendo una fantasía –sugirió O'Dell–. Vi cómo se comportaba con Luke. Estaba obsesionada con él. No había nada que deseara más que ser su prometida y que Luke pudiera llegar a estar tan celoso como ella decía que estaba. Disfrutaba del peligro y la emoción de coquetear con Fewkes como si de verdad tuviera algo que temer de Trussell.

Conociendo a Kalyna, Ava se lo creía perfectamente. Esperaba que Luke regresara en cualquier momento, así que asomó la cabeza al vestíbulo. Pero estaba vacío. Tenía la impresión de que los hombres de aquellos apartamentos solo pasaban por casa para ducharse y cambiarse de ropa. Todos eran hombres solteros y muy dinámicos y el apartamento era solo un lugar para pasar la noche.

–¿Le has hablado a Luke de esto? –preguntó mientras cerraba la puerta.

–Pensé que no tenía sentido –respondió Fewkes–. Si Kalyna estaba diciendo la verdad, le fastidiaría saber que habíamos estado coqueteando. Si mentía, no pensaba volver a verla, así que pensé que no tenía ninguna importancia. No había vuelto a acordarme de ello hasta que hoy le he oído comentar a O'Dell en el gimnasio que había una chica que quería acusar a Trussell de violación. Su nombre me sonaba e inmediatamente me he preguntado que qué demonios estaba pasando. ¿A mí me había dicho que era su prometida y después decía que la había violado?

–Ninguna de las dos cosas es cierta –dijo O'Dell.

–Debe de estar completamente loca –añadió Fewkes.

O'Dell le dio un codazo.

–Cuenta todo lo demás.

–¿Hay más?

–Espera a oír esto –contestó O'Dell riendo.

–Esa misma noche, cuando pasé por delante de ella para salir del bar, sentí que me agarraba el trasero –continuó Fewkes.

–¿Continuaba provocándote?

–Supongo que sí, porque cuando le pregunté que qué quería, me dijo que me deseaba, pero que no se atrevía a hacer nada. Le pregunté que qué pasaría si nos descubría su prometido y me dijo que nos mataría.

–¿Qué le contestaste?

–No la creía. Como ya te he dicho, no conozco bien a Luke Trussell, pero me parece un hombre con la cabeza suficientemente fría como para no hacer una cosa así. Así que le contesté: «¿No te parece un poco exagerado?», pero ella me dijo que no, que ella haría lo mismo si le pillara engañándola. Se puso a reír otra vez y me preguntó que si pensaba que estaba de broma. Yo le contesté que pensaba que estaba borracha.

Ava intuía que allí no había acabado todo.

–¿Y?

–Entonces se inclinó hacia delante para enseñarme la navaja que llevaba en el bolso y me dijo que ya lo había hecho antes.

Un escalofrío recorrió la espalda de Ava. Definitivamente, aquel incidente le impulsaba a creer que Kalyna era la culpable de la muerte de Norma.

–¿Qué hiciste?

–Me marché. No quería saber nada más de ella.

–¿Y crees que hablaba en serio cuando decía que ya había matado antes a alguien?

Fewkes asintió con énfasis.

–Completamente en serio. Y estoy dispuesto a declararlo en un juicio.

Aquella historia revelaba una sangre fría aterradora por parte de Kalyna. Aunque ya solo fuera por eso, el testimonio de Fewkes podía ser importante en los dos casos, en el de Luke y en el de Norma.

–A lo mejor tienes que hacerlo. Dame tu teléfono.

Y en cuanto se fueron, llamó a la policía de Mesa.

La puerta se abrió en el momento en el que Luke estaba intentando cambiar todas las bolsas a un solo brazo para poder girar el picaporte.

–El sargento O'Dell y el capitán Fewkes se han pasado por aquí –anunció Ava mientras se apartaba para dejarle pasar.

Luke llevó las bolsas hasta el mostrador de la cocina.

–¿Quién es Fewkes?

–Un tipo con el que has jugado al béisbol en un par de ocasiones.

Luke no reconocía el nombre.

–¿Por qué ha venido a mi casa?

–Para decirte que Kalyna no está bien de la cabeza.

–Vaya novedad –guardó la leche en la nevera–. ¿Cómo lo ha averiguado?

Mientras Ava le explicaba lo que le habían contado

Fewkes y O'Dell, Luke iba guardando el resto de las provisiones. Para cuando terminó Ava, parecía más aliviado que preocupado. Poco a poco iba creciendo el número de gente que estaba de su lado. Ningún juez le condenaría con todos los detalles que estaban saliendo a la luz.

Pero todavía no tenía la menor idea de cómo podía terminar todo aquello. Confiaba en ser capaz de cuidar de sí mismo, y dudaba de que Kalyna pudiera atacarle físicamente. Aunque los asesinatos de personas obsesas no eran solo cosa de las películas.

«Estás saliendo con ella, ¿verdad?».

La acusación que implicaban aquellas palabras demostraba que Kalyna les consideraba una pareja. Y ya había dicho lo que pensaba hacer con cualquiera que tuviera algún interés en él. ¿Estaría Ava en peligro?

Posiblemente. Nadie sabía dónde estaba Kalyna, pero si había asesinado a su madre, estaba dispuesta a todo. Y era una persona con entrenamiento militar y familiarizada con el uso de las armas.

–Estás muy callado –le dijo Ava al ver que no hacía ningún comentario sobre la historia de Fewkes.

Luke dobló las bolsas y las guardó en una estantería de la despensa.

–Estaba preguntándome qué hacer.

–¿Sobre qué?

–Sobre ti.

–Yo no soy problema tuyo.

¿Entonces de quién era el problema? Dudaba de que se hubiera visto enredada en aquella historia si hubiera dejado el caso y se hubiera olvidado de todo. Había sido al apoyarle cuando se había puesto en una situación de riesgo. Había sido él el que le había dicho a Kalyna que Ava estaba trabajando para él. Lo único que le había faltado había sido pintar una diana en la frente de Ava. ¿En qué demonios estaba pensando?

Pensaba que Kalyna era una persona como las demás, como él. Que respondería al abandono de Ava dándose cuenta de que había perdido su inicial posición de ventaja. Que daría marcha atrás. Pero Kalyna no era como los demás. Y cada vez era más consciente de ello.

—Entonces, ¿crees que estarás a salvo en tu casa? ¿Estás segura de que Kalyna no tiene forma de encontrarla?

—Completamente. Pero sí sabe cómo llegar a este apartamento. Puede aparecer por aquí, subir, pegarte un tiro… y todo habría terminado en cuestión de segundos.

—A mí no va a matarme.

—Eso no lo sabes. No puedes quedarte aquí.

—¿Y dónde se supone que tengo que ir?

—A casa de un amigo.

—Todos mis amigos comparten piso y no les sobran camas. Y no pienso dejar mi apartamento a no ser que tenga una opción que realmente me apetezca.

—¿Y eso qué significa?

Luke sonrió.

—Me apetecería ir a tu casa.

—De ningún modo. No vas a venir conmigo.

—¿Por qué no?

A lo mejor la ropa que llevaba era la más fea que le había visto nunca, pero a pesar de todo, estaba guapa con ella. Mucho más guapa que el día que se habían conocido. Luke no era capaz de decir por qué parecía haber cambiado tanto en tan poco tiempo, pero, de alguna manera, su personalidad le hacía parecer mucho más atractiva.

—Tienes una mecedora muy cómoda.

Ava frunció el ceño.

—Estás de broma, ¿verdad? ¿Mañana por la mañana no tienes que trabajar?

—Puedo hacer una llamada de teléfono y dejarle un mensaje a mi superior. Tengo tantos permisos pendientes que seguro que me dará una semana. Eso le ahorrará el tener que pensar qué tareas asignarme ahora que me paso el día en tierra.

—Así que quieres venir a mi casa conmigo.

—Creo que sería más seguro.

Luke disimuló una sonrisa. Él no necesitaba ir a ninguna parte. Tenía una pistola en la cómoda y podía protegerse a sí mismo, pero la imagen de Ava en tanga apareció ante sus ojos por millonésima vez y la posibilidad de quedarse en su casa, o en ninguna otra parte, no podía competir con ella. Dudaba de que Kalyna pudiera encontrar el barco, pero no quería equivocarse por segunda vez y que Ava terminara herida. Sentía la necesidad de protegerla y no veía nada malo en ello.

–¿Qué dices?

–He utilizado mi casa en otras ocasiones como refugio para mis clientes –reflexionó Ava–. Y tengo un dormitorio de sobra...

«Deberías ver el amanecer desde mi dormitorio», recordó Luke. Él no tenía ningún interés en dormir en el dormitorio de invitados. Y pensaba que era justo que Ava lo supiera.

–Solo para que lo sepas, es posible que al invitarme a tu casa te estés buscando problemas.

Ava le miró con los ojos entrecerrados.

–¿Qué clase de problemas?

Luke dio un paso hacia ella y bajó la voz:

–La clase de problemas que pueden tener un hombre y una mujer.

Ava se humedeció los labios.

–Pero tú no sientes ninguna atracción por mí, ¿recuerdas?

–Creo que sobrevaloré mi nivel de desinterés.

–No, tenías razón –Ava retrocedió–. No hacemos buena pareja. Somos completamente diferentes, pertenecemos a dos mundos totalmente distintos.

–Sí, no paro de decírmelo.

–Pero...

–Aun así, continúo deseándote.

Ava se aclaró la garganta.

–No. Olvídate. No voy a hacer nada contigo –respondió.

Pero al hacer el equipaje, Luke metió en la bolsa una caja de preservativos, por si acaso.

La mujer que le dio la bienvenida a Kalyna en Ayuda para las Mujeres, una clínica gratuita de Reno que abría veinticuatro horas al día, permanecía en la puerta de la sala de exploraciones en la que Kalyna había estado esperando. Sonreía, lo cual parecía una buena señal.

–Buenas noticias –anunció.

A Kalyna le dio un vuelco el corazón.

–¿En serio?

–En serio. Los análisis del SIDA demuestran que no tienes anticuerpos. Estás limpia.

Pero, ¿y su bebé?

–¿Y el embarazo?

La sonrisa de la médica desapareció.

–Me temo que no estás embarazada.

¡No estaba embarazada! Kalyna no se lo podía creer. Jamás en su vida había tenido tantas relaciones sexuales sin ninguna clase de protección. ¡Tenía que haberse quedado embarazada! Cuando era más joven, se quedaba embarazada con mucha facilidad.

–¿Tengo algún problema? –preguntó–. ¿Hay algún motivo por el que no pueda tener un hijo?

Volvía a sentir la necesidad de agredirse. ¿Por qué Dios no le daba un hijo? Porque era mala, esa era la razón. Pero había sido Dios el que la había hecho así. Nunca había tenido nada de lo que deseaba, nunca. ¿No podía al menos tener un hijo de Luke?

La doctora se quitó el estetoscopio del cuello y lo guardó en el bolsillo de la bata.

–En un examen tan rápido es difícil determinarlo. Deberías hacerte una revisión más exhaustiva si quieres tener un hijo. Y no te preocupes, incluso en el caso de que tuvieras algún problema, ahora mismo son muchas las posibles soluciones.

Pero para entonces, ya sería demasiado tarde.

Si se hubiera quedado embarazada, Luke le habría dado otra oportunidad. Él era de esa clase de hombres. Y ella solo necesitaba otra oportunidad para demostrarle lo bien que podían llegar a estar juntos. No había nadie que le quisiera tanto como ella.

—Ya puedes marcharte —le dijo la doctora, y salió de la sala.

Kalyna se levantó lentamente. «¿Y ahora qué?», se preguntó. Solo era cuestión de tiempo que Ogitani abandonara el caso. Su propio padre testificaría contra ella. Y también Ava. Esa zorra lo había fastidiado todo hablando con su madre, con su hermana y con Luke. Se suponía que no tenía que haber ocurrido...

Había sido Ava la que había alejado a Luke de su lado.

«La odio. La odio con todo mi corazón». Kalyna ya no tenía esperanzas. No le quedaba nada.

Pero mientras salía con los resultados del análisis, comprendió que estaba renunciando demasiado pronto. Aunque en el análisis pusiera que no estaba embarazada, eso era algo que con un poco de corrector y una fotocopiadora se podía solucionar.

Luke le había pedido alguna prueba de que estaba embarazada y ella le presentaría los resultados falsificados. Por supuesto, su estrategia solo duraría unos cuantos meses. Después, sería evidente que su vientre no crecía.

Pero unos cuantos meses eran mejor que nada.

El padrastro de Ava había dejado la casa flotante donde estaba. Aunque había dejado tras él el olor a colonia barata, gracias a Dios, se había marchado. Ava no quería tener que volver a hablar con él después de haber dormido tan poco... y llevando a Luke con ella.

Bueno, en realidad, nunca tenía ganas de hablar con él.

En cuanto retiró la llave de debajo de una maceta y abrió la puerta, vio una nota en la mesa de la cocina. Estaba todo tan oscuro que tuvo que encender la luz para leerla.

Gracias, decía Pete con un rápido garabato. Alguien, presumiblemente su novia, había escrito debajo:

Gracias por permitirnos utilizar tu casa. Ha sido una aventura maravillosa que mi hijo nunca olvidará.

—Es una pena que no haya dejado su número de teléfono —musitó Ava.

—¿Quién? —preguntó Luke.

—Liz… Smeltzer, si estoy leyendo bien la firma.

—¿La novia de tu padrastro? ¿Serías capaz de advertirla contra él?

—Desde luego.

Abrió el maletín y sacó su ordenador.

—No me digas que vas a seguir trabajando —dijo Luke cuando lo encendió.

—Sí, me gustaría hacer unas cuantas cosas, como llamar a la hermana de Kalyna.

—¿Hay alguna posibilidad de que sepa dónde está Kalyna?

El ordenador se puso en funcionamiento.

—Es posible que haya estado en contacto con ella, pero, en cualquier caso, podría convertirse en nuestra aliada.

—¿Cómo lo sabes?

Ava se sentó en la mesa del comedor.

—Cuando hablé con ella la noche del restaurante, me pareció muy diferente a su hermana. Tuve la impresión de que en realidad no quería hablar mal de su madre. Y ahora que ha pasado esto, es posible que esté suficientemente afectada como para decir lo que realmente piensa.

Luke dejó su petate encima del sofá.

—También puede llamar a su hermana y decirle todo lo que le estás contando.

—Creo que es un riesgo que tenemos que correr, ¿no te parece? Es posible que sospeche que Kalyna mató a Norma y eso puede haber erosionado su lealtad hacia su hermana.

–O hacerle temer a Kalyna –la contradijo–. A lo mejor por eso dijo lo que dijo cuando hablasteis por teléfono.

–Es lógico que tema a su hermana. Si Kalyna es tan egoísta como creo, todo el mundo debería temerla. Por eso tenemos que actuar rápidamente. Cuanto antes la encuentre la policía, antes podremos respirar todos.

–¿Tienes su número de teléfono?

Ava entró en uno de los navegadores de Internet y localizó la página de la funeraria.

–No tengo su móvil, pero puedo llamar a la funeraria. Estoy segura de que fue así como Jonathan consiguió el número.

–¿Jonathan?

–Stivers. El detective privado que me ayuda en algunos casos.

–No es Geoffrey.

–No.

–¿Cada cuánto ves a Geoffrey?

–Una vez a la semana, aproximadamente.

–¿Por qué no te acuestas con él?

Se había acostado con él, aunque hacía tiempo, pero no estaba segura de que quisiera explicarle a Luke lo vacía que se sentía cuando lo hacían.

–Ya has oído a mi padrastro, soy frígida.

–Estoy seguro de que no te lo crees...

No, pero esperaba que Luke se lo creyera. Quizá de esa forma disminuyera parte de la tensión sexual que había entre ellos.

–Yo ya no sé lo que creo –farfulló.

–¿Cuánto tiempo ha pasado desde la última vez que has estado con alguien?

–Eso no es asunto tuyo.

–Vamos, Ava, somos amigos, ¿no?

–No.

No eran amigos. Por eso tenía que cambiar de tema, o

no pasarían ni quince minutos antes de que hubieran empezado a quitarse la ropa. Entonces Luke descubriría que no era frígida en absoluto. De hecho, cada vez que miraba a aquel hombre deseaba tocarle.

—Estábamos hablando de llamar a Tatiana.

—Sí —se frotó la cara—. A lo mejor deberíamos esperar a mañana. Acaba de perder a su madre.

—Sé que esto puede sonar duro, pero ahora es cuando más información podemos sacarle. Y Kalyna podría ser peligrosa, no solo para nosotros, sino también para los demás.

—En ese caso, vale la pena intentarlo.

Ava marcó el número de teléfono, esperó a que se activara el mensaje del contestador y pulsó después el número uno. No contestó nadie, pero tenía la opción de dejar un mensaje.

—Soy Ava Bixby, de El Último Reducto, una organización de apoyo a las víctimas de Sacramento. Me gustaría hablar con Tatiana. Tatiana, por favor, ¿podrías devolverme la llamada? Hay algo muy importante de lo que me gustaría hablar contigo —dijo, y dejó su número de teléfono.

Acababa de colgar cuando sonó el teléfono. En el identificador de llamadas apareció el número de la funeraria.

Tati caminaba nerviosa por el dormitorio mientras esperaba a que Ava Bixby contestara. En realidad, no debería haber devuelto la llamada. Sabía lo que Kalyna pensaba de Ava, sabía que interpretaría aquella llamada como una traición. Llevaba horas intentando localizar a su hermana, pero, o bien se había quedado sin batería, o había desconectado el teléfono. ¿Por qué no había vuelto a hablar con ella desde la última vez que la había llamado? Podría haber utilizado una cabina telefónica y llamar a cobro revertido si no tenía dinero. ¿No le importaba que su madre estuviera muerta? ¿Que toda su familia estuviera destrozada?

¿Y la fotografía que Mark le había enviado? ¿Qué significaba?

No podía ser cierto lo que había dicho. Kalyna siempre había sido una persona rara. Era sombría, reservada y egoísta, aunque de vez en cuando tuviera algún gesto de generosidad, como cuando le había comprado los vaqueros en el centro comercial. Pero jamás mataría a nadie por pura diversión, como Mark había dicho.

—Yo solo la ayudé a deshacerse del cadáver, Tati —se había defendido.

—¿Por qué no se lo contaste a nadie?

—¿Estás de broma? Estaba localmente enamorado de ella. Y me había prometido toda clase de favores sexuales si conseguía sacarla del lío en el que se había metido. No renuncié hasta que me amenazó con contarles a tus padres lo mío con los… bueno, ya sabes, con los cadáveres. A ella también le gustaba hacérselo con los muertos. No creas que era solo yo. Fue ella la que me obligó a empezar a hacerlo. Decía que no se acostaría conmigo hasta que no le demostrara…

—¿Diga?

Tatiana tragó saliva, intentando olvidar las acusaciones que se repetían en su cabeza.

—¿Ava? Soy Tatiana Harter… Me has llamado…

—¿Estás bien, Tatiana?

Tatiana no esperaba encontrar tanta preocupación en su voz y no pudo evitar responder:

—No lo sé —empezó a llorar—. Nunca he estado tan asustada… ni tan confundida.

—¿Cómo van las cosas por allí?

—Esto es un caos. Nadie sabe nada, salvo que mi madre está muerta.

—¿Has sabido algo de Kalyna?

—No he vuelto a saber nada desde que la he llamado esta mañana para decirle lo de mi madre.

—Tú no crees que ella sea la culpable de lo que ha pasado, ¿verdad?

—No sé qué pensar… Pero nada de esto tiene sentido.

—La policía me ha hablado de un hombre llamado Mark

Cannaby. Al parecer tuvo problemas con tus padres y lanzó algunas amenazas.

—He hablado varias veces con Mark y él... y él dice que es inocente.

Y, que el cielo la ayudara, pero después de haber visto la fotografía que le había mandado, también ella estaba empezando a creerlo.

—¿Tiene coartada, Tati?

—No, dice que anoche estuvo solo. Pero Kalyna tampoco tiene coartada. Dice que se fue de casa a las doce, pero eso no tiene por qué ser verdad. Los informes dicen que mi madre murió entre la una y las cuatro de la madrugada. Incluso en el caso de que Kalyna se fuera a las doce, el margen de tiempo es muy pequeño.

—Hoy ha venido a verme un hombre —le explicó Kalyna—. Dice que tuvo una conversación interesante con tu hermana hace varias semanas.

Tati se encogió por dentro al pensar en lo que podría haberle contado. A Kalyna le gustaba impactar a los demás, algo de lo que a menudo ella se avergonzaba.

—¿Y qué le dijo?

—Le dijo que había matado a alguien en una ocasión. Y fue suficientemente convincente como para que él la creyera. Y después de lo que ha dicho la policía sobre esa autoestopista, me preocupa que pueda ser cierto...

Al oírla, Tatiana se derrumbó por completo.

—¡Dios mío! ¿Cómo es posible que uno crea conocer a alguien y no lo conozca en absoluto?

—Es algo que ocurre constantemente —la tranquilizó Ava—. ¿Has visto u oído algo que pueda corroborar esta historia?

—En realidad no —Tatiana tenía que hacer un enorme esfuerzo para poder seguir hablando—. ¿Puedes enviarme tu correo electrónico? Voy a mandarte algo.

Capítulo 24

La mujer a la que Kalyna se había colado para entrar en el cuarto de baño de la gasolinera de Auburn, en la que había parado para llenar el depósito, le dirigió una mirada sombría cuando salió, pero Kalyna se limitó a sonreír. Después de pasar quince minutos en un establecimiento de fotocopias, tenía por fin el documento que demostraba que estaba embarazada. Ya no necesitaba nada más, al menos de momento. Estaba deseando enseñárselo a Luke. Aunque intentara comprobar el resultado con la clínica, no le dirían nada. En los centros de ese tipo toda la información era estrictamente confidencial.

Kalyna deambuló por los pasillos del pequeño supermercado. En cuanto Luke se hiciera a la idea, sería más receptivo, se decía a sí misma. Lo único que tenía que hacer era conseguir que la perdonara. En cuanto pudiera hablar con Ogitani, le diría que ya no creía que fuera Luke el hombre que la había violado y la mayor retiraría los cargos. Después, le diría a Luke que había decidido confesar la verdad porque su conciencia y su amor por él no le permitían seguir mintiendo. Y en el momento en el que él comenzara a mostrarte aliviado y agradecido, le pediría perdón por su mala conducta y le prometería que no volvería a pasar nunca más.

Estaba segura de que podría convencerle. Ella podía llegar a ser muy persuasiva.

Su sonrisa se tornó soñadora cuando se imaginó besándole y reconciliándose con él. Al imaginarse de nuevo entre sus brazos.

–¡Mire por dónde va!

–¡Lo mismo digo! –replicó.

Había estado a punto de chocarse con un adolescente, pero no le importó. Acababa de ver algo que absorbió completamente su atención: productos para bebés. Había toda una estantería con pañales, leche materna, mordedores, cucharas de plástico, sonajeros, camisetas...

Cuando Luke y ella volvieran a estar juntos, a lo mejor se quedaba embarazada. Y por fin tendría lo que necesitaba para retenerlo a su lado para siempre.

Acarició un pijama de felpa. Qué suave era. Se imaginó a sí misma abrazando al hijo de Luke con un pijama como aquel y no resistió las ganas de comprarlo. Después, para hacer su fantasía más real, agarró un paquete de pañales y un bote de leche.

–Tienes un niño esperándote en casa, ¿eh? –comentó la dependienta mientras cobraba.

–Estoy embarazada –respondió Kalyna.

–¡Qué emocionante! ¿Es tu primer hijo?

–Sí, es el primero –sacó la fotografía de Luke que llevaba en el bolso–. Este es el padre. No podría estar más orgulloso.

La dependienta alzó la mirada y sonrió al ver la fotografía de Luke.

–Vaya, es guapísimo.

–Y la tiene enorme –susurró Kalyna, y salió, dejando a la estupefacta dependienta con los treinta y cinco centavos del cambio en la mano.

–Así que es posible que haya dejado embarazada a una asesina que ha matado a dos personas –Luke ni siquiera podía mirar la pantalla. No quería ver la fotografía de Kalyna. Desnuda o no, la encontraba repugnante–. ¡Menuda herencia para mi hijo!

–No sabemos si es una asesina. Y, por cierto, tampoco sabemos si está embarazada.

–Ha dicho que me enviará pruebas. Eso me hace temer que, por una vez, esté diciendo la verdad.

–Solo estuvisteis juntos una vez y utilizasteis preservativo.

–Pero ya sabes lo que hizo con él.

–Es posible que esté mintiendo, que esté utilizando lo del embarazo para reclamar tu atención –Ava se reclinó en la silla, pero continuó mirando la fotografía que Tatiana le había enviado–. Es lo que está haciendo desde el primer momento. Quiere que te fijes en ella, quiere que te resulte imposible alejarte de su lado, que no puedas olvidarla.

–Y está consiguiéndolo.

–Creo que jamás en mi vida me he encontrado con una mujer tan fría, tan calculadora.

Luke miró el reloj. Solo eran las tres, pero estaba agotado. Normalmente, se despertaba muy temprano, trabajaba duro y entrenaba después. Pero le resultaba más fácil aguantar toda aquella actividad física que la tortura a la que se había visto sometido durante toda la semana. Y el hecho de que no hubiera dormido apenas la noche anterior tampoco ayudaba.

Ava se acercó a la pantalla.

–Mira esa sonrisa. Es casi desbordante. Como si detentara todo el poder en la relación que mantiene con la persona que está haciendo la fotografía y lo supiera.

–Fue Mark el que la fotografió, ¿verdad? –preguntó Luke.

–Supongo que sí.

–Otra razón para hablar con él.

–¿Por qué va a tener un necrófilo más credibilidad que Kalyna? Él también tiene muchos secretos que esconder –comentó Luke.

–Lo que él ha hecho ya ha salido a la luz, así que es posible que no esté tan a la defensiva. Además, que practique la necrofilia no significa que sea un asesino.

–Eso es cierto, sobre todo por lo que concierne a la autoestopista. Ni siquiera tenemos pruebas de que haya existido. Y en el caso de que exista, todavía estará dada por desaparecida. Quemaron el cadáver, así que no hay ninguna prueba de que haya muerto.

Evitando mirar la fotografía de Kalyna, Luke se sentó enfrente de Ava.

–No debe de ser difícil deshacerse de las cenizas.

Ava asintió.

–Se encontraban en la situación perfecta para deshacerse de un cadáver sin dejar huellas.

–Sí, eso es cierto. Pero también es posible que Kalyna esté intentando desviar la atención. Los dos sabemos lo inteligente que es.

Ava se reclinó en la silla.

–Creo que debemos pedirle a Jonathan que investigue, que busque información sobre una mujer desaparecida de Nuevo México llamada Sarah.

Luke se frotó la barbilla.

–Tatiana ha dicho que Sarah tenía catorce años. ¿Eso es suficiente para iniciar una investigación? ¿Cuándo se supone que mataron a esa chica?

–Mark estuvo trabajando para los Harter entre los dieciséis y los diecisiete años de Kalyna. Eso significa que Sarah debió de desaparecer por aquella época, a no ser que llevara más tiempo fuera de casa.

–A los catorce años, lo dudo.

–No es normal que un niño se vaya de casa antes de esa edad –se mostró de acuerdo Ava.

–Pero han pasado casi diez años. No será fácil seguirle el rastro.

–Jonathan es un buen detective –le aseguró Ava–. El mejor. También nos vendría bien conseguir alguna información sobre Mark.

Luke estiró las piernas.

–Supongo que ahora que Kalyna le está señalando con el dedo, estará más motivado a colaborar.

Ava comenzó a teclear.

—¿Qué estás haciendo? —le preguntó Luke.

—Buscar información sobre la necrofilia. Esta es mi primera experiencia en ese campo.

Luke esperó hasta que Ava dejó de buscar información y comenzó a leer.

—¿Qué dice?

Ava se lo resumió rápidamente.

—Al parecer, la mayor parte de los necrófilos actúan por un deseo de poseer a una pareja que no se les resista y que no exprese rechazo.

—Así que lo que les motiva es tener poder, dominar la relación.

—Algo que les ocurre a muchos delincuentes. Y normalmente se deriva de una falta de autoestima —se interrumpió y siguió leyendo—. Esto es interesante.

—¿El qué?

Ava leyó:

—«En el antiguo Egipto, solían dejar que los cadáveres de las mujeres hermosas se descompusieran durante tres o cuatro días antes de llevarlos a embalsamar para que no pudieran despertar ningún interés sexual» —miró a Luke por encima de la pantalla del ordenador—. ¿Quién podría imaginarse que una civilización tuviera que tomar medidas tan drásticas?

—Por lo visto, los desórdenes mentales no han cambiado mucho durante todos estos siglos.

—Gracias a los medios de comunicación, ahora oímos hablar más de ellos.

Como la fotografía de Kalyna ya no aparecía en la pantalla, Luke fue a sentarse al lado de Ava.

—Entonces, ¿cuándo vas a llamar a Mark? ¿Mañana?

—¿Por qué esperar tanto?

—Sabemos que trabaja en el cementerio, pero supongo que no estará allí un domingo a las diez de la noche, ¿verdad?

—En People Search podemos encontrar su número de teléfono.

–¿Tan fácil es encontrar información personal?

–El número a lo mejor aparece en la guía telefónica, pero en People Search podemos encontrar otros datos, como la fecha de nacimiento.

–Eso podríamos haberlo sabido por Tati –musitó Luke.

Quince minutos después, tenían el número de teléfono de un Mark Cannaby de Mesa, en Arizona. Y Luke estaba seguro de que era el Mark que buscaban. Por su fecha de nacimiento, que aparecía en la página, como había adelantado Ava, tenía treinta y siete años, que era la edad que les había dicho Tatiana cuando la habían llamado por teléfono.

Un rápido vistazo a un mapa les indicó que vivía a menos de cinco kilómetros de la funeraria.

–Si tuviera un teléfono fijo, te diría que escucharas por la otra línea, pero solo tengo el móvil –le advirtió Ava.

–Me acercaré –respondió Luke, y Ava marcó el número de teléfono.

Mark contestó a la primera llamada.

–¿Diga?

–¿Mark? Soy Ava Bixby, de El Último Reducto, una organización de apoyo a las víctimas de Sacramento.

–¿Por qué me llama? –el recelo de su voz indicaba que estaba nervioso, a la defensiva.

–Tatiana Harter me ha dicho que debería hablar contigo sobre una chica llamada Sarah –contestó Ava.

–¡Yo no la maté! –gritó–. ¡Lo juro! ¡Todo fue cosa de Kalyna!

–¿Y qué motivo podía tener para querer matar a una chica dos o tres años menor que ella?

–Me dijo que quería hacer un trío, que era su fantasía sexual.

Ava miró a Luke. Aquello parecía muy propio de Kalyna.

–¿Dónde la conoció?

–La vio delante de su casa. La carretera que pasa por delante de la funeraria es un lugar de mucho tráfico. Sarah estaba haciendo autostop para ir a Tucson. Kalyna la convenció de que pasara la noche en su casa, le ofreció cama y comida. Pero lo que hizo fue amordazarla, la ató y la escondió en el cobertizo del jardín.

—¿No tenía miedo de que su padre pudiera encontrarla y se enterara de lo que había hecho?

—Yo era el único que me ocupaba del jardín. El señor Harter no iba nunca allí. Pasaba todo el tiempo en la funeraria, embalsamando cadáveres y vendiendo ataúdes. Pero yo estaba muy nervioso. No paraba de decirle a Kalyna que tenía que soltarla, pero ella no quería ni oír hablar de ello.

—¿Cuánto tiempo estuvo Sarah allí?

—Tres o cuatro días.

Ava apretaba el teléfono con tanta fuerza que tenía los nudillos blancos.

—¿Y al final la asesinó?

—Sí.

—¿Cómo lo sabes?

—Yo... —se le quebró la voz—. Ayudé a Kalyna a deshacerse del cadáver.

Ava miró a Luke inquieta y este le hizo un gesto con la cabeza para animarla a continuar.

—Eso es algo muy serio, Mark.

Mark permaneció en silencio.

—¿Qué ocurrió? —le urgió Ava.

—No quiero recordarlo. He olvidado todo. Ha sido la única manera de poder seguir viviendo.

—Supongo que sabes que vas a tener que enfrentarte a una acusación muy grave.

Silencio.

—Te sugiero que nos cuentes todo lo que sabes.

Mark musitó algo así como un «Dios mío», pero en cuanto empezó a hablar, pareció dispuesto a contarlo todo.

—A Kalyna le gustaba que hiciera cosas con Sarah. Me decía que tenía que demostrarle mi amor si quería volver a tocarla otra vez.

—¿Cosas como...?

Una vez más, Mark parecía reacio a hablar.

—No creo que quiera saberlo.

—Necesito saberlo.

Mark gimió.

—Sabía que esto iba a ocurrir algún día.

—¿Qué le hiciste, Mark?

—La violé con objetos, la sodomicé… le hice de todo.

Al ver que Ava se estremecía, Luke le tomó la mano. Aquello era tan repugnante que apenas podía creer que fuera real.

—¿Cómo murió? —quiso saber Ava.

—Kalyna comenzó a aburrirse de ella. Yo quería dejarla marchar, pero Kalyna me decía que no fuera estúpido, que contaría todo lo que le había pasado a la primera persona con la que se encontrara y nos enviarían a prisión durante el resto de nuestras vidas. Así que me pidió que la electrocutara.

Ava apretó la mano de Luke.

—¿En el cobertizo?

—Me dijo que la metiera en un cubo de agua y que sacara después el alargador que utilizaba para el cortacéspedes.

Aquello parecía excesivamente detallado para ser mentira. Luke se preguntaba qué estaría pensando Ava.

—¿Y lo hiciste? —le preguntó.

—No. Gracias a Dios, me confundí de cable —bajó la voz—. Pero lo que hice fue casi peor.

—¿Qué hiciste?

—Nada. No hice nada para ayudar a esa chica.

—¿Y Kalyna?

—Cuando le dije que no iba a matarla, se enfadó tanto que empezó a darle patadas en la cabeza, en la cara. Sarah estaba atada de pies y manos, no podía escapar. Yo intenté detener a Kalyna, pero…

—¿Pero qué?

—No fui capaz de calmarla. Estaba rabiosa. Jamás había visto nada parecido. Tenía miedo de que alguien pudiera oírla y entrara a ver lo que pasaba, así que me fui.

Cuando Ava apoyó la cabeza en el hombro de Luke, este supo lo mucho que la estaba afectando lo que estaba oyendo. Él también comenzaba a sentirse enfermo. Pero Ava continuó hablando.

—Entonces, ¿cómo sabes qué murió?

Mark suspiró.

—Kalyna vino a buscarme más tarde. Me dijo que me perdonaría que hubiera sido tan cobarde si iba a buscar a Sarah y la metía en el crematorio. Decía que así todo acabaría y las cosas volverían a ser como antes.

—Y tú lo hiciste.

Se produjo una pausa tras la que Mark lo confirmó:

—Sí.

—¿Y después qué? —quiso saber Ava.

—Después, nada. Kalyna le quitó a Sarah la gargantilla antes de que enterráramos el cadáver. Cada vez que nos acostábamos, insistía en ponérsela como si fuera una especie de trofeo. Creo que disfrutaba demostrando el poder que tenía sobre mí. Tengo una fotografía suya sentada en mi cama…

—Tatiana nos la ha enviado —le interrumpió Ava.

—Entonces la ha visto.

—Sí.

Se hizo el silencio de nuevo.

—Lo siento. Me gustaría no haber conocido nunca a Kalyna.

—¿Por qué ha permanecido en silencio durante tanto tiempo? —le susurró Luke a Ava al oído—. ¿Por qué no ha confesado?

Cuando Ava le repitió las preguntas que Luke había formulado, Mark rio con amargura.

—No sabe lo vengativa que puede llegar a ser Kalyna. Y lo bien que miente. Yo era un hombre mayor que ella y sus padres pensaban que practicaba la necrofilia. Tenía miedo de lo que podía ocurrir si se abría la caja de los truenos.

—¿Practicas la necrofilia, Mark?

—No, absolutamente no.

–Norma le dijo a tu novia que te había pillado… teniendo relaciones con un cadáver.

–¡Kalyna también estaba detrás de eso! ¡Ella lo preparó todo!

–¿Qué quieres decir?

–Le gustaba obligarme a hacer cosas que le habrían revuelto el estómago a cualquier persona normal. Me decía que tenía que demostrarle mi amor, pero ahora comprendo que solo quería aprovecharse de mí. Me obligaba a hacer cosas cada vez peores. Yo no soy gay, ni siquiera bisexual… y no tengo ningún interés en los cadáveres. Pero… estaba tan loco por ella que no podía soportar la idea de perderla. Habría hecho cualquier cosa. Bueno, casi. Yo no maté a Sarah, como ella dice.

Luke ya no era capaz de permanecer sentado. La adrenalina corría a toda velocidad por sus venas. Pero si se levantaba, se perdería la conversación.

–Tú tenías diez años más que ella, ¿cómo es posible que te tuviera sometido hasta ese punto? –preguntó Ava.

Luke advertía la incredulidad que reflejaba la voz de Ava. Y la compartía.

–Es difícil de explicar. No tengo una respuesta. Ella era todo lo que siempre había querido. Nunca se había fijado en mí una chica tan atractiva. Y al principio no era tan demandante. Parecía dulce, incluso inocente. Pero cuando se dio cuenta de que estaba enamorado de ella, todo cambió.

–Así que te preparó una encerrona.

–Sí. Esa fue su forma de deshacerse de mí. Creo que estaba cansada, que quería sacarme de su vida, pero me decía constantemente que yo lo era todo para ella, así que no podía romper conmigo. Además, yo sabía lo de Sarah. Y también que estaba empezando a acostarse con algunos jugadores del equipo de fútbol del instituto. No quería tener que aguantar mis celos, no quería que siguiera formando parte de su vida. Me convenció de que… de que lo hiciera con una anciana que había muerto el día anterior. Me dijo que si lo hacía, podría acostarme con ella después. Para entonces, ya había empezado a ponerme condiciones para estar conmigo... Pero debía de haberle dicho algo a su madre, o haberle hecho llegar la información de alguna manera, porque su madre nunca pasaba por allí. Y, de pronto, allí apareció.

–¿Dónde estaba Kalyna cuando entró su madre? –quiso saber Ava.

–No lo sé. Supongo que había salido sin que me diera cuenta. Esa es otra de las razones por las que creo que sabía que iba a venir.

–Y te despidieron.

–Y me despidieron.

–¿Volviste a ver a Kalyna después de aquello?

–Quería verla. Solo Dios sabe cuánto lo deseaba. Durante los primeros meses que pasé sin ella, pensaba que iba a morir. Pero a ella no pareció afectarle la separación. Podría haberse escapado para venir a verme, pero no lo hizo. Y yo ni siquiera podía llamarla. Después de lo que la señora Harter había visto, sus padres estaban decididos a mantenernos separados. Las pocas veces que conseguí hablar con Kalyna por teléfono, se excusó diciéndome que sus padres la vigilaban de cerca.

–¿Y qué hacía Tatiana durante todo este tiempo?

–Tati no es como Kalyna. Es una chica muy buena, pero no es... no sé, tan dinámica, tan emocionante. No tiene el carisma de su hermana. Kalyna sabe ser exactamente como uno quiere que sea. Y su verdadera personalidad no sale a la luz hasta que no se siente completamente a salvo.

–¿Cómo es posible que Tatiana no se dé cuenta de cómo es su hermana? –susurró Luke.

–¿Tatiana y Kalyna están muy unidas?

–Kalyna decía querer mucho a su hermana, pero en realidad no quería a nadie. Dejaba todo el trabajo a su hermana para venir conmigo. Supongo que Tati sabía que teníamos relaciones, pero era como si no quisiera enfrentarse a ello, como si le afectara demasiado y prefiriera ignorarlo. Era suficientemente leal como para no delatarnos. Pero si hubiera pensado que lo que hacíamos era algo peor que acostarnos juntos, habría dado un paso adelante. Kalyna sabía lo que podía decirle a su hermana y lo que no.

–¿Qué sientes ahora por Kalyna?

Mark rio con amargura.

–Me gustaría decir que la odio. Y en cierto modo, así es, pero…

–¿Pero?

–Incluso después de todo lo que pasó, hay veces en las que creo que me gustaría estar con ella. Para mí, era como una droga. Yo nunca he fumado, pero he oído decir a personas que llevan años y años sin fumar, que cuando ven un cigarrillo, sigue apeteciéndoles. Eso es lo que me pasa a mí. Pero sé que jamás volvería con Kalyna, aunque ella quisiera. Estoy convencido de que está enferma.

–Creo que ahora está enamorada de otra persona –Ava miró a Luke mientras lo decía.

–¿Ah, sí? Pues creo que debería advertirle. Si es suficientemente inteligente, se mantendrá alejado de ella. Al principio, Kalyna será todo lo que uno puede desear de una mujer, pero luego, se volverá contra él.

Ava pareció darse cuenta de que estaba agarrada a Luke, porque lo soltó de pronto.

–¿Por qué amenazaste a la señora Harter, Mark?

–Fue una estupidez, pero estaba muy enfadado. Por fin había conseguido rehacer mi vida. Estaba saliendo con una chica con la que pensaba que podía llegar a tener una relación seria. Era la primera vez que me gustaba alguien después de lo de Kalyna. Y Norma Harter acabó con esa relación.

–Rompisteis.

–No era capaz de tocarme después de lo que le habían contado. Y no la culpo.

–¿Le has contado a la policía lo que me has contado a mí?

–Sí, mañana haré una declaración formal.

–Una última pregunta.

–¿Sí?

—¿Por qué volviste?

—Había pasado mucho tiempo y Kalyna ya se había ido. Había estado en Tucson, trabajando de camarero, y necesitaba un trabajo mejor. No es que me guste especialmente este mundo. Es solo que… es lo único que sé hacer.

—Lo comprendo. Bueno, gracias por haber hablado conmigo.

Mark la retuvo antes de que pudiera colgar.

—¿Puedo hacerle una pregunta?

—Por supuesto.

—¿Qué cree que va a pasar ahora?

—¿En qué sentido?

—¿Qué cree que puede pasarme?

—Eso depende de cómo plantee el caso el fiscal del distrito. Pero en el caso de que fueras a prisión, estarías mucho menos tiempo que Kalyna —se despidió de él y colgó.

—¿Qué te parece? —preguntó Luke cuando Ava dejó el teléfono en la mesa.

Ava se volvió hacia él y le miró atentamente.

—Le creo.

—Yo también. Eso significa…

—Eso significa que Kalyna es la persona más perversa con la que me he encontrado en mi vida.

—Y está obsesionada conmigo —Luke se pasó la mano por el pelo—. Eso siempre es una buena noticia.

Estaba comenzando a bromear, pero Ava permaneció muy seria.

—Ahora mismo, ya no puedes aplicar las normas que empleas en otros casos. Hasta que la policía la encuentre, tendrás que vigilar tu espalda cada segundo.

Luke la miró con el ceño fruncido.

—¡No voy a huir de una mujer!

Ava se levantó de un salto.

—¡Esa es exactamente la clase de tontería machista que podría matarte! Tienes que ser consciente de ello.

Luke también se levantó.

—Pero puede pasar mucho tiempo hasta que la policía la

pille. Y tampoco tenemos garantías de que puedan encontrar pruebas de todo lo que se le acusa. No puedo permitir que ella, ni nadie, interrumpa mi vida durante tanto tiempo. ¡Eso sí que sería una sandez! Si es a mí a quien quiere, que venga a buscarme. Soy perfectamente capaz de enfrentarme a ella.

—No lo comprendes, Luke. Si Kalyna es como Mark acaba de describirla, nunca sería un enfrentamiento justo.

—Eso no importa.

—¿Quieres dejar de comportarte como si fueras el perfecto caballero? ¡Kalyna mató a una chica inocente por mero entretenimiento! Ha matado a la mujer que la adoptó, probablemente para conseguir dinero para gasolina. Jamás en tu vida te has enfrentado a una mujer como ella.

—Esas dos víctimas eran vulnerables a ella. Las dos eran débiles y no eran conscientes de la peligrosidad de Kalyna. Yo no cometeré el mismo error.

—Pero esa mujer no tiene conciencia.

—¿Qué quieres que haga? Tengo un trabajo, Ava. Puedo quedarme aquí esta noche si eso te hace sentirte mejor. Mientras siga asignado a esta zona, incluso puedo tomarme varios permisos. Pero los permisos se acaban. Y encuentren a Kalyna o no, tendré que ir a trabajar.

Ava estaba furiosa.

—Eres un estúpido, ¿lo sabes? ¡Vas a conseguir que te maten!

Luke la agarró entonces del brazo, sorprendido por la dureza de su reacción.

—Vaya, ¿qué está pasando aquí, Ava?

—No es la primera vez que me encuentro con una situación de este tipo. He visto a mujeres asesinadas porque no eran capaces de escapar de los hombres que las atormentaban. ¿Crees que quiero que te pase lo mismo a ti? ¡Y solo por el hecho de ser un hombre y por pensar que una mujer no puede hacerte lo mismo!

¿Por qué estaba tan alterada? Todavía no le había pasado nada.

–¿Qué te pasa, Ava?

–¡No te estás tomando esto suficientemente en serio!

–Y yo creo que te lo estás tomando demasiado en serio. ¿Por qué?

Ava le fulminó con la mirada, pero no respondió.

–¿Estás empezando a quererme? –le preguntó Luke suavemente.

–¡No! –le espetó, pero no fue capaz de sostenerle la mirada.

Se apartó de él, y salió del comedor.

Unos segundos después, se oía un portazo.

Capítulo 25

Ava había reaccionado de forma exagerada y lo sabía. La falta de sueño, el estrés de pasar demasiadas horas trabajando en casos de alto riesgo, el saber que Jane Burke iba a comenzar a trabajar en la organización sin estar preparada para ello, la tensión constante para no ceder a la atracción por Luke… Todo ello la estaba desgastando. Y lo que Mark había contado de Kalyna… Era tan perverso, tan aterrador. No podía soportar la idea de que Luke sufriera ningún daño.

Pero el problema de Ava era más profundo.

«¿Estás empezando a quererme?».

Sí, estaba empezando a enamorarse, a pesar de todos los esfuerzos que estaba haciendo por guardar las distancias. Y no quería recibir una llamada de alguien diciéndole que había muerto, especialmente cuando habían contado con lo que tantas víctimas no tenían: una seria advertencia.

La puerta se abrió y Ava oyó salir a Luke. Esperando que las hierbas que crecían en la ribera del río la escondieran, se alejó de la orilla. Necesitaba pasar algunos minutos a solas, recuperar las energías.

«Creo que sobrevaloré mi nivel de desinterés».

No podía considerarse como la admisión de un apasionado deseo. Era una mujer y estaba cerca, nada más. Haría mejor en volver a acostarse con Geoffrey otra vez. A lo mejor nunca llegaba a ver fuegos artificiales, de hecho, nunca los había visto, pero no terminaría triste y destrozada, como había terminado su madre.

—¿Ava? —la llamó.

Ava no contestó. «Vuelve dentro», le pidió a Luke en silencio, «estoy demasiado emocionada como para tratar ahora contigo, demasiado cansada de estar levantando todo el rato mis defensas». No quería pensar, no quería tener cuidado, no quería ser prudente. Quería abandonar todas sus reservas y aceptar aquel placer que estaba a su alcance. Pero sabía que actuar de forma impulsiva siempre era un error. Y esa clase de errores se cobraban un alto precio.

—Ava, será mejor que me contestes, porque no voy a parar de buscarte hasta encontrarte.

Oyó sus pasos por la borda, pero cuando llegó a tierra, giró en la dirección contraria, así que Ava se quitó los zapatos y se acercó a la orilla del río. No era el agua más limpia del mundo, pero sentía la tentación de hundirse en ella. Nadaba a menudo en el río, y no era la única que lo hacía. Eran muchos los que practicaban el esquí acuático en aquella zona.

Quizá la frialdad del agua tuviera el efecto de una bofetada. A lo mejor le daba fuerzas para luchar.

—¡Ava! Maldita sea, no me dejes aquí plantado como un idiota.

Era ridículo no responder, así que, por muchas ganas que tuviera de estar sola, Ava contestó:

—¡Vete a la cama, Luke!

Orientándose por la dirección de su voz, Luke caminó hacia ella.

—¿Qué te pasa?

—Nada, en realidad. Es solo la historia de la autoestopista. Es tan siniestra. Me hace pensar en algunas clientas que he perdido.

Era cierto, pero solo en parte. La situación de Bella no era la misma que la de Sarah, aunque sus muertes se le antojaran en aquel momento tan unidas. Sobre todo por el hecho de que nadie hubiera podido hacer nada para evitarlas.

–Tienes un trabajo muy duro.

–Alguien tiene que hacerlo.

–A lo mejor sería preferible que lo hiciera alguien con menos sensibilidad. Alguien a quién no le importara nada ni nadie.

Era demasiado intensa. No era la primera vez que lo oía. Y era una faceta de su carácter que asustaba a la gente, sobre todo a los hombres a los que les gustaba vivir sin grandes preocupaciones y no mirar de cerca los aspectos más desagradables de la vida. Hombres como su padre, o como Luke.

–Lo sé, pero el hecho de que las cosas me importen es lo que me invita a trabajar. No puedo hacer una cosa sin la otra.

Luke arrancó una brizna de hierba y se la metió en la boca.

–De acuerdo, probablemente estás haciendo lo que tienes que hacer, pero eso no significa que sea fácil.

De pronto, la llamada del agua comenzaba a ser demasiado tentadora como para resistirse a ella. Era, además, una forma de eludir aquella conversación, de escapar a su cercanía.

¿O era un desafío? Tenía que ser un desafío porque lo que estaba haciendo no era escapar de Luke, sino hacer exactamente lo que quería.

Se puso de pie y se quedó en ropa interior. Se habría bañado con el sujetador, pero era muy caro y no quería destrozarlo con el agua del río. Se separó de Luke, se lo quitó y lo dejó sobre la hierba. Después, tapándose los senos con las manos, se hundió en el agua.

Luke no se movió, pero Ava podía sentir cómo crecía su interés.

–¿Cómo está el agua? –le gritó como si no acabara de llevarse una sorpresa.

Ava se hundió en el agua, salió y se apartó el pelo de los ojos.

–Fría, pero refrescante.

–Está bien eso de poder darse un baño cuando a uno le apetece. Y no estando tus vecinos aquí, ni siquiera tienes que llevar bañador.

–La soledad tiene sus beneficios. Paz, tranquilidad. Y no tienes que echar raíces.

–A muchas mujeres les gusta echar raíces –señaló.

–A mí no. Prefiero no sentirme atada.

–¿Ni siquiera a un lugar?

–Ni siquiera a un lugar.

En algún momento de su vida, había perdido la capacidad para aferrarse… a cualquier cosa. Su padre la había abandonado para satisfacer sus apetitos sexuales con diferentes mujeres. Su madre la había decepcionado de la peor manera imaginable. Su padrastro siempre había sido un hombre con el que le había costado tratar. Había aprendido a navegar sin anclas y llevaba tanto tiempo haciéndolo que las temía. Temía el peso, el encierro, el miedo a disfrutar de una seguridad que podía perderse cuando uno menos lo esperaba. No quería verse a sí misma intentando salir a flote, intentando recuperarse. Podía soportar cualquier cosa menos eso.

–¿Me estás haciendo esto a propósito? –le preguntó.

Podía sentir su mirada, pero sabía que el agua estaba negra como la noche. Luke no podía verle nada, salvo la cabeza, y eso porque había luna llena.

–¿Haciendo qué? –preguntó, como si no supiera desde el primer momento cómo le afectaba.

–¡Volverme loco!

–Si quieres, puedes volver a casa.

Parte de ella, la parte más sensata, que estaba saboteando su posible felicidad, rezó para que lo hiciera.

–No quiero volver a casa, quiero hacer el amor contigo, pero después de lo que hemos pasado, necesito una invitación más clara. ¿Esto lo es?

Ava encontró el fondo fangoso del río y emergió rápidamente, manteniendo sus senos bajo el agua. Por supuesto que era una invitación, pero era una invitación que no estaba segura de si debería extender.

–A lo mejor –contestó.

Luke se levantó.

–¿De qué depende ese «a lo mejor»?

–Todavía estoy intentando decidirlo.

–¿Es Geoffrey la razón de tus dudas?

–No, hace meses que dijimos que podríamos salir con otras personas. Pero hasta ahora, nunca lo hemos hecho.

Luke se acercó al borde del agua.

–A lo mejor este es el momento.

Se quitó la camisa y la tiró tras él. Ava pudo ver su torso musculoso a la luz de la luna y se preguntó por qué habría cometido la estupidez de provocarle. Pronto no habría vuelta atrás.

–¡Oh, mierda! –musitó para sí.

Pero sabía que ella misma se lo había buscado.

–¿Te importaría que él saliera con otra mujer? –preguntó Luke.

¿Cómo iba a importarle cuando estaba mirando el pecho de Luke de aquella manera? En aquel momento ni siquiera era capaz de recordar la cara de Geoffrey.

–Creo que no.

Luke ya se había desabrochado los pantalones, pero se detuvo antes de quitárselos.

–¿Preferirías estar con él?

Por supuesto que no. En caso contrario, no se habría desnudado delante de él. ¿Pero cómo iba a decirle eso?

–¿Ava? –la urgió al ver que no contestaba.

–No –admitió.

Y ya no hizo falta nada más. Los vaqueros cayeron y Luke permaneció frente a ella sin nada, salvo un par de calzoncillos.

Ava tenía la boca tan seca que no era capaz de pronunciar palabra. Pero aun así, sabía que tenía que hablar, tenía que llenar el silencio en un intento de apaciguar sus nervios.

–No quiero hacerle daño.

–¿Te ha prometido algo?

–No.

–¿Tú le has prometido algo a él?

–No.

–Ava, ¿quieres hacer el amor conmigo?

Había suavizado la voz, como si temiera que pudiera decirle que no. Pero una negativa sería la mayor de las mentiras que había dicho en su vida, así que ni siquiera lo intentó.

–Sí.

Sonriendo aliviado, Luke se quitó los boxers y se metió en el agua llevando encima únicamente la placa que le identificaba.

Al ver que Luke se acercaba, a Ava comenzó a latirle el corazón con tanta fuerza que no era capaz de oír nada más. Estaba emocionada, asustada, vacilante y llena de un deseo enloquecedor, todo a la vez. Pero el miedo superaba cualquier otro sentimiento. Presa de un pánico repentino, se hundió en el agua y comenzó a nadar a toda velocidad en sentido contrario. Tenía que alejarse de Luke antes de que fuera demasiado tarde. Antes de que Luke le diera lo que ansiaba y aquella experiencia quedara grabada para siempre en su memoria.

Pero Luke era mejor nadador que ella. La alcanzó con unas cuantas brazadas. Y debió sentirla temblar porque la abrazó y la estrechó con fuerza contra él, sin darle a sus caricias ningún componente sexual.

–Eh, no te pongas nerviosa –le susurró al oído–. No estoy buscando una aventura de una noche. Me gustas mucho, Ava. Eres una buena persona, cabezota como la que más, pero una buena persona. Creo que deberíamos ver hasta dónde puede llevarnos esto.

Ella ya sabía a donde podía llevarlos. Era fácil ir hasta allí, pero no podía confiar en él. Estaba demasiado dolida, demasiado hastiada. ¿Cómo podía iniciar una relación esperando cada día el momento en el que Luke la abandonara o la dejara por la primera mujer atractiva con la que se cruzara? Ella no era mujer para un hombre como aquel.

–Ya hablaremos de esto más tarde.

Preferiblemente, cuando su cerebro funcionara otra vez.

–No quiero que pienses que esto puede parecerse a lo que me pasó con Kalyna. Quiero estar contigo –le aseguró Luke.

Ava se dijo a sí misma que debía ignorar aquellas palabras. No podía contar con ellas. Todos los hombres hablaban de la misma manera cuando querían sexo. A veces, había llegado a preguntarse si no sería un defecto en el código genético de los varones.

–Por lo menos ahora no estás borracho, ¿verdad?

Luke la miró como si le pareciera una respuesta extraña, pero si pensaba oírle decir que también él le gustaba, iba a tener que esperar mucho tiempo. Ava no iba a caer por algo tan fácil. Iba a disfrutar del placer físico que le ofrecía porque le deseaba tanto o más que ella a él. Pero no esperaba que Luke permaneciera después a su lado.

–¿Estás bien? –preguntó Luke.

Ava asintió.

–Estás temblando. Seré muy delicado, lo sabes, ¿verdad?

Lo único que Ava sabía era que había tomado una decisión y que apenas podía respirar. Entre el frío del agua y el calor de su propio cuerpo, que amenazaba con abrasarla desde dentro, estaba sometida a una sobrecarga emocional.

–Ha pasado mucho tiempo desde la última vez –susurró.

–Lo sé, no pasa nada.

–Cerca de cinco meses. Y pasaron varios años antes de que Geoffrey apareciera.

–Tú relájate.

Era imposible, sintiendo su erección presionándole el estómago, y tan impresionante como le había prometido en el café, cuando le estaba provocando.

–¿Tienes algún método anticonceptivo?

–Sí, he traído preservativos. No te preocupes por nada.

¿Que no se preocupara? Esas eran justo las palabras que ninguna mujer necesitaba oír. Cuando daba conferencias en los institutos sobre cómo evitar llegar a convertirse en una víctima, daba siempre el mismo mensaje. Pero Luke estaba deslizando las manos por su espalda para tomar su trasero, y era tan agradable sentir su cuerpo mojado contra el suyo que no podía oponer ninguna resistencia. Estaba ardiendo, y encantada de arder.

Luke inclinó la cabeza, pero no la besó. Deslizó la lengua por sus labios y su cuello y fue ascendiendo hasta su nuca. Pero mientras se esforzaba en dejarse llevar y perder su habitual control, pensó preocupada que a lo mejor su padrastro tenía razón. A lo mejor era frígida. Ya no sabía cómo sucumbir al placer, por lo menos no abiertamente. ¿Significaría eso que era frígida?

–Vamos –la animó Luke–, confía en mí, Ava.

Era demasiado cínica como para confiar en un hombre, y especialmente en él. Pero cuando Luke la sacó parcialmente del agua para posar su boca sobre sus senos, los dardos del placer recorrieron su cuerpo y supo que, abiertamente o no, iba a sucumbir. Dejó la mente en blanco, se arqueó contra él y el miedo y la tensión comenzaron a ceder en proporción directa al creciente deseo.

Luke se volvió hacia el otro pecho y, pronto, la entrega dejó de ser un esfuerzo. En aquel momento, no habría sido capaz de pensar de forma coherente aunque lo hubiera intentado.

«Olvídalo todo. Olvida el pasado. Olvida tus miedos. Olvida el futuro…»

Luke tomó su rostro entre las manos y buscó su boca. Ava le besó con todo el anhelo que sentía. Y a él debió gustarle, porque gimió y deslizó la lengua sobre la suya. Después, buscó de nuevo su trasero.

–Definitivamente, sabes besar –musitó contra sus labios, y comenzó a quitarle las bragas.

Ava tragó saliva. ¡Oh, no!, estaba volviendo a pensar. Se estaba preguntando si se arrepentiría de lo que estaba haciendo, y el precio que tendría que pagar por ello. Nada era gratuito. Desde luego, Luke se convertiría en la medida con la que analizaría a los hombres en el futuro. ¿Eso no le garantizaría una desilusión permanente? ¿Cuándo había conocido a un hombre como él?

Pero para entonces, la braga había desaparecido. Estaba completamente desnuda y eso le hacía sentirse terriblemente vulnerable.

Le agarró los brazos.

–¿No te parece que es una mala idea?

Luke ya había ido demasiado lejos como para tomársela en serio.

–Creo que te preocupas demasiado.

Exacto. Nadie parecía preocuparse tanto como ella a la hora de tomar lo que quería. Se estaba comportando como una neurótica.

Luke lanzó la braga a la orilla y Ava la vio caer en la arena. ¿Debería alejarse? ¿Debería nadar hasta la orilla para buscarla?

–¡Eh, mírame!

Ava alzó la mirada. Luke volvió a besarla y, en cuestión de segundos, ella dejó de preocuparse por la braga o por cualquier otra cosa. Sobre todo cuando Luke deslizó la mano entre sus cuerpos.

–Quiero que te sientas como si fuera la primera vez –susurró antes de besarla.

Ava tenía la sensación de estar haciéndolo todo mal, pero, evidentemente, a Luke no le importaba.

–Eso es, eso es… ¡Ahh!

Vio el rostro de Luke, concentrado e intenso, justo antes de cerrar los ojos y echar la cabeza hacia atrás en un estado de completo abandono. Estaba cerca, muy cerca, pero quería sentir a Luke dentro de ella.

Abrió los ojos de nuevo y fijó en Luke la mirada. Estaba demasiado excitada como para esperar un segundo más. Le rodeó con las piernas e intentó que se deslizara dentro de ella.

–Todavía no –la detuvo–. Los preservativos están en el barco. Lo siento, pero jamás se me ocurrió imaginarme que lo haríamos aquí.

Debatiéndose entre el pragmatismo y el más puro y loco deseo, Ava se dijo a sí misma que se sentiría satisfecha con menos, que disfrutaría de lo que pudiera darle en aquel momento.

Pero, en el siguiente beso, fue Luke el que comenzó a presionar para deslizarse dentro de ella sin ningún tipo de protección. Se detendrían en unos segundos, se dijo Ava.

–Sí –gimió–. Eso es lo que quiero...

–Sí, y también es lo que quiero yo, pero no te muevas –le advirtió Luke.

Ava tensó las piernas alrededor de su cintura, para que se hundiera más en ella.

–Ava, me estás matando... –le advirtió Luke, con todo el cuerpo en tensión.

Embriagada, flotando y absolutamente despreocupada, Ava alzó la mirada hacia él.

–De acuerdo, no me moveré.

–Ahora mismo, ni siquiera tendrías que hacerlo –tomó aire con la respiración entrecortada–. Me siento muy bien... Más que bien. Será mejor que vayamos dentro para que podamos hacer algo en serio.

Pero Ava no quería moverse de allí. Aquella noche no quería ser la mujer que vivía en un barco. No quería ser la amiga de Geoffrey, una mujer demasiado pragmática y consciente, en la que siempre se podía confiar y que trabajaba más de lo que podía permitirse. Allí, en la oscuridad de la noche, con la luna brillando sobre el agua, podía ser impulsiva, podía ser alguien que estaba haciendo realmente lo que deseaba en aquel momento.

–Déjame aquí –le pidió a Luke, y se apartó.

Luke gimió ante aquella separación como si volviera a sentir la tentación de olvidar la sensatez.

–Realmente, sabes cómo hacer sufrir a un hombre –bromeó.

Y nadaron juntos hasta la orilla.

Ava estaba todavía en el río cuando Luke regresó al borde del agua. Luke podía ver su cabeza, pero deseaba ver el resto de su cuerpo. Quería ver los senos que Ava había ocultado de su vista cuando se había quitado el sujetador. Los había sentido con las manos, con el pecho, con su boca. Pero eso no era suficiente. Ava le había vuelto a sorprender, haciéndole sentirse como cuando estaba en el instituto con Marissa. ¿Qué tenía de especial aquella mujer?

La llamó desde la orilla.

–¡Ven aquí!

–¿Por qué? –gritó Ava.

–Tengo planes.

–Aquí nos estaba yendo muy bien.

–Pero no podía ver lo que estaba tocando. Quiero verte.

Dejó la caja de preservativos en el suelo para poder estirar la manta que había llevado consigo. Si iba a hacer el amor con Ava, quería hacerlo en un lugar que fuera cómodo. Quería que aquello fuera especial para ella.

–No necesitas verme.

Luke volvió a pedirle con un gesto que se acercara.

–Aquí podré hacer un trabajo mejor.

–¿Un trabajo mejor? –repitió Ava–. Esto no es un examen, Luke. No te voy a poner nota.

–Ya sabes lo que quiero decir. Quiero que disfrutes.

–Y disfrutaré –le aseguró Ava.

Pero Luke no estaba satisfecho. Se trataba de Ava. Quería darle más, porque, de alguna manera, ella le estaba dando algo muy especial, algo que guardaba muy celosamente y que no compartía con nadie.

–Vamos.

–Ya has visto a otras mujeres desnudas, ¿qué importancia puede tener?

Así que se avergonzaba de su cuerpo. Tenía que haber

algún motivo para aquel rechazo. Era muy propio de ella. Pero algo completamente innecesario.

–Solo quiero verte –repitió Luke.

Ava no se movió.

–Si no sales, iré a buscarte

–¡Será mejor que no! –le advirtió Ava, pero comenzó a nadar.

Se resistió a los intentos de Luke de arrastrarla hasta la orilla, pero él estaba decidido a hacerlo. Ava tenía que saber que su cuerpo era hermoso y pensaba dejárselo bien claro.

Para cuando llegaron a la orilla, Ava continuaba riendo, salpicándole y resistiéndose. Pero no era rival para él.

Luke la acompañó en sus risas, hasta que la hizo sentarse en la manta. Entonces, muy serio, se inclinó para tumbarla y le sostuvo las muñecas por encima de la cabeza para poder contemplarla a placer.

–¿Por qué no querías que viera esto? –susurró, casi sin aliento.

Recordó que el día que la había conocido no le había parecido particularmente atractiva. Pero en ese momento pensó que debía estar ciego. No tenía unos senos grandes ni la piel bronceada como el cobre, como tantas mujeres que rivalizaban por su atención, pero había mucho más en Ava. Era una mujer… real. Y a él le gustaba tal y como era.

–Tienes unos ojos inteligentes y una boca muy sexy –la alabó–. Y me encanta tu cuerpo de bailarina.

–Jamás he hecho ballet.

–No importa. Tienes un cuerpo de bailarina.

Cuando fijó la mirada en sus senos, Ava intentó liberar sus manos, pero él la sujetó rápidamente y bajó la boca hasta su pezón.

–Perfecto –musitó mientras el pezón se erguía bajo la caricia de su lengua.

Y después, todo comenzó a acelerarse. Luke no sabía si alguna otra vez en su vida había tenido tanta prisa, pero deseaba a Ava como no había deseado nunca a nadie. Probablemente porque estaba disfrutando del raro espectáculo de contemplar en su rostro los sentimientos que protegía con tanto celo. A pesar de los esfuerzos que hacía para resistirse, Ava no podía luchar contra los sentimientos que la embargaban.

Cuando sintió que se aferraba con fuerza a sus hombros, Luke supo que estaba cerca del orgasmo. La idea de ser capaz de provocar en ella aquella respuesta fue más de lo que podía aguantar.

–Mírame –le pidió.

Ava abrió los ojos y entreabrió los labios mientras su pecho se elevaba y descendía al ritmo de su respiración. Sí, ya estaba allí. Luke echó la cabeza hacia atrás, empujó dos veces con fuerza, sintió las contracciones de su cuerpo a su alrededor y se dejó llevar también él.

Capítulo 26

El coche de Luke no estaba en el aparcamiento y él no abría la puerta. ¿Pero dónde podía estar a las cuatro de la mañana?

¿Estaría con otra mujer? ¿Estaría con Ava? Ava estaba con él la última vez que había hablado por teléfono con Luke y era tarde, mucho más tarde que la última hora a la que había terminado cualquier cita de Kalyna.

Permaneció frente a la puerta y desvió la mirada hacia el vestíbulo. Estaba mortalmente silencioso. Aquello avivó su curiosidad sobre el paradero de Luke.

¿Debería entrar en su casa? ¿Curiosear entre sus cosas? ¿Intentar averiguar si estaba saliendo con Ava?

Sí, tenía que hacerlo. Aquella era la oportunidad perfecta. En otro momento podría ser más complicado. Sabía que la policía de Arizona quería hablar con ella. Y, a juzgar por los mensajes que estaba recibiendo del trabajo, la policía ya había alertado a sus superiores de la base. Probablemente los vigilantes de la entrada estaban avisados de que la retuvieran si aparecía por allí. Todo el mundo la estaba buscando. Y ya había recibido más de una docena de llamadas de Tati. En todas ellas le había dejado un mensaje en el buzón de voz, cada uno de ellos más histérico que el anterior.

–Kalyna, ¿por qué no contestas? ¿Qué te pasa? Necesito hablar contigo. Por favor, llámame. La policía quiere hacerte unas preguntas. Deberías ponerte en contacto con

ellos lo antes posible. Tienes que decirles lo que sabes de esa autoestopista... antes de que Mark explique su versión. Esto cada vez me da más miedo, Kalyna. Estoy empezando a temer lo peor. ¿Dónde estás?

Estaba allí, donde quería estar.

Se agachó y buscó debajo del felpudo, pero la llave que solía dejar Luke había desaparecido. Seguramente la había quitado para reforzar su seguridad. Pero para ella no tenía ninguna importancia. No necesitaba su llave porque ya había hecho una copia semanas atrás. La llevaba en el monedero.

Segundos después, estaba en el cuarto de estar de Luke. Por si acaso le había prestado el coche a algún amigo, algo que hacía con frecuencia, y no le había abierto la puerta porque estaba durmiendo, se acercó al dormitorio. Pero la cama estaba vacía, y perfectamente hecha.

¿Dónde estaría? En el trabajo nunca le retenían hasta tan tarde. Hasta los bares estaban cerrados a esa hora. ¿Habría ido a San Diego a ver a su familia? ¿O estaría en la cama de Ava?

¡Menuda zorra! Le bastaba pensar en la posibilidad de que estuvieran juntos para enfurecerse. ¿Cómo era posible que Ava le diera la espalda a una víctima y se abriera de piernas para él? ¡Ella que parecía tan mojigata!

Pero por supuesto, si pudiera, no dudaría en hacer lo que fuera con Luke. Cualquiera lo haría.

Aun así, no tenía por qué preocuparse. Ava no era una mujer atractiva. Como mucho, Luke estaba utilizándola. Probablemente se había acostado con ella para que le ayudara, para halagarla, así que no constituía ninguna amenaza. En cuanto se acabaran sus problemas, la dejaría tirada.

Y ella podría conseguir que lo hiciera casi inmediatamente. Lo único que tenía que hacer era llamar a Ogitani y confesar que tenía dudas sobre lo que le había dicho. Le diría que pensaba que podía haber entrado alguien en su apartamento después de que Luke se marchara, que en ese momento estaba demasiado confundida como para darse cuenta. Le explicaría que estaba comenzando a recordar cosas y que por su envergadura, tenía que ser otro hombre. Ogitani dejaría el caso y Luke dejaría a Ava. Listo.

Kalyna se asomó a la ventana y miró hacia el aparcamiento. Ninguno de los coches aparcados bajo la farolas estaba en marcha. Unos segundos después, vio en la carretera los faros de un coche, pero no era un BMW.

Kalyna se dijo a sí misma que debería marcharse antes de que Luke la pillara. Pero tenía un buen motivo para estar allí. Le explicaría que había conducido desde Arizona directamente hasta su casa, para decirle que había decidido reconocer la verdad. Sabía que él querría enterarse cuanto antes. Y le diría que había encontrado la puerta abierta. Como Luke no sabía que tenía una llave de su casa, tendría que creerla.

Sí, eso bastaría. Así que podía quedarse.

Ansiando conocer todos los detalles sobre él, recorrió el apartamento entero, e incluso le robó varios objetos. Se guardó en el bolso varias fotografías de Luke con su familia, además de una camiseta con la que pensaba dormir por las noches. Y después, encontró el cesto de la ropa sucia. Emocionada al encontrar aquellas prendas que tan recientemente habían estado en contacto con su piel, tomó un puñado y las frotó contra su rostro, deleitándose en su olor. Era el acto más íntimo y privado que se le podía ocurrir, después de hacer el amor. Pero aquel olor solo sirvió para aumentar su anhelo. El deseo era tan fuerte que temió ser derrotada bajo su peso.

Desesperada por volver a estar cerca de él, se desnudó, se puso sus boxers y se metió en la cama. No era tan maravilloso como estar en sus brazos, pero cuando cerró los ojos y comenzó a acariciarse, fue casi como estar con él.

Ava estaba física y emocionalmente agotada. Todavía empapada por el baño y por su apasionado encuentro, permanecía tumbada en la manta, con la mirada clavada en las estrellas. Luke estaba a su lado. Disminuía el ritmo de los latidos de sus corazones y sus respiraciones se serenaban. Todo había terminado. Pero a Ava no le importaba. Lánguida, relajada y satisfecha, completamente satisfecha por primera vez desde hacía siglos, se sentía como si estuviera flotando en el agua que estaba tan cerca de sus pies desnudos.

–Ha sido increíble –le dijo Luke.

Ava sonrió somnolienta. Le parecía casi imposible ser ella la persona que había hecho el amor con Luke. No se había contenido en ningún momento. Pero no le importaba. Todavía no. Había demasiadas mujeres en el mundo que jamás habían experimentado nada parecido. Era algo que trascendía lo ordinario, lo mecánico, lo superficial, para crear una experiencia única e irrepetible.

–¿Cómo estás? –musitó.

–Bien.

–Está bajando la temperatura. A lo mejor deberíamos entrar.

Ava inclinó la cabeza para mirar hacia su casa. Allí continuaba, con las ventanas iluminadas por las luces. Pero ella prefería estar entre las sombras, abrazar la oscuridad durante unos minutos más.

–Espera un poco.

–¿No tienes frío?

–No, estoy bien, ¿y tú?

–Estoy perfecto.

Ava no sabía decir durante cuanto tiempo estuvo Luke abrazándola. Fue saliendo y entrando en el sueño sin hacer ningún esfuerzo por controlar el tiempo. En un determinado momento, sintió que Luke cambiaba de postura para cubrirlos a ambos con una manta y volvía a acurrucarse contra ella. Poco después, abrió los ojos con desgana y miró el cielo. Debían llevar tiempo dormidos, pero todavía era de noche.

Podían esperar un poco más. Se concedió a sí misma otro cuarto de hora.

Pero lo siguiente que supo fue que era completamente

de día y que estaba parpadeando, mirando a una tercera persona que se interponía entre ellos y el sol.

Kalyna todavía estaba en la cama de Luke. Estaba esperando a que apareciera para darle una sorpresa. Quería darle la buena noticia sobre Ogitani y disculparse por su conducta. Pero a pesar de todos sus esfuerzos por superar sus problemas, estaba tan insatisfecha como siempre.

¿Por qué no habría vuelto a casa todavía? Era imposible que hubiera pasado toda la noche con Ava. ¿Cómo iba a hacer algo así con una mujer como Ava?

Porque pensaba que Ava podía hacerle daño si no lo hacía, esa era la razón. Estaba haciendo lo que consideraba más conveniente para él.

Apartó las sábanas, se asomó a la ventana y miró otra vez el aparcamiento. Seguía sin aparecer el BMW. Y estaba comenzando a vestirse cuando sonó el teléfono.

Se acercó a la mesita de noche, desde donde podía ver el identificador de llamadas. *Edwar Trussell*, su padre. O alguien de su familia. Eso quería decir que Luke no estaba con sus padres. Si estuviera con ellos, no le llamarían.

Se dijo a sí misma que no debía contestar. Pero fue su mano la que tomó la última decisión. No pudo evitarlo. Quería conocer a esa gente, estar cerca de ellos. Formaban parte de Luke. Si conseguía gustarles, Luke estaría más dispuesto a aceptarla.

—¿Diga?

Se produjo un breve silencio, tras el cual, una voz de mujer dijo:

—Lo siento, debo de haberme confundido.

—No, si pregunta por Luke.

—Sí, quiero hablar con Luke. Soy Robin Trussell, su madre.

—Ahora mismo no está aquí, señora Trussell. Me ha dejado durmiendo mientras él iba a buscar el desayuno. Pero he pensado que podría ser usted. Por eso he contestado.

Se produjo un nuevo silencio tras el cual, la madre de Luke preguntó:

–¿Y tú eres...?

–Kalyna Harter.

–Kalyna.

Por la voz de Robin, era obvio que había oído hablar de ella.

–Sí, probablemente se habrá enterado de todo el lío que hemos tenido.

–He oído cosas que me han hecho estar muy preocupada, sí.

–Lo siento. Yo... estaba confundida. Luke y yo estuvimos juntos una noche y todo salió mal. Después él se fue, pero yo estaba durmiendo y no me enteré. De pronto, entró otro hombre en mi casa y... –tomó aire–. Fue horrible. Me pegó y me violó. Yo pensé que iba a morir. Todo ocurrió muy rápido y no me acordaba de que Luke se había ido, así que, naturalmente, pensé que había sido él. No podía imaginarme que había entrado alguien tan rápidamente después de que me levantara.

–¿Pero por qué iba a hacerte ningún daño?

Kalyna revisaba los contenidos del primer cajón de la cómoda mientras hablaba. Miró las canciones que llevaba en el iPod, le quitó algunas monedas, consciente de que siempre necesitaba cambio para el aparcamiento y para la lavandería y tomó nota de todo lo que Luke guardaba.

–Habíamos discutido esa misma noche y, de alguna manera, lo relacioné todo. Me resulta difícil explicar lo confundida que estaba. ¿Ha visto las fotografías de esa noche?

–No, no las he visto.

En el cajón había una pistola, una 9 mm Parabellum, pero no la sorprendió. Aunque las pistolas que se utilizaban en la base tenían que guardarse en la armería después de los entrenamientos, eran muchos los militares que tenían sus propias armas, y la 9 mm era la más popular. Ella misma había pensado en comprarse una, pero al final no se había decidido.

–Me dieron una paliza.

–¿Pero ahora ya sabes que no fue Luke el que lo hizo?

–Sí, por supuesto. Ya está todo arreglado.

–Gracias a Dios.

Kalyna levantó el arma y comprobó la mira.

–Luke jamás me haría ningún daño. Hemos hablado mucho desde entonces. De hecho, ahora estamos juntos otra vez, así que todo está arreglado.

Robin Trussell tosió como si acabara de atragantarse.

–¿Has dicho que volvéis a estar juntos?

–Nuestra relación lleva mucho tiempo apuntando en esa dirección, desde que me asignaron a su escuadrón de vuelo. Pero, por desgracia, el incidente del seis de junio nos distanció –apuntó con la pistola hacia su imagen–. Siento mucho lo que le he hecho pasar. Lo que les he hecho pasar. Por favor, acepte mis disculpas.

–Estoy segura de que lo que hemos pasado no es nada comparado con lo que has sufrido tú y espero que detengan al hombre que te lo hizo. ¿La policía tiene idea de quién puede haber sido?

Kalyna dejó la pistola y encontró otra fotografía de la familia de Luke. Su madre era una mujer pequeña, con un ligero sobrepeso, de ojos brillantes y sonrisa cariñosa.

–No, no hay ningún sospechoso. Nadie le vio entrar ni salir de mi casa. ¿No le parece increíble? En parte, esa fue la razón por la que perdí el control. Ava Bixby, una abogada a la que pedí ayuda, no dejaba de decirme que tenía que haber sido Luke, que no podía haber entrado nadie más. Pero... usted y yo sabemos que Luke no es así. No permitiré que Ava siga presionándome para que piense que es culpable. No, no pienso hacerlo nunca más. Eso me estaba matando.

–¿Has dicho Ava Bixby?

–Sí, ¿la conoce?

–Luke la mencionó. Él pensaba que sabía cuál era la verdad y que por eso se había retirado del caso.

Se había retirado del caso porque Luke le estaba echando el polvo de su vida.

–Es posible que le dijera eso, lo que pasó es que empecé a darme cuenta de que me estaba manipulando. Siempre decía cosas malas de él, me decía que no podía ser tan perfecto como parecía, que detrás de ese rostro atractivo se escondía un hombre retorcido –bajó la voz–. Creo que le gusta y me ve como a una posible rival.

Se produjo otra pausa.

–Parece que todo ha cambiado –comentó entonces Robin.

–Lo sé. No se puede imaginar cómo han sido estas últimas semanas.

–Lo siento. Me alegro de que sepas que mi hijo no te hizo ningún daño. Es un buen hombre.

–Es un hombre maravilloso. Estoy locamente enamorada de él –Kalyna se mostró sorprendida–. ¿No le ha hablado de lo nuestro?

–No mucho, pero ya sabes cómo son los hombres. No les gusta mucho hablar de ese tipo de cosas. En cualquier caso, entiendo que estés enamorada de Luke. Nosotros estamos muy orgullosos de él.

–¿Cómo está Jenny, por cierto?

–¿Conoces a Jenny?

–Claro que sí. Luke habla constantemente de ella.

En realidad, nunca le había dicho que tenía una hermana, pero Kalyna había oído a otros miembros del escuadrón preguntarle por ella. Ese era uno de los beneficios de volar con él. Todo el escuadrón estaba muy unido.

–En ese caso, sabrás que últimamente nos lo está haciendo pasar bastante mal. Me temo que ha caído en manos de un grupo que no le conviene. Ya sabes cómo pueden llegar a ser los adolescentes. Pero estamos trabajando en ello.

–¿No está en un buen instituto?

–No se puede decir que sea malo, pero Jenny es muy testaruda. Está siendo mucho más difícil que Luke.

–Luke ha estado muy preocupado por ella.

–La protege mucho. Todos intentamos protegerla.

Kalyna sacó una llave con el logotipo de BMW. Sin duda alguna, era la de su coche. La guardó en el bolso.

–Me encantaría ir a San Diego para conocerla a usted y al resto de su familia. A lo mejor le convenzo para que pasemos allí el día de Acción de Gracias.

–Podríais venir antes. Nos tiene un poco abandonados. Pero hay que reconocer que durante estas semanas el pobre ha estado muy ocupado.

–Los dos hemos tenido muchas preocupaciones. Tardaremos algún tiempo en recuperarnos.

–Desde luego. Bueno, ha sido un placer hablar contigo. Y no podías haberme dado una noticia mejor que el saber que has retirado la acusación. Estoy deseando contárselo al padre de Luke.

Robin parecía una mujer maravillosa, encantadora... igual que Luke. Sería la suegra ideal.

–Por favor, dígale a su marido que lo siento.

–Oh, Ed no tendrá nada contra ti. Después de todo lo que has pasado, nadie podría enfadarse contigo.

Kalyna siguió buscando en el cajón y encontró un preservativo, una venda y una carta de alguien llamado Phil que estaba en Irak. Era la única carta que Luke conservaba, de modo que tenía que ser importante para él.

–Gracias por ser tan comprensiva.

–De nada, Kalyna. Ahora será mejor que cuelgue. Tengo que ir a trabajar.

–¿Usted trabaja?

–Sí, cuando nos establecimos aquí, decidí hacer algo que siempre había querido: dedicarme a la enseñanza.

–¿Les gusta vivir en San Diego?

–Nos encanta. Es una ciudad preciosa.

–¿Qué edad tienen los niños a los que da clase?

–Entre tres y cinco años.

–¿Disfruta con su trabajo?

–Mucho. ¿Puedes decirle a Luke que me llame al colegio cuando vuelva?

–Por supuesto. Sentirá mucho haberse perdido la llamada.

Kalyna se sentó en la cama para leer la carta, pero no quería que la madre de Luke colgara. Se sentía casi como si fuera lo que estaba diciendo que era, la novia de Luke. Así que buscó la forma de alargar la conversación para congraciarse consigo misma.

–Yo... tenemos una noticia que sé que él querrá compartir –le dijo–, así que, procure estar preparada.

–¿Más noticias?

Kalyna jugueteó con la esquina del sobre que tenía en la mano.

–No se preocupe, es una buena noticia, es la clase de noticia que realmente merece una celebración.

–Odio las sorpresas. ¿De verdad vas a hacerme esperar? –dijo Robin riendo.

Kalyna sonrió mientras se dejaba caer en la cama de Luke. Parecía que se llevaba muy bien con la madre de Luke. Aquella era otra señal de que tenían que estar juntos.

–Se lo diría, pero creo que a Luke le gustaría hacer los honores.

–Haré como que no sé nada, lo prometo.

Riendo, Kalyna se abrazó a la almohada.

–De acuerdo, pero me ha dado su palabra. ¿Está lista?

–Estoy lista.

–Es posible que tenga que prepararse para sumar un nuevo miembro a la familia.

–¿Un bebé? ¿Estás esperando un bebé?

–Sí, un niño. Otro Luke, espero. ¿No es increíble que haya podido ocurrir algo tan fantástico después de lo que ha sucedido durante todas estas semanas?

Silencio.

–Yo... no sé qué decir –dijo Robin por fin–. Voy a ser abuela y ni siquiera conozco a la... a la madre de mi nieto.

–Luke me llevará a conocerlos. Pero es posible que nos casemos antes. Ya sabe, un viaje rápido a Las Vegas. Desde que se ha enterado de lo del bebé, le han entrado las prisas.

–Su padre y yo... bueno, estamos un poco chapados a

la antigua –le explicó Robin–. Nos gustaría que el niño llevara nuestro apellido, y también estar presentes en la boda.

–Lo hablaré con Luke.

–De acuerdo.

Kalyna se sentó en la cama y sacó la carta del sobre.

–Espero no desilusionarla al no poder darlo por sentado.

–No. Pensaba que todo esto sería de forma diferente, eso es todo. Pero… pero eso no significa que no esté contenta. Si Luke te quiere, todos te querremos. No hay nada más que decir. ¿Desde cuándo estás embarazada?

–Desde hace un mes.

La madre de Luke contó los meses en voz alta.

–Así que el bebé nacerá en febrero.

–Sí, cerca del día de San Valentín.

–¡Qué emocionante!

Aquella mujer era absolutamente confiada. ¡Era capaz de creerse cualquier cosa! Kalyna suponía que parte de su credibilidad la debía al hecho de haber contestado al teléfono, algo que normalmente no haría un invitado.

–Le enviaré una copia de la ecografía. Supongo que la recibiré pronto.

–Me encantará.

Kalyna alisó la carta para poder leerla.

–¿Puede darme su dirección? ¿O prefiere que se la pida a Luke?

–A lo mejor Luke ni la tiene. Siempre viene en coche, pero no creo que nos haya enviado nunca una carta –contestó–. ¿Tienes un bolígrafo?

–Un momento.

Kalyna rebuscó y encontró un bolígrafo entre las cosas que tenía Luke en el cajón.

–Ya está –anunció.

Apuntó la dirección en el sobre de la carta de Phil. Escribió «papá y mamá» encima y se metió el sobre en el bolso. Pensaba ir a visitarlos cuanto antes.

Capítulo 27

Era Geoffrey. Ava se le quedó mirando estupefacta. Estaba con un café en un vaso de cartón en una mano y la boca completamente abierta. Y ella estaba desnuda con Luke y no podía levantarse sin arriesgar la única manta que los cubría. Jamás en su vida se había encontrado en una situación tan embarazosa.

–¿Esto es alguna clase de ilusión óptica? –preguntó Geoffrey–. Porque tengo la sensación de que acabas de acostarte con este… militar.

El cuerpo entero de Luke se había tensado desde el instante en el que la sombra de Geoffrey se había cernido sobre ellos. Ava tenía la sensación de que no tenía ganas de confirmar su desnudez levantándose, pero si no lo hacía, tendría que hacerlo ella, o tendrían que quedarse sobre la manta. De modo que, o bien Luke fue consciente de su situación, o no quería que le pillaran desprevenido en el caso de que Geoffrey decidiera repartir unos cuantos puñetazos, así que le tendió la manta, se levantó y se puso los pantalones.

Ava, envuelta en la manta para ocultar su desnudez, le imitó.

–Geoffrey, yo… yo.

Se sentía fatal. Sabía que no le había engañado, pero también que podría haberle advertido. Ella le habría agradecido que lo hiciera en el caso de que la situación hubiera sido la contraria. Pero la noche anterior se había olvidado de todo. En ningún momento había pensado que lo que estaba haciendo con Luke podía llegar a tener algún impacto en la realidad. Había sido pura fantasía. Eso era todo.

–Geoffrey, sí eso está bien. Me alegro de saber que por lo menos te acuerdas de cómo me llamo.

–Lo siento. No pretendía que sucediera nada parecido. Jamás me imaginé que podrías presentarte aquí. Nunca lo haces. No sé si esto puede hacer que te sientas mejor, pero te lo habría dicho. No pretendía escondértelo.

–Sí, me imagino cómo habría sido la conversación. «Eh, ¿qué tal el trabajo? Muy bien, por cierto, ¿sabes que estoy follando con otro tipo?».

–Cuida tu lenguaje –gruñó Luke.

–Tú no te metas en esto –le espetó Geoffrey–. ¡Aquí el intruso eres tú, no yo!

Luke arqueó las cejas.

–Yo soy el intruso que te tumbará como no cuides tu lenguaje.

Ava posó la mano en el brazo de Luke para evitar que se acercara a Geoffrey. Lo último que necesitaba era que aquello terminara en una pelea.

–Solo estoy diciendo que jamás te habría mentido, Geoff. Me habría sentido en la obligación de decirte que… que ya no tiene sentido que nos sigamos viendo.

Geoffrey dio un paso adelante, pero Luke le hizo un gesto de advertencia. Obviamente, pensaba que la estaba protegiendo, pero nada podía protegerla de su propia humillación. Se había decepcionado a sí misma tanto como a Geoffrey. Y quizá más.

Geoffrey la miró con el ceño fruncido.

–¿Quién es este tipo, Ava? ¿De dónde ha salido?

–Es un cliente.

–¿Desde cuándo?

–Desde –¿se atrevería a decirlo? Sí, se sentía obligada a ser sincera–. Desde hace una semana.

Geoffrey soltó una maldición. Parecía a punto de marcharse, pero se volvió de nuevo hacia ellos.

–¡Me has estado engañando!

Si Ava no hubiera estado tan ocupada sujetando la manta, habría ocultado su rostro, rojo como la grana. Odiaba verse en una posición tan indefendible. Ella jamás había sido una mujer imprudente. Actuaba siempre con lógica, con la cabeza fría. Al menos lo había hecho hasta que Luke había aparecido en su vida. Al parecer, tenía debilidad por los hombres atractivos, como su madre.

–A mí este tipo no me parece ninguna víctima –musitó Geoffrey.

–¿Qué estás haciendo aquí? –preguntó Ava, en vez de responder.

–He venido en avión hasta San Francisco porque todos los vuelos a Sacramento estaban llenos, así que he decidido parar de camino a casa y darle una sorpresa a mi novia. ¿No te parece gracioso? ¿Quién iba a imaginar que la sorpresa iba a dártela yo?

–Geoffrey, hace meses que no soy tu novia.

–Yo pensaba que seguías siéndolo. Es cierto que habíamos hablado de empezar a salir con otros, pero yo no lo he hecho. Y pensaba que tú tampoco.

–Solo porque los dos estábamos demasiado ocupados, o hemos sido demasiado perezosos… Me dijiste que si no iba a acostarme contigo, no querías que tuviéramos una relación cerrada.

–¡Te lo dije para que volvieras a acostarte conmigo! Pero en cambio, has sido tú la primera en acostarte con este tipo. ¡Pero si parece salido de un anuncio del ejército! Dios mío, sé que no tengo unos abdominales envidiables, pero jamás habría pensado que fueras tan superficial.

–No me he acostado con él por su cuerpo.

–Entonces, ¿por qué te has acostado con él?

Porque estaba enamorada. Sí. No podía comprender cómo había podido suceder tan rápido. Cuando había empezado a salir con Geoffrey, había tardado seis meses en decidirse a acostarse con él… había esperado poco menos a que los planetas estuvieran perfectamente alineados, a que fuera el momento perfecto y a que ella estuviera de humor para hacerlo. Con Luke había ocurrido exactamente lo contrario.

Aquel debía de ser el castigo por haber sido tan dura con su madre por su incapacidad para superar el abandono de su padre.

—Yo... —se volvió hacia Luke con expresión de impotencia.

Este lo tomó como una invitación y dio un paso adelante.

—Mira, este no es un buen momento para discutir. ¿Por qué no te vas a casa y llamas a Ava más tarde?

Los ojos de Geoffrey brillaron con una pasión que Ava no había visto nunca en ellos. Tiró el café al suelo, dio un paso adelante y se colocó frente a Luke.

—¿Crees que... crees que puedes darme órdenes después de...? —se le quebró la voz—. ¿Después de haberme quitado lo que más quería en el mundo?

Luke alzó las manos.

—Preferiría que las cosas no se pusieran feas. No tienes que demostrar nada a nadie.

—Ya están suficientemente feas, así que ¡déjame en paz y lárgate tú!

Luke inclinó la cabeza con un gesto de advertencia.

—Tranquilízate.

—¿Ah sí? ¿O qué? ¿Vas a pegarme?

—Si me veo obligado a hacerlo.

Geoffrey se volvió por fin.

—¿Has oído a este hijo de perra? —le preguntó a Ava.

—Estás provocándole —contestó ella.

—¿Y él no ha hecho nada para provocarme?

—Ya he hecho más que suficiente como para arruinarte el día, así que no empeores las cosas. Vete a casa y llama más tarde. Es lo único que tienes que hacer.

—Dile que se vaya, Ava —le suplicó Geoffrey—. Todo el mundo comete errores. A lo mejor esto es lo que necesitaba para darme cuenta de lo mucho que te quiero. Debería haber buscado más intimidad contigo durante todo este tiempo y haber vuelto a tu cama antes de que alguien ocupara mi lugar.

No. Ava se alegraba de que no la hubiera presionado. Porque a lo mejor hubiera cedido. Jonathan había sido capaz de darse cuenta de que era una mujer sensible y a la deriva. Pero ella no había sido consciente hasta ese momento. Por fin había abierto los ojos. Después de haberse acostado con Luke, no podría soportar que Geoffrey la tocara. Su relación llevaba meses en el limbo y al final había terminado porque Luke le había demostrado lo poco que sentía por Geoffrey.

Pero no podía permitir que Luke lo supiera. Porque dejar que supiera que le pertenecía ni siquiera un pedazo de su corazón, le daría poder. La clase de poder del que su padre siempre había abusado. Ella no quería convertirse en su madre y estaba dispuesta a hacer cualquier cosa para evitarlo.

—Me gustaría que os fuerais los dos —les pidió suavemente.

Intentando mantener la cabeza bien alta, regresó a su antigua vida, consciente de que no podría incluir en ella a ninguno de aquellos dos hombres. Geoffrey la inspiraba demasiado poco y Luke la inspiraba en exceso.

Kalyna se sentó a la mesa de la cocina con los pies apoyados en una silla y una taza de café entre las manos mientras leía la carta de Phil:

¡Hola, Luke!

Sí, soy yo, ¿te sorprende? Supongo que si recibes esta carta, estarás recibiendo la única carta que te he escrito en mi vida. Pero, vaya, tú no eres mucho mejor que yo. Y probablemente no te estaría escribiendo si no fuera por nuestra última llamada de teléfono. He pensado que lo menos que podía hacer era intentar explicarte a qué se debía.

Sí, ya sé que crees que soy un estúpido por haber aceptado volver a Irak. Y tienes razón, para Marissa es muy duro que esté aquí. Pero cuando se casó conmigo, ella ya sabía que quería ser un marine. Y entre nosotros las cosas no van bien. Sé que no te gusta que te hable de esto. Te veo de pie frente a mí, sacudiendo la cabeza, y cambiando de tema cada vez que intento hablar de ella. Marissa es el único tema del que no podemos hablar sin discutir, por eso he decidido poner por escrito lo que pienso. El caso es que... espero que este tiempo de distanciamiento nos permita descansar a Marissa y a mí de nuestras constantes discusiones. Estuvimos enamorados al principio. O eso creo. Pero me temo que el amor ha desaparecido. Siento que se aleja de nosotros.

Así que a lo mejor estoy huyendo de mis problemas, como tú dijiste. Sí, es más que posible. No quiero enfrentarme a lo que me espera. Prefiero enfrentarme a las balas a enfrentarme a ese dolor. Por eso me siento bien al tomar esta decisión. Soy un marine, soy bueno en mi trabajo. Siento que este es un terreno en el que me van bien las cosas. Pero con Marissa he fracasado. Sé que es una buena mujer, pero somos demasiado distintos. Si hablas con ella, dile que lo siento, ¿de acuerdo? A lo mejor, viniendo de ti, se lo cree. Y, no sé si debería añadir esto, pero... ¡qué más da! Siendo sincero, no puedo hacer ningún mal. Soy consciente del sacrificio que hiciste para que pudiéramos estar juntos. Lo he ignorado durante todos estos años porque no quería sentirme como el egoísta que se quedó con lo que los dos queríamos. Pero ahora sé que estuviste enamorado de Marissa cuando estábamos en el instituto. Te quitaste de en medio entonces, y es algo que te agradezco. Y al quitarte de en medio, me diste la oportunidad de conseguir lo que quería. Ahora casi me gustaría que las cosas hubieran sido diferentes. Estoy seguro de que habrías sido un marido mejor que yo, que habrías conseguido hacerla feliz.

Pero el pasado es pasado. No podemos cambiarlo. Y, si se lo permites, el arrepentimiento puede terminar devorándote.

Lo único que quiero que sepas es que no soy un completo estúpido.

Phil.

Marissa. Kalyna miró la dirección del remite. Marissa Hughes. Phil y Luke habían estado enamorados de ella. Pero no podía haberla querido mucho, porque, en caso contrario, no habría renunciado a ella.

Sonó su teléfono móvil.

Pensando que probablemente fuera otra vez su hermana, Kalyna se tomó su tiempo en sacarlo del bolso. La sorprendía tener suficiente batería como para recibir otra llamada. Se había dejado el cargador en el camión de Jerry y pensaba que a esas alturas, su teléfono ya no funcionaría.

Pero todavía le quedaba batería. Y la llamada no era de Tati, sino de un número privado.

¿La policía?

Tomó aire y contestó. Tenía que sonar desgarrada, creíble. Conocía la técnica. Pero no era la policía. Era la mayor Ogitani.

—¿Kalyna?

—¿Sí?

—Me temo que tenemos malas noticias.

Kalyna no se molestó en prepararse para lo que la esperaba. Llevaba tiempo aguardando ese momento.

—¿Qué ocurre?

—Acabo de devolver una de las muchas llamadas que tenía de El Último Reducto.

—¿Ah, sí? ¿Y qué querían?

—Ava Bixby tenía algunas cosas interesantes que contarme.

Esa zorra. Ogitani y Ava eran unas zorras. Ninguna de ellas iba a servirle de nada.

—Déjeme imaginar, dice que me he autolesionado.

—Sí, y también que tu padre testificará que no es la primera vez que lo haces, que es habitual en ti cuando tienes ataques de rabia.

Claro que su padre testificaría, y también para acusarla de la muerte de Norma.

–También dice que tiene pruebas de que estabas interesada en el capitán Trussell mucho antes de la noche en cuestión.

–¿Entonces piensa abandonar el caso? –preguntó Kalyna, yendo directamente al grano.

–Exacto.

–De acuerdo.

Aquella rápida aceptación se encontró con un silencio al otro lado de la línea. Al cabo de unos segundos, Ogitani preguntó:

–¿Ni siquiera vas a fingir que te sorprende?

–No.

–Entonces, ¿mentiste durante toda la entrevista?

Parecía asombrada. Kalyna estuvo a punto de reír a carcajadas. Ogitani se sentía estúpida por habérselo tragado todo. Incluso en ese momento esperaba que le dijera algo que le permitiera salvar su orgullo. Pero Kalyna no tenía nada que ofrecerle. Gracias a Ava, se había visto obligada a cambiar de planes.

–Claro que no. Pero estaba un poco confundida.

–Creo que necesitas ayuda profesional –le aconsejó Ogitani.

Pero Kalyna no le dio oportunidad de continuar por ese rumbo. Estaba recibiendo otra llamada y necesitaba tener batería para recibirla. Era la llamada que estaba esperando, de la policía de Mesa.

Luke estaba en el coche, de camino a casa, cuando su madre le llamó. Había visto ya que tenía varias llamadas perdidas de Robin. Las había recibido cuando estaba con Ava en el río, pues se había dejado el teléfono en el barco, y no las había devuelto. Era lunes por la mañana, así que pensaba que su madre estaría en el trabajo. Además, había estado ocupado preparando su permiso. Y no tenía ganas de hablar con nadie sobre temas personales. Todavía no había terminado de entender lo que había pasado. Pero su madre había intentado ponerse en contacto tantas veces con él que temió que pudiera tratarse de una emergencia. Tenía que contestar.

–¿Diga?

–Luke, ¿por qué no me has llamado? –preguntó Robin.

Luke pensó en los últimos minutos que había pasado con Ava, cuando había tenido que levantarse en cueros delante del hombre con el que Ava había estado saliendo durante más de un año. Sacudió la cabeza con incredulidad. Desde luego, había tenido mejores días.

–Me había quedado sin batería –contestó para no tener que dar explicaciones.

Afortunadamente, su madre lo pasó por alto. Al parecer, estaba preocupada por otra cosa.

–¿Cuándo ibas a decírnoslo? –preguntó.

El intermitente se activó cuando cambió de carril.

–¿Deciros qué?

–Lo del bebé.

Luke bajó la música, que había puesto a todo volumen en un intento de atontar su cerebro.

–¿Qué bebé?

–¡No finjas que no lo sabes! Acabo de hablar con Kalyna.

–¿Qué?

–Ya me has oído.

–Pero... ¿cómo? ¿Por qué?

–¿Cómo que «cómo»? He llamado a tu casa y ha contestado ella al teléfono.

¿Pero qué demonios estaba pasando?

–Eso no puede ser verdad.

Su madre vaciló, como si de pronto estuviera tan confundida como él.

–Claro que es verdad. Era tu número de teléfono. Ha contestado y me ha dicho que habías ido a comprar el desayuno.

–¡Pero si no he vuelto a mi casa desde ayer!

–¿Dónde has estado?

Luke no quería contarle a su madre que había estado con otra mujer. Después de haber conseguido evitarse problemas durante años, de pronto parecía estar encontrándoselos todos de golpe.

–Me he quedado en casa de un amigo.

–¡Ah! Pero entonces, ¿por qué me ha dicho Kalyna que ibais a desayunar juntos? Me ha dicho que habíais vuelto y que estabais esperando un bebé. ¡Si hasta me ha dicho que ibais a casaros en Las Vegas!

Luke aceleró, intentando esquivar el tráfico. En California estaba prohibido hablar por teléfono conduciendo y se había dejado el Bluetooth en alguna parte, a lo mejor en casa de Ava. De modo que iba a tener que arriesgarse. Si Kalyna había contestado al teléfono de su casa, era porque estaba en su apartamento. Ni siquiera era capaz de imaginar cómo podía haber entrado. Estaba seguro de que había cerrado con llave. Lo recordaba porque al mismo tiempo había recogido la copia de la llave de casa. La tenía allí, en la guantera.

–En primer lugar, no podemos volver a estar juntos porque nunca lo estuvimos, salvo esa noche.

Se metió entre dos coches para reincorporarse al carril rápido, lo que le valió un bocinazo de una conductora, pero no le importó.

–En segundo lugar, sí, es posible que pueda haber un bebé, pero ha mentido sobre tantas cosas, que no puedo darlo por seguro. Y, en tercer lugar, no vamos a casarnos. Antes me castraría.

Lo que acababa de contarle su madre no era en absoluto una buena noticia, pero Luke casi se alegraba de poder escapar de la borrachera emocional que le perseguía desde que había salido de casa de Ava. Geoffrey se había quedado esperando en el coche mientras Luke recogía sus cosas para asegurarse de que se marchaba. Pero Luke no se había quedado para ver si él hacía lo mismo. Al fin y al cabo, no tenía ningún problema con Geoffrey. Era Ava la que le preocupaba. Pensaba que habían comenzado algo nuevo, algo potente, pero Ava se había comportado como si la noche anterior no hubiera significado nada para ella, como si le bastara con haberse demostrado que era capaz de hacer el amor y, después de aquello, ya no quisiera saber nada de él.

—¿No has cerrado tu casa? —preguntó su madre.

—Claro que la he cerrado. No sé cómo ha podido entrar.

—¿Pero por qué se comporta como si fuera parte de la familia? ¿Qué beneficio puede sacar ella de eso?

Luke vio un coche patrulla y se obligó a disminuir la velocidad. Lo último que quería era que le obligaran a detenerse y retrasar la llegada a la base.

—Supongo que le gustaría formar parte de la familia. ¡No sé! Esa mujer no está bien de la cabeza.

—Me ha dicho que estaba profundamente enamorada de ti, y parecía sincera. Y también que quiere que la traigas a casa para que la conozcamos.

Kalyna estaba intentando infiltrarse en todas las facetas de su vida. ¿Cómo iba a detenerla? ¿Qué podía hacer? ¿Conseguir una orden de alejamiento? Quizá, pero no estaba seguro de que tuviera pruebas suficientes para conseguirla. Él era un militar. No podía imaginar a la policía preocupada por protegerlo de una mujer.

Y, en cualquier caso, dudaba muy seriamente de que Kalyna fuera capaz de respetar una orden de alejamiento.

—No vuelvas a escucharla —le advirtió a su madre—. No te creas nada de lo que dice. Lo que tienes que hacer es mantenerte todo lo alejada de ella que puedas.

—No volveré a hablar con ella, ahora que lo sé, pero...

Parecía preocupada.

—¿Pero?

—Le he dado nuestra dirección, Luke. Ahora sabe donde vivimos. ¿Te parece bien?

Luke redujo la velocidad todavía más.

—¿Qué tú qué?

—Me ha dicho que me quería enviar una copia de la ecografía. Yo quería ver al bebé... así que le he dicho a donde tenía que enviarla.

–¡No! –gimió Luke.

–Me temo que sí. Me he creído todo lo que me decía. Estaba en tu apartamento a las siete de la mañana. He dado por sentado que sabías que estaba allí. Y no estoy acostumbrada a que nadie me mienta de forma tan descarada, y con cosas que son tan... tan fáciles de descubrir. ¿Qué consigue haciendo ese tipo de cosas?

–Está obsesionada conmigo, mamá. Quiere creer que todo lo que dice es verdad.

–Me ha dicho que te quiere.

–Eso no quiere decir que sea una buena persona.

¿Qué podía hacer?, se preguntó Luke. ¿Por qué quería Kalyna la dirección de sus padres si no era porque pretendía ir allí?

Su madre todavía estaba intentando comprender lo ocurrido.

–Pero tiene mucha información sobre ti. Ha sido muy convincente. Me ha preguntado por Jenny, por mi trabajo...

Un escalofrío recorrió la espalda de Luke al oírle mencionar a su hermana, probablemente porque le hizo recordar lo que había sabido sobre Sarah, la adolescente de catorce años que había caído en las garras de Kalyna.

–Escucha, mamá –la interrumpió–. Tienes que irte con papá y con Jenny a cualquier otra parte, ¿de acuerdo? No sé si estáis en peligro, pero es posible que así sea y no quiero tener que preocuparme por vosotros. Mudaos a un hotel durante una semana, hasta que averigüe lo que está pasando, ¿de acuerdo? Yo me haré cargo de los gastos. Pero ahora, haced las maletas y salir de casa. ¡Y rápido!

–¡Pero ahora mismo estoy en el trabajo!

Luke no quería asustar a su madre, pero pensó que era importante que supiera lo que Kalyna era capaz de hacer.

–Es posible que Kalyna haya matado a la mujer que la crió. Y también que haya asesinado a una joven años atrás.

Su madre se quedó estupefacta.

–¿Cómo lo sabes?

–Lo ha averiguado Ava Bixby. Ahora está trabajando para mí.

–Pero Kalyna dice que precisamente Ava es el problema.

–Ava no es ningún problema –bueno, en realidad era su problema, pero no un problema como Kalyna.

–¿Estás seguro?

–Sí, estoy seguro.

El coche patrulla abandonó por fin la autopista y Luke pisó el acelerador. Tenía que alcanzar a Kalyna en el apartamento. A lo mejor esa era la única oportunidad que tenía de detenerla. Si podía llegar mientras estaba allí, llamaría a la policía y, con un poco de suerte, se la llevarían por allanamiento de morada. Y a lo mejor, antes de que la liberaran, la policía de Mesa reclamaba su extradición.

Mientras la aguja del velocímetro se acercaba a los ciento ochenta kilómetros, recibió otra llamada. Se despidió de su madre y colgó el teléfono para atenderla. Vio entonces que la llamada era de su propia casa.

Era Kalyna. Quería contestar, pero no quería que Kalyna supiera que iba para allá, así que dejó el teléfono en el salpicadero y se concentró en conducir.

Cuando cesaron por fin las llamadas de Kalyna, pensó en llamar a Ava para decirle que la había localizado. Seguramente estaba interesada en escuchar las últimas noticias. Y, en cualquier caso, así tendría una oportunidad de hablar con ella. De preguntarle cómo era posible que hubiera hecho el amor con él como si estuviera entregándose en cuerpo y alma y, a la mañana siguiente, le hubiera hecho desaparecer de su vida de un plumazo.

Pero entonces, la recordó diciéndole que se marchara, recordó su gesto de despedida, un asentimiento de cabeza frío y distante mientras él se alejaba. Había preferido lavarse las manos en todo aquel desastre, había preferido ignorarle.

Él sabría arreglárselas solo. Si Ava no quería saber nada de su vida, se mantendría completamente al margen.

Capítulo 28

El silencio era ensordecedor. Ava intentaba convencerse de que aquella era la paz y la tranquilidad que siempre había ansiado, la razón por la que había decidido vivir en el delta, pero aquel día, no la estaba disfrutando. El lugar estaba tan silencioso que resultaba casi angustioso. Sabía que el problema residía en la inquietud que sentía desde que Luke y Geoffrey se habían marchado. Pero no podía evitarlo. Lo único que podía hacer era regresar a su rutina antes de empeorar todavía más las cosas.

Con esa intención, había estado intentando prepararse para trabajar. Si podía concentrarse en sus casos, a lo mejor olvidaba la noche anterior y la terrible escena que la había seguido. Pero dudaba de que nada pudiera hacerle olvidar las caricias de Luke. Y, hasta entonces, no había sido capaz de hacer nada. Se sentía enferma. Aunque no estaba segura de la clase de enfermedad que padecía. No había síntomas físicos.

Sonó su teléfono móvil y miró hacia la mesilla de noche, donde lo había dejado minutos antes. Estaba al alcance de su mano, pero no era capaz de reunir la energía que necesitaba para contestar. No quería hablar con nadie. Deseaba que el mundo la olvidara hasta que estuviera dispuesta a enfrentarse de nuevo a él.

Saltó el buzón de voz, proporcionándole un breve respiro, pero inmediatamente volvió a sonar el teléfono en medio del silencio. Alguien estaba intentando localizarla. Se inclinó para ver quién era y parpadeó al ver que la primera llamada la habían hecho desde el apartamento de Luke Trussell. Pero era imposible. Solo habían pasado veinte minutos desde que Luke se había ido. Tardaría el doble de tiempo en llegar a su casa, sobre todo teniendo que enfrentarse al tráfico de un lunes por la mañana.

¿Qué estaba pasando allí?

Sintió un nudo de aprensión en el estómago. Ava descolgó el teléfono y contestó.

–¿Diga?

–¿Ava?

Era una mujer.

–¿Sí?

–¿Luke está contigo?

¡Kalyna! Ava no la había reconocido inmediatamente por su tono alegre y jovial. Pero era ella. Kalyna había vuelto de Arizona y había conseguido meterse en el apartamento de Luke.

–¿Qué estás haciendo, Kalyna? ¿Intentar buscarte más problemas?

–Solo estoy intentando localizar a Luke.

–No está aquí.

–Pero ha pasado la noche contigo, ¿verdad? Sé que ayer por la noche no estuvo en casa.

Las imágenes de Luke sobre ella invadieron la mente de Ava.

–No, no ha estado aquí.

–¡Deja de mentir! Llevo un hijo suyo en el vientre, Ava.

Ava deseó que no fuera cierto. Tanto si pensaba volver a ver a Luke como si no, no quería imaginárselo teniendo un hijo con aquella mujer.

–Todavía no hemos visto ninguna prueba de que estés embarazada, y menos de Luke.

–¿Hemos? –Kalyna rio con amargura–. ¡Tú también has caído! Eres igual que yo. Pero no te tratará mejor que a mí. Te dejará por otra mujer. ¿Crees que a mí no me dijo todo lo que te ha susurrado a ti, Ava? ¿Te ha dicho lo sexy que eres? ¿Lo mucho que le gustas? También ha besado mis senos. He sentido sus…

Ava la interrumpió. No quería que aquella mujer mancillara lo que había sucedido la noche anterior. Estaba renunciando a Luke, pero no iba a permitir que Kalyna arruinara sus recuerdos.

—¿Qué quieres de mí, Kalyna?

—Quiero que sepas que vas a perder. Le recuperaré, ya lo verás.

—En realidad, nunca le has tenido.

Ava tampoco. Ese era el problema de los hombres como Luke y como su padre. Algo que muy pocas mujeres comprendían. Eran hombres extremadamente atractivos y complacientes, pero no eran capaces de amar a una mujer. Se limitaban a disfrutar de lo que, o de quien, encontraran estimulante en un determinado momento.

—Pero tengo un hijo suyo —replicó—, y eso es tanto como tenerle a él. Solo te ha estado utilizando, ha utilizado tu cuerpo para que le ayudaras a conseguir que retiraran los cargos contra él. Pero Ogitani también se ha retirado del caso y en cuanto Luke lo averigüe, comprenderá que no te necesita. Y entonces no volverás a saber nada de él.

Después de aquella noche, Ava ya no esperaba volver a tener noticias suyas.

—¿Qué estás haciendo en su apartamento? —le preguntó.

El hecho de que Kalyna estuviera en el apartamento de Luke y no intentara ocultarlo, evidenciaba un atrevimiento que la asustaba. ¿Tendría una pistola? ¿Estaría esperando a que Luke cruzara la puerta para asegurarse de que jamás volvería a rechazarle?

—Luke me dio la llave —respondió Kalyna.

—Eso no es verdad.

—Entonces, ¿cómo he entrado?

—Habrás forzado la cerradura.

—Es posible que te haya dicho que no tiene ningún interés en mí, pero no es verdad. Ya sabes cómo son los hombres. Esta noche la pasaré con él, jadearé, gemiré y me reiré de ti por haberte creído que eras especial para él.

–Kalyna…

Colgó el teléfono.

–¡Mierda!

Estaba temblando. Ava llamó a Luke y este contestó al primer timbrazo.

–¡No vayas a tu casa! –gritó–. ¡Kalyna está allí!

–¿Eres Ava? ¿La mujer con la que he hecho el amor esta noche? Vaya, me alegro de oírte.

Estaba enfadado, y tenía motivos para estarlo. Le había rechazado demasiado pronto. Pero aquello no tenía nada que ver con los problemas que había entre ellos. Lo importante en aquel momento era mantenerlo a salvo.

–¿Me has oído?

–Sí, te he oído. Ya sé que está allí. Ha estado hablando con mi madre y ha intentado llamarme. Espero que siga allí cuando llegue a casa.

–¡Pero qué estás diciendo! ¡Luke, no! ¡No vayas! Es posible que tenga una pistola.

–Si ha estado husmeando entre mis cosas, tendrá una de mis pistolas, una 9 mm Parabellum. Pero si me dispara, irá a la cárcel.

–¿Una de tus pistolas? ¿Es que tienes más?

–Sí, llevo otra en el maletero.

–¡Dios mío, esto va a terminar con un tiroteo! No corras el riesgo de que dispare antes que tú. Deja que la policía se ocupe de esto.

–Vamos, Ava, ya sabes cómo es esta mujer. Comenzará a inventarse que la he invitado yo, o que es mi novia, o que ha venido a darme la noticia del embarazo, ha encontrado la puerta abierta y ha pensado que estaba durmiendo en casa. A no ser que me haya robado la televisión, ¿qué van a hacer? ¿Decirle que se vaya? Y la verdad es que no creo que eso la intimide.

–¡Por lo menos evitarás que te dispare!

–Que me dispare hoy. ¿Y la próxima vez que me esté

esperando? Tenemos que conseguir que cometa un delito grave, algo que pueda llevarla a prisión. Si no, no me dejará nunca en paz. Pienso llamar a la policía, pero no lo haré hasta que no tenga una noticia importante que darles.

–Para entonces, es posible que sea tarde. No tienes por qué ir a tu apartamento. Es posible que esto acabe muy pronto. ¿Qué me dices del caso de Arizona?

–No cuento con ello. No sabemos lo que va a pasar. Incluso en el caso de que sea sospechosa, tendrán que demostrar que es culpable.

–A lo mejor no es capaz de pagar una fianza.

–Y a lo mejor, ni siquiera sale imputada. ¿Cómo van a demostrar que es ella la asesina? Hay motivos más que suficientes como para que encuentren ADN de Kalyna en su casa. Vivía allí. Y Mark es tan sospechoso como ella. Tanto si le creemos como si no, lo cierto es que amenazó a la madre de Kalyna antes de morir.

–Está también la autoestopista.

–Lo único que tenemos es a dos personas acusándose mutuamente. ¿A qué jurado convencerían?

–Nunca se sabe lo que puede pasar, Luke. Llama a la policía.

–La posibilidad de que alguien resuelva mis problemas me parece bastante remota. Quiero que esa mujer salga para siempre de mi vida. Acaba de decirle a mi madre que nos vamos a casar. Después la ha convencido de que le diera la dirección para poder enviarle una copia de la ecografía. No puedo permitir que esto siga así. Está poniendo en peligro a todos los que me rodean.

–¡Pero puede matarte a ti!

–Si está en mi apartamento y me dispara, yo dispararé antes que ella.

–¿Quieres matarla?

–Quiero poner fin a todo esto. Y no me da miedo defenderme. Soy un soldado, Ava. Estoy entrenado para hacerlo.

–Ella también está entrenada.

–Por eso me parece un enfrentamiento justo.

–Maldita, sea, Luke...

–Eh, ¿por qué estás tan preocupada, Ava? Esta mañana te has despedido para siempre de mí, ¿no es cierto? ¿No era eso lo que pretendías cuando me has mandado a casa sin decirme siquiera que habías disfrutado y que me llamarías más adelante?

Ava apoyó la cabeza en la mano. Abrió la boca, pero no supo qué decir. Lo que ella quería era muy diferente de lo que necesitaba. Sencillamente, no creía que tuvieran ninguna oportunidad. No podía confiar en él por miedo a que terminara siendo tan falso como su padre.

–Interpreto ese silencio como un sí –dijo Luke al ver que no respondía.

–Lo pasé muy bien –farfulló.

–Sí, bueno, avísame cuando tengas ganas de volver a bañarte desnuda. Se me da bien eso de echar un polvo de vez en cuando. Puedes pregúntaselo a Kalyna.

Ava se tensó. Luke jamás había sido tan grosero con ella. Menos de una hora atrás, le había advertido a Geoffrey que cuidara su lenguaje.

–Siento haber herido tu orgullo, Luke.

–¿Mi orgullo, Ava? Ah, claro. Tiene que haber sido el orgullo, porque los hombres como yo no tienen corazón.

Y sin más, colgó el teléfono.

Ava miró el teléfono estupefacta. Después, intentó devolverle la llamada. Tenían que dejar sus diferencias de lado. Kalyna era una mujer peligrosa.

Pero Luke no contestó.

Con una maldición, llamó a la policía. Después, se vistió, se recogió el pelo en una cola de caballo y corrió al coche.

Para no alertar a Kalyna de su vuelta a casa, Luke dejó el coche a una manzana de su edificio. No tenía la menor idea de lo que iba a encontrarse cuando llegara, pero estaba preparado para cualquier cosa. Llevaba la pistola bajo el cinturón. El hecho de ir armado y pensar que había posibilidades de utilizar la pistola, podría haber asustado a muchos, pero él era militar. Y la verdad era que se sentía más cómodo pensando en un enfrentamiento como aquel que teniendo que defenderse de acusaciones infundadas.

Corrió hasta su apartamento y comprobó si estaba allí el coche que había visto conducir a Kalyna en otras ocasiones. Sí, allí estaba, en una de las plazas reservadas para los invitados. Se acercó, se asomó a la ventanilla. En el interior había envoltorios de comida rápida, unas bolsas de papel marrón y una maleta.

¿Qué demonios pensaba que estaba haciendo allí?

Subiendo las escaleras de dos en dos, se dirigió furioso hasta su apartamento. Apenas se podía creer que Kalyna hubiera tenido el atrevimiento de meterse en su casa.

–¿Qué he hecho yo para merecerme esto? –musitó para sí mientras intentaba girar el pomo de la puerta.

Estaba abierta, pero… ¿habría encontrado Kalyna su pistola? ¿Intentaría utilizarla?

Abrió la puerta lo más despacio posible. Desde allí podía ver la cocina y la mayor parte del cuarto de estar. Las dos habitaciones estaban vacías. ¿Dónde estaba Kalyna?

Se abrió otra puerta del descansillo. Luke se metió rápidamente en su casa y cerró la puerta tras él.

Vio una taza en la mesa de la cocina, al lado de una carta con la letra de Phil. Ver allí aquella carta que, seguramente, Kalyna había estado leyendo, le enfureció. Si entrar en su apartamento sin su permiso ya le parecía suficiente intrusión, el hecho de que hubiera leído aquella carta le pareció infinitamente peor. Lo que había pasado entre Phil y él era algo tan íntimo que ni siquiera sus padres eran conscientes de hasta dónde llegaban sus sentimientos por Marissa.

Apretando los dientes, se dirigió al dormitorio. En el pasillo, donde el volumen de la televisión no era tan ensordecedor, podía oírse correr el agua. No, no podía estar duchándose, pensó. Pero el sonido fue haciéndose más fuerte a medida que iba avanzando.

Aunque había señales de que había estado alguien allí, el dormitorio estaba tan vacío como el cuarto de estar y la cocina. La cama estaba deshecha, como si hubiera dormido alguien en ella. Había un par de calzoncillos cerca de la almohada y habían dejado abierto uno de los cajones de la cómoda.

Luke sacudió la cabeza con gesto de incredulidad. Kalyna ni siquiera se había molestado en cerrar el cajón después de hurgar entre sus cosas. Pero por lo menos había dejado algo claro. No se había llevado la pistola al cuarto de baño. Luke podía ver el cañón de negro metal en el cajón, junto con la caja de munición.

¿Pero tendría otra pistola? ¿O estaría desarmada?

La puerta del cuarto de baño estaba entreabierta. Se acercó y miró a través ella, con la mano a la altura de la pistola por si acaso necesitaba utilizarla. Pero no tuvo necesidad de sacarla. No veía armas en el cuarto de baño y el cuerpo desnudo de Kalyna era parcialmente visible a través de la mampara empañada por el vapor del agua.

Entró en el cuarto de baño y preguntó furioso:

—¿Qué demonios estás haciendo en mi ducha?

Kalyna gritó. Obviamente asustada, abrió la mampara y asomó la cabeza. No se molestó en taparse, pero la vista de su cuerpo desnudo no tuvo ningún efecto en Luke.

—¡Estás aquí! —exclamó Kalyna aliviada—. No sabía cuándo ibas a volver a casa. Ha llamado tu madre cuando estabas fuera. Me ha dicho que la llames al colegio.

¿Kalyna sabía que su madre trabajaba en un colegio? ¿De qué otras cosas se habría enterado? Su madre le había dicho que había preguntado por Jenny.

—Sal de ahí —le ordenó.

Kalyna vaciló, como si la frialdad de su voz la sorprendiera.

—¿Ahora? No seas tonto. Tengo el pelo lleno de champú.

—Enjuágatelo y sal. Quiero que recojas todas tus cosas y te vayas de mi apartamento. Y no quiero volver a verte por aquí.

Kalyna frunció los labios con un exagerado puchero.

–¿Es así como tratas a la madre de tu hijo?

–El hecho de que te haya dejado embarazada, si es que es cierto, no te da ningún derecho a meterte en mi casa y a hurgar entre mis cosas.

Kalyna bajó la mirada hacia la pistola que colgaba del cinturón de Luke.

–¿Qué vas a hacer? ¿Piensas dispararme?

–Si hubieras tenido a mano una pistola, ¿habrías disparado tú antes?

Kalyna frunció el ceño.

–Ese no es un comentario muy agradable, Luke.

–No creo que puedas culparme por hacerlo.

–Vaya, parece que estamos de mal humor. ¿Qué te pasa? ¿Ava te ha echado de su cama?

En realidad, sí, más o menos, y todavía le dolía. Pero no iba a darle a Kalyna la razón.

–¿Por qué haces esto? –le preguntó.

–¿El qué?

–¡Todo esto! ¡Meterte en mi casa! ¡Acostarte en mi cama!

–La puerta estaba abierta y….

–¡Estaba cerrada!

–No, no estaba cerrada, te lo juro. Mira a tu alrededor. No puedo haber entrado por ninguna otra parte.

Luke vivía en un segundo piso y no podía imaginar que hubiera entrado por la ventana. Pero sabía que había cerrado la puerta. Lo recordaba perfectamente.

–Al ver que no abrías, he intentado abrir la puerta –continuaba explicando Kalyna–. Llegué tan tarde que imaginé que estarías durmiendo. Pero no estabas en la cama, así que decidí esperarte. No sé por qué te pones así. Tuve que hacer un viaje muy largo y estaba emocionalmente agotada. No espero que me compadezcas, pero ha habido un muerto en mi familia. Alguien mató ayer a mi madre y creo que es una persona a la que conozco. Así que perdona que no tuviera ánimos para marcharme después de haber llegado hasta aquí.

–En primer lugar, ¿por qué viniste aquí?

–Tú me pediste que viniera. Me dijiste que querías que te demostrara que estaba embarazada.

–¿Y tienes pruebas?

¡Sí!

Diablos. La idea de que fuera a tener un hijo suyo le resultaba casi tan nauseabunda como la forma en la que se restregaba el jabón contra los senos.

–Termina de ducharte, ¡por el amor de Dios! –le espetó–. Hablaremos cuando estés fuera.

Salió dando un portazo, entró furioso en el dormitorio y sacó la pistola y las balas que tenía en la cómoda. Se fue después a esperar a la cocina, donde se sirvió un café e intentó convencerse de que no debía pegarse un tiro para evitar compartir la experiencia de la paternidad con alguien que necesitaba un exorcismo.

La policía llegó cuando Kalyna estaba todavía en el cuarto de baño. Oía a Luke hablando con ellos, asegurándoles que tenía la situación controlada. ¿Habría llamado él a la policía? Probablemente. Pero era también él el que la estaba echando, así que no importaba. Por lo menos estaba dispuesto a escuchar lo que tenía que decirle. No iba a echarla de su casa sin que pudiera enseñarle los resultados de la prueba del embarazo.

Se pintó los ojos con extremo cuidado. Quería tener buen aspecto, quería estar más atractiva de lo que había estado nunca en su vida. Todo lo que quería dependía de la conversación que estaba a punto de mantener con Luke.

Luke esperó unos diez minutos, pero al final, abrió la puerta del dormitorio con tanta fuerza que la golpeó contra la pared.

–¿Por qué tardas tanto?

¡Por fin! Kalyna se inclinó hacia el espejo, de manera que la camiseta que llevaba se levantó ligeramente, permitiéndole ver parte de su trasero.

–Como puedes ver, no estoy vestida.

Con un gruñido de impaciencia, Luke regresó a la cocina. Aquella no era la reacción que Kalyna esperaba. Pero al menos, continuaba teniendo la prueba de su embarazo.

–¡Vamos! –le gritó Luke.

Kalyna se puso los pantalones sin ponerse ropa interior. Las bragas debían estar en la cama de Luke. Probablemente podría encontrarlas, pero como su estrategia de seducción no había funcionado, no quería perder tiempo en comprobarlo.

Cuando entró en la cocina, le vio frente al fregadero, con una taza de café en la mano y mirando hacia el aparcamiento con el ceño fruncido.

–¿Quieres que te haga el desayuno? –le ofreció con toda la dulzura de la que fue capaz, pero el semblante de Luke se oscureció todavía más.

–No, quiero ver esas pruebas que dices tener.

En silencio, Kalyna se acercó a su bolso y sacó el documento que había falsificado.

–Ahí tienes.

Permaneció en silencio mientras Luke lo examinaba, pero al ver que no reaccionaba, se acercó a él.

–El resultado es positivo, ¿lo ves? Lo dice aquí.

Se restregó contra su brazo mientras le señalaba el resultado y tuvo que hacer un esfuerzo sobrehumano para no deslizar los brazos por su cintura. Ella se conformaría con un abrazo…

–Quiero una prueba de paternidad –exigió Luke.

Kalyna ya se lo esperaba, y tenía respuesta para ello.

–Por supuesto, pero no seas tonto, todavía no me la puedo hacer. El bebé todavía no ha nacido y hacerla ahora entraña riesgos. Como me dijiste que querías tener pruebas, me he informado de ello.

–¿Tenemos que esperar nueve meses?

–Bueno… ocho.

Luke dejó el análisis a un lado y se hundió en una silla.

–¿No tienes nada que decir? –preguntó Kalyna.

Luke la fulminó con la mirada. Kalyna no le había visto nunca tan furioso.

Se llevó la mano a la garganta.

—No me mires así, Luke. Me asusta. No es culpa mía. Se rompió el preservativo.

—Sí, claro —respondió él, y alzó la taza de café.

Kalyna clavó la mirada en el suelo, en un intento por parecer contrita.

—Hay algo más que deberías saber.

—¿Qué es?

No parecía en absoluto interesado.

—Le he contado a Ogitani la verdad. Ha retirado los cargos.

—¿Y se supone que eso tiene que hacerme feliz?

—Pensé que te gustaría saberlo.

No mencionó los cargos que podrían poner contra ella, o el hecho de que un detective de Mesa iba a hablar con ella al día siguiente. Ya se lo contaría más adelante. Cada cosa a su tiempo.

—Si no hubiera sido por ti, no habría habido ningún cargo.

—Estaba dolida, Luke. ¿Es que no puedes comprenderlo?

Luke permaneció durante tanto tiempo en silencio que Kalyna pensó que no iba a contestar.

—No, no lo comprendo.

—Yo... pensaba que a lo mejor había algo entre nosotros. Te quiero desde hace mucho tiempo... prácticamente desde el día que me asignaron a tu escuadrón. Cuando me abandonaste aquella noche, me sentí como... me sentí como si me hubieras utilizado y después me hubieras despreciado. Y eso significaba mucho para mí.

Luke arrastró la silla hacia atrás, pero no se levantó. Apoyó los codos en las rodillas y la cabeza entre las manos. ¿En qué demonios estaba pensando? Kalyna estaba completamente convencida de que le tenía, pero no era posible que...

–Lo siento –continuó diciendo Kalyna–. Lo siento de verdad. Sé que hice mal al actuar como lo hice. Pero después de verme, los médicos me llevaron a la policía y la situación se me escapó de las manos. No sabía cómo dar marcha atrás y... y estaba demasiado enfadada para sacarlos de su error.

Luke no se había duchado ni afeitado aquella mañana. Cuando se frotó la barbilla, Kalyna pudo oír el susurro de la mano contra la barba.

–Lo único que estoy pidiendo es un poco de comprensión –le explicó–. Y también ayuda durante el embarazo.

Eran tantas las ganas que tenía de acariciarle que tenía la sensación de que era una fuerza invisible la que la empujaba a acariciar su pelo. Pero luchó contra ella. No podía arriesgarse. Luke estaba intentando ser justo. Estaba segura.

–En parte, fue culpa mía –admitió Luke–. No debería haber cometido nunca la irresponsabilidad de acostarme contigo –desvió la mirada hacia la carta, pero la apartó rápidamente–. Pero supongo que nos las arreglaremos de alguna manera.

–Te lo agradezco –dijo Kalyna suavemente.

Luke tomó aire.

–Y si ese hijo es mío, haré todo lo que esté en mi mano para apoyarle. Quiero que lo sepas.

–Gracias –la voz de Kalyna se había transformado en un susurro–. Sé que vas a ser un buen padre.

Pensó que aquel cumplido le valdría una sonrisa, pero Luke hundió la cabeza todavía más y se cubrió el rostro con las manos. No la estaba mirando. Le pasaba algo. Kalyna alzó la mano. Estaba a punto de arriesgarse a posarla en su hombro cuando una llamada a la puerta la interrumpió.

–¿Luke? ¿Luke, estás ahí?

Era Ava Bixby.

Capítulo 29

Mientras esperaba a que salieran del cajero automático los trescientos dólares que acababa de pedir, Tatiana se frotó las manos sudadas en los pantalones. Tenía que hacerlo. Se iba a California a ver a Kalyna. Tenía que hacer algo. Mark casi había convencido a la policía de que él no había asesinado a Norma. Parecía tan sincero cuando declaraba su amor por Kalyna y cuando decía que todo había sido culpa de ella que había estado a punto de convencer a la propia Tatiana. Y esa fotografía que le había enviado… Pero se negaba a dejarse a convencer. Y tras haber tenido tiempo de pensar en ello, había llegado a recordar lo extraño que era Mark. Él tenía diez años más que su hermana. En parte era el culpable de que Kalyna hubiera tenido tantos problemas en la adolescencia. ¿Y lo de esa autoestopista? Era imposible que Kalyna pudiera matar a nadie, y menos a esa edad.

Desgraciadamente, el detective Morgan no contemplaba la versión de Mark con el mismo recelo. De pronto, había comenzado a hablar como si la culpable tuviera que ser Kalyna. Mark había abierto la puerta de su casa a la policía en cuanto se lo habían pedido y como no habían encontrado ningún objeto de Norma, habían comenzado a mirar hacia otra parte. Una hora atrás, había oído decir al detective Morgan que se habían puesto en contacto con la base y habían pedido que estuvieran pendientes de Kalyna. En cuanto llegara al trabajo, tenían que retenerla hasta que el detective pudiera ir a interrogarla.

Tati tenía que advertírselo. Había intentado hablar con ella por teléfono, pero Kalyna no contestaba y tenía el buzón de voz lleno de los mensajes que ella le había ido dejando.

—No ha sido ella —musitó para sí.

Tatiana sabía que su hermana tenía problemas emocionales. Siempre había sido distinta: impaciente para conseguir lo que quería, despreocupada de sus propios errores y pronta a culpar a los otros de cualquier cosa que fuera mal en su vida. Pero era la única hermana que tenía y no quería perderla, sobre todo después de haber perdido a Norma.

El zumbido del cajero automático cesó. Agarró los billetes antes de darse tiempo a cambiar de opinión y se los guardó en el bolsillo mientras corría hacia el viejo turismo. Había tenido que usar el coche de su padre porque ella no tenía coche. Pero no podía conducir en ese cacharro hasta California. El coche fúnebre estaba en la funeraria, así que Dewayne no se quedaría sin medio de transporte. Dejaría el turismo en el aeropuerto, donde alguien podría ir a retirarlo. Volaría hasta Sacramento y allí alquilaría un coche.

Hacer aquel viaje le estaba costando hasta el último penique que tenía ahorrado para el crucero que sus padres y ella pensaban hacer durante el verano. Aquellas iban a ser las primeras vacaciones de la familia. Pero su madre había muerto y, en cualquier caso, lo que estaba haciendo era más importante. Tenía suficiente fe en Kalyna como para ir a buscarla y salvarla de sí misma.

Tati deseó no tener que perderse el entierro de su madre en el proceso. Imaginaba que podría regresar el miércoles. Y, en cualquier caso, todavía no habían terminado la autopsia.

El coche entero tembló cuando el motor cobró vida. Su padre estaba muy orgulloso de aquel viejo coche. Dewayne era un hombre sencillo, un hombre que había trabajado duramente y al que la vida había dado muy pocos placeres.

La vida no había sido fácil para ninguno de ellos. ¿Por qué Kalyna no era capaz de comprenderlo? ¿Por qué pensaba que ella era la única que había sufrido?

Teniendo mucho cuidado de no rayar al coche que tenía a su lado, Tati salió del sitio en el que había aparcado y se dirigió hacia el aeropuerto internacional Skye Arbor. No quería hacer aquel viaje, y menos sola. Nunca había salido de la ciudad. Y sabía que a su padre no le haría ninguna gracia enterarse de lo que se proponía. Pero Kalyna no podía manejar aquella situación con el mismo desapego con el que se había enfrentado a sus problemas en el pasado. Aquel era un asunto muy serio. Si no tenía cuidado, tendría que pasar el resto de su vida en la cárcel por un crimen que no había cometido.

Iba conduciendo cuando vio un establecimiento de una compañía de teléfonos móviles. Ante la tentación de pararse, disminuyó la velocidad. No tenía teléfono móvil. Nunca había sido capaz de justificar aquel gasto. La línea fija de la funeraria era suficiente para alguien que trabajaba tantas horas como ella. Pero si iba a viajar hasta California, tendría que tener algún modo de mantenerse en contacto con su padre y con Kalyna, en el caso de que esta contestara alguna vez el teléfono.

Pensó en ello, pero, ¿cuánto podía tardar en comprar un teléfono? Si tardaba más de diez minutos, perdería el avión.

Sonó la bocina de un coche tras ella. Casi inmediatamente, el impaciente conductor del vehículo que la seguía la adelantó haciendo un gesto grosero. Tenía que tomar una decisión, estaba interrumpiendo el tráfico.

Pisó el acelerador. Podría arreglárselas sin móvil. No lo necesitaba para encontrar el apartamento de su hermana. Utilizaría la dirección que le había dado en Navidad, cuando la había llamado para pedirle que le enviara los zapatos y el secador que se había dejado en casa. Tati había descargado un plano de Internet antes de salir de casa.

Intentando relajarse, se reclinó en el asiento mientras

conducía. Todo saldría bien, se dijo a sí misma. Lo único que tenía que hacer era hablar con su hermana antes de que lo hiciera la policía.

La visión de Ava sin maquillaje y vestida precipitadamente con unos vaqueros cortos, una camiseta y unas chanclas, debería haberle recordado a Luke que había estado con mujeres más atractivas. En cambio le hizo pensar que tenía ese aspecto precisamente porque acababa de estar con él, durmiendo a la orilla del río. Y eso hizo que se le acelerara el corazón. No habría sabido decir por qué. Unos segundos antes, Kalyna había hecho todo lo que había estado en su mano para seducirle y no le había afectado lo más mínimo. Pero Ava aparecía con unos vaqueros viejos que no la favorecían nada y no era capaz de apartar la mirada de ella.

Deseando poder poner fin a lo que quiera que le hubiera hecho con la misma facilidad con la que ella se había librado de él aquella mañana, apretó los dientes para que Ava no pudiera imaginar lo que realmente sentía y bloqueó la puerta con su cuerpo.

–¿Qué quieres? –le preguntó.

Ava miró tras él y Luke supo que estaba viendo a Kalyna.

–Yo… tenía miedo de que… Quería asegurarme de que estabas bien.

–Estoy bien. Los dos estamos bien. Kalyna ha llamado a Ogitani para contarle la verdad. Han retirado los cargos.

Ava vaciló un instante.

–Sí, eso he oído.

–Eso significa que ya no tienes nada de lo que preocuparte. Tu trabajo ha terminado. Pero gracias por venir. Enviaré la donación que te prometí.

Cerró la puerta y tomó aire para intentar dominar el dolor que a él mismo le causaba el haberla tratado con tanta dureza.

–¿Estás bien?

Kalyna se había movido. En aquel momento estaba justo detrás de él.

Luke se enderezó y se encogió despreocupadamente de hombros.

–Por supuesto, ¿por qué no iba a estarlo?

Kalyna frunció el ceño.

–Sé que no estabas de buen humor, pero parece que al ver a Ava te has puesto peor. No... no parecías tú mismo.

–¿Qué quieres decir? Lo único que le he dicho es que ya hemos cerrado el caso.

–Supongo que sí. Por un momento, me ha parecido... –rio con tristeza–. No sé... parecía que la quisieras.

–Pues no.

Por lo menos, no profundamente. Hacía apenas una semana que conocía a Ava. La respetaba, eso era todo. Era una mujer profunda y preocupada por los demás. Le gustaba estar con ella. Pero si Ava no sentía lo mismo, se retiraría y en paz. Marissa era la única mujer a la que no había sido capaz de olvidar. Sabía que al cabo de unos días, se encontraría mucho mejor.

–A lo mejor estás cansado –dijo Kalyna–. ¿Por qué no duermes un poco?

Luke se acercó a la ventana. Ava estaba entrando en su destartalado Volkswagen amarillo. ¿Volvería a llamarle? No entendía por qué iba a hacerlo después de lo que acababa de pasar...

–Tengo que irme –anunció Kalyna.

Fue un auténtico alivio.

–Pero te haré la colada. De todas formas, tengo que hacer la mía. Y lo menos que puedo hacer es ayudar después de todo lo que te he hecho pasar.

Luke apenas entendía lo que le decía, porque no estaba escuchando. No se dio cuenta de que le había hecho una pregunta hasta que Kalyna se quedó en silencio y le urgió diciendo:

–Luke, ¿me has oído?

–¿Qué has dicho? –se volvió hacia ella.

–He dicho que puedo hacerte la colada, que puedo lavar tus cosas con las mías.

–No, no toques nada, estoy bien.

–Por favor… déjame hacer eso por ti. Estoy intentando ser amable, Luke. ¿Por qué no quieres…?

Luke alzó la mano para interrumpirla.

–Muy bien, haz lo que quieras –la interrumpió.

Siempre y cuando le dejara en paz durante un rato, no le importaba. ¿Qué más daba que le hiciera la colada? De todas formas, no podía deshacerse de ella. Estaba embarazada, llevaba un hijo suyo en el vientre. Iba a formar parte de su vida.

–¡Hasta luego! –se despidió Kalyna.

Luke todavía tenía la mirada fija en la puerta.

–Hasta luego.

La puerta se abrió, se cerró y por fin se quedó solo.

Con un suspiro, se acercó a la mesa de la cocina y se sentó. Tenía la carta de Phil frente a él, la carta que nunca había contestado. ¿Por qué no le habría escrito cuando todavía tenía oportunidad de hacerlo?

Pensó en Marissa. Todavía estaría intentando asimilar la muerte de Phil, no solo como esposa, sino también como madre de sus hijos. ¿Habrían sido diferentes sus vidas si se hubiera declarado antes de que se casara con Phil? ¿Se habría casado con él? ¿Tendrían hijos?

Si las cosas hubieran sido de otro modo, en aquel momento no estaría compartiendo la paternidad con una mujer que le repugnaba y Marissa no pasaría aquella noche sola.

Pensó en llamarla. En el pasado le resultaba doloroso oír su voz cuando llamaba a su casa para hablar con Phil. Durante años había echado de menos su sonrisa y había lamentado la pérdida de su amistad. Pero aquel día… aquel día, la única persona a la que quería llamar era Ava.

Tomó la carta de Phil y volvió a leerla. Aquella vez, aunque no tenía ningún lugar al que enviarla, escribió una respuesta.

Y le pidió perdón.

No fue fácil seguir a Ava, sobre todo cuando entraron en el delta. No había suficiente tráfico como para pasar desapercibida. Pero Kalyna tenía dos cosas a su favor. Por lo que ella sabía, Ava no conocía su coche. Y tampoco esperaba que nadie la siguiera.

En realidad tenía tres cosas a su favor. Sospechaba que Ava estaba demasiado preocupada como para fijarse en nada menos impactante que un terremoto. Había pasado algo con Luke, algo que la afectaba. Mientras esperaban en un semáforo, Ava la había visto secarse los ojos. Aquellas lágrimas habían confirmado lo que había sospechado cuando había visto a Ava y a Luke juntos: se querían. ¿Por qué? No era capaz de imaginarlo. Apenas acababan de conocerse. No le parecía justo. Pero desde que conocía a Luke, nunca le había visto tratar a una mujer, ni a nadie, por cierto, con aquella brusquedad. A no ser que le provocaran, era un hombre amable y risueño.

Pero no lo había sido cuando había visto a Ava en la puerta de su casa. La propia Kalyna había sentido un nudo en el estómago al percibir la tensión que había invadido la casa cuando había abierto la puerta. Su cuerpo, su voz, su mirada… todo había cambiado drásticamente. Y le había visto también después, cuando había hundido la cabeza como si Ava le hubiera abofeteado. Kalyna había sabido en ese instante que Luke deseaba ir tras ella, y apenas había sido capaz de respirar desde entonces.

Después de todo lo que había sufrido, no podía permitir que Ava se interpusiera en su camino. No, otra vez no. Por fin tenía una oportunidad con Luke. Le había hecho creer que estaba embarazada, que iba a tener un hijo suyo. Y él le había permitido hacerle la colada. Aquello ya era un principio. Con el tiempo, conseguiría ganárselo. Le demostraría que ella era todo lo que siempre había deseado en una mujer… si no tenía que competir con Ava. No quería que Ava llamara o se presentara en su casa echándolo todo a perder. No soportaba imaginar a Luke soñando despierto con Ava cuando se suponía que tenía que pensar en ella.

Pasaron un puente y después otro. Todo el tráfico desapareció entonces, obligando a Kalyna a esperar hasta que apenas podía ver el coche de Ava. La perdió cuando Ava hizo dos giros rápidos, pero tuvo suerte. Estaba en una intersección, pero una carretera indicaba que no tenía salida, lo cual la obligó a tomar la otra y, una vez allí, pudo ver el coche de Ava justo antes de que esta lo aparcara al lado de una camioneta en el muelle.

Al final del muelle había una casa flotante, pero Kalyna no podía acercarse más. Abandonó la carretera, escondió el coche tras una arboleda y salió.

Llorar siempre le había causado dolor de cabeza. Ava lo odiaba. No soportaba sentirse con los ojos enrojecidos, el rostro hinchado y la nariz tapada. Intentaba ser objetiva en su trabajo y evitaba religiosamente cualquier cosa que pudiera hacerle llorar, como los libros o las películas dramáticas. Pero pensaba que la vida de Luke estaba en peligro, por eso no había sido capaz de eludir un encuentro con él. Y una vez empezaba a llorar, ya no tenía forma de parar las lágrimas.

Al final, se había permitido desahogarse durante todo el trayecto hasta su casa. Había llorado por su madre, por su padre, por Bella y por todos los casos que no habían terminado como ella esperaba desde que había empezado a trabajar en El Último Reducto. Pero, sobre todo, había llorado por Luke. Por lo que quería tener y no había tenido. Por sus puntos débiles y por los de Luke. Pensó que podría meterse en la ducha y permanecer allí durante el tiempo que fuera necesario hasta recuperarse. Que podía tomarse el día libre. Pero cuando llegó a casa, no encontró la intimidad que ansiaba. Su padre estaba esperándola.

–Esto es increíble –farfulló mientras abandonaba el coche.

Aunque había evitado mirarse al espejo porque no quería ver lo patética que debía parecer, sabía que no podría ocultar que había estado llorando. Y también que a su padre no le gustaría. No era la clase de hombre que apreciara el exhibicionismo sentimental. De hecho, le hacía sentirse más incómodo incluso que a ella. Pero allí estaba Ava, que acababa de soltar la llantina más grande de su vida.

–Esto debería ayudar a mejorar nuestra relación –dijo en voz alta.

–¿Me estás hablando a mí? –preguntó su padre.

Ava no sabía cómo podía haberlo oído. A lo mejor el viento había llevado su voz hasta allí, puesto que no estaban cerca. Su padre estaba ya en el barco. Cuando Ava subió, vio que había estado sentado en una de las sillas de cubierta, pero en aquel momento estaba asomado a la barandilla.

–¿Qué estás haciendo aquí?

–He venido a ver a mi hijita.

Ava volvió a sentir un nudo en la garganta. Ella nunca había sido «su hijita», a no ser que hubiera querido algo de ella. ¿Qué podía ser en aquella ocasión? ¿Necesitaba que volviera a quedarse con el caniche de Carly? Odiaba a ese perro casi tanto como a su propietaria.

Fuera cual fuera su demanda, no estaba segura de que estuviera en condiciones de enfrentarse a ello en aquel momento. Pero era su padre. Y ella jamás había elegido ni el momento ni el lugar para atender sus favores.

–¿Van bien las cosas con Carly? –le preguntó.

–Hemos tenido épocas mejores.

Le había dejado. Ava lo supo por su expresión avergonzada.

–¿Dónde tienes el equipaje? –le preguntó.

Estaban a un metro el uno del otro y él ya tenía que haber notado las señales dejadas por el llanto. Pero no pareció sorprendido. La verdad era que nunca había mostrado ningún interés por la vida de Ava.

–Todavía no he hecho el equipaje. Carly estaba tirando

mis cosas, así que me he ido antes de que pudiera seguir causando destrozos.

–Ya entiendo. ¿Y piensas volver a por tus cosas o vas a dejar que acabe con ellas?

–Soy demasiado viejo para empezar de nuevo, Ava.

Ava tomó aire. Por supuesto. Volvería con Carly si ella se lo permitía. Eso tampoco la sorprendió.

–Muy bien. ¿Te apetece un té frío mientras esperas a que se calme?

Su padre no contestó.

–¿Qué te pasa? –le preguntó en cambio.

¡Vaya! ¿Por fin lo había notado?

Ava se encogió de hombros con un gesto de falsa despreocupación.

–Nada. Es por culpa de un caso.

Su padre la miró con atención, pero, al final, asintió. No la conocía lo suficiente como para negarlo. Y tampoco iba a discutir con ella. Eso entraba en la categoría de «exteriorizar exageradamente los sentimientos».

–Creo que nunca te había visto llorar –musitó.

Al menos desde hacía mucho tiempo. Aunque Carly y él habían estado presentes durante la mayor parte del juicio de Zelinda. Carly parecía fascinada por lo sórdido del caso. Chuck había estado ausente el día que habían dictado sentencia y Ava no había vuelto a llorar desde entonces. Carly había dicho que Chuck no se encontraba bien, que tenía un principio de gripe, pero, al final, su padre había demostrado estar suficientemente bien como para llevarle un juego de llaves esa misma noche.

Ava siempre se había preguntado si habría preferido estar ausente aquel día por algún motivo. Habían visto las pruebas, habían oído los argumentos, sabían ya cómo iba a terminar el juicio. A lo mejor no había querido oír el veredicto final porque no había querido enfrentarse a algo tan negativo. A lo mejor tenía miedo de sentirse responsable de la caída de su primera esposa. Zelinda era una mujer muy diferente cuando se había casado con él.

–¿Por qué molestarse en llorar? Las lágrimas no arreglan nada –contestó, y forzó una sonrisa mientras abría la puerta de la cabina.

–Tu madre me ha dicho que quieres que nos vayamos a un hotel, pero no vamos a movernos de casa, Luke. Esa mujer no tiene ningún motivo para hacernos daño.

Si Kalyna tenía problemas mentales, tal y como parecía, no necesitaba ninguna razón para hacer daño. Pero Luke no estaba seguro de que debiera presionar a su padre. Sabiendo que Kalyna iba a estar en la ciudad, cerca de él, le parecía un poco exagerado.

–Ahora mismo parece más tranquila de lo que esperaba. Pero es una mujer impredecible y tiene vuestra dirección. Tenéis que tener mucho cuidado.

–Estaré atento.

Ed pensaba que podría manejar a Kalyna. No tenía la menor idea de lo retorcida que era aquella mujer. Pero Luke no la imaginaba conduciendo hasta San Diego para hacer daño a su familia sin que mediara algún tipo de provocación y, al menos aquella mañana, él no le había dado ningún motivo.

–¿Te ha contado mamá que es posible que Kalyna haya matado a la mujer que la adoptó y también a una adolescente?

–Sí, me lo ha contado. Parece que andas metido en algo serio, ¿verdad?

Sí, muy serio. Y se lo merecía por haber caído en la trampa de Kalyna.

–Solo quiero que me hagas un favor. Si os llama, no habléis con ella, ¿de acuerdo? Y si os manda un paquete o una carta, no la abráis. Llamadme antes a mí.

–De acuerdo.

–Muy bien. Yo me encargaré de todo.

–Y yo me aseguraré de que no te cases con ella.

Luke se echó a reír.

–No, no voy a casarme con ella.

–¿De verdad está embarazada?

Luke pensó en los análisis que le había presentado.

–Me ha enseñado el resultado de una prueba de embarazo que se hizo ayer. Parece que podría estar embarazada. Pero no estoy seguro de que el bebé sea mío –continuaba aferrándose a esa esperanza, aunque tendría que esperar ocho meses para estar seguro.

–¿Por qué va a decirte entonces que es tuyo? Es fácil demostrar lo contrario.

–Sí, lo sé –pero Kalyna ya había hecho suficientes cosas extrañas en lo que a él concernía como para no creer nada de lo que le dijera–. Está haciendo todo lo que está en su mano para que le haga caso.

–¿Y tú crees que el hijo es tuyo?

–No, definitivamente no.

–De acuerdo. En cualquier caso, me alegro de que hayan retirado los cargos. Estaba muy preocupado por lo que pudiera pasarte.

Luke no había tenido oportunidad de sentirse aliviado. Si el hijo de Kalyna era suyo, estaba condenado a pasar toda una vida encadenado a ella. No sabía qué era peor. Pero por lo menos había podido prescindir de los servicios de McCreedy, lo que suponía que recuperaría gran parte del dinero que había tenido que dejar en depósito.

–Digamos que esta no ha sido la mejor semana de mi vida.

–No estaría mal que conocieras a alguien con quien sentar cabeza.

Sus padres no dejaban de repetírselo. Normalmente, Luke elevaba los ojos al cielo e intentaba distraerles con cualquier otro tema. Sin embargo, aquel día imaginó a Ava bajo la luz de la luna, alzando la mirada hacia él. Habían hecho el amor con una intensidad que le había consumido por completo.

–Lo haré. Algún día.

Odiaba haber sido tan brusco con Ava cuando se había

presentado en su apartamento. A lo mejor esperaba demasiado de aquella mañana. Cuando había aparecido Geoffrey, Ava estaba tan sorprendida como avergonzada. El hecho de que los hubiera echado a los dos podía no significar nada, podía haber sido una reacción refleja, un mecanismo de defensa. Había estado intentando distanciarse de él desde el primer momento. Pero aquella altiva fachada de «no necesito a nadie» escondía uno de los corazones más tiernos que jamás había conocido. Lo había visto con sus propios ojos la noche anterior.

Y si hubieran quedado para verse también aquella noche, a lo mejor habría reaccionado de forma diferente.

Se preguntó cómo reaccionaría Ava si la llamara.

–¿Luke?

–¿Qué?

Su padre repitió la pregunta que al parecer no había oído.

–He dicho que tienes casi treinta años. ¿No tienes ganas de formar una familia?

–Sí, claro que quiero formar una familia.

–En ese caso, tendrás que tomarte en serio lo de encontrar esposa.

Y, para Luke, ese era el factor decisivo. No creía que Ava fuera la mujer con la que iba a casarse. Pero sentía algo por ella que no había sentido desde que había conocido a Marissa, y no iba a renunciar tan fácilmente.

Después de colgarle el teléfono a su padre, marcó el número de Ava, pero le contestó el buzón de voz.

–Ava, soy Luke. Te llamo porque… la noche de ayer no fue solo una noche más para mí. Me gustaría volver a verte. ¿Puedes llamarme?

Capítulo 30

–Cariño, no hables así. Vamos, hemos disfrutado de un matrimonio feliz… No estaba yéndome a escondidas. Le dije que querías que llevara a Buffy al veterinario, que tendría que llamar más tarde.

Ava permanecía en el dormitorio mientras oía a su padre intentando engatusar a su esposa. Se había dado una ducha más corta de lo que originalmente pretendía, pero estando allí su padre, no se sentía cómoda quedándose allí encerrada. Sin embargo, si hubiera sabido que iba a tener que oír una conversación interminable con su esposa, no se habría preocupado.

Intentando hacer tiempo, se miró en el espejo para ver si todavía tenía los ojos hinchados.

–… Te he dicho que llamó ella –estaba diciendo su padre–. Ya habían pasado dos días. Pensé que debía devolverle la llamada.

Afortunadamente, había desaparecido la hinchazón. Después de haberse vestido y maquillado, ya no tenía tan mal aspecto.

–No puedo ignorarla. Estuve casado con ella. Es parte de mi vida…

Ava no quería salir de allí y poner en una situación embarazosa a su padre. Ya tenía que sentirse suficientemente estúpido humillándose de aquella manera. Pero tras haber terminado en el cuarto de baño, ya no sabía qué hacer. No sabía si ir a trabajar. Tenía miedo de que Geoffrey se pasara por el despacho para verla y revelara que alguna clase de cataclismo había cambiado sus vidas. E incluso en el caso de que no apareciera, no soportaría tener que enfrentarse a Skye, a Sheridan o a Jonathan sabiendo que se había acostado con uno de los clientes. Así que era preferible no ir.

O quizá sí. Probablemente todos se alegrarían al enterarse de que ya no estaba saliendo con Geoffrey. Pero tenía tan pocas ganas de reconocer su ruptura como de admitir la verdad sobre Luke. Sus compañeras llevaban tiempo diciéndole que algo fallaba en su relación con Geoff. Pero como se había obstinado en aferrarse a la certeza de que tenía la vida que realmente quería, el orgullo le impedía admitir que durante todo aquel tiempo habían estado en lo cierto. No, todavía no. Había demasiados sentimientos agitándose en su interior.

—Cuqui, para…

¿Cuqui? Ava esbozó una mueca. No quería seguir oyéndole. No quería ser testigo de cómo suplicaba su padre perdón a una mujer caprichosa y egoísta. Una persona que no valía ni una décima parte de lo que valía Zelinda cuando tenía su edad.

Tenía que hacer algo para distraerse, ¿pero qué? Podía trabajar en casa, por supuesto. Se había llevado varios casos. Pero la mayor parte de ellos implicaban llamadas que no podría hacer mientras su padre estuviera utilizando su teléfono móvil. Al parecer, había salido de su casa a tal velocidad que se había dejado hasta el móvil. Un ejemplo suficientemente elocuente del estado en el que debía de estar Carly en aquel momento. Además, tenía el portátil en el comedor, que estaba junto al cuarto de estar.

Un breve silencio la hizo pensar que la conversación había terminado. Abrió la puerta del dormitorio, pero entonces su padre comenzó otra vez.

—Tenemos un hijo en común, Car. ¿No puedes entender por qué le he devuelto la llamada? ¡No es que esté enamorado de ella! Neal va a casarse. Avisarme ha sido un gesto muy amable por su parte.

¿Su medio hermano iba a casarse? Nadie se había molestado en informar a Ava.

Realmente su familia era un desastre. Era lógico que dedicara la mayor parte de su tiempo al trabajo. Estaba a punto de volver a meterse en el cuarto de baño para hacer algo realmente excitante, como pintarse las uñas de los pies o limpiar el lavabo, cuando se hizo el silencio otra vez. Y, en aquella ocasión, duró bastante.

Como no había ninguna conclusión final, ni siquiera una despedida, supo que Carly había colgado bruscamente. Probablemente, muy bruscamente. Las súplicas de su padre no habían bastado para aplacarla.

–¿Tienes hambre? –le preguntó Ava cuando salió del dormitorio.

Su padre estaba en el sillón, con los ojos cerrados y la cabeza gacha, apoyada en la mano en la que tenía el teléfono, pero alzó la cabeza al oírla.

–Eh… sí, no me importaría comer algo –sonrió, intentando disimular su desánimo.

–Voy a preparar algo de comer, ¿qué te apetece?

Su padre se levantó y señaló hacia la puerta.

–No te molestes en cocinar. Vámonos de aquí. Te llevaré a mi restaurante favorito.

Ava no disimuló su sorpresa.

–¿Vas a llevarme a comer? ¿Solo nosotros?

Ava sabía lo que eso significaría si llegaba a oídos de Carly. Los problemas de su padre iban a empeorar.

–Este sitio es claustrofóbico. Vamos.

Ava imaginaba que le parecía claustrofóbico porque sabía que era allí donde tendría que vivir si no arreglaba las cosas con Ava.

Ava suspiró, viendo la cabina por primera vez con otros ojos. Aquella casa flotante no era suya. Se la devolvería a su padre en cuanto Carly y él terminaran definitivamente su relación, algo que parecía inevitable. Ava no creía que la pareja pudiera durar mucho más. Como mucho podrían prolongar su relación durante un año o dos, pero después su padre se quedaría solo. Sería más viejo, pero no más sabio, si su historial hasta entonces suponía alguna indicación. ¿Y qué supondría eso para ella?

Sería completamente libre de ataduras, de anclas, como siempre había querido.

¿Pero continuaba deseándolo de verdad?

Kalyna se escondió entre los árboles mientras veía a Ava salir del barco con un hombre mayor. ¿Quién sería? ¿Un amigo? ¿Un cliente? ¿Y aquella casa flotante sería de Ava o de su acompañante? Era difícil saberlo.

Ava y quien quiera que fuera con ella se montaron en la camioneta que había al lado del coche de la primera y se marcharon. Kalyna esperó durante algunos minutos, para asegurarse de que se iban. Después fue caminando hasta el lugar en el que Ava había aparcado. El coche estaba abierto, probablemente porque no había nada que proteger en su interior, salvo unas gafas de sol. Kalyna se sentó en el asiento del pasajero, se las probó y se miró en el espejo retrovisor. No le gustaba mucho cómo le quedaban, pero se las quedaría de todas formas. Ava no iba a vivir tiempo suficiente como para necesitarlas.

Se las colgó en la camisa, salió del coche y avanzó por el muelle. La puerta del barco estaba cerrada, pero la madera era bastante delgada. Podría romperla. Sin embargo, de esa forma descubriría que había alguien allí, y no tenía ninguna necesidad de alertar a Ava cuando el elemento sorpresa podría servir a sus propósitos mucho mejor.

Dio una vuelta por el barco y vio que había una ventana ligeramente abierta. En cuanto consiguió cortar la mosquitera con una navaja, pudo meter los dedos lo suficiente como para abrir la ventana y pasar al interior del barco.

Llegó a una habitación, un dormitorio como otro cualquiera. Excepto por el hecho de que flotaba en el agua, la casa era como cualquier otra. La cocina, el cuarto de estar y el comedor estaban unidos. Había otro dormitorio y otro baño en la parte de atrás, cerca del dormitorio para invitados.

Lo que era evidente era que aquella no era una casa para pasar las vacaciones. Alguien vivía allí de forma permanente, y no era difícil averiguar quién era. Había fotografías de Ava con diferentes personas en las estanterías que había encima de la televisión. En una aparecía con un hombre que la rodeaba con el brazo sobre el muelle, en otra con las mujeres a las que Kalyna había conocido el día que había ido a verla a la oficina. En la tercera estaba con el hombre con el que acababa de salir. Sobre el mostrador de la cocina descansaba toda una pila de cartas, todas ellas dirigidas al apartado de correos de Ava.

Kalyna revisó varias facturas y se detuvo cuando llegó a los extractos bancarios. Era gratificante violar la privacidad de Ava de esa manera, poder revisar la lista de sus últimas compras y hacerse una idea de cómo gastaba el dinero.

A juzgar por aquellos datos, pagaba regularmente sus cuentas, pero no tenía mucho dinero en el banco. Los extractos mostraban diferentes depósitos que, en total, suponían menos de lo que ella ganaba en la base. Aquella estúpida trataba con violadores, maltratadores y asesinos por solo unos peniques. ¿Por qué se tomaría tantas molestias?

—Es una fracasada —musitó mientras tomaba un par de galletas que encontró en un armario de la cocina.

Quería que Ava muriera. Que desapareciera para siempre. Quería verla fuera de su vida y de la vida de Luke. ¿Pero cómo? Tenía que tener mucho cuidado.

Gracias a Mark y a sus recientes amenazas, no habían podido culparla de la muerte de su madre y no podían relacionarla con el otro crimen. El policía con el que había hablado por teléfono llegaría al día siguiente, pero ella sabía cómo engañarle. Todavía podía recomponer su vida sin tener que abandonar el país. La pérdida de su madre era una buena excusa para no aparecer por el trabajo aquella mañana. Estaba emocionalmente destrozada. Pero eso no borraría el hecho de que se había ausentado antes de que su madre muriera. En cualquier caso, la muerte de su madre podría despertar la compasión de sus superiores. A lo mejor el castigo era menos severo. Pero incluso en el caso de que la degradaran, tendría un trabajo, una casa y a Luke, y podría volver a optar a un ascenso al cabo de un año o dos.

Todo saldría bien. Lo único que tenía que hacer era pensar en la manera de deshacerse de Ava. Había sido Ava la que lo había echado todo a perder. Le encantaría causarle una muerte violenta y dolorosa. Pero si la torturaba, se abriría otra investigación. Incluso en el caso de que la apuñalaran o le pegaran un tiro, aparecería en los medios de comunicación y la policía tendría la presión de descubrir al asesino de una persona muy conocida en la zona.

Tenía que haber una manera más fácil de acabar con ella.

Kalyna se volvió y clavó la mirada en la ventana... Y entonces se le ocurrió lo que era más que evidente. Ava vivía en una casa rodeada de agua. No sería sorprendente que se ahogara. Los ríos podían ser muy peligrosos: la gente moría continuamente en ellos. Algo tan sencillo como resbalarse en una roca y golpearse la cabeza, podía tener el mismo resultado y solo merecería unas cuantas líneas en el periódico.

Kalyna sonrió al pensar en ello. Sería muy fácil, puesto que podía empezar a prepararlo todo inmediatamente. Devolvería las gafas de sol y lo dejaría todo tal y como lo había encontrado, incluyendo la ventana. Colocaría de nuevo la mosquitera, de manera que solo alguien que se fijara realmente en ella pudiera darse cuenta de que estaba rota. Y cuando regresara esa misma noche, podría volver a entrar por allí.

La emoción le provocó una inyección de adrenalina. Mientras iba tomando forma su plan, recorrió la casa por segunda vez. Necesitaba asegurarse de que podía caminar por ella sin tropezar con los muebles en la oscuridad, y además, tenía que saber dónde dormía Ava.

–Estará justo aquí –musitó al entrar en el dormitorio de Ava–, y no sospechará nada.

Aunque la habitación estaba limpia, la cama estaba sin hacer y había una sudadera encima de una silla. Kalyna vio el logotipo de la sudadera y apretó la mandíbula. ¿Por qué tenía Ava una camiseta de la Fuerza Aérea? Y, sobre todo, una tan grande.

Porque no era suya, por supuesto. Aquella camiseta era de Luke.

–¡Hija de perra! –gritó, y la tiró al suelo.

Quería desgarrarla, desgarrar a Ava también. No pensaba compartir a Luke con nadie. Lo quería todo para ella.

Pero la única forma de conseguirlo era utilizar la cabeza.

Tomó aire y se esforzó en recuperar la calma. No podía alterarse, no podía sucumbir a la tentación de golpearse o arañarse cuando estaba nerviosa. No era ella la que iba a sufrir aquella noche. Tenía que guardar su rabia para Ava, pero no quería dejar la sudadera detrás.

Con firme determinación, se ató la sudadera a la cintura y comenzó a buscar por los cajones de Ava. Necesitaba saber si tenía armas, por si acaso se le escapaba.

Pero no encontró nada más preocupante que una lima de uñas. Ava no estaba preparada para lo que iba a ocurrir.

Kalyna permaneció en una esquina de la habitación, mientras imaginaba exactamente cómo sería. Sorprendería a Ava mientras dormía y la ataría de pies y manos. Después, la arrastraría hasta el río…

Pero no, no podía arrastrarla si no quería que quedaran marcas cuando recuperaran el cadáver. Tenía que colocar a Ava en una manta y salir a cubierta. Una vez allí, la tiraría al agua, se zambulliría con ella y le sujetaría la cabeza hasta que se ahogara. Cuando tuviera los pulmones llenos de agua, le golpearía la cabeza con una piedra para que pareciera que se había dado un golpe y se había desmayado. Después, le quitaría las cuerdas y frotaría todas las huellas que hubiera dejado para evitar que le quedaran marcas en la piel.

Le preocupaba no ser capaz de hacer desaparecer las marcas. Nunca había matado a nadie de esa manera, no tenía ninguna experiencia. Y casi siempre eran las marcas de un cadáver las que ayudaban a la policía en los programas de televisión. Pero en aquel caso sería diferente. Las ataduras no durarían tiempo suficiente como para hacer ningún daño. Además, Ava pasaría tanto tiempo en el agua que terminaría demasiado hinchada y descolorida como para que se notaran.

Y cuando terminara, se llevaría la cuerda y la piedra. Después, al día siguiente, o al otro quizá, alguien encontraría a Ava flotando en el río. O, incluso mejor, se la comerían los peces, o terminaría siendo arrastrada hacia el mar. Pero a partir de entonces, ya le daba igual lo que pudiera ocurrir, porque ella ya habría vuelto al trabajo y nada ni nadie podría relacionarla con aquel trágico accidente.

Y Luke sería suyo.

Ava no paraba de pensar en el caso de Arizona. Era más fácil pensar en el asesino de Norma y preguntarse por los progresos que estaría haciendo el detective Morgan que pensar en Luke. Y, desde luego, no quería concentrarse en lo que le estaba diciendo su padre porque si no, terminaría saliendo del restaurante gritando de frustración. Desde que se habían sentado, no había parado de hablar de Carly, de alabar sus virtudes y de intentar convencer a Ava, y probablemente también a sí mismo, de que no era tan mala como parecía. Decía que con el tiempo, se calmaría y maduraría.

¿Cuándo?, le habría gustado preguntar a Ava. Hasta entonces, no había visto que mejorara lo más mínimo. ¿Pero por qué iba a hacerlo? No había nada que la incitara a cambiar. Si se ponía hecha un basilisco porque Chuck pretendía ir a pescar, él no iba a pescar. Si le montaba un número porque pensaba ir a ver a su hija, Chuck cancelaba la cita con su hija. Hacía todo lo que le pedía.

De modo que, ¿por qué mentirse a sí mismo? ¿Y por qué la aguantaba? Ava no lo comprendía. ¿De verdad tener una esposa trofeo era más importante que cuidar su propio ego? Tenía que serlo. ¿Por qué otra cosa querría retenerla a su lado?

Los motivos por los que continuaba con Carly eran una combinación de miedo, ego y orgullo, pensó. Su padre no soportaba la idea de quedarse solo, sobre todo desde que había empezado a envejecer. Pero continuaba siendo un hombre atractivo. No estaría solo durante mucho tiempo. Nunca lo había estado.

–Ava, ¿me estás escuchando? –preguntó Chuck.

Ava parpadeó y se concentró en la conversación. Intentando restar importancia a su repentina aparición en la casa, su padre estaba comentando que la última vez que habían discutido, Carly le había preparado su comida favorita. Como si de esa forma pudiera compensar su egoísmo y sus celos. Y después había dicho algo más, pero Ava no le había oído.

–Lo siento, estaba pensando en otra cosa. ¿Qué has dicho?

–He dicho que creo que no te cae muy bien, ¿verdad?

Su tono de resignación la sorprendió. No estaba segura de cómo habían pasado de los constantes esfuerzos de su padre por vendérsela a un comentario tan franco.

Abrió la boca para mentir y decir que no era cierto, que le caía bien. Sabía cuál era el precio de la verdad en lo referente a su padre. Tenía que fingir que cualquiera de las mujeres con las que estaba le gustaba, porque ellas siempre iban antes que ella. Pero aquel día, le resultó imposible hacerlo. Estaba cansada de librar aquella batalla, una batalla que nunca podría ganar.

De modo que le miró a los ojos muy tensa.

–No.

Su padre dejó el tenedor en el plato.

–No es tan mala como piensas, Ava.

–No paras de decírmelo. ¿Cuántas veces lo has repetido hoy? –le preguntó.

–Solo espero que algún día me creas. Estoy intentando reconstruir los puentes entre tú y yo.

¿Haciéndole a ella responsable de todo?

–A Carly le gustaría tener una relación más estrecha contigo. Siempre me lo dice.

Porque sonaba bien. Porque él quería oírselo decir, porque quería creerlo. Pero Carly nunca hacía nada al respecto, jamás había hecho el menor esfuerzo para acercarse a ella. De hecho, su actitud indicaba todo lo contrario.

–Entonces, ¿por qué nunca ha venido a verme?

–Es posible que tenga la sensación de que no te cae bien. Eso le hace sentirse incómoda. Es algo que le pasaría a cualquiera.

Ava se reclinó en la silla.

–¿Quieres decir que ha sido culpa mía?

–No estoy diciendo eso. Solo te estoy diciendo que intentes ver un poco más allá, que hagas un esfuerzo.

Ava se tapó la cara.

–¿Me estás oyendo?

–Lo intento, pero…

–¿Pero qué?

Ava bajó las manos.

–Me resulta difícil verte ponerte en ridículo por una niña mimada.

Su padre se puso rojo como la grana y se levantó.

–Cuando me hablas así, me parece que estás tan celosa como dice Carly.

–¿Que yo estoy celosa? Soy tu hija, creo que tengo derecho a que me dediques parte de tu atención.

–No me hagas esto, Ava. Ahora, no. Voy a conseguir que mi matrimonio funcione.

–¿Pero no te das cuenta? Para eso hacen falta dos, dos adultos. No puedes hacer nada. El que terminéis separados es solo cuestión de tiempo.

–¡Tendrás que volver sola a casa! –le espetó su padre y salió a grandes zancadas del restaurante.

Después, como para hacer mayor la ofensa, la camarera le llevó la cuenta.

Kalyna se alegró de estar de nuevo en su apartamento, cuando pensaba que no volvería a verlo nunca más. Mientras iba con Jerry en el camión e imaginaba el regreso a su país de origen, no esperaba echar de menos aquello, pero había aprendido mucho en aquel viaje. De Ucrania no tenía ningún recuerdo. Ni siquiera sabía dónde vivía su madre. No, se quedaría allí, con Luke.

Según el reloj que colgaba en la pared, eran más de las tres. Tenía muchas cosas que hacer aquella tarde. Tenía que hacer la colada, como había prometido, para que Luke pensara que había estado todo el día ocupada. También tenía que encontrar unos pantalones y un jersey negro y una cuerda, para cuando fuera a buscar a Ava. Y no podría comprar nada de eso cerca de allí. Tendría que salir de la zona, ir a algún lugar en el que no pudiera verla la policía. Pagaría lo comprado y rompería las facturas. Después, cuando acabara con todo, se desharía de la cuerda enterrándola en el bosque.

Durante todo el trayecto desde la casa de Ava a Fairfield, había estado estudiando su plan, intentando encontrar posibles problemas, pero no veía nada que pudiera salir mal. Por supuesto, podía mejorarlo yendo en el coche de otra persona, pero no tenía suficiente amistad con ninguna de las mujeres que vivían en aquel complejo de apartamentos como para pedir esa clase de favor. Y no sería una petición muy normal. Llamaría la atención, que era, precisamente, lo que necesitaba evitar.

Se llevó el equipaje al dormitorio, lo abrió en el suelo y sacó la ropa sucia. Haría la colada de Luke y la suya al mismo tiempo. Le habría gustado tener tiempo para preparar algo de cenar, pero podría hacerlo a la noche siguiente, cuando Ava ya no estuviera.

Al pensar en Luke, le entraron ganas de llamarle, solo para oír su voz. Pero se había quedado sin batería y no podía cargarla hasta que comprara un cargador.

Podía encargarse de eso cuando fuera a por la cuerda. Le entraron ganas de comprar algunas cosas más, objetos con los que divertirse un poco con Ava. Si alguien merecía morir como había muerto Sarah, esa era Ava Bixby. Pero si encontraban el cadáver, le practicarían la autopsia, de modo que no podría infligirle ningún castigo extra. El objetivo era lograr que su muerte pareciera un accidente.

–Lo vas a tener fácil –gruñó.

Aunque Ava se merecía mucho más, tendría que conformarse con que pagara con su vida.

Capítulo 31

No fue fácil encontrar el apartamento de Kalyna.

Tati comenzó a buscar el coche de su hermana en cuanto llegó al edificio, pero no lo vio por ninguna parte. Así que, o bien Kalyna lo había aparcado en otro sitio, o Tati se había perdido, o su hermana no estaba en casa. Probablemente fuera lo último. A las tres y media de la tarde de un lunes, se suponía que tenía que estar trabajando.

Después de aparcar en uno de los espacios reservados para las visitas, salió del coche y comenzó a buscar el edificio ciento treinta y dos. Eran edificios al estilo californiano, con fachadas de madera y estuco. Los edificios estaban construidos alrededor de un estanque. Vio a dos personas tomando el sol cerca del agua. Del aparato de música que tenían consigo llegaba hasta a ella música hip-hop. Tati pensó que hacía casi tanto calor allí como en Arizona, pero por lo menos había más hierba, por no hablar de los árboles.

El apartamento de Kalyna estaba en el edificio situado en medio del estanque, en el primer piso. Tati llamó a la puerta, pero, tal como esperaba, no hubo respuesta. Esperando poder entrar, giró el pomo.

El apartamento estaba cerrado y no había ninguna llave debajo del felpudo ni sobre el marco de la puerta. Salió del edificio y lo rodeó para ver si había otra forma de entrar, pero todas las ventanas estaban cerradas. Regresó a la puerta de la entrada para asegurarse de que no había pasado por alto alguna otra entrada, pero tampoco en aquella ocasión encontró nada. Estaba empezando a pensar que a lo mejor debería marcharse al centro comercial más cercano o a un restaurante, donde pudiera esperar durante una hora o dos y disfrutar del aire acondicionado cuando llegó la vecina de Kalyna.

—Hola, Kalyna —la saludó, y habría seguido caminando, pero Tati la detuvo.

—Perdón, pero no soy Kalyna.

La mujer la miró entonces con atención.

—¡Ah, es verdad! No eres Kalyna. Al principio no me había fijado en las diferencias.

Tati pensó inmediatamente en lo que había engordado en aquellos años, pero aquella mujer no fue tan grosera como para especificar en qué consistían esas diferencias.

—Pero eres prácticamente igual que ella —continuó diciendo—. Es increíble.

—Somos gemelas.

Para entonces, seguramente ya era obvio, pero normalmente, la gente esperaba que le confirmaran lo que estaba viendo. Les gustaba oír hablar sobre gemelos, disfrutaban con ello.

—Sí, se nota. ¿Cómo te llamas?

—Tatiana.

—Me alegro de conocerte, Tatiana. Yo soy María. ¿Cómo está tu hermana después del... eh... del ataque?

—Bien, creo —miró hacia la puerta de la casa de su hermana—. No sabrás a qué hora vuelve mi hermana a casa, ¿verdad?

—Creo que sale del trabajo alrededor de las cuatro. ¿Te está esperando?

Tati no quería admitir la cantidad de veces que había llamado a Kalyna sin recibir respuesta.

—No. No le he dicho que venía. Quería darle una sorpresa. Pero no está en casa y la puerta está cerrada, así que ahora no sé cómo entrar.

—¡Oh, no te preocupes! Yo puedo ayudarte.

Tati arqueó las cejas.

–¿Puedes ayudarme?

–Claro que sí. Cuando vino a vivir aquí, Kalyna me pidió que me quedara con una copia de las llaves de su casa por si alguna vez las perdía. La tengo en un armario, encima de la nevera.

–Muchas gracias. Estoy segura de que no le importará.

–Es imposible que estés mintiendo y no seas su hermana –comentó María entre risas y se giró hacia su puerta–. Espera un momento.

María desapareció en su apartamento y regresó segundos después.

–Aquí tienes –le dijo María, y abrió la puerta de Kalyna.

Tati entró en el apartamento.

–Muchas gracias. Te lo agradezco de verdad.

María retuvo la llave en la mano.

–De nada. Disfruta de tu estancia en California –sonrió y se marchó de allí.

El apartamento de Kalyna no era el lugar más limpio que Tati había visto en su vida, pero tampoco estaba hecho un desastre. Aunque continuaba siendo reacia a hacer ningún trabajo extra, sobre todo si ella andaba cerca, al parecer, Kalyna era capaz de limpiar si no había nadie que hiciera las cosas por ella. Tenía muebles de segunda mano, muy funcionales y sin florituras, y la vajilla y las toallas estaban compuestas de piezas sueltas, pero al menos la nevera estaba llena.

Un vistazo a la habitación de su hermana le indicó que no había terminado de deshacer el equipaje al volver de Mesa. La maleta estaba abierta en el suelo con la ropa y los zapatos revueltos.

Tati deseó que Kalyna tuviera un teléfono para así poder llamar a Ava Bixby y decirle que estaba allí. No lo había hecho todavía porque sabía que Kalyna no confiaba en aquella abogada. Pero cuando había hablado con ella, le había causado buena impresión. Había tenido la sensación de que podía confiar en ella para superar todas las cosas horribles que estaban ocurriendo en sus vidas. Además, tenía más experiencia que ella con el mundo del crimen. Y ella necesitaba a alguien en quien confiar. La historia de Mark estaba desacreditando a Kalyna.

Justo cuando estaba acurrucándose en la cama con la esperanza de dormirse un rato, Tati fijó la mirada en el joyero que Kalyna había utilizado durante años. Kalyna había confesado tener la gargantilla de Sarah, pero había pasado mucho tiempo desde la última vez que Tati la había visto.

Se apartó el pelo de la cara, se levantó de la cama y buscó entre los compartimentos del joyero.

Y sí, allí estaba, en uno de los cajoncitos, donde había estado siempre. Pero en aquella ocasión, Tati no se atrevió a tocarla siquiera. Aquella gargantilla había pertenecido a una chica que había muerto de forma violenta. ¿Quién sería? ¿Por qué se habría ido de casa? ¿Y a quién habría dejado detrás? Seguramente tendría padres, amigos, parientes que sufrían por su desaparición.

Tati estaba tan concentrada en la gargantilla que al principio no se fijó en el anillo que había a su lado. Cuando lo hizo, no registró inmediatamente lo que estaba viendo. Clavó la mirada en la alianza durante varios segundos, pensando que su imaginación le estaba jugando una mala pasada. Pero cuando lo sostuvo en su mano, supo que no eran imaginaciones suyas: aquella era la alianza de su madre. La alianza que le habían robado del bolso tras asesinarla.

—¡Dios mío, Kalyna! —susurró.

Y se habría retorcido de angustia si en ese momento no hubiera oído un ruido en la puerta. No había oído que alguien llegaba.

Se volvió hacia la puerta del dormitorio con los ojos llenos de lágrimas para preguntarle a su hermana cómo había podido hacer algo así.

Pero no pudo decir nada. Al ver el cuchillo, abrió la boca para gritar, pero su grito murió ahogado por una rápida puñalada a la que siguieron otras más.

La última imagen que retuvieron sus ojos fue la de la alianza rodando por la alfombra.

Ava salió del restaurante de Antioche preguntándose cómo iba a volver a casa. Sabía que Sheridan, Skye o Jonathan irían a buscarla si les pedía que lo hiciera. Tardarían en llegar hasta allí desde Sacramento, pero podía invertir ese tiempo en devolver las llamadas que había perdido mientras tenía el teléfono apagado. Durante las semanas anteriores, había trabajado muy poco en los otros casos que atendía. Tenía que ponerse de nuevo en marcha, volver a ser la persona que era antes de conocer a Luke. Porque no había vuelto a ser ella misma desde entonces.

Sin embargo, sus intentos de motivarse fracasaron estrepitosamente. Tenía quince mensajes nuevos y no fue capaz de contestar siquiera uno de ellos.

Lo dejaría para el día siguiente. Comenzaría a trabajar por la mañana. Entre Luke, Geoffrey y su padre, no se sentía con fuerzas para abordar su trabajo.

—Eh, ¿estás bien?

El joven que les había servido el almuerzo a su padre y a ella acababa de salir del restaurante. Al parecer, había terminado su turno y se dirigía a casa. Probablemente había visto salir a su padre y se estaba compadeciendo de ella.

Ava sonrió para disimular su vergüenza, y pensó en decirle que estaba bien. En realidad, le quedaban otras opciones. Si no quería molestar a sus amigos, siempre podía llamar a un taxi. Pero cuando el camarero se acercó y la miró con expresión de sincera compasión, Ava abandonó la fachada que tan a menudo utilizaba para protegerse.

—No me vendría mal que me acercaras a casa —admitió.

El camarero se quitó la pajarita del uniforme.

—¿En qué dirección vas?

Ava estuvo a punto de decirle que iba hacia el delta, pero sabía que eso le obligaría a desviarse de su camino.

Estaba fuera del camino de cualquiera. ¿O quizá solo era una excusa para poder decirle a donde quería ir de verdad? Probablemente tampoco Fairfield estuviera muy cerca de su casa.

–Voy al complejo de apartamentos Covent Garden. Están en Fairfield.

–No te preocupes, te llevo hasta allí.

Y, quince minutos después, Ava estaba delante de la puerta de Luke.

–Debo de ser masoquista –se dijo a sí misma.

Ya había puesto fin a aquella relación y lo mejor que podía hacer era marcharse de allí antes de que la situación empeorara. Pero el corazón le latía tan violentamente en el pecho que no estaba segura de que pudiera moverse. Y, además, ni siquiera tenía forma de marcharse. Había dejado al camarero que la había llevado hasta allí con un «gracias por el viaje».

Con un poco de suerte, Luke no estaría en casa. En ese caso, se vería obligada a hacer lo que no había sido capaz de hacer en el restaurante y llamaría a un taxi.

O siempre cabía la posibilidad de que Luke le dijera que no quería volver a hablar con ella. Desde luego, no parecía haberse alegrado mucho de verla cuando había ido a su casa.

Pensó en su padre y en el miedo que lo inmovilizaba en todo lo relativo a Carly. Tenía tanto miedo de perderla que permanecía a su lado a pesar de lo mal que le trataba. Ava se había jurado que ella nunca sería igual. Aun así, había dejado que sus temores decidieran por ella. La única diferencia era que también había permitido que el miedo le impidiera iniciar una relación.

Negándose a ser una cobarde, cuadró los hombros y llamó a la puerta.

–¿Quién es?

La voz de Luke sonaba por encima de las voces de la televisión. Parecía aburrido y tan desinteresado como si no quisiera ni molestarse en abrir.

Ava tragó saliva.

–Soy yo.

Un segundo después, la puerta se abrió y Luke estaba allí.

–Hola –le saludó.

Esperaba que Luke le preguntara que qué estaba haciendo allí, o que le hiciera disculparse por su comportamiento de aquella mañana. Pero no fue así. De hecho, casi parecía aliviado. Le hizo inclinar la cabeza y presionó sus labios con un beso tan delicado que Ava pensó que iba a derretirse a sus pies.

–Gracias por venir –musitó, y la hizo entrar en su casa.

Luke se había dicho a sí mismo que si tenía la suerte de que Ava le diera una oportunidad, no se acostaría con ella. Por lo menos al principio. La noche anterior, habían dado ese paso y lo habían confundido todo. Por eso se había asustado Ava. Luke pretendía ir más despacio en esa segunda ocasión, invertir tiempo en hacerla comprender que podía confiar en él antes de volver a tener relaciones sexuales. Con Kalyna embarazada, la situación se hacía un poco complicada, y tenía que ser consciente de ello. Pero no le resultó fácil dominarse cuando sus besos se tornaron tan apasionados que sus cuerpos comenzaron a buscarse.

Luke tuvo que aparatar la mano de su trasero en dos ocasiones. Y no estaba seguro de que pudiera hacerlo una tercera después de ver cómo reaccionaba Ava a su contacto. Era imposible controlarse con el placer que sentía por el mero hecho de tenerla de nuevo entre sus brazos. Probablemente terminaría cediendo. Y ya estaba levantándole la falda cuando una llamada a la puerta le obligó a interrumpirse.

Ava nunca le había parecido más atractiva que en aquel momento, con el rostro sonrojado y la blusa desabrochada, revelando el sujetador de encaje.

Sonrió mientras ella se alisaba la ropa y le sonreía con timidez.

–¿Luke? ¿Estás en casa?

Era la voz de Kalyna. Luke esbozó una mueca al reconocerla y deseó no haber permitido que le hiciera la colada. Era una persona insoportablemente intrusiva. Desde que la habían trasladado a Travis, no había pasado un solo día sin que se encontrara con ella.

–Ya sabes quién es, ¿verdad? –musitó.

Ava asintió.

–¿Vas a contestar?

–¿Crees que se irá si no lo hago?

–Está obsesionada contigo. No se irá nunca... a no ser que la detengan.

–¿Luke? –volvió a llamarle Kalyna.

–Un momento –contestó Luke, y se volvió hacia Ava–. Entonces, ¿todas mis esperanzas dependen de que la encuentren culpable de asesinato? Vaya, realmente sabes cómo tranquilizar a un tipo.

–Si de verdad mató a su madre, no será difícil demostrarlo.

–Ahora me estás haciendo pensar que debería contratar a un detective privado para que ayude a la policía de Mesa.

–Puedo intentar averiguar si Jonathan puede hacer algo.

–¿Todavía no has hablado con él? Pensaba que ibas a pedirle que investigara el rastro de esa autoestopista a la que supuestamente mataron.

–Se me acumula el trabajo. Todavía no he podido ponerme a trabajar en serio, algo muy poco habitual en mí. Pero hablaré mañana mismo con él.

Aquel era un paso en la dirección correcta. Aun así, encerrar a Kalyna no solucionaría todos sus problemas. Pensó en el análisis que le había enseñado, en el que demostraba que estaba embarazada. Todavía estaba en la mesa de la cocina. Necesitaba decirle a Ava que le habían hecho una prueba de embarazo y hablar abiertamente de las dudas que le podía plantear el tener una relación con un hombre que iba a tener un hijo con otra mujer, sobre todo con una mujer como Kalyna. Una situación así era un riesgo para cualquier relación, y, sobre todo, para una tan reciente. Pero, si estaba en su mano, él quería evitar una ruptura.

–Luke, esto pesa mucho –se quejó Kalyna.

–Me desharé de ella –susurró Luke.

Ava posó la mano en su brazo.

–Espera. Déjame ir antes al dormitorio. Prefiero que no sepa que estoy aquí. Se pondrá furiosa y no creo que sea inteligente, por lo menos hasta que estemos seguros de lo que pasó con Norma y con Sarah.

Luke esperó a que Ava pasara por delante de él para abrir la puerta. Inmediatamente, recogió la colada, pero Kalyna no se marchó.

–¿Hay alguien en tu casa?

Había desaparecido de su voz la amable solicitud con la que le había tratado aquella mañana. Le miraba con los ojos entrecerrados con expresión acusadora y la mandíbula apretada.

Luke quería decirle que no tenía derecho a preguntarlo siquiera, pero se desharía más rápidamente de ella si evitaba una discusión.

–¿Ya has terminado?

Kalyna no permitió que eso la distrajera.

–Me ha parecido oír una voz de mujer.

–Es la televisión.

Kalyna intentaba mirar por encima de él.

–Si solo era la televisión, ¿por qué has tardado tanto en abrir?

Luke posó la mano en el marco de la puerta, de manera que Kalyna no pudiera entrar, y contestó con el ceño fruncido:

–A lo mejor no estaba vestido.

Kalyna no reaccionó a la irritación que reflejaba su voz. Le dirigió una mirada tan sensual que Luke se sintió como si estuviera siendo acosado.

–No me habría importado verte desnudo.

Sí, eso lo había dejado muy claro. Ignorando por completo su respuesta, Luke consiguió sonreír.

–Gracias por ayudarme con la colada. Te veré en el trabajo.

Luke intentó cerrar la puerta, pero Kalyna se lo impidió con el pie.

–Ava está aquí contigo. Lo sé. No me mientas.

–Kalyna, a mi casa pueden venir todas las mujeres que me apetezcan. No tienes ningún derecho a quejarte.

Los ojos de Kalyna brillaron con fiereza.

–No me importa que estés con otras mujeres. Hasta estoy dispuesta a presentártelas. Pero con Ava, no. Puedes estar con cualquiera, menos con ella. No me dejes fuera de tu vida. Déjame ser la número uno.

–No es así como funciona una relación. Por lo menos, las mías.

–Podría ser todo lo que tú quisieras.

–Kalyna…

–Solo quiero que me digas la verdad. Quieres estar con Ava. Te has enamorado de ella. Te gustaría que fuera ella la que estuviera embarazada de ti.

Luke no contestó.

–¿Tengo razón o no? –le desafió.

Luke asintió con un suspiro.

–Sí, es cierto.

Kalyna palideció. Luke abrió la boca para decirle que nunca le había prometido nada. ¿Qué parte de «no tengo ningún interés en ti» no había entendido? Pero Kalyna no le dio oportunidad de decir nada.

–¡Eres un canalla! –le insultó.

Le dio una bofetada y salió corriendo.

Ava encontró a Luke de pie en la puerta, todavía estupefacto.

–¿Estás bien?

–Para serte sincero, ahora mismo ni siquiera estoy seguro de estar viviendo en la realidad.

–¿Qué quieres decir?

Luke cerró la puerta.

—No sé cómo, pero parece que he conseguido convertirme en el protagonista de *Atracción Fatal*.

—Las obsesiones son algo muy común en la vida real.

—Será en la vida de otros.

Ava le dirigió una sonrisa.

—Esta vez te ha tocado a ti.

—¿Ya te habías encontrado antes con un caso como este?

—Son más frecuentes de lo que podrías imaginarte. Normalmente, es un hombre obsesionado con su esposa o con una novia. Se vuelven tan posesivos y dominantes que las espantan cuando lo que pretenden es asegurarse de que no les abandonen nunca. Pero también puede darse con mujeres.

—¡Pero Kalyna y yo no hemos tenido nunca una relación!

—Para Kalyna, establecisteis una relación la noche que te acostaste con ella.

Luke sonrió y le tomó las manos.

—¿Tú sentiste cómo temblaba la tierra cuando nos acostamos nosotros?

—Vi las estrellas…

Luke elevó los ojos al cielo.

—Estábamos durmiendo a cielo raso.

Ava se echó a reír.

—Sí, tienes razón. En ese caso, digamos que hubo momentos en los que sentí que iba a ahogarme de deseo.

—En el río, ¿verdad?

Ava le dio un codazo.

—¿Y qué me dices de ti?

En vez de continuar con aquellas bromas, Luke se puso serio.

—Sabía que era demasiado pronto, pero te deseaba tanto que no fui capaz de contenerme.

—No tenemos absolutamente nada en común.

—Eres la clase de persona con la que me gustaría estar. Supongo que eso ya significa algo.

Ava era consciente de que con aquella declaración, Luke se estaba poniendo en una situación de vulnerabilidad. Se puso de puntillas para besarle.

—¿Puedes soportar la posibilidad de que vaya a tener un hijo con otra mujer? —le preguntó Luke.

Ava prefería no pensar en ello.

—Creo que la palabra «posibilidad» es la clave.

Luke fue a buscar entonces la prueba que Kalyna había dejado en la cocina y se la tendió para que la viera.

Ava se tensó mientras analizaba los resultados. No quería ver lo que estaba viendo.

—El hecho de que esté embarazada, no implica que el niño sea tuyo.

—¿Y si lo es?

Ava no tenía respuesta. Esperaba que no le molestara, pero temía que lo hiciera. ¿De verdad quería que Kalyna formara parte de su vida?

—Ya nos enfrentaremos a ello cuando llegue el momento.

En ese momento sonó el teléfono móvil de Luke. Este lo miró y frunció el ceño.

—Es una llamada de El Último Reducto.

—¿Qué? ¿Quién puede estar llamándote desde allí, además de yo?

—Ahora mismo lo averiguaremos —descolgó el teléfono—. ¿Diga? … Sí, soy Luke. Sí, la he visto. Ahora mismo está aquí. Un momento —le tendió el teléfono—. Skye Willis pregunta por ti.

Ava parpadeó sorprendida y se llevó el teléfono al oído.

—¿Skye?

—¿Por qué no contestas el móvil? —le preguntó su compañera enfadada.

Ava sintió una punzada de culpabilidad. Lo había apagado porque tenía miedo de que Geoffrey la llamara, o de que la llamaran ellos preguntando por Geoffrey.

—He comido con mi padre y no quería que nos interrumpieran.

–¡Ah! –aquello bastó. Skye sabía que la relación de Ava con su padre no era fácil–. ¿Cómo ha ido?

–Hemos tenido una discusión hablando de Carly, así que al final se ha ido y me ha dejado plantada en el restaurante.

–Estás de broma.

–¿Tu padre te ha dejado abandonada en medio de un restaurante? –preguntó Luke.

Evidentemente, no le hacía ninguna gracia.

Ava tapó el teléfono con la mano para responder.

–En realidad, hace mucho tiempo que me abandonó. Lo que ha sucedido en el restaurante lo ha hecho oficial –volvió a retomar su conversación con Skye, pero en realidad estaba hablando para los dos–. Lo único que puedo decir en su defensa es que estaba muy alterado. Carly y él habían tenido una discusión muy fuerte.

Skye soltó un bufido de incredulidad.

–Y en tu defensa, puedo decir que esa mujer es una auténtica zorra. No sé cómo has podido aguantarla durante tanto tiempo.

–Es cierto.

–Espero que hayas sido capaz de decírselo.

–Más o menos. A lo mejor no la misma frase, pero quería decir lo mismo. Ha sido entonces cuando se ha ido.

Luke desvió la mirada hacia el aparcamiento.

–¿Cómo has llegado hasta aquí? –le preguntó.

Ava le miró avergonzada.

–El camarero se ha compadecido de mí.

–Deberías haberme llamado. Habría ido a buscarte.

El sentimiento de protección que reflejaba su voz hizo sonreír a Ava, pero no tuvo tiempo de responder, porque Skye continuaba hablando.

–Me alegro de que hayas sido sincera con tu padre –estaba diciendo su amiga–. A lo mejor le has dado algo en lo que pensar.

–Lo dudo –respondió Ava–. Está tan preocupado por salvar su matrimonio que ni siquiera piensa en mí.

–Lo siento mucho, Ava, y no pretendo ser dura contigo, pero hemos estado muy preocupados. Geoffrey se ha pasado dos veces por aquí, quería saber dónde estabas. Nos ha dicho que no estabas en casa, que no tenía la menor idea de dónde te habías metido y que le habías dejado por un tal Luke. No ha dicho el apellido. Si Jonathan no te hubiera oído mencionar a Luke últimamente, no habríamos podido localizarte.

Probablemente, Jonathan estaba muriéndose de risa.

–Dile que tenía razón sobre Luke.

–Podrás decírselo tú misma. Le tengo aquí, cerniéndose sobre mi escritorio y enfadado contigo por no habernos contado lo que estaba pasando. No has venido a trabajar esta mañana.

–No tengo un horario fijo, y siempre trabajo más de cuarenta horas a la semana, así que…

–Pero no has llamado. No puedes desaparecer de esa forma, Ava, ni siquiera durante unas horas. Siempre pensamos en lo peor.

Por supuesto, no estaban acostumbrados a que nadie se saliera del horario habitual, y ella menos que nadie.

–Lo entiendo y lo siento –se disculpó–. ¿Solo llamabas para asegurarte de que estoy bien?

–No, no es solo eso. Hay varias personas que están intentando localizarte. Parece que se trata de algo serio.

–¿Quiénes son?

–El detective Morgan, del Departamento de Policía de Mesa, y un hombre llamado Dewayne Harter.

Ava miró a Luke, que a su vez la observaba con atención.

–¿Qué pasa? –le preguntó Luke en un susurro.

Ava alzó la mano para pedirle que esperara.

–¿Te han dicho lo que quieren?

–El detective ha dicho que necesitaba hablar contigo. El señor Harter, que se trataba de una emergencia.

Capítulo 32

Ava intentó llamar antes al detective, pero le dijeron que estaba en una reunión y que le devolvería él la llamada. Así que llamó a Dewayne Harter a la funeraria. Este contestó inmediatamente al teléfono.

–¿Diga?

–Señor Harter, soy Ava Bixby, de El Último Reducto –dejó que Luke la condujera hacia el sofá para que pudieran sentarse los dos juntos y así poder oír también la llamada–. ¿Estaba intentando localizarme?

–Sí… Yo… no sabía a quién llamar. No conozco a nadie de California.

–¿Cómo ha conseguido mi número de teléfono?

–Tati, mi hija, me lo dejó antes de marcharse. Dijo que usted podría ayudarnos.

–Y estoy dispuesta a hacerlo, ¿qué ha pasado?

–No estoy seguro. Tati se ha ido a California esta mañana. No me ha dicho que pensaba marcharse. Me ha llamado desde el aeropuerto, así que ya era demasiado tarde para pedirle que desistiera.

–¿De qué tenía que desistir?

–Quiere localizar a su hermana y hacerla volver a casa. O, por lo menos, ponerse en contacto con ella. Tiene miedo de que la culpen de lo que le ocurrió a mi esposa. Lo considera injusto.

Luke cambió de postura para acercarse al teléfono.

–¿Y usted qué piensa? –le preguntó Ava.

–A Tati le resulta difícil ser objetiva. Ella solo ve lo mejor de todo el mundo, sobre todo de su hermana. Pero Kalyna siempre ha sido un poco… extraña –Ava reparó en la mirada de Luke, que indicaba que estaba totalmente de acuerdo–. He sido testigo de sus ataques de furia, sé hasta qué punto puede llegar a ser rencorosa –continuó diciendo–. Creo que es capaz de cualquier cosa, incluso de lo que Mark Cannaby cuenta sobre esa chica que hacía autostop. Que Dios la tenga en su gloria –añadió–. Pero Tati se niega a creerlo.

–Entiendo los motivos por los que está preocupado, pero ¿qué puedo hacer por usted, señor Harter?

–He perdido el contacto con ella. Tati no tiene teléfono móvil y Kalyna no contesta al teléfono.

–Kalyna ha estado aquí hace unos minutos. Se encuentra bien.

–¿Tati no estaba con ella?

–No. ¿Sabía Kalyna que Tati iba a venir?

–Lo dudo. Tampoco a ella le contestaba el teléfono.

–¿A qué hora se ha ido Tati? –preguntó Ava.

–Alrededor de las diez. Cuando ha llamado desde el aeropuerto para decirme lo que se proponía, ha dicho que se pondría en contacto conmigo en cuanto llegara y me pondría al tanto de lo que estaba pasando. El vuelo duraba poco, así que debe de llevar ya horas allí y no he sabido nada de ella.

Ava tapó el teléfono.

–Todo esto es muy raro, ¿no te parece? –le comentó a Luke–. ¿Crees que estaría en el coche con Kalyna cuando ha venido?

–Supongo que sí –respondió Luke, encogiéndose de hombros.

–¿Quiere que intente averiguar algo? –le preguntó Ava al señor Harter.

–Si pudiera, se lo agradecería. Llamaría a la policía, pero es posible que no tenga motivos para estar preocupado y no me gustaría generar una falsa alarma.

–Lo comprendo. Intentaré averiguar algo y volveré a llamarle.

Mientras hablaba, el teléfono había registrado otra llamada. Esperando que fuera el detective, Ava se despidió del señor Harter para atenderla. Continuó con el teléfono colocado de manera que Luke pudiera oírlo, pero no era el detective, sino su padre.

–¿Ava? Vaya, por fin contestas.

«¡No, ahora no!», pensó Ava. Apartó el teléfono de Luke y se enderezó.

–¿Qué quieres, papá?

–¿Qué piensas que quiero? No he parado de llamarte. Siento lo que ha pasado, cariño. No debería haberte dejado plantada de esa forma. He vuelto al restaurante poco después, pero ya te habías ido. ¿Estás bien?

Ava no sabía qué decir. Había hecho todo lo posible para mantener una buena relación con aquel hombre, sobre todo desde que su madre había ido a prisión. Era la única familia que tenía, pero no podía sortear el permanente control de su esposa. Mientras continuara con Carly, esta se interpondría entre ellos porque no estaba dispuesta a aceptar ni a Ava ni a nadie más en la vida de Chuck. Carly necesitaba demostrar a todo el mundo, y demostrarse a sí misma, que Chuck solo la quería a ella.

–Estoy bien –contestó Ava–, pero no quiero volver a saber nada de ti, papá. Por lo menos mientras estés con Carly.

El silencio que se hizo al otro lado de la línea le indicó a Ava que sus palabras habían tenido el impacto que esperaba.

–¿Qué quieres decir? –le preguntó–. ¡Carly es mi esposa!

–Sí, lo comprendo. Sé que te importa más que nadie y por eso voy a apartarme de tu camino. A lo mejor así tu vida es un poco más fácil. Y, ya que eso es lo que quieres, espero que puedas salvar tu matrimonio. Pero a partir de ahora, preferiría no tener nada que ver con vosotros.

–Estás muy alterada. No sabes lo que estás diciendo.

Ava rio con tristeza.

–Sé exactamente lo que estoy diciendo. Y lo digo en serio.

–Vamos, Ava. Ahora mismo te estás comportando como Neal.

–Neal se merece mucho más de lo que le has ofrecido nunca. Y yo también.

Cerró los ojos para vencer el dolor mientras colgaba el teléfono. No era fácil romper con aquel vínculo cuando se había aferrado a él con tanta tenacidad durante años. Pero ya estaba hecho, y sabía que se sentiría mucho mejor a partir de entonces. No podía continuar enfrentándose a una desilusión tras otra.

–Eh –dijo Luke–, ¿estás bien?

La compasión que reflejaba su expresión mientras se inclinaba hacia ella le provocó un nudo en la garganta. Pero no se arrepentía de lo que acababa de hacer. De lo único que se arrepentía era de haber permitido que su padre le hubiera hecho sufrir tanto.

–Sí, estoy bien –Ava alzó la barbilla y volvió a concentrarse en el caso–. Tengo que ir a casa de Kalyna para ver si Tati está allí.

–Muy bien, pero no vas a ir sola –le advirtió Luke, y la hizo levantarse.

El apartamento de Kalyna estaba a solo cinco minutos de distancia del de Luke. Este dejó su BMW en el aparcamiento de residentes, porque el de invitados estaba ya lleno, pero a Ava no le preocupaba que pudiera llevarse el coche la grúa. Solo estarían allí durante unos minutos.

–A lo mejor el vuelo de Tati se ha retrasado –sugirió Luke mientras salía del coche y esperaba a que Ava le siguiera–. Es posible que haya perdido la conexión de vuelo.

–¿Crees que habrá tenido que hacer un trasbordo? Tiene que haber muchos vuelos directos desde Phoenix. El aeropuerto de San Francisco no es un aeropuerto pequeño.

–A lo mejor ha tenido que parar en Los Ángeles –aventuró Luke mientras cruzaban el aparcamiento.

Ava podría haber buscado la dirección de Kalyna en los buzones, pero no hizo falta. Luke había estado antes allí. Había sido allí donde había comenzado todo.

–Incluso en el caso de que hubiera perdido el vuelo, a estas alturas, ya podría estar aquí. Hay vuelos de Los Ángeles a San Francisco cada hora –repuso Ava.

–¿Conoce esta zona? A lo mejor ha alquilado un coche y se ha perdido.

En cuanto los ojos de Ava se acostumbraron a la luz del sol, comenzó a comprobar los números de las puertas por las que pasaban.

–Si Kalyna no ha sabido nada de ella, le pediré a Jonathan que comience a investigar. Si ha alquilado un coche, podría averiguar dónde y cuándo lo ha hecho y eso nos permitiría tener un punto de partida para empezar a buscarla.

Luke se detuvo en la puerta de un apartamento y llamó al timbre. No contestó nadie, así que Ava llamó a la puerta, y se sorprendió cuando esta se abrió bajo la sutil presión de su mano. Una rápida mirada le indicó que aunque lo habían intentado, no la habían cerrado del todo la última vez que alguien había entrado o salido de la casa.

–¿Kalyna? –llamó.

No hubo respuesta. Ava comenzó a entrar, pero Luke la empujó tras él justo antes de sacar la pistola.

–¿Te has traído… eso? –susurró Ava.

Luke no la miró. Tenía todo el cuerpo en alerta y los ojos fijos en el interior del apartamento.

–Mejor prevenir que curar –musitó–. Espérame aquí.

Apuntando con la pistola hacia el techo, avanzó hacia el interior. Pero Ava no esperó. Estaba ansiosa por saber lo que estaba pasando, así que le siguió. Estando con él, era fácil sentirse a salvo.

Si Tati había estado alguna vez allí, no había nada que lo indicara. Tampoco había señales de Kalyna. El cuarto de estar, la cocina, el dormitorio y el baño estaban vacíos.

–Es posible que no haya vuelto aquí al irse de tu casa –dijo Ava mientras permanecían en el dormitorio.

Luke la miró con el ceño fruncido.

–¿Por qué no me has esperado en el pasillo?

–No era necesario. No hay nadie en casa.

–Pero podría haber habido alguien –guardó la pistola en la funda–. ¿Y esta maleta? –preguntó, tocando la maleta con el pie–. ¿Crees que será de Tati?

–No tiene por qué. Podría ser de Kalyna. Acaba de volver de Arizona. A lo mejor no ha terminado de deshacer el equipaje.

Luke recogió una blusa que había en el suelo.

–Creo que es de Kalyna. Se la he visto puesta antes.

Ava miró en el armario y descubrió una cantidad de juguetes eróticos suficientes como para satisfacer las fantasías de cualquier adulto.

–Parece que tiene todo lo necesario para divertirse.

Luke no quería ni acercarse al armario.

–No quiero verlo.

–A lo mejor te apetece ver esto.

Cuando se volvió, Ava le enseñó una fotografía suya que Kalyna había enmarcado y colocado encima de la cómoda.

–¡Qué demonios…! ¿De dónde ha sacado eso? –se acercó a la fotografía y soltó una maldición–. Esa fotografía está hecha en el Moby Dick. Aquella noche llevaba una cámara digital y no paró de hacer fotografías.

–Al parecer, tiene más.

Ava señaló otra en la que aparecía Luke con el uniforme de vuelo. Estaba colocada en la mesilla de noche.

–No recuerdo cuándo me la hizo. Todo esto me asusta. Es como encontrarse en una especie de capilla dedicada a mí. Lo único que falta son las velas.

–¿Estas fotografías no estaban aquí la noche que viniste?

–No tengo ni idea. No le presté demasiada atención a los detalles. E intento bloquear las pocas cosas que recuerdo.

–Esta mujer necesita ayuda psiquiátrica –musitó Ava.

–Y para cuando acabe conmigo, yo tambіén voy a necesitarla –bromeó Luke con amargura–. ¿Dónde crees que puede estar Tati?

Ava sacudió la cabeza.

–No tengo ni idea. Y la verdad es que me preocupa. Será mejor que Jonathan comience a investigar. Esto no puede esperar hasta mañana.

–¿Puedes llamarle desde el coche? No me siento cómodo en esta casa.

–Por supuesto.

–¿Cerramos la puerta o la dejamos como la hemos encontrado?

–Yo creo que deberíamos cerrarla. Daba la sensación de que quería haberla dejado cerrada.

–Eh… –Luke se acercó a la mesilla de noche–. ¡Ese reloj es mío!

–No lo toques –le advirtió Ava–. No queremos que sepa que hemos estado aquí.

–No pienso tocarlo –respondió Luke con una mueca de repugnancia–. ¡Vamos!

Salió por delante de ella. Ava estaba a punto de seguirle cuando notó una mancha de humedad en el suelo. Apartó la maleta y la tocó. No era sangre, pero la alfombra estaba empapada y olía como si acabaran de limpiarla. ¿Por qué?

–¿Por qué no vienes? –Luke reapareció en la puerta.

Ava frunció el ceño.

–Parece que a Kalyna se le ha caído algo y después lo ha limpiado.

–Probablemente sea una copa. ¿No podemos salir de aquí?

Una copa. Ava suponía que era una respuesta probable. Pero después de haber trabajado durante tanto tiempo con víctimas de la violencia, su mente voló al instante en una dirección muy diferente.

–De acuerdo –contestó.

Pero mientras se dirigían hacia la puerta, no pudo evitar mirar por última vez, y fue entonces cuando vio asomarse un bolso por debajo de la cama. La forma en la que se había esparcido su contenido indicaba que había terminado allí por algún gesto involuntario durante una pelea.

–¡Luke, espera! –gritó, y se acercó a la puerta.

Luke regresó por segunda vez.

–¿Ahora qué pasa?

Ava se arrodilló en el suelo y buscó en el interior del bolso. Se habían salido los chicles y el maquillaje, pero la cartera continuaba dentro. La abrió, esperando encontrar el documento de identidad de Kalyna, pero encontró el de Tati.

Se lo mostró a Luke.

–Tati ha estado aquí.

Luke no se acercó. Se cruzó de brazos, se reclinó contra el marco de la puerta y frunció el ceño.

–¿Y dónde puede estar ahora?

Ava no dijo nada. Estaba demasiado ocupada, intentando no asumir lo peor.

–Debe de estar con Kalyna –musitó Luke, contestando su propia pregunta.

A Ava comenzó a latirle con fuerza el corazón mientras fijaba la mirada en la alfombra.

–Eso espero –musitó, y dejó la maleta y el bolso donde los había encontrado.

Inmediatamente después, llamó a Jonathan.

En cuanto Ava vio un Lexus aparcado en el muelle, se volvió para ver la reacción de Luke.

–¿Eso es lo que creo que es? –preguntó Luke con el ceño fruncido.

–Si estás pensando que puede ser Geoffrey, la respuesta es sí.

Ava se alegraba tan poco de verle como el propio Luke. Estaba demasiado cansada como para soportar otro numerito. La última vez que había hablado con Geoffrey había sido cuando había insistido en que se fuera aquella mañana.

–¿Quieres que me deshaga de él?

Ava reparó en su tono de voz esperanzado, pero sacudió la cabeza. No sería justo. También Geoffrey se merecía una disculpa, aunque habría preferido no tener que tratar con él aquella noche.

–No, yo hablaré con él.

Cuando estaba recogiendo el bolso, preparándose para salir del coche, Luke la agarró del brazo.

–¿Estás segura de que no quieres que le diga que se marche?

–No. Todo esto es culpa mía. Debería haber roto con él hace meses. Pero como no lo hice, ahora le debo al menos la oportunidad de hablar. Supongo que está buscando una explicación. Una forma de poner fin a nuestra relación.

–Sí, seguro que es eso lo único que quiere –musitó Luke con incredulidad.

Ava arqueó las cejas. Aunque le resultaba difícil creerlo, Luke parecía celoso. ¿De verdad podía sentirse amenazado por alguien como Geoffrey?

–Si hace meses que no me acuesto con él, no voy a hacerlo ahora. Lo comprendes, ¿verdad?

–Claro que lo comprendo. No me preocupa que te acuestes con él. Es solo que...

–¿Qué? –le urgió.

–A lo mejor vuelves a decidir que no hacemos una buena pareja. Eso fue lo que dijiste, ¿verdad? A lo mejor ahora recuerdas los motivos por los que estabas con él y decides darle otra oportunidad.

–No es muy probable.

–De alguna manera, él te hace sentirte a salvo, controlando la situación, y eso es algo que a ti te atrae.

Sí, Geoffrey jamás la había arrastrado hacia la zona de

peligro que ella siempre había intentado evitar. Estar con Luke era un juego en el que quería participar, pero tan pronto pensaba que era absurdo arriesgar su corazón, como se decía a sí misma que preferiría morir a negarse la oportunidad de amarle.

–Lo que tú me ofreces es algo completamente diferente –le dijo.

–¿Eso qué significa? ¿Qué es lo que yo te ofrezco?

Ava consideró la posibilidad de contestar con una simpleza para evitar confesar la verdad. Se le ocurrió algo así como: «el mejor sexo del que una mujer puede disfrutar». Pero sabía que Luke se sentiría ofendido, porque él no era un hombre superficial. Además, no le parecía justo abaratar lo que sentía o lo que Luke podía ofrecerle por culpa de sus inseguridades.

–La luna.

Luke inclinó la cabeza y la miró con los ojos entrecerrados.

–¿Estás siendo sincera?

–No –contestó con un suspiro.

Le resultó difícil admitirlo, pero cuando Luke le enmarcó el rostro con las manos y la besó, se alegró de haberlo hecho.

–Yo no soy como tu padre, Ava.

No pudo evitar una sonrisa.

–Ya veremos –pero sonrió y asintió.

–Te llamaré más tarde.

–Mañana, mejor.

–De acuerdo, mañana.

Luke pensaba levantarse pronto y dirigirse a la base para retomar sus obligaciones. No quería seguir en tierra durante mucho tiempo más, de modo que no iba a tomarse ningún otro permiso. Pero si Geoffrey no hubiera estado allí, habría acompañado a Ava, y no solo por un sentimiento de posesión. Le inquietaba lo que habían encontrado en casa de Kalyna, y el hecho de que su padre no hubiera sabido nada de Tatiana cuando eran casi las diez de la noche.

–¿Estás segura de que te quedarás tranquila cuando se vaya Geoffrey?

–Claro que sí. No tienes por qué preocuparte. Kalyna ni siquiera sabe que vivo aquí.

Se despidió de él con un gesto y cerró la puerta del coche.

El tráfico había sido terrible. Había habido momentos en los que le habían entrado ganas de gritar de frustración. Había conducido hasta Oakland para comprar lo que necesitaba y había conseguido llegar allí en un tiempo récord. Había sido el viaje de vuelta el que se había alargado. Había volcado un camión en la autopista, provocando unos atascos kilométricos.

Pero por fin había vuelto a casa. Y tenía todo lo que necesitaba.

Llevó las bolsas al dormitorio y las dejó encima de la cama. Tenía una redecilla para el pelo, guantes de látex, un pasamontañas negro, un jersey de cuello también negro, pantalones negros y unas botas. No podía utilizar ninguna de las prendas que tenía porque podrían encontrar algún pelo o cualquier otra cosa que pudiera permitirles descubrir su ADN.

Tomó las botas y las miró satisfecha. Eran muy elegantes, pensó. Además, estaban nuevas, de modo que sus huellas no podrían revelar ni su forma de pisar ni la marca que dejaba al andar. Y no eran unas botas militares, puesto que ella estaba en el ejército y no quería dejar ninguna pista. Además, se las había comprado del número cuarenta y tres para despistar a cualquiera que quisiera comprobar su número de pie. La cuerda y la cinta aislante las había dejado en el maletero del coche, junto a la navaja y la palanca de hierro.

Imaginó la sorpresa de Ava.

–Ni siquiera te enterarás de quién te está golpeando –dijo con una sonrisa.

Lo único que no había comprado había sido un cargador para el teléfono. Estaba demasiado ocupada con todo lo demás como para pensar en ello. De todas formas, tampoco quería tener noticias de nadie. Durante el resto de la semana, tendría tiempo de sobra para despejar sospechas y disculparse ante sus superiores por haberse ausentado sin permiso. Le resultaría mucho más fácil devolver la normalidad a su vida si no tenía que preocuparse por el hecho de que Ava estuviera viendo a Luke.

Mientras se desnudaba, Kalyna tuvo que decidir si era preferible o no ducharse. Ya había estado en la casa de Ava, de modo que habría dejado restos de ADN. Quizá estaba siendo excesivamente prudente. Pero dejar más restos de ADN elevaría las posibilidades de que los encontraran y los utilizaran en la investigación, así que se duchó y se depiló como en un principio había planeado. Si después de matar a Ava le quedaba tiempo, pasaría la aspiradora y haría todo lo posible para borrar cualquier huella de su visita.

Kalyna todavía estaba silbando cuando terminó de ducharse. Iba a disfrutar diciéndole a Ava que no volvería a ver a Luke jamás en su vida, ni a Luke ni a nadie, por cierto. Le gustaría poder violarla con su propia navaja. Quería destrozar la esencia de Ava, lo que la convertía en mujer. Eso le enseñaría a dejar de creerse que tenía derecho a hacer el amor con Luke.

Pero eso implicaría sangre, y la sangre era lo primero que la policía buscaba.

Se dirigió al dormitorio para vestirse, y se dio cuenta entonces de que no podía ponerse las botas en el apartamento. Podían quedar fibras de moqueta en las suelas que terminarían en la casa barco de Ava. De modo que tendría que ir en calcetines y ponerse las botas en el coche.

A lo mejor no era tan cómodo como le habría gustado, pero por lo menos, nunca la pillarían. Ava no tendría una sola oportunidad.

Estaba a punto de ponerse el jersey cuando Kalyna rodeó la cama y tropezó con algo húmedo que parecía extenderse bajo la maleta. Sorprendida, lo apartó y bajó la mirada. Parecía que se había caído un vaso de agua en la alfombra. Pero la mancha era demasiado grande...

Fue al cuarto de baño, para ver si se había desbordado el lavabo en su ausencia, pero lo había utilizado antes de meterse en la ducha. Y entre el cuarto de baño y la cama, la moqueta estaba seca. Solo había una zona húmeda y estaba justo enfrente de la cómoda.

–Qué porquería de apartamentos –musitó–. Seguro que ha habido una fuga.

Pero ya se ocuparía de ello al día siguiente. Había llegado el momento de marcharse.

Capítulo 33

Cuando sonó el teléfono, Luke estaba tumbado en el sofá. Bajó el volumen de la televisión y contestó sin molestarse en mirar el identificador de llamadas. Esperaba que fuera Ava. No le gustaba haberla dejado con Geoffrey y estaba inquieto desde entonces. Esa era la razón por la que no se había acostado. Si para las once y media no le había llamado, pensaba llamarla él a ella.

Pero no era Ava. Y la voz que oyó al otro lado de la línea le pilló completamente por sorpresa.

–¿Luke?

La voz de Marissa sonaba familiar, pero al mismo tiempo muy diferente. Más madura. Tensa. Era como si reflejara en cada una de sus palabras los años que habían pasado desde la última vez que habían hablado.

Demasiado nervioso como para permanecer repantigado en el sofá, Luke se irguió y se inclinó hacia delante, con los codos apoyados en las rodillas y la mirada clavada en la moqueta.

–Sí, soy yo.

–Soy Marissa.

–Lo sé.

Quería preguntarle que cómo estaba, pero eran tantas las emociones que fluían dentro de él que no podía decir nada en absoluto. Se produjo un embarazoso silencio antes de que consiguiera susurrar con voz estrangulada:

–Siento lo de Phil.

–Yo también.

Se hizo de nuevo el silencio. Su mente corría a toda velocidad y tenía los músculos en tensión, pero no sabía qué decir.

–Es tarde –dijo Marissa–. ¿Preferirías que te llamara en otro momento?

Si alguna vez había habido una pregunta intencionada, era aquella. Marissa le estaba preguntando que si quería hablar con ella. Y él no sabía qué decisión tomar. Había reprimido sus sentimientos durante tantos años que ni siquiera estaba seguro de si quedaba alguno. ¿Se habría convertido Marissa en un sueño? ¿En un ideal? ¿En la única mujer con la que nadie podía competir?

No tenía respuesta. Tampoco podía decir si era la sombra de Phil la que continuaba interponiéndose entre ellos. Obviamente, ninguno de los dos iba a olvidar a Phil. Marissa y Phil habían estado casados. Tenían un hijo. Luke no quería retomar su vida con la mujer y el hijo de su mejor amigo. Le parecía demasiado egoísta, le hacía sentirse sucio. Esa era la razón por la que ni siquiera se había permitido pensar en Marissa, y, mucho menos, ponerse en contacto con ella. La pesadilla que estaba sufriendo con Kalyna lo había hecho más fácil de lo que lo habría sido en otras circunstancias, pero en aquel momento, el pasado estaba plantándole cara.

–No, podemos hablar.

No podía colgar. Estaba cautivado por la tentación de Marissa y todas las posibilidades que se abrían ante él.

–Me ha llamado tu madre –le explicó Marissa–. Estaba arrepentida. Me ha dicho que debería llamarte.

Luke rio suavemente. Su madre no tenía la menor idea de lo que podía haber hecho.

–Sí, a mí también me lo dijo –admitió.

–Pero tú no le hiciste caso.

–Probablemente por la misma razón por la que tú has tardado tanto en llamar.

–Las cosas siempre han sido muy complicadas entre nosotros.

Solo desde el momento en el que Phil se le había declarado.

–Sí.

–Incluso en este momento, me digo que soy una estúpida por arriesgarme a seguir sufriendo. Pero a veces, a estas horas, pienso en ti y… –se le quebró la voz y no terminó la frase.

Se hizo un tenso silencio. ¿Estaba llorando? No podía decirlo, pero sospechaba que así era. Y eso le hizo sentirse fatal. Habían sido amigos. Le debía, por lo menos, su compasión.

–No llores, Marissa. No lo soporto.

–Lo siento. Siento todo lo que he hecho. Siento no haber seguido a tu lado. Y haberme quedado embarazada, y haberme sentido encerrada de por vida. Siento que Phil haya muerto y que los dos le quisiéramos. También te quería a ti, pero estaba enamorada de él. Espero que me creas.

No tenía que convencerle a él. Esa parte no era asunto suyo.

–¿Por qué nadie me avisó para que fuera al entierro?

–Pensé en ello. Claro que pensé en ello –la voz de Marissa se tornó amarga–. Pero estaba enfadada contigo por no haberme sacado de la situación en la que me había visto encerrada durante todos estos años. Y no habría podido llorar a Phil, ni siquiera habría podido pensar en él estando tú aquí.

Lo que Marissa acababa de revelarle le hizo sentirse terriblemente culpable.

–Yo no podía sacarte de esa situación, Marissa. Estabas casada con mi mejor amigo.

–Él significaba para ti mucho más que yo.

–¡Estabais casados! –repitió–. Estaba esperando a ver lo que pasaba con vuestro matrimonio. No quería interponerme entre vosotros.

–¿Y ahora? –le preguntó–. Ahora soy viuda. ¿Todavía sientes algo por mí, Luke?

Claro que sentía. La quería, siempre la había querido. ¿Pero sería capaz de renunciar a lo que había empezado con Ava?

Se frotó la cara.

–Están pasando demasiadas cosas al mismo tiempo. Necesito pensar.

–Cuando tomes una decisión, llámame. Yo no cometeré el mismo error por segunda vez. Esperaré todo lo que haga falta –le prometió Marissa, y colgó el teléfono.

Ava se alegró cuando Geoffrey se fue. Se sentía muy mal viendo cómo se había tomado su ruptura, aunque ni siquiera podía considerarlo una verdadera ruptura, porque ya habían roto previamente. No imaginaba que a Geoffrey pudiera dolerle perder lo que habían dejado atrás. Se había mostrado siempre muy indiferente, estaba siempre ocupado y dispuesto a aceptar una relación bajo mínimos. Sin embargo, aquella noche se había quedado allí durante casi dos horas, intentando convencerla de que no conocía a Luke lo suficiente como para elegir entre los dos. Decía que no necesitaba tener una relación en exclusiva con ninguno de ellos, que debería darle otra oportunidad.

Pero ella no podía. Estaba totalmente rendida a Luke. Para bien o para mal, por fin había reunido la confianza que necesitaba para intentar al menos la clase de relación que la mayoría de las mujeres querían.

Su padre la había llamado tres veces mientras estaba hablando con Geoffrey, pero no había contestado. Se sentía ligeramente culpable porque sabía que no podía estar llamando desde casa de Carly. No se habría atrevido a enfadar a su joven esposa demostrándole lo mucho que le importaba su hija. Eso significaba que debía de haberle echado de casa una vez más. Pero ni imaginándoselo solo quería hablar con él. ¿Por qué solo pensaba en ella cuando no le quedaba nadie?

–¡Vaya día! –musitó malhumorada.

Deseando aliviar la tensión dejada por la conversación con Geoffrey, se metió en la ducha y se sintió mucho más relajada al salir. Se secó con la toalla, y estaba a punto de ponerse el camisón cuando se acordó de la sudadera de Luke. Prefería dormir con ella puesta para sentirse cerca de él. Pero no la encontró. Tenía que haberla dejado o en el suelo, a los pies de la cama, o en la silla, pero no estaba.

A lo mejor se la había llevado Luke al irse aquella mañana. Ella se sentía tan humillada y avergonzada por la repentina aparición de Geoffrey que no le había acompañado a recoger sus cosas. Se había ido a hacer café a la cocina mientras esperaba a que se marcharan.

Miró el reloj. Eran casi las doce. A ese ritmo, no tardaría nada en llegar el día siguiente.

Terminó de ponerse el camisón, apagó las luces y se metió en la cama. Había cortado su relación con su padre y con Geoffrey y había dado la bienvenida a su vida a otro hombre, y todo ello en el mismo día. ¿Qué le depararía el día siguiente?

Nadie lo sabía. Pero se quedó felizmente dormida a pesar de todo, porque soñó con Luke nadando en el río con la luz de la luna resplandeciendo en sus brazos y en su pecho desnudo.

Kalyna aparcó a un kilómetro y medio del muelle en el que Ava amarraba su casa flotante. Eran más de las doce. Incluso con la luna llena, la falta de iluminación eléctrica hacía que aquel lugar le pareciera más negro que una tumba. No mucha gente podía utilizar aquella expresión con autoridad. Pero ella sí. Mark la había metido en una. Aquel ritual formaba parte de las pruebas cuando jugaban a Verdad o Atrevimiento. Ella siempre elegía atrevimiento. De esa forma uno conseguía lo que quería. La verdad solo servía para buscarse problemas.

El suelo era tan esponjoso que sus pasos apenas se oían.

Mientras se dirigía hacia el maletero tras salir del coche, un escandaloso coro de chicharras y el aroma intenso de la vegetación le dieron la bienvenida al delta. Utilizando una linterna para evitar tropezar con un árbol, un charco o una zanja, se colocó la mochila al hombro y avanzó apuntando con la linterna al suelo. Era la forma de evitar que la vieran. Pero ya había estado antes allí. Sabía que no había nadie más. Ni otras casas, ni otros barcos. Nada por lo que preocuparse.

Era tan espesa la oscuridad que se podría cortar con la punta de un cuchillo, probablemente porque hacía mucho calor y apenas corría el aire. Rodaban entre sus senos gotas de sudor mientras caminaba hacia el muelle, pero no creía que la temperatura fuera la única culpable. La adrenalina bombeaba en su sangre y tenía la sensación de que el corazón iba a salírsele del pecho.

La casa barco de Ava estaba tan oscura como la noche. Afortunadamente el chapoteo del agua contra el barco ahogó el crujido de la madera del muelle bajo sus pies. Estaba segura de que Ava estaba en casa, y también de que estaba sola. Era un día de diario, su coche estaba aparcado y no había otros vehículos en la zona. Kalyna había llamado a Luke desde una cabina cuarenta minutos atrás y había colgado en cuanto había contestado. Solo quería asegurarse de que estaba en su apartamento.

El barco se meció ligeramente cuando lo abordó. Preguntándose qué capacidad tendría Ava para percibir los cambios en su alrededor, apagó la linterna y contuvo la respiración. Pero Ava no salió para ver qué ocurría. Si estaba en su casa, estaba profundamente dormida.

Y pronto estaría muerta.

Riéndose de su propia broma, Kalyna se dirigió hacia la ventana con la mosquitera cortada.

Oyó un chapoteo no lejos de allí y se quedó completamente paralizada. El ruido había sonado muy cerca, como si alguien se hubiera zambullido en el agua. Pero del río no tenía nada que temer. En el delta de Sacramento no había cocodrilos, aunque sí salmones de gran tamaño. Llegaban desde el mar y nadaban río arriba, contra la corriente, para desovar. Probablemente había oído saltar a uno de ellos.

Se puso de nuevo a la tarea y encontró el corte que había hecho en la mosquitera. La ventana estaba cerrada, excepto por una muy pequeña rendija. Todo estaba tal y como lo había dejado.

La puerta de la ventana chirriaba al abrirse, así que tuvo que ir poco a poco, centímetro a centímetro. Oyó un nuevo chapoteo, pero no le prestó atención. Estaba demasiado concentrada en su tarea.

Cuando tuvo la ventana suficientemente abierta, fue deslizándose hacia el interior. El armazón de metal se le clavaba en las rodillas, pero consiguió mantener el equilibrio y aguantar el dolor hasta que consiguió agarrarse a la pared para sujetarse. A partir de ese momento, consiguió arrastrar las piernas con facilidad. Pero estaba intentando bajar de la cómoda, cuando perdió el equilibrio y se cayó, llevándose la lámpara con ella.

Un estrépito la despertó. Tumbada en la cama, Ava parpadeó en la oscuridad, intentando averiguar qué había oído exactamente. Había sido un ruido fuerte, eso lo sabía. Demasiado fuerte como para tratarse de los ruidos que tanto la asustaban antes de que hubiera llegado a acostumbrarse a los ruidos y gemidos de una casa flotante.

Se sentó en la cama, escuchó con atención y oyó que alguien se movía en la habitación de al lado. ¡Había alguien en su casa!

Mientras se levantaba, su mente intentaba encontrar una explicación lógica. ¿Sería su padre, que necesitaba un lugar para dormir? ¿O podría ser Geoffrey? Parecía muy afectado cuando se había ido.

Pero no podía imaginarse a ninguno de ellos entrando en la casa en medio de la noche.

¿Dónde tenía el teléfono? Había llamado a Luke para

darle la buena noticia de que Geoffrey se había ido. ¿Dónde lo había dejado después? Tenía que encontrarlo. Lo necesitaba para pedir ayuda.

Intentando encontrarlo en medio de aquella avalancha de adrenalina, daba vueltas en círculo mientras se esforzaba por recordar. Entonces se le ocurrió. Tenía el teléfono en el cuarto de estar. Corrió hacia el pasillo, pero la persona que estaba en la habitación de al lado salió al mismo tiempo que ella. Ava estuvo a punto de tropezar con ella, antes de regresar al dormitorio y cerrar la puerta bruscamente.

El gruñido que se oyó al otro lado, mientras cerraba la puerta, le puso todos los pelos de punta.

—¡Abre la puerta, perra!

¡Oh, Dios mío! ¡Era Kalyna! ¡Kalyna era la persona que se interponía entre el teléfono y ella... y estaba intentando derribar la puerta!

El golpe de un objeto metálico la hizo gemir involuntariamente. Encendió la luz y vio el extremo de un martillo o una palanca en un lugar muy próximo a su cabeza. Kalyna estaba completamente loca, como el propio Luke había dicho. Y era una mujer violenta, como Ava temía.

—¡Kalyna, ya basta! Tienes que tranquilizarte. Si me haces algo, irás a prisión.

—No voy a ir a ninguna parte, excepto al apartamento de Luke para consolarle de tu muerte —la amenazó.

Estaba hablando en serio. Y estaban tan aisladas que podía decirlo en voz bien alta sin arriesgarse a que nadie la oyera.

Aterrada, Ava fijó la mirada en la puerta mientras Kalyna volvía a golpearla. Apareció otro agujero suficientemente cerca del primero como para crear uno mayor.

—¿Dónde está Tati, Kalyna? ¿Qué has hecho con ella?

Aquello la hizo vacilar.

—No sé de qué estás hablando. Está en Arizona, en su casa.

—No, no está en Arizona. Ha venido a tu casa. He encontrado su bolso en tu dormitorio. ¿Qué has hecho con ella?

Kalyna volvió a golpear la puerta.

–¡Eso es mentira! No he visto el bolso de Tati por ninguna parte. ¿Y cómo has entrado en mi apartamento? Cuando he ido a mi casa la puerta estaba cerrada, exactamente como la dejé.

Ava midió la distancia que separaba la cómoda de la puerta.

–No estaba cerrada cuando hemos… cuando he llegado. He dejado el bolso de Tatiana debajo de la cama, donde lo encontré. Y he cerrado la puerta de la entrada.

–¡Cierra el pico! No has estado en mi apartamento. ¡Te lo estás inventando todo!

La cómoda tenía ocho cajones y un espejo. Era un mueble pesado. ¿Sería capaz de moverlo?

–Entonces, ¿cómo sé que la moqueta estaba mojada justo delante de la cómoda?

Se hizo el silencio.

–¿Kalyna?

Pero si ella podía mover la cómoda, también podría hacerlo Kalyna. En cualquier caso, le permitiría ganar tiempo.

–¿Has hecho tú esa mancha? ¿Has tirado algo en mi habitación? –Kalyna parecía estupefacta.

Ava jamás había conocido a una mentirosa como ella.

–Yo no he tirado nada. He visto la mancha al llegar a tu casa. Estaba buscando a Tati. Ha desaparecido y tu padre está muy preocupado por ella. Puedes llamarle si quieres.

–Le llamaré cuando haya terminado contigo.

–La has matado tú, ¿verdad? –comenzó a empujar la cómoda hacia la puerta–. La has matado y después has limpiado la sangre.

–¡Deja de decir estupideces! –gritó Kalyna, y golpeó de nuevo la puerta–. ¡Yo nunca le haría ningún daño a mi hermana!

–Pero has matado a tu madre.

–Norma se lo merecía. Se lo merece desde hace mucho tiempo. Pero Tati nunca le ha hecho daño a nadie.

La cómoda se movió, pero solo unos centímetros, y le hizo falta mucha fuerza para desplazarla.

–Entonces, ¿qué le ha pasado a tu hermana?

–¡Cállate! No vas a conseguir nada asustándome de esa forma. Tati no va a salvarte.

¿Asustarse? ¿Sería verdad que no sabía que Tati había estado en su apartamento? Ava no entendía cómo era posible, pero aun así, intentó una táctica diferente mientras continuaba luchando contra el mueble con intención de formar una especie de barricada.

–Luke no te quiere, Kalyna –le advirtió–. Nunca te ha querido. Estás haciendo esto por nada.

–No, lo estoy haciendo por mi propia satisfacción. ¿Cómo te atreves a pensar que puedes quitarme lo que es mío? ¿Cómo te has atrevido a fingirte amiga mía y a darme después una puñalada por la espalda?

–Me has estado mintiendo durante todo el tiempo, me has estado utilizando para castigar a Luke. ¿Cómo puedes decir que he sido yo la que te ha traicionado?

Kalyna no contestó. Gritó indignada y aumentó la fuerza de sus golpes. No se podía razonar con ella. Había ido demasiado lejos como para responder a la lógica. Y terminaría derribando la puerta. Las puertas de la casa flotante no eran de madera sólida. Estaban hechas de paneles muy finos.

Ava dejó la cómoda donde estaba, consciente de que Kalyna estaría dentro mucho antes de que pudiera desplazarla hasta la puerta. Decidió entonces buscar algo que le permitiera defenderse. Pero en aquella zona no había nada más peligroso que un abrecartas.

Miró la ventana. ¿Podría abrirla y rasgar la mosquitera? Probablemente. Pero no podía permitir que Kalyna la pillara a medio camino, porque entonces no tendría oportunidad de salvarse. Quizá debería mover la cómoda, crear un obstáculo mientras intentaba salir por la ventana.

Otro golpe a la puerta movió la casa entera. Kalyna estaba utilizando una palanca, no un martillo. Pudo verlo en ese momento. Y también que llevaba guantes de látex y un pasamontañas que cubría todo su rostro, salvo sus ojos.

¡Los ojos! Luchando para hacer llegar el aire a sus pulmones, Ava corrió al cuarto de baño y agarró un bote de laca que tenía debajo del lavabo. Cuando regresó al dormitorio, se lo escondió a la espalda. Después, dio un golpe en la pared para llamar la atención de Kalyna, que seguía enfebrecida intentando derrumbar la puerta.

–¡Eh! –gritó por encima de los golpes–. ¡Kalyna, escúchame!

Kalyna dejó de golpear y la miró a través del agujero. Un segundo más, y daría con la palanca el toque final. Pero era el tiempo que necesitaba Ava. Sacó la laca de detrás de la espalda y roció con ella los ojos de Kalyna.

Con un grito de dolor, Kalyna dejó caer la barra y retrocedió. Ava había conseguido su objetivo. En ese momento, tenía que aprovechar la ventaja que había conseguido.

Pensando solamente en llegar hasta el teléfono, abrió la puerta y empujó a Kalyna para pasar por delante de ella.

La llamada anónima que recibió Luke casi una hora después de haber recibido la llamada de Marissa, la habían hecho desde una cabina de teléfono. Llevaba toda la noche siendo presa de un mal presentimiento, pero con la última llamada, la sensación se había agravado hasta tal punto que le resultaba imposible dormir. ¿Quién era? ¿Por qué iba a llamar nadie desde una cabina telefónica a las once y media de la noche? Se había hecho aquellas preguntas una y otra vez y la respuesta siempre era la misma: Kalyna, la única responsable, además de la muerte de Phil, de su reciente infelicidad. Pero si había sido ella la que había llamado, ¿por qué no había hablado? ¿Qué sentido tenía colgarle el teléfono? Kalyna siempre tenía algún motivo oculto y el de aquella llamada no era hablar con él.

Apagó la televisión con el mando a distancia y regresó a la cama para intentar dormir, pero no paraba de dar vueltas. No podía dejar de pensar en Marissa y en Ava, y en Kalyna, por supuesto. ¿Por qué le habría llamado? ¿Qué podía querer?

Al final, terminó soltando una maldición, tirando la almohada al suelo y sentándose. Podía levantarse e intentar hacer algo, aprovechar el tiempo.

Se limpió los zapatos y ordenó el dormitorio. Después, comenzó a recoger la colada que había hecho Kalyna por él. Odiaba pensar que había tocado su ropa. Jamás como entonces la había deseado fuera de su vida. Pero sabía que no era probable que eso ocurriera. Sobre todo si el hijo que llevaba en el vientre era suyo.

Con Marissa no había abordado todo el desastre de Kalyna. ¿Debería haberlo hecho? ¿Y debería contarle a Ava que por fin tenía la oportunidad de casarse con la única mujer a la que había amado desde que estaba en el instituto y dejar que Marissa se mudara a Sacramento para poder estar más cerca de ella? Era una tentación, entre otras cosas, porque se consideraba más capaz de querer al hijo de Phil que ningún otro hombre. A lo mejor era eso lo que tenía que pasar.

Pero continuaba imaginando el rostro de Ava alzando la mirada hacia él mientras hacían el amor en el río.

¿Por qué tenía que ser todo tan difícil?

Recogió los calcetines, las camisetas y los pantalones del gimnasio. Después llegó a la sudadera de la Fuerza Aérea. Estaba a punto de dejarla en una de las estanterías del armario, cuando recordó que era la misma sudadera que le había dejado a Ava.

Sonrió al recordar lo tentadora que estaba con ella…

Pero la sonrisa murió en sus labios. Se había dejado la sudadera en casa de Ava. ¿Cómo había terminado formando parte de aquella colada? Ava no se la había devuelto. Cuando había llegado a su casa aquel día, no la llevaba con ella. Había sido Kalyna la que la había dejado con el resto de la colada.

Recordó la llamada que no había dejado de preocuparle. Kalyna había dejado la sudadera y después le había llamado desde una cabina. No para hablar con él, sino para asegurarse de que estaba en casa.

«Te diré de lo que estoy hablando: como se te ocurra mirar a otra mujer, ¡la mataré!».

Se le heló la sangre en las venas. Kalyna sabía dónde vivía Ava. Había estado allí.

Y si no se equivocaba, aquella noche había vuelto.

Ava alargó la mano hacia el teléfono, pero Kalyna la alcanzó antes de que pudiera pulsar una sola tecla. Tan alta y fuerte como muchos hombres y entrenada militarmente, probablemente podría matarla sin necesidad de utilizar un arma. Pero llevaba la palanca en la mano. Se colocó detrás de Ava y la golpeó con ella.

El dolor que sintió Ava fue tan intenso que inmediatamente comenzó a tener náuseas. El segundo golpe la tiró al suelo y el teléfono cayó con ella. Kalyna continuó golpeándola una y otra vez con una rabia incontenible.

Alzando los brazos para protegerse la cabeza, Ava se volvió y le dio una patada. La maldición que soltó Kalyna le indicó que le había dolido, pero la tregua apenas duró. Los golpes continuaron.

Ava se hizo un ovillo mientras Kalyna continuaba golpeándole el brazo, la mano y el hombro.

—¡Voy a matarte, perra! —gritaba.

Ava la creía. Sabía que Kalyna continuaría pegándola hasta matarla en su propio cuarto de estar. Kalyna, una mujer de la que había llegado a compadecerse, pensó distante.

Sin embargo, un segundo después, cesaron los golpes. ¿Por qué? ¿Le estaba dando una oportunidad de salvarse?

Intentando reunir las pocas facultades mentales que le quedaban, comenzó a arrastrarse hasta el sofá. Su único plan era protegerse tras cualquier barrera. Pero entonces fue consciente de que estaba teniendo lugar otra pelea, una pelea que parecía no tener nada que ver con ella. ¿Qué estaba pasando allí?

Más confundida que nunca y, probablemente, delirando ligeramente, renunció a seguir arrastrándose y se tumbó en el suelo para poder seguir viendo lo que ocurría. La única luz que los iluminaba era la luz del dormitorio, una luz que ella misma había encendido, pero era más que suficiente para mostrar la silueta de aquellas dos personas.

La segunda persona era un hombre. Estaba luchando con Kalyna, intentando arrebatarle la palanca. Llegaban hasta Ava los sonidos de la refriega. Oyó gritar al hombre. No reconoció la voz, pero solo podía ser la voz de Luke, de su padre, de Geoffrey, de Jonathan o de Pete. Eran los únicos hombres que formaban parte de su vida. ¿Habría acudido alguno de ellos a rescatarla por alguna suerte de milagro?

No, se equivocaba. No era ninguno de ellos. Estaba segura, a pesar de que su cuerpo ardía de dolor. Aquel hombre era demasiado bajo, demasiado calvo y demasiado corpulento como para ser alguno de ellos.

–¿Qué te dije, Kalyna? ¿Qué te dije? –le preguntó con la respiración entrecortada.

–Me importa una mierda lo que me dijeras –respondió Kalyna.

El odio todavía impregnaba su voz, pero había en ella un temblor que Ava nunca había oído. ¿Estaría asustada? ¿Por qué? ¿Por qué iba a tener miedo de aquel hombre?

–Pues debería importarte, porque dejé muy claro lo que te haría si alguna vez hablabas.

Ava tomó aire. Aquella voz… Sí, creyó reconocerla. La había oído antes. También sabía de lo que estaban hablando. Recordaba lo que les había pasado a la madre de Kalyna y a esa autoestopista. Estaban muertas. Alguien las había matado. Podía haber sido Kalyna o…

Tenía la cabeza tan entumecida que no era capaz de recordar el nombre de esa segunda persona. Se pasó la mano por la cara, intentando aclarar su visión para poder ver con detalle el aspecto de aquel hombre, pero las lágrimas, o quizá fuera la sangre, se lo impedían.

De alguna manera, Kalyna consiguió zafarse y se levantó blandiendo la palanca.

—¡Vete! —gritó, elevándola—. ¡Ya no puedes hacerme ningún daño, Mark! ¡Eres un necrófilo pervertido, un reprimido! A lo mejor has convencido a la policía de que no disfrutabas con lo que hacías con esos cadáveres, pero tú y yo sabemos lo mucho que disfrutabas. A lo mejor lo sigues haciendo cuando tienes oportunidad. Un cadáver te excita mucho más que una persona viva.

Mark. Mark Cannaby. Ava recordó de pronto su apellido.

—¡Sí, es cierto! —gruñó Marc—. Así que imagínate cuántas veces he violado a tu hermana después de matarla.

—¡No! —gimió Kalyna, y estuvo a punto de tirar la palanca.

—Sí —se rio a carcajadas—. Y me alegro de haberlo hecho.

Ava palpó débilmente la alfombra, buscando el teléfono.

—¿Por qué? —gritó Kalyna—. ¡Kalyna nunca te hizo nada!

—Cuando la seguí a tu apartamento, pensaba que eras tú. Debería haber sabido que tú nunca te habrías permitido engordar tanto. Siempre has sido demasiado vanidosa.

—¡Voy a matarte! —gritó Kalyna—. ¡Voy a matarte por lo que le has hecho a Tati!

Los movimientos de Ava estuvieron a punto de hacerla perder la consciencia. ¿Dónde tenía el teléfono? ¿Cómo iba a localizarlo y a salir de allí? Estaba con dos locos. Con dos almas tan similares que habían llegado a estar juntas, pero tan egoístas que no habían conseguido que su relación funcionara. Ava sabía que no importaba cuál de los dos sobreviviría. Ninguno de ellos le permitiría seguir con vida. No podían. Sabía demasiado.

—¿Igual que mataste a tu madre? —la provocó Mark.

Kalyna sacudió la cabeza.

–No, será una muerte mucho más violenta. Te mataré como maté a Sarah.

Marck sacó un arma de detrás de su espalda. Ava pensó en un primer momento que era una pistola, pero por la forma de blandirla, comprendió que era un cuchillo, una navaja.

–Procura tener puntería, porque solo vas a tener una oportunidad.

Capítulo 34

Kalyna sentía el miedo corriendo por sus venas. Jamás en su vida había pensado que tendría que volver a enfrentarse cara a cara con Mark. Hacía tanto tiempo que había desaparecido de su vida que había olvidado lo mucho que le temía. Pensaba que le tenía atrapado de por vida, que iría a la cárcel acusado de haber matado a Sarah y a Norma, y que podría olvidarse para siempre de él. Pero Mark había ido a buscarla, tal y como había prometido años atrás.

¿De verdad había matado a Tati? Kalyna no se lo podía creer, se negaba a creerlo, de hecho, aunque no había ninguna otra explicación para la mancha de humedad de su dormitorio, o para el hecho de que Ava hubiera visto el bolso de su hermana.

Al pensar en Ava, Kalyna recordó su presencia. Estaba buscando el teléfono. Kalyna podía sentir su pánico. De hecho, la sorprendía que fuera capaz de moverse. Aquella palanca debería haberle hecho más daño. La había golpeado salvajemente, evitando matarla para prolongar su dolor. Quería decirle con cada uno de sus golpes que iba a morir. Y sí, moriría, en cuanto terminara con Mark. Le habían arruinado el plan, pero encontraría otra forma de deshacerse del cadáver.

La navaja que Mark blandía destelló bajo la luz del dormitorio. Desgraciadamente, la suya estaba en la habitación por la que había entrado. No podía ir a buscarla. La única arma que tenía era la palanca. Pero ya no era una adolescente de diecisiete años. Había crecido. Era, como poco, tan fuerte y tan inteligente como Mark. Y hablaba en serio cuando había dicho que se había ablandado durante los últimos diez años. Sentía la redondez de su barriga mientras peleaba, oía su respiración agitada. Apenas habían comenzado a pelear y ya estaba agotado. La cabeza afeitada y los tatuajes solo tenían la intención de impresionar.

–Eres tú el que vas a morir, Mark. Debería haberte matado hace mucho tiempo. Debería haberte matado por lo que le hiciste a Sarah.

Mark entrecerró los ojos con gesto burlón.

–¿Crees que tienes que vengar a Sarah? ¡Si fuiste tú la que la mató! Y disfrutaste mucho más que yo haciéndolo. ¡Tú fuiste la que lo ideó casi todo!

Había una parte de Kalyna que disfrutaba con aquella forma de poder. Pero no quería admitirlo. Mark le recordaba lo peor de sí misma, de lo que podía llegar a ser, o de lo que era, quizá. No quería tenerle cerca. No quería ver las horrendas realidades que sacaba a la luz. Mark era la única persona en el mundo que realmente la conocía. Norma y Dewayne siempre habían sospechado lo peor. Tati solo veía lo que quería ver. Pero Mark la había querido por lo que realmente era, y por eso le odiaba.

–Disfruté matando a mi madre, pero a Sarah apenas la conocía.

–Lo de secuestrarla fue idea tuya.

Mark tenía la ropa empapada, lo que indicaba que había estado en el río. Él era el responsable de aquellos chapoteos…

–¡Pero fuiste tú él que tuvo la idea de matarla! –gritó Kalyna.

–¿Qué otra cosa podíamos hacer? ¿Dejar que se marchara? Si crees que había otra opción, es que eres una estúpida, y que ya lo eras entonces. Solo hicimos lo que teníamos que hacer. Y después me hiciste el favor de matar a tu madre. Pero no pienso cargar yo con las culpas.

–No te preocupes. No estarás aquí para cargar con nada.

Alzó la palanca, esperando golpearle antes de que pudiera utilizar la navaja. Tenía que hacer ella el primer movimiento, tenía que matarle antes de que Ava llamara para pedir ayuda. Tenía que hacer parecer que se habían matado el uno al otro, marcharse y terminar para siempre con los dos.

Pero Mark fue más rápido de lo que esperaba. Esquivó la palanca, la atacó con la navaja y le hizo un corte en la barbilla. El escozor la sorprendió, le hizo tambalearse, y no fue capaz de recuperarse a suficiente velocidad. Lo siguiente que supo fue que Mark le estaba clavando la navaja en el pecho.

–Yo… creía que me amabas. Me prometiste que siempre me amarías…

Intentó alzar la palanca, pero no lo consiguió. La dejó caer y volvió a tambalearse mientras intentaba recuperar el equilibrio.

–Me conoces suficientemente bien como para no esperar algo así. Tú y yo no queremos a nadie –respondió mientras se dejaba caer al suelo–. Y tampoco confiamos en nadie. Estuve loco al confiar en ti.

Ava había encontrado el teléfono. En medio de aquella penumbra, Kalyna la vio buscar los números a tientas.

Mark también se dio cuenta de lo que hacía. Se acercó a Kalyna, le arrancó la navaja del pecho y se volvió hacia Ava. Kalyna sabía que iba a morir, pero, al menos, iba a morir sabiendo que Ava moriría con ella.

El trayecto se le hizo interminable. Luke había llamado a la policía en cuanto había salido de su apartamento, pero no tenía ninguna dirección que darles. Ni siquiera recordaba el nombre del pueblo en el que estaba la tienda de cebos. Además, dudaba seriamente de que su llamada, diciendo que la vida de Ava estaba en peligro porque había encontrado una sudadera en la colada que no debería estar allí, pudiera convencer a nadie de que aquello era una emergencia.

Probablemente le pedirían a algún coche patrulla que se diera una vuelta por el delta para echar un vistazo, pero si localizaban la casa de Ava antes de que amaneciera, sería un milagro. Luke sabía que él era la única oportunidad que tenía Ava de seguir con vida. Pero también sabía que podía ser demasiado tarde. Eran más de la una de la madrugada. Había pasado una hora y media desde que había colgado el teléfono. Ava no esperaba encontrarse con ninguna clase de problema. Estaba completamente desprevenida e indefensa.

Frenético por llegar a ella, por si todavía tenía alguna posibilidad de salvarla, tomó el primer desvío como si estuviera en un circuito de carreras. La fuerza centrífuga hizo que la parte trasera del coche terminara en la cuneta, pero consiguió salir de allí. En cuanto recuperó el control, volvió a pisar el acelerador.

—¡Espera, espera, ya llego! —musitaba, y rezaba para llegar a tiempo.

Un segundo después, sonó el teléfono. Pensando que podría ser Ava, lo levantó del asiento del pasajero y soltó un aullido de alegría al ver en la pantalla que era Ava.

—¡Gracias a Dios! —gritó, y presionó el botón—. ¡Ava, sal ahora mismo de allí! ¡Tienes que salir de casa y esconderte! Kalyna va hacia allí, pero yo llegaré en cuanto me sea humanamente posible.

No hubo respuesta.

—¿Ava?

Volvió a responderle el silencio. Después, oyó algo, pero, definitivamente, no era un saludo.

La navaja se le clavó en el muslo. Mark habría vuelto a apuñalarla en alguna otra parte del cuerpo, pero Ava rodó en el suelo alejándose de él. Había conseguido que el navajazo fuera en la zona menos vulnerable de su cuerpo, tal y como pretendía, pero la vista de la sangre corriendo por su pierna era tan inusitada que apenas podía creer que aquello no fuera un sueño. A veces tenía pesadillas. Trabajar en El Último Reducto la obligaba a ser testigo de situaciones horribles. Pero normalmente se despertaba en el momento cúspide de la violencia.

Aquello era real. Pero debía de estar en estado de shock, porque no sentía dolor. Solo una sensación de entumecimiento que parecía subirle desde las puntas de los pies.

«¡Lucha!», gritaba su mente, pero su cuerpo parecía paralizado mientras intentaba conservar su precario contacto con la razón.

Ansioso por interrumpir la llamada, Mark no se molestó en seguir sujetando la navaja. La dejó clavada en su pierna para poder arrebatarle el teléfono y de pronto, el miedo de Ava desapareció. Necesitaba hacer aquella llamada. Su vida dependía de ello.

—¡No!

Había demasiada oscuridad para poder ver los botones y no tenía tiempo de ir palpando las teclas para marcar los tres números de la policía, de modo que presionó el botón de llamada dos veces. Era la forma más rápida de hacer una llamada. El teléfono volvía a marcar la última llamada. Pero no pudo conservarlo el tiempo suficiente como para saber si Luke había contestado. Al segundo siguiente, Mark se lo arrancó de la mano, lo tiró y fue a por la navaja.

Iba a terminar su trabajo. Iba a degollarla y a terminar con ella. Ava sentía su intención con tanta claridad como si la hubiera gritado. Pero consiguió sacarse la navaja antes de que Mark se la quitara.

Kalyna contaba para mantenerse lúcida: «Uno… dos… tres… respira. Uno… dos… tres… respira».

El mareo era cada vez más fuerte, pero intentaba combatir su aturdimiento concentrándose en un solo punto, en la luz que salía del dormitorio. No podía renunciar tan fácilmente. Fingiría que estaba muerta hasta que acabara con Ava y se fuera. Después, si era necesario, se arrastraría sangrando hasta el coche porque no iba a permitir que Mark se saliera con la suya después de tantos años. Iría arrastrándose hasta el coche si era necesario. Tenía que pagar por lo que les había hecho a ella y a Tati.

Más adelante planificaría su venganza, pero Mark iba a tener que pagárselas, aunque fuera lo último que ella hiciera en su vida.

El dolor no la golpeó con todas sus fuerzas hasta un segundo después de haberse arrancado la navaja. Después, como si de una ola rompiendo en la arena se tratara, arrastró a Ava hasta la inconsciencia. Cerró los ojos para defenderse de aquel asalto, echó la cabeza hacia atrás y abrió la boca para tomar aire, pero consiguió sujetar la navaja con las dos manos, con el mango contra su pecho, apuntando a Mark. Sabía que no serviría de nada. La pelea había terminado. Ya no le quedaban fuerzas. No podía moverse. Ni siquiera podía levantar los brazos para dar el navajazo que podría salvarle la vida.

Mark no intentó arrebatarle el arma. Probablemente no era consciente de lo fácil que habría sido. En cualquier caso, no la necesitaba. Se limitó a volverse y a agarrar la palanca.

No había ningún otro coche aparte del de Ava, al menos, que Luke pudiera ver. Tampoco había luces encendidas, excepto las de la parte de atrás de la cabina. Se reflejaban en el agua mientras la casa barco se mecía sobre el río. La llamada de Ava se había cortado segundos después de que hubiera oído un grito espeluznante, un grito que continuaba repitiéndose en su cerebro. En aquel momento, deseó poder oír a Ava gritar. Por lo menos de esa forma sabría que estaba viva.

Todo estaba en silencio. Un silencio inquietante.

¿Qué le esperaría en el interior?

Vacilando por primera vez desde que había salido precipitadamente de su apartamento, Luke tragó saliva.

«Por favor, no dejes que esté muerta. No permitas que sea demasiado tarde», rezaba.

Tomó la pistola, salió del BMW y corrió hacia el muelle.

—¿Ava? —la puerta estaba cerrada.

La golpeó para ver si podía despertarla, pero nadie respondió. La casa parecía vacía, lo que le causó un mal presentimiento que tensó todavía más el nudo que tenía en las entrañas.

Temiéndose lo peor, utilizó el hombro a modo de ariete y rompió la puerta. La puerta cedió, chocó contra la pared de dentro y quedó colgando de una bisagra.

Luke inspeccionó lo que podía ver del cuarto de estar de Ava. A pesar de la tenue luz que se filtraba por el pasillo, pudo distinguir algunos detalles. Había una silla boca abajo, una lámpara se había caído de la mesa y uno de los cuadros estaba torcido. Evidentemente, allí había habido una pelea.

Con el corazón latiéndole como los pistones de un motor, encendió la luz y rodeó la media pared que separaba la entrada del cuarto de estar. Allí se paró en seco. Había sangre por todas partes. Distinguió un cuerpo en el suelo, el de una persona vestida completamente de negro y con un pasamontañas.

El sudor le empapó la camisa mientras se acercaba. Se inclinó sobre el cuerpo y le quitó el pasamontañas. Era Kalyna. Tenía una puñalada en el pecho.

Se incorporó aliviado. Si Kalyna estaba muerta, aumentaban las posibilidades de que Ava hubiera sobrevivido, ¿no? ¿Pero dónde estaba?

—¿Ava? —volvió a llamarla.

Justo entonces vio sus pies sobresaliendo de detrás del sofá.

–¡Oh, Dios mío! –susurró.

Dejó la pistola en el suelo, debajo de la mesita del café, mientras se arrodillaba para acercarse a ella.

Haciendo acopio de la poca energía que le quedaba, Kalyna abrió los ojos. Luke apenas había vacilado al verla. Le había quitado el pasamontañas, pero ni siquiera le había tomado el pulso. Se había levantado inmediatamente para ir a buscar a Ava. Pero era ella la que estaba embarazada. O, por lo menos, Luke creía que estaba embarazada.

No tuvo fuerzas para reír en voz alta, pero se rio por dentro. ¡Había hecho tantas cosas para llamar la atención de Luke! Pensaba que era alguien especial. Pero no lo era. No era mejor que Mark. Todos los hombres eran iguales. Había sido una estúpida al quererlos a todos ellos, y especialmente a Luke, que la había evitado desde el principio. Ni siquiera había querido acostarse con ella… hasta que le había emborrachado de tal manera que ni siquiera sabía lo que hacía.

A lo mejor por eso le deseaba tanto. Porque, por mucho que prefiriera que no fuera así, Luke era diferente. Las mujeres no eran solo un trozo de carne para él. La gente, en general, le importaba.

Al ver la pistola sobre la mesita del café, se preguntó si podría alcanzarla. Sabía que no iba a durar mucho más. Las fuerzas le fallaban por segundos. Pero con un poco de suerte, se llevaría a Luke con ella.

O a Mark. En cuanto Luke había encendido las luces de la casa, Mark se había escondido en la cocina. Podía verle acercándose a Luke desde la cocina, alzando la palanca…

El crujido que oyó Luke tras él fue la primera advertencia de que no estaba solo con aquellas dos mujeres. Había estado tan preocupado intentando encontrarle el pulso a Ava, estaba tan convencido de que el daño sufrido por ambas mujeres era el resultado de una pelea entre ellas, que ni siquiera se había planteado la posibilidad de que hubiera una tercera persona. Pero las pisadas que oyó le indicaron que había alguien tras él.

Se volvió justo a tiempo de esquivar el objeto de metal que se dirigía directamente a su cabeza y que terminó golpeándole en el hombro y haciéndole un daño infernal.

—¿Qué demonios...? ¿Y tú quién eres?

El hombre no contestó. Con intención de matarle, volvió a levantar la palanca, pero se echó excesivamente hacia atrás y Luke aprovechó para desequilibrarle con una zancadilla. El hombre soltó una maldición y cayó al suelo, pero no soltó la barra. Continuaba sosteniéndola, y agarró algo más que encontró en el suelo antes de incorporarse.

Luke tardó apenas un segundo en comprender que su adversario tenía una navaja además de una palanca. Llevaba un arma en cada mano.

Retrocedió agachado en posición defensiva, para así poder eludir cualquiera embestida. Ganaría una considerable ventaja si pudiera recuperar su pistola, pero no podía ir a por ella sin arriesgarse a recibir un navajazo o un golpe, o quizá ambas cosas. Ni siquiera se atrevía a mirar hacia ella, por miedo a alertar a aquel hombre de su presencia. No podía permitir que su enemigo fuera consciente de que había una pistola.

Afortunadamente, no la había dejado sobre la mesita del café.

—No sé quién demonios eres, pero has llegado en el momento equivocado —susurró el hombre.

Luke dio un paso a la izquierda, alejándose de Ava. Dudaba de que estuviera viva, había demasiada sangre, pero no había podido confirmarlo antes de que aquel hombre le atacara.

—¿Qué estás haciendo aquí?

—Terminar un asunto pendiente —fue la respuesta.

De pronto, Luke supo que había oído antes aquella voz. Por teléfono. Era la voz de Mark Cannaby.

–Kalyna ya le contó a la policía lo de Sarah. Al final averiguarán la verdad.

–No, no averiguarán nada. La única testigo está muerta –señaló hacia Kalyna–. Además, ni siquiera saben si existió.

–Sí, claro que existió...

El sonido de la voz de Kalyna hizo que Mark se volviera de nuevo hacia ella. La miró boquiabierto y Luke parpadeó sorprendido. ¿Continuaba viva?

–Pero... ya no importa... Es posible que yo esté muriendo... pero tú vas a morir conmigo.

Mark no se mostró preocupado hasta que Kalyna alzó la pistola. Él no había visto a Luke entrando con la pistola, ni tampoco cómo la había dejado en el suelo cuando había encontrado a Ava, pero Kalyna, sí.

Estaba casi sin vida, era incapaz de levantarse y necesitaba de ambas manos para poder sostener la pistola, pero consiguió apuntar en su dirección, y no le resultaría difícil disparar a alguno de ellos.

Mark apuntaba con la navaja a Luke y a Kalyna con la palanca, como si quisiera amenazar a los dos al mismo tiempo.

–No lo hagas –le dijo a Kalyna–. Sabes lo que he sentido siempre por ti.

–Sí, ahora lo sé. Es una suerte... que... me lo hayas... explicado.

–Vamos, Kalyna, no tenía más remedio que apuñalarte. Tú también lo habrías hecho. No me ha resultado fácil.

–Sí, claro que te ha resultado fácil.

Le temblaban tanto las manos que Luke temió que Mark intentara quitarle la pistola. Estaba en una posición muy vulnerable. El propio Luke podría haberse hecho con ella si Mark no hubiera estado tan cerca.

Decidido a no dejar que Mark le arrebatara la pistola a Kalyna, avanzó hacia ellos. Si conseguía alguna de las tres armas, por lo menos podría defenderse. Pero justo en el momento en el que iba a hacer el movimiento, una explosión le hizo echarse hacia un lado.

Kalyna había disparado a Mark.

–Esto ha sido… por Tati –le dijo.

La navaja cayó de las manos de Mark.

–¡Eres una perra! –cayó al suelo con la mano en el pecho.

Luke miró las armas, que estaban a solo unos centímetros de él, pero no se atrevía a moverse. Kalyna le estaba apuntando con la pistola.

–Dime… que me quieres –resolló.

Tenía el pelo empapado en sudor. Luke era consciente del esfuerzo que estaba haciendo para continuar sentada, para hablar. No sabía ni cómo podía respirar. Pero no hacía falta mucha fuerza para apretar un gatillo. Y Kalyna acababa de demostrar que era capaz de hacerlo.

La miró fijamente, preguntándose si sería capaz de mostrar hacia ella un mínimo de compasión. Pero le resultaba imposible después de lo que le había hecho a Ava.

–¡Luke! –le suplicó–. ¡Dilo!

–No puedo.

Sacudió la cabeza. En un mundo en el que todo lo demás parecía distorsionado, por fin comprendía lo que verdaderamente importada. Pudo tomar entonces la decisión que no había sabido tomar horas antes. Amaba a Ava. Hacía muy poco que la conocía, no sabía siquiera si estaba viva, pero lo que habían conseguido era algo nuevo, limpio, y tan poderoso como lo que en otro tiempo había sentido por Marissa.

El cañón de la pistola se tambaleó, pero Kalyna consiguió levantarlo.

–Yo… solo quiero oírlo… ¿Es… es mucho pedir?

Luke alargó la mano y se acercó a ella.

–Dame esa pistola, Kalyna. Dámela y déjame llamar para pedir ayuda.

El temblor de sus manos era cada vez mayor. Acababa

de matar a Mark. Podría matarle también a él. Pero Luke no podía mentirle. Porque entonces sería tan perverso como ella.

—¡Dilo!

—Dame la pistola.

Se agachó, rodó hasta ella y se la quitó, pero Kalyna ni siquiera intentó disparar. Se dejó caer al suelo con una risa ahogada.

—Soy patética... No he sido capaz de dispararte... Ni siquiera ahora... Eres el único hombre al que de verdad... he amado —confesó y tras decir aquellas palabras, murió.

Luke permanecía sentado en la sala de espera del hospital, con Chuck Bixby, Skye Willis, Sheridan Granger y Jonathan Stivers. Después de asegurarse de que tanto Mark como Kalyna habían muerto, se había acercado a Ava y había comprobado que, aunque muy débil, todavía conservaba el pulso. Estaba tan destrozada que no sabía cómo ayudarla, pero había decidido que detener la hemorragia era una buena manera de empezar. Le había atado una toalla alrededor del muslo, la había llevado en brazos hasta el coche y había conducido hasta el hospital. No habría sido capaz de soportar la espera en la casa flotante o en la ambulancia, no habría sido capaz de permanecer sentado viendo como se le escapaba la vida. Se había visto obligado a hacer algo.

Y ya no podía hacer nada más que rezar. Ava estaba en manos de los médicos. Deseó que saliera alguno para decirles cómo estaba. Llevaban tiempo sin ninguna noticia, pero los minutos continuaban sucediéndose uno tras otro. El reloj estaba a punto de marcar las diez de la mañana.

—Lo va a conseguir —dijo su padre.

Luke no contestó. Había utilizado el teléfono de Ava para avisar a su padre y Chuck debía de haber llamado a los demás, a todos los que trabajaban en El Último Reducto. Estos no hablaban mucho con el señor Bixby, pero sí entre ellos. Y cada vez que Luke alzaba la mirada, descubría a alguno mirándole fijamente.

Las mujeres normalmente le dirigían una sonrisa nerviosa y desviaban la mirada, pero a él no le molestaba. Eran miradas de curiosidad y lo sabía.

Dejó caer la cabeza entre las manos y suspiró. Había sido una noche muy dura. Había tenido que llamar a Dewayne Harter para darle una noticia terrible. Sus dos hijas habían muerto. La policía había encontrado el cadáver de Tati en el maletero de Mark. Dewayne había perdido a toda su familia en una semana. Luke ni siquiera podía imaginar lo que podía sentir aquel hombre.

–¿Crees que alguien debería llamar a Geoffrey? –preguntó el señor Bixby.

Skye y sus compañeros contestaron al unísono:

–¡No!

–¿Por qué? –insistió él.

–Porque ya no está saliendo con él –respondió Skye.

Chuck señaló a Luke con el pulgar.

–Entonces, ¿ahora está con él?

Skye y Sheridan se miraron la una a la otra como si no supieran qué decir. Fue Luke el que contestó:

–Sí, está conmigo.

Jonathan le miró. Luke sintió todo el peso de su mirada sobre él e, irritado por aquella atención constante, frunció el ceño, esperando la misma expresión escrutadora que se había ganado antes, pero en aquella ocasión, Jonathan se limitó a sonreír.

–Yo le dije que eras inocente.

Sorprendido, Luke dejó desaparecer su ceño, pero antes de que pudiera responder, llegó una enfermera.

–Ava se pondrá bien. Necesita una transfusión y unos cuantos puntos. Tiene una ligera contusión y algunos huesos rotos: la clavícula, un hueso de la mano y otro del brazo, pero en unas cuantas semanas, estará perfectamente.

–¿Puedo verla? –preguntó Chuck.

La enfermera vaciló.

–¿Es usted Luke?

Chuck arqueó las cejas.

–No, soy su padre.

–Ese es Luke –Jonathan señaló con la cabeza en su dirección.

La enfermera le dirigió a Luke una cariñosa sonrisa.

–No para de preguntar por usted, ¿por qué no pasa a verla?

Epílogo

Una llamada a la puerta despertó a Ava de un profundo sueño. Eran casi las nueve de un domingo por la mañana, pero no tenía ninguna prisa y estaba tan cómoda acurrucada contra el cuerpo desnudo de Luke que no quería moverse. Solo muy de vez en cuando pensaba en la violencia de la que había sido víctima, sobre todo durante mañanas como aquella, cuando el mecerse de la casa flotante le invitaba a dormir, porque no tenía que ir a trabajar. Pero aquella noche terrible había dejado de parecerle real. Tenía demasiados buenos recuerdos como para dejar espacio a los malos. Solo habían pasado seis semanas desde que la autopsia había demostrado que Kalyna no estaba embarazada. Solo seis semanas desde que Jonathan y la policía de Mesa habían encontrado a la familia de Sarah para confirmar su existencia y explicar su desaparición.

Le resultaba difícil creerlo. Volvieron a llamar a la puerta.

—Creo que tenemos visita —farfulló Luke.

Ava llevaba dos meses fuera del hospital. Tenía una cicatriz en la pierna que le recordaba el navajazo, pero no habían quedado huellas de las otras heridas. Ya no llevaba ni la escayola.

—Será un abogado.

—Sería la primera vez que alguno llega hasta aquí.

Exacto. Viviendo en medio de la nada, tenía que ser necesariamente algún conocido. Eso significaba que tenía que levantarse. Comenzó a dar media vuelta en la cama, pero Luke la retuvo y le dio un beso en la sien.

–¿Quieres que abra yo?

–No, lo haré yo. Y después prepararé un café.

Pensaban ir esa misma tarde a ver los anillos de boda y cenar por la noche en casa de Skye. Luke le había pedido a Ava que se casara con él una semana atrás en San Diego, después de haberle presentado a su hermana y a sus padres.

Ava bromeaba diciendo que elegiría el brillante más grande que encontrara, pero la verdad era que sería más que feliz con una simple alianza.

–Despiértame cuando estés en la ducha –le pidió Luke–. No quiero perdérmela.

Ava se echó a reír. Sabía que no era la mujer más atractiva con la que Luke había estado, pero este la hacía sentirse como si lo fuera.

–¿Quieres desayunar algo además del café?

–Si no te importa hacer unos huevos…

Volvieron a llamar a la puerta, y con más fuerza que las veces anteriores.

–No, no me importa.

Se puso una bata y se acercó a la puerta. Esperaba que fuera su padre. Le había pedido que no siguiera en contacto con ella, pero eso no le había detenido. Cada vez iba más por allí. La frecuencia de sus visitas era proporcional a la de las discusiones con su esposa. Ava suponía que Luke y ella ya estarían casados y se comprarían una casa para cuando su padre necesitara recuperar la casa flotante. Si Chuck conseguía mantener su relación hasta entonces, todo iría perfectamente.

–¿Ava? –una voz de mujer llegó desde el otro lado de la puerta–. Sé que estás ahí.

¡Era Carly!

Ava se ató el cinturón de la bata y cuadró los hombros. ¿Qué podría querer la mujer de su padre? Hacía meses que no se veían. Y la verdad era que a Ava no le habría importado no volver a verla en su vida.

Probablemente había vuelto a discutir con su padre. A lo mejor estaba buscando a Chuck.

Ava abrió la puerta, preparada ya para decirle a Carly que su padre no estaba allí. Pero Carly no preguntó por él. Le tendió a Ava un sobre.

–Lo teníamos en casa. Cada cierto tiempo, tu padre me dice que las tire. He tirado las que iban dirigidas a él. Ha vuelto a casarse y esa mujer no tiene ningún derecho a ponerse en contacto con él. Pero tú eres una mujer adulta. Creo que eres perfectamente capaz de ocuparte de tu correspondencia.

Era una carta de su madre.

Cuando Ava clavó la mirada en el nombre y la dirección, escritos por Zelinda, revivió la sensación de pérdida que no había vuelto a experimentar desde que Luke había empezado a formar parte de su vida. Pero se negaba a permitir que Carly supiera que aquella carta había tenido alguna clase de impacto en ella.

–Gracias –le dijo educadamente.

–¿Vas a abrirla esta vez?

Eso no era asunto suyo. Ava alzó la barbilla.

–A lo mejor.

Carly fijó la mirada en la distancia antes de concentrarla de nuevo en ella.

–Sé que no nos hemos llevado muy bien, pero…

Luke apareció en aquel momento detrás de Ava. Llevaba unos vaqueros y una camiseta que debía haberse puesto precipitadamente, e iba descalzo.

–¿Quién es?

Seguramente lo sabía, porque en caso contrario, no se habría levantado de la cama, pero Ava hizo las presentaciones de todas maneras.

–Te presento a Carly, la mujer de mi padre.

–Y tú debes de ser Luke –dijo Carly–. He visto el BMW. Bonito coche.

Su poco disimulada admiración molestó a Ava, pero Luke no pareció fijarse siquiera.

–Gracias. Es un placer conocerte.

Carly le sonrió radiante.

–He oído hablar mucho de ti. Chuck tiene una gran opinión sobre ti. Dice que eres un gran hombre. Pero yo no sabía que… no sabía…

Carly volvía a hablar sin pensar. Había empezado a decir que no sabía que fuera tan atractivo. Estaba escrito en su rostro. Pero pareció darse cuenta de lo mal que sonaría y optó por una frase alternativa.

–No sabía que estabas aquí.

Acababa de decir que había visto su coche, pero Ava prefirió no señalar la contradicción. Carly no le importaba tanto como para ponerla en una situación comprometida. Había dejado de sentirse ofendida por las opciones de su padre. Simplemente, lo lamentaba por él. Sus actos habían hecho daño a otros, pero, definitivamente, él era el que salía peor parado.

–Gracias por traerme la carta –le agradeció Ava.

Carly continuaba con la mirada fija en Luke, como si estuviera interesada en continuar la conversación, pero Ava cerró la puerta.

–¿Qué te ha parecido? –preguntó Ava.

–Que no es ni la mitad de atractiva que tú –señaló la carta que Carly le había llevado–. ¿Qué es eso?

–Nada importante.

Forzó una sonrisa, la dejó en la estantería y se dirigió a la cocina.

Luke parecía saber que no le estaba diciendo la verdad, pero no la presionó. La siguió a la cocina y conectó la cafetera mientras ella batía los huevos.

Ava ignoró la carta hasta que regresó a casa aquella tarde, tras haber ido a elegir el anillo y haber comido con Skye. Luke había ido a su apartamento porque al día siguiente tenía que estar en la base a las siete de la mañana, así que estaba sola. Por fin podía tirarla sin que nadie pensara que era una mujer sin corazón. O también podía leer-la…

Pensó en los acontecimientos que se avecinaban, su boda, fijada para el cinco de diciembre, el nacimiento de su primer hijo al cabo de uno o dos años, la ampliación de la familia. ¿Quería vivir todo eso sin Zelinda? ¿Sería capaz de perdonarse a sí misma, y perdonar a su madre, hasta el punto de poder reconstruir una relación, en la medida que se lo permitieran sus difíciles circunstancias?

No, no era capaz de enfrentarse a algo así, por lo menos en ese momento. A lo mejor más adelante, se dijo.

Pero la carta parecía estar llamándola como si fuera su madre la que la esperaba en la habitación con los brazos abiertos, y la intensidad del anhelo de correr hacia ellos, de sentirlos a su alrededor, era demasiado intensa como para negarse a ello.

Con la garganta atenazada por las lágrimas, abrió el sobre lentamente. Era una nota muy corta. Imaginó que sería la misma que su madre había estado enviándole durante años.

Querida Ava,
Te echo mucho de menos. Pienso en ti constantemente. Sé que necesitas respuestas. No puedo explicar lo que me ocurrió. Estaba desesperadamente furiosa y amargada. Aquella amargura me consumía como un cáncer. Pero sé que no es excusa. No hay excusa para lo que hice. Merezco estar donde estoy, pero eso no impide que te siga querien-do más que a mi propia vida.
Lo siento.
Mamá.

Ava clavó la mirada en aquellas palabras hasta que las lágrimas comenzaron a nublarle la mirada. Recordó días mejores, como aquellos en los que su madre la esperaba al salir del colegio o le organizaba fiestas de cumpleaños y cenaban en la mesa del comedor. Conmovida, sacó una hoja de papel y comenzó a escribir.